DIANA

Das Buch
1941 geht die junge Zirkusartistin Anna mit ihrer Wandertruppe
ins Exil. Als Anna allein in der Bucht von Algier zurückbleiben
muss, zeigt ihr der Algerier Nasreddin, wie man am Rande der
Hauptstadt überleben kann. Nasreddin ist von der Europäerin
fasziniert und bald werden die Schweizer Zirkusartistin und der
Hirte ein unzertrennliches Liebespaar, das gegen die Verachtung
der Einheimischen und der französischen Besatzer zu kämpfen
hat. Nach fünf glücklichen Jahren auf Madagaskar, wo Anna
und Nasreddin mit ihren Zwillingen leben, zieht es Nasreddin
nach Algerien zurück. Noch immer ist das Land vom Terror
bedroht, doch Nasreddin möchte Anna in seiner Heimat endlich heiraten. An ihrem Hochzeitstag geraten die frisch Vermähl-
ten in eine Straßensperre französischer Soldaten und werden
gewaltsam voneinander getrennt. Erst vierzig Jahre später ist
Anna bereit, noch einmal in eine Welt einzutauchen, die sie
lange verloren glaubte…

»Benmalek steht in der Nachfolge von Camus.«

Neue Zürcher Zeitung

Der Autor
Anouar Benmalek wurde 1956 in Casablanca geboren und besitzt die französische und algerische Staatsbürgerschaft. 1988
war er Mitbegründer des Algerischen Komitees gegen die Folter
(CACT). Er lebt seit 1991 als Journalist und Privatdozent für
Mathematik in Rennes. Anouar Benmalek ist einer der bedeu-
tendsten Schriftsteller des heutigen Algeriens.

Anouar Benmalek

Die Liebenden von Algier

Roman

Aus dem Französischen von
Hans Thill

DIANA VERLAG
München Zürich

Diana Taschenbuch Nr. 62/0349

Die Originalausgabe erschien unter dem Titel
»Les amants désunis«
erschien 1998 bei Calmann-Lévy, Paris.

Taschenbuchausgabe 07/2003
Copyright © 1998 by Calmann-Lévy
Copyright © für die deutsche Ausgabe 2000 by
Luchterhand Literaturverlag GmbH, München
Copyright © dieser Ausgabe 2003 by
Ullstein Heyne List GmbH & Co. KG, München
Der Diana Verlag ist ein Verlag der
Ullstein Heyne List GmbH & Co. KG
Printed in Germany 2003

Umschlaggestaltung: Hauptmann und Kampa
Werbeagentur, München-Zürich
Druck und Bindung: Elsnerdruck, Berlin
Gedruckt auf chlor- und säurefreiem Papier

ISBN: 3-453-86723-8

http://www.heyne.de

Für meine Großmutter,
die Zirkusartistin Marcelle Wagneres, die von
den Launen und Tücken des Schicksals
aus ihrer Heimat, dem Schweizer Kanton Waadt,
vertrieben wurde, um dann in einem geplagten Land
an der Küste Nordafrikas zu landen.

Für meine Mutter,
die sich ihr ganzes Leben mit dem Exil
herumzuschlagen hatte, zuerst mit dem eigenen
und nun, seit neuestem, mit dem ihrer Kinder.

Für Nora, Nejma und Samy.

Für alle, die in Algerien keine
Stimme mehr haben.

Es gibt nicht fünf oder sechs
Weltwunder,
sondern nur ein einziges:
die Liebe.

Jacques Prévert

PROLOG

Aures, 1955

TROTZ DER HITZE frieren im Autobus alle vor Angst. Ein nervöses Hüsteln oder ein Seufzer der Resignation bricht von Zeit zu Zeit das Schweigen. Draußen erstrahlt der Frühling in seinem schönsten Glanz. Überall hat sich das Gelb der Mimosen ausgebreitet. Mohn und Heckenrosen sind zu tausenden über die Hänge verstreut und verleihen der kargen Landschaft jenseits der Fenster des altersschwachen Fahrzeugs eine festliche Note. Aber niemand hat ein Auge dafür. Die Reisenden haben eben die riesige Sperre erblickt, die quer über die Straße verläuft. »Mein Gott, die haben sogar einen Hubschrauber!«, ruft ein Fahrgast aus. Ein lang gestreckter Helikopter mit zwei Rotoren ist zu sehen, um ihn Lastwagen, Jeeps und zahlreiche Soldaten, Infanteristen und Fallschirmjäger, die bunt durcheinander stehen. Hinter den Sandsäcken Wachsoldaten in schussbereiter Position. Anna zieht den Kopf ein und presst ihre Handtasche fest an sich. Darin hat sie alle nötigen Dokumente. Den Mann rechts neben ihr hat sie eben geheiratet – vor aller Augen, ob es den Leuten nun gefallen hat oder nicht. Araber wie Franzosen werden sie bestenfalls für eine naive Gans gehalten haben, die den Verstand verloren hat, schlimmstenfalls jedoch für eine Nutte, die es geschafft hat, solide zu werden, doch um welchen Preis! Für sich probiert sie das Wort »Ehemann« aus, vergleicht es mit dem Wort »Liebhaber«, sie kann sich nicht entscheiden, welchem sie den Vorzug geben soll. Darüber würde sie gern mit Rina sprechen. Oder mit ihrer richtigen Mutter. Beide sind tot, seit Jah-

11

ren nichts als ein kleiner Knochenhaufen ... Ihr Begleiter, braun, schnurrbärtig, »schrecklich arabisch«, wie sie manchmal zu ihm sagt, blickt sie zärtlich an. Er vermutet, dass sie an die Papiere aus dem Standesamt denkt, und lächelt ihr gequält zu. Erneut tastet er mit der flachen Hand nach der Innentasche seiner Jacke. Seine Finger scheinen vor Wut zu knirschen. Denn jetzt verflucht er sich selbst, dass er sich bereit erklärt hat, diesen verdammten Brief mitzunehmen. Er weiß noch nicht einmal, für wen. Sie haben gesagt, jemand würde bei seiner Mutter auftauchen, sobald er angekommen ist. Die Sperre ist jetzt in Rufweite. Er hofft verzweifelt, seine plötzliche Panik unterdrücken zu können, denn eben hat er gleich neben der ersten Gruppe mit Infanteristen eine leicht gebeugte Gestalt gesehen, die ihren Kopf in der verfluchten schwarzen Kapuze der Spitzel verbirgt.

DER GESTRIGE TAG war schrecklich. Der klapprige Bus aus Algier musste die Nacht im letzten Dorf vor den *duars** hoch in den Bergen verbringen. Wenige Kilometer entfernt fand ein schweres Gefecht statt, und es drang zu ihnen durch, dass auf beiden Seiten die Verluste beträchtlich waren. Überall Staus mit Panzer- und Lastwagen, auf denen nervöse Soldaten in Alarmbereitschaft standen, mit schwerem Gepäck, müden Gesichtern. Flugzeuge, T 6 und P 28, überflogen das arabische Dorf, warfen Raketen und Bomben auf die den Horizont verstellenden Bergkämme. Die verängstigten Einwohner wurden von Soldaten auf dem Platz vor der Moschee zusammengetrieben. Mit wütender Miene be-

---

* Arabische Wörter sind beim ersten Erscheinen im Text kursiv gesetzt und werden in einem Glossar am Ende des Buches erklärt, falls sie nicht im Text selbst erläutert sind.

schimpfte ein Unteroffizier die Reisenden, die so taten, als fühlten sie sich vom Sammelbefehl nicht angesprochen. Als der Soldat die bescheiden gekleidete Frau von dreißig, fünfunddreißig Jahren sah, die ihm bang ins Gesicht blickte, hielt er sie für eine Landsmännin. Er verzog sein Gesicht zu einer komplizenhaften Fratze und knurrte, dass sein Befehl selbstverständlich nicht für Franzosen gelte, sie könne im Bus warten. Nasreddin stand auf und streichelte heimlich über die Hand seiner Frau. Ihr wurde warm ums Herz. Sehr rasch jedoch war die Angst wieder da, als er es sich gefallen lassen musste, dass ein Infanterist ihn mit Püffen vor sich hertrieb. Mit trockenem Mund sah sie zu, wie die Reisenden ausstiegen, mitunter wurde ihnen ein Tritt verabreicht. Dann begann das endlose Warten.

NASREDDIN, IHR EHEMANN, hatte darauf bestanden, dass die beiden Kinder bei seiner Mutter bleiben sollten. Bei all den Behördengängen, die in Algier zu erledigen waren, um ihre Verhältnisse zu ordnen, war es besser, die Bälger nicht am Hals zu haben. Er hatte sein betörendes Lächeln aufgesetzt: »Stell dir vor, wir kommen ins Rathaus zum Standesbeamten, um uns trauen zu lassen, und haben zwei Kinder als Zeugen dabei! Man wird uns ohnehin nicht gerade mit offenen Armen empfangen …« Er umarmte sie zärtlich: »Anna, du wirst sehen, alles wird gut. Du weißt doch, dass du dich auf meine Mutter verlassen kannst, auch wenn sie manchmal ihren eigenen Kopf hat.«

Er hatte Recht, der Besuch bei seiner Mutter war gut verlaufen. Allerdings hatte sie sich zuerst vor der Begegnung mit der Schwiegermutter gefürchtet, in diesem abgelegenen, armseligen Duar, das an einem unwirtlichen Gebirgszacken klebte. Nasreddin hatte seine Mutter als starke Frau beschrieben, die seit dem Tod des Vaters das Wenige, was ihr noch geblieben war, mit eiserner Faust verwaltete. Eine starke Frau, die es mit jedem der hiesigen Bergbewohner aufnahm und sich, wenn es sein musste, einer äußerst groben Sprache bediente. Nasreddin wurde einmal rot vor Verlegenheit, als ein knochiger Bauer sich unter Tränen der Wut bei ihm beklagte, sie habe ihn einen »vertrockneten Bock mit den Hoden eines Frosches« genannt.

Zehra, Nasreddins Mutter, hatte sie kühl empfangen. Sie war alles andere als begeistert, dass sie ihre Enkel erst einige Jahre nach der Geburt zu Gesicht bekam. Nasreddins beschämte und verworrene Erklärungen konnten da nichts mehr einrenken. Die jähzornige Frau meinte hämisch, offenbar habe die *gauria* ihre Qualitäten, wenn sie ihren bedauernswerten Sohn so lange Zeit daran hindern könne, seine alte, klapprige Mutter zu besuchen. Nasreddin versuchte sie zu beruhigen und musste an sich halten, um angesichts von Annas verängstigter Miene nicht laut herauszulachen. Der Streit dauerte nur einen Tag, denn beim Anblick der Zwillinge schmolz die Großmutter vor Zärtlichkeit dahin, ein Mädchen und ein Junge, die einander ebenso wenig ähnlich sahen wie Hund und Katze und hartnäckig versuchten, ihr auf den Rücken zu klettern, oder sie am Rock zogen, was zur Folge hatte, dass sie mit nackter Haut dastand. Zehra bestimmte schließlich, dass der quirlige Junge die kurzen Beine von seinem Großvater, ihrem Mann, habe und das Mädchen mit den unablässig weit aufgerissenen Mandelaugen ihr selbst täuschend ähnlich sehe. Die Großmutter begann nun ihre Schwiegertochter mit einer fröhlichen Verdrießlichkeit zu behandeln. Im tiefsten Innern war Anna beeindruckt von der Standfestigkeit und dem Willen dieser alleinstehenden Frau mit zerbrechlichem Körper und tätowiertem

Gesicht, die weit über die Fünfzig hinaus war. Eine unabhängige Frau, die vor Sonnenaufgang auf den Beinen war, sich um alles kümmerte, von der Feldarbeit bis zum Verkauf auf dem Markt, es mit den Männern aufnahm, niemals ihr Schicksal beklagte, außer in einem oder zwei saftigen Flüchen, die von der Fröhlichkeit zur Wut überwechseln konnte wie das Wetter über den Bergen hier, frei bis ins Mark, trotz Armut und Krieg.

Anfangs fiel die Verständigung nicht leicht, da das Arabische aus Algier, das Anna schließlich gelernt hatte, ihr in diesem Teil des Aures wenig weiterhalf. Zehra, die keine andere Sprache beherrschte als das *schaui*, vermochte sich jedoch rasch durch ausdrucksvolle Gebärden und ihr Mienenspiel verständlich zu machen. Wenn nötig, rief sie ihren Sohn zum Übersetzen herbei, falls dieser dann Wurzeln schlug, wurde er von ihr wie ein kleiner Junge geschulmeistert: »Puuh, mein Sprössling! Schämst du dich nicht, ein Gespräch unter Frauen zu belauschen? Fort mit dir, hinaus, schau doch mal, ob die Hammel dir etwas zu sagen haben!« Anfangs gab sie Anna den Spitznamen *schetaha*, die Tänzerin, ein aus ihrem Munde wenig schmeichlerischer Ausdruck. Als sie dann mit der Zeit bereit war, an der Braut ihres Sohnes auch Tugenden zu entdecken, zog sie es vor, sie *meddaha von Sidna Aissa* zu nennen, die Gauklerin unseres Herrn Jesus Christus. Alle belustigten Erläuterungen Nasreddins fruchteten nicht viel, um ihr die Unterschiede begreiflich zu machen zwischen Zirkusartisten, die unter einem großen Zelt ihre Kunst zeigen, das man Zirkus nennt, und den *meddahs*, die von Markt zu Markt ziehen, um inmitten von Obst und Gemüse Geschichten und Legenden aus alter Zeit zu erzählen. In beiden Fällen bilden die Leute einen Kreis, um sie zu bestaunen. Ob das nun direkt auf der Erde oder auf Stühlen geschehe, sei ja wohl unwichtig.

Einige Tage später saßen die beiden Frauen auf Schaffellen im Innenhof und schlürften in aller Ruhe ihren bitteren grünen Tee, als Zebra zugab, wie gern sie wüsste, was unter diesem berühmten Zirkuszelt so vor sich ging. Anna brauchte etwas Zeit, bis sie die Frage der Schwiegermutter verstanden hatte. Sie rief sogar ihren Mann zur Unterstützung herbei. Nachdem er übersetzt hatte, wurde Nasreddin von der errötenden alten Dame vor die Tür gesetzt. Auf leisen Sohlen kam er zurück und sah folgende Szene: im Innenhof die kreischenden Zwillinge, die wie aufgeregte Küken hintereinander her rannten, in der Mitte Anna, die eine mit gelben und hellbraunen Fransen geschmückte Tracht aus dem Aures trug und mit drei, vier, fünf, sechs Kartoffeln jonglierte. Anfangs machte ihre Schwiegermutter das blasierte Gesicht einer Person, die sich nicht so leicht beeindrucken lässt. Aber von der vierten Kartoffel an (um so mehr als die Schwiegertochter noch zusätzlich einige Tanzschritte andeutete) wurde Zebra lebendiger und kniff ungläubig ihre Augen zusammen. Nasreddin sah, wie zuerst Erstaunen und dann Entzücken die müde gewordenen Züge der Frau verjüngten, die ihn zur Welt gebracht hatte. Dann knurrte sie mit belegter Stimme: »Also gut, meine *meddaha!* Gut, sehr gut. Wo hat mein Söhnchen dich bloß aufgespürt? Und was für Sprünge das Frauenzimmer macht! Mein Gott, beschütze sie!« Die Zipfel ihres Kleides um den Bauch verknotet, zeigte Anna nun eine echte Zirkusnummer mit Salto vorwärts, Purzelbaum und ging sogar auf den Händen. Gerötet vor Stolz, gab sie frohen Herzens ihr Bestes für diese brummige Frau aus den Bergen, die niemals in ihrem Leben einen Zirkus gesehen hatte und wohl auch nie mehr einen sehen würde. »Hör auf, Anna, hör doch auf! Du bist eine *mahbula*, eine Verrückte«, schrie nun die Schwiegermutter, während sie gleichzeitig mit beiden

Händen auf einen Topf trommelte. Zutiefst gerührt kauerte Nasreddin hinter seiner Tür und beobachtete die vier Menschen, die ihm auf der Welt am meisten bedeuteten. Unter dem gestrengen Himmel des Aures wird man nicht mit Geschenken verwöhnt, aber nun hatte er das Gefühl, um zwanzig Jahre zurückversetzt worden zu sein, als die Nachbarschaft einstimmig die Schönheit und Güte seiner wundervollen Mutter lobte oder ihren schlechten Charakter verdammte. Eine Distel, in der sich eine Rose verbirgt, schimpfte sein Vater. Ach, sein armer Vater, dieser so sanfte und wankelmütige Mann, von dem er seine ganze Schwäche und die herrliche Tugend der Unentschlossenheit mitbekommen hatte … Und Aldschia, die er langsam vergaß, seine zweite Mama, die erste Frau seines Vaters, die starb, als er noch ein kleiner Junge war. Ihre Züge waren undeutlich geworden, aber sie hatte in ihm eine unzerstörbare und zärtliche Erinnerung in Form von Gerüchen hinterlassen: einmal den Duft frisch gebackener Gerstenfladen, von denen sie ihm immer heimlich ein großes, noch heißes Stück schenkte, gefüllt mit Tomaten und Paprika – bis heute bekam er Appetit, wenn er daran zurückdachte –, zum anderen den noch köstlicheren Duft des Orangenblütenwassers, das keine andere im Dorf so gut destillieren konnte wie sie, mit seinem kapriziösen, sogar weiblichen Hintergrund, der den kleinen Bengel, der er war, in seltsame Verwirrung stürzte … Eine heftige, bittere Traurigkeit durchfuhr ihn plötzlich angesichts dieses Lebens, das so schnell vorbeiging und seine spärlichen Glücksmomente nur verteilte, damit jene verdammte Maschine genug Nahrung bekam, die nichts als Wehmut produzierte.

All das wird er später seiner Frau erklären, als sie aus dem Rathaus kommen, nach ihrer Trauung durch den äußerst missgelaunten Standesbeamten, der seine Abscheu vor diesem »abartigen« Paar kaum verbergen konnte: Dieser Anblick hatte ihn mit sich selbst versöhnt, mit seinem Leben, mit seinem gedemütigten Land, er entschädigte ihn für die Verachtung der Kolonisten, die Grausamkeit ihrer Soldaten, die Arroganz und Brutalität der Untergrundkämpfer, seine eigene Willensschwäche … Dann standen sie auf der Place du Gouvernement vor der Reiterstatue des Duc d'Orléans, der seinen eisernen Hintern der Moschee Dschema'a Dschedid entgegenstreckte. Anna hatte eben gehört, wie ein Angestellter des Rathauses seinem Kollegen anvertraute, laut genug, damit ihr kein Wort entgehen konnte: »Die lässt es sich wohl gern von den Kameltreibern besorgen …« Zu Nasreddin hatte sie nichts gesagt, weil sie aus eigener Kraft damit fertig werden wollte und um ihm die Freude an diesem Tag nicht zu verderben. Nasreddin ahnte natürlich, dass etwas vorgefallen war. Linkisch legte er seinen Arm um ihre Schulter und flüsterte ihr zu, wie sehr er sie liebte. Dann lehnten sie sich über die Kaimauer. Beide sahen lange auf das Meer hinaus, Hand in Hand, jeder den Ring des anderen spürend, jeder bemüht, den anderen zu beruhigen. Anna küsste ihn auf die Wange, sagte mit leicht heiserer Stimme: »Wir sollten uns beeilen, mein großer Dichter, und schnell unsere beiden Rabauken abholen. Bestimmt weiß deine arme Mutter nicht mehr, wo ihr der Kopf steht …«

SIE SIND NUR NOCH wenige Meter von der Sperre entfernt. Man kann die über die Straße gelegten Nagelbretter erkennen. Die Infanteristen und die Fallschirmjäger, manche liegen hinter ihren Panzerwagen in Schussposition, beobachten mit unfreundlicher Miene das Fahrzeug, das mit dem Radau ermüdeter Achsen bremst.

Annas Magen krampft sich vor Angst zusammen, als sie bemerkt, dass sich ihr Mann vornüberbeugt, als müsse er sich übergeben. Obwohl er den Kopf zum Fenster wendet, kann Anna erkennen, dass das angespannte Gesicht schweißbedeckt ist.

Ein betörender Duft steigt von der Landschaft auf, die sich als Siegerin auf der ganzen Linie nicht kümmert um die Soldaten und ihre Opfer, um die ganze schmutzige Schäbigkeit, wenn Angst und Wut aufeinander treffen. Eine Brise trägt plötzlich wie eine Woge würziger Gischt die Düfte von Glyzinen, Lavendel und Wildrosen zur Sperre.

Die Reisenden stehen in einer Reihe, die Hände auf dem Kopf. Anna hält sich blass ein wenig abseits und verfolgt die Szene. Ein Soldat kontrolliert ihren Schweizer Pass und das funkelnagelneue Familienstammbuch. Er spuckt verächtlich auf den Boden. »Madame, Sie verraten Ihre Rasse!« In diesem Augenblick hasst Anna die ganze Welt: Sie hasst diese arroganten Militärs, die mit ihrer Verachtung alles niederwalzen, was keine Waffen trägt. Sie hasst diese verstörten Araber, die vor Angst buchstäblich krepieren. Sie hasst ihren Mann, der wie alle anderen mit den Händen auf dem Kopf dasteht und zulässt, dass man sie beleidigt. Um wieder zu Atem zu kommen (»mein Gott, mein Gott, was habe ich nur in diesem verfluchten Land verloren?«), schließt sie die Augen und ruft mit leiser Stimme ihre beiden Kinder, ihre lieben Kinder … Der Mann mit der Kapuze hinkt herbei, geräuschvoll hinter dem Stoff atmend. Man ahnt, welche Kraft ihn jeder Schritt kosten muss. Nasreddin nimmt an, dass man ihn verprügelt hat. Der Spitzel hat bereits mit dem Finger auf zwei Personen gezeigt, einen Mann von etwa vierzig in weißer *gandura*, weißem *schesch* und einen verschreckten Jugendlichen, der wie ein Kind zu heulen beginnt. Zwei Fallschirmjäger reißen sie aus der Reihe und bringen sie mit Tritten in den Hintern zu einem Lastwagen. Mit seinem großen Spazierstock sieht der Mann aus wie ein wohlhabender Rosstäuscher, er wendet sich um, möchte protestieren. Einer der Fallschirmjäger entreißt ihm den Stock und schlägt ihm ins Gesicht. Das Geräusch des zerbrechenden Knochens ist deutlich zu hören. Beinahe unmittelbar spritzt Blut heraus, beschmutzt seine schöne Gandura. Ein wenig verstört zieht der Mann ein kariertes Taschentuch hervor, wischt sich demonstrativ das Gesicht und geht von selbst auf den Lastwagen zu, den die Soldaten ihm anweisen. Wimmernd folgt ihm der Junge, gehorsam wie ein kleiner Hund.

Der Spitzel ist nur noch wenige Schritte von Nasreddin entfernt. Der die Kontrolle leitende Unteroffizier wird sichtlich ungeduldig, weil nicht noch weitere Verdächtige herausgesucht werden. Beinahe bedauernd weist die gebeugte Gestalt mit dem Finger auf Nasreddins Nachbarn. Der zahnlose Bauer schwankt zwischen Verblüffung und Entsetzen, er rennt zum Lastwagen, als der Fallschirmjäger mit dem Stock auf ihn zugeht.

Jetzt fixiert der Kapuzenmann Nasreddin. Etwas hat sich in der Haltung des Denunzianten geändert. Nasreddin fühlt, wie seine Zunge rau wird, sie reibt gegen den Gaumen wie ein fremder Gegenstand. Er sieht, dass der Spitzel abrupt den Kopf hebt, dass die finsteren Augenlöcher aufleuchten, dann wendet er sich überstürzt ab. Es ist, als hätte ein Greifvogel im Flug Nasreddins Herz gepackt: Er kennt diese beiden Augen, obwohl er sie schon seit sehr langer Zeit nicht mehr gesehen hat! Verblüfft hört er sich sagen: »Bist du es, Hadsch Sliman?«

Voller Hoffnung knurrt der Unteroffizier: »Und der?« Der Spitzel schüttelt den Kopf und wendet sich lebhaft dem Nächsten zu. Der Sergent packt ihn am Ärmel und bellt: »Du willst dich wohl über mich lustig machen, du verschissener Arsch eines Schakals, warum zeigst du nicht auf den da? Ist er einer von deinen Komplizen?«

ALSO NIMMT MAN IHN FEST. In diesem Augenblick bleibt ihm trotz der Schläge keine Zeit, sich wirklich zu fürchten, denn seine Frau schreit aus Leibeskräften: »Lassen Sie meinen Mann los, wir kommen gerade von der Hochzeit, lassen Sie ihn doch los!« Je lauter sie schreit, desto mehr Freude bereitet es den Soldaten, ihn zu prügeln. Einer von ihnen erntet wahre Lachsalven: »Die kleine Dame ist offenbar ganz schön heiß. Der Kameltreiber muss ja einen wahren Donnerzipfel haben!«

Diese Frau, die unter Schluchzen kreischt: »Lassen Sie ihn doch los, er hat nichts getan, ich schwöre es Ihnen!«, die sich dann Ohrfeigen einhandelt, als sie noch hinzufügt: »Ihr Halunken! Schlagt ihn doch nicht so, ihr tut ihm ja weh!«, das ist das letzte Bild, das er von seiner Gattin behält, nachdem man die Plane des Dodge hinuntergeschlagen hat.

Die wahre Angst kommt nicht sofort. Gewiss, die Stiefeltritte bleiben nicht ohne Wirkung, er kann sich nur mit Mühe auf die Holzbank im Lastwagen setzen. Aber er ist zu verblüfft, um wirklich glauben zu können, dass er einem Einsatzkommando der Französischen Armee in die Hände gefallen ist und dieses ihn für einen waschechten *mudschahid* der FLN hält. Die Soldaten haben den Brief gefunden, nun gut, aber ein Stück Papier kann doch nicht genügen! Er wird es ihnen erklären, sie werden das sicher verstehen! Bisher hat er es in diesem Krieg geschafft, sich soweit wie möglich herauszuhalten, er hat nur an seine Frau gedacht, an seine Kinder (»meine geliebten Welpen«) und daran, wie er sie satt bekommt. Wie viele andere in Algerien hätte er sich ein wenig mehr Gerechtigkeit in seinem Land gewünscht, auch etwas mehr Würde und dann die Unabhängigkeit, warum nicht, falls sich herausstellen sollte, dass man all das ohne sie nicht erreichen kann. Andererseits hält er sich für zu normal, ihm fehlt es an Mut – er ist sogar, ehrlich gesagt, ein Hasenfuß –, um in den Maquis zu gehen und mit der Waffe in der Hand zu kämpfen. Außerdem, zu töten oder sich töten zu lassen, Bomben zu legen, vor Hunger und Kälte zu verrecken und in den Bergen von der Armee gejagt zu werden, das ist nichts für ihn. Gewiss, von Zeit zu Zeit hat er den *Brüdern* kleine Dienste geleistet, aber doch nur, damit er ihre Rache nicht zu spüren kriegt, das war alles. Die ungefährlichste Möglichkeit, um im Falle eines Sieges der Nationalisten auf der richtigen Seite zu stehen. Vielleicht ist das opportunistisch, aber gibt es in diesem verrückten Land eine andere Form der Selbstverteidigung? Anna neckt ihn mitunter: »Deine Pomade ist dir wichtiger als das Geschick der Welt!« Und er flüstert dann lediglich, indem er sie zum Bett schiebt: »Du irrst, Stern meiner Träume, nicht nur meine Pomade ist mir wichtig, du solltest das am besten wissen …«

Seit seiner Ankunft in der Kaserne foltern sie ihn. Die Offiziere sind richtig aufgeregt bei der Vorstellung, dass sie es hier mit einem wichtigen Mitglied des lokalen Netzes der FLN zu tun haben. Stellen Sie sich vor: Er ist sogar mit einer Europäerin verheiratet! Sie wollen alles wissen: die Namen der Chefs, das Organigramm der *katibas* in der Region, welchen Platz er in dem Ganzen einnimmt … Der Unteroffizier mit dem traurigen Gesicht, der ihn mit einer Rindersehne peitscht, sagt ihm jeden Tag beinahe sanft: »Früher oder später wirst du reden, du Kameltreiber im Sonntagsstaat. Wozu soll das gut sein, mein Küken, so lange zu warten, bis du vollkommen hinüber bist?«

Am Abend bringt man seinen Onkel zu ihm, Hadsch

Sliman. Sein ganzes Leben lang hat er diesen Onkel gegen die Erniedrigung durch den französischen Kolonialismus wettern hören, als Kind hat er häufig auf seinem Schoß gesessen. Der alte Mann hatte bereits zu Zeiten für die Front gearbeitet, als noch niemand im Haus darüber ein Wort verlor. Jetzt betrachtet er schweigend seinen blutüberströmten Neffen, der am eigenen Rotz erstickt, am Sabber und an den Schmerzen seines zerschlagenen Fleisches. Er unterdrückt ein Schluchzen: »Du bist der Sohn meiner vielgeliebten Schwester, du bist von meinem Blut, und ich liebe dich wie mein eigenes Kind. Aber ich kann nichts für dich tun. Ich kann dir nicht einmal einen guten Rat geben. Du siehst selbst, wie weit es mit mir gekommen ist. Im Augenblick habe ich solche Angst vor Schlägen, eine Hyäne ist mehr wert als ich …« Der Onkel murmelt mit dumpfer Stimme, er habe zwei lange Wochen durchgehalten, aber dann habe er nicht mehr gekonnt, denn »selbst Gott in seiner Herrlichkeit habe bei solchen Schmerzen aufgegeben«. Der Bruder seiner Mutter fügt mit einem müden Lächeln hinzu, dass er nicht einmal mehr die Kaserne verlassen kann, »an der Schranke hast du, mein Sohn, in alle Welt hinausposaunt, wer ich bin. Meine Brüder aus dem Maquis (zu Nasreddins großer Überraschung benutzte er das Wort *Brüder* mit einer Art Wärme) würden sich auf mich stürzen und mir auf der Stelle die Kehle durchschneiden!«

An diesem Tag redet Nasreddin nicht, denn er will nicht sein wie der Onkel. In seinem Verschlag, der als Käfig dient, erwägt er Für und Wider. Wie einfach wäre es, zu reden, wie verführerisch, und für einen Augenblick könnte er sogar dieser Hölle entkommen. Die Soldaten hatten hohe Verluste in dieser Gegend. Sie sind wütend, und wenn er ihnen nichts sagt, dann werden sie ihn umbringen, sie werden sich nicht einmal die

Mühe machen, diesen Mord nach dem Motto »auf der Flucht erschossen« zu tarnen. Hier ist die Stadt so fern ... Auf der anderen Seite werden die *mudschahidin* ihm den Bauch aufschlitzen, wenn er ihnen den geringsten Anlass gibt, an seiner Loyalität zu zweifeln. Im Duar hat man ihm erzählt, dass in einem benachbarten *meschta* ein Bauer im Verdacht stand, den Franzosen Informationen zu liefern. Er wurde entführt und später fanden Leute seine schrecklich verstümmelte Leiche: Man hatte ihm das Geschlecht abgeschnitten, auf einem Schilfrohr aufgespießt und dieses in den Hintern des Verräters gesteckt. Die Maquisards haben seine Frau und die Kinder gezwungen, auf seine Leiche zu spucken. Er denkt an die eigene Frau, an seine Kinder, nimmt seine spärlichen Kräfte zusammen und stellt sich vor, wie unerträglich es für sie sein würde, einen Spitzel zum Ehemann oder Vater zu haben. Ach, seine sanfte und doch leidenschaftliche Frau, die ihr Haar mit Henna färbt, um ihm zu gefallen, bei der er Tränen lachen könnte, wenn sie mit ihrem drolligen Schweizer Akzent auf Arabisch ein Lied anstimmt, das er ihr beigebracht hat: *Assafi ala madina fi Diar El Andalus ...* »Groß ist meine Sehnsucht nach den vergangenen Zeiten in Andalusien ...« Und die ihm schließlich einen Topf voll enthülster Erbsen an den Kopf wirft, wenn sie findet, er gehe zu weit. »Andalusierin, Andalusierin, mach mir nicht das bisschen Kopf kaputt, das mir noch geblieben ist (er tritt den Rückzug an, fasst sie um die Taille, liebkost ihr langes schwarzes Haar und küsst sie in den Nacken). Meine Mutter hatte wirklich große Mühe, mir eine halbwegs akzeptable Birne zu fabrizieren!« Um den Schmerz und das Entsetzen zu bezähmen, die in ihm pochen wie ein übergroßes zweites Herz, malt er sich bis in die kleinste Einzelheit eine komische Episode aus jener Zeit aus, als er und Anna ihr gemeinsames Leben begannen. Sie hatte den Zirkus aufgegeben, um bei ihm bleiben zu können. Irgendwann hatten sie einige Hühner und Hähne auf Pump gekauft. Auf den ersten Blick kam ihnen das vor wie ein wirklich gutes Geschäft, sie waren vollkommen abgebrannt, hatten jedoch keine Ahnung von Hühnerzucht. In einer Markthalle von Algier hatten sie einen Verschlag gemietet, aber die Hühner und Hähne waren krank, wie sich bald herausstellte. Da hatten Anna und er die Idee, die Federn zu wachsen und die Kämme leuchtend rot anzustreichen, damit das todkranke Geflügel noch einmal prächtig aussah. Viele Käufer fielen darauf herein. Beim ersten Mal bekam Anna einen derartigen Lachanfall, dass der Kunde beinahe den Braten gerochen hätte. Leidenschaftlich und verzweifelt klammert sich Nasreddin mit jeder Kralle seiner Seele an dieses Lachen in seiner Erinnerung.

Man geht zu Elektroschocks über, der Flasche in den Anus, dem mit Urin und Kresol getränkten Lappen. Alles scheint einer eher gelangweilten Routine zu entspringen, die allerdings gut zu funktionieren scheint, es gibt sogar Zuständigkeiten, einen für die Peitsche, einen anderen für die Elektroschocks und schließlich einen Spezialisten für Wanne und Lappen. Tatsächlich gilt es, einen dummen Fehler zu vermeiden: dass der Gefangene hinüber ist, bevor er singt!

Am dritten Tag singt Nasreddin dann wirklich, als sein Mut ihn mit einem Schlag verlässt, wie ein riesiger Eisbrocken, der sich von einem Gletscher löst. Er sagt alles, was er weiß, das heißt nicht viel. Sie foltern ihn noch ein bisschen, um es zu überprüfen. Er beginnt Namen von Verbindungsleuten in Algier zu nennen, zuerst jene, bei denen er die vage Vermutung hat, dass sie bei der Front sind. Bald kennt er nur noch den einen Grund, dass dieser schreckliche Schmerz ein Ende haben soll, er nennt Personen aus seiner Nachbarschaft,

Namen, die ihm seine nun fehlgehende Erinnerung eingibt oder die mehr oder weniger deutlich zu fühlende Peitsche.

Das fällt dem Offizier auf, und er lässt angeekelt die Behandlung einstellen. Der Gefangene ist nun bestenfalls noch ein Statist. Sie bringen trotzdem einige von ihm genannte Leute zur Kaserne, die sich als mehr oder weniger wichtige Maquisards entpuppen. Als man einen von ihnen mit eingeschlagenen Zähnen und blutverschmierten Haaren durch den Gang schleift, ruft ihm dieser verächtlich zu: »Dreckiger Verräter! Pass auf deine Kehle auf, wenn du hier rauskommst!«

Ein Leutnant des Nachrichtendienstes bietet ihm an, er könne in die Armee eintreten, da er so oder so verbrannt ist, denn schließlich kann er nicht mehr in das Duar zurückkehren. Nasreddin wird von einem namenlosen Schrecken übermannt, der ihn verblöden und verstummen lässt, er bleibt mehr als einen Monat im Gefängnis. Schließlich ist man der Ansicht, dass die Drohung der *fellaghas* der beste Aufpasser ist, und lässt diesen Häftling mit dem erloschenen Blick und dem schwerfälligen Gang nach Belieben in der Kaserne kommen und gehen. Er sagt niemals ein Wort, und ab und zu kriegt er einen deftigen Fußtritt, wenn er beim Putzen der Latrinen ein wenig trödelt oder wenn er das Auto des Hauptmanns wäscht: einmal die Woche mit eimerweise Wasser.

SO KANN ER EINES TAGES mit Leichtigkeit ausbrechen, weil ihn am Ende niemand mehr beachtet. Mit wilder Angst im Herzen rennt er in sein Duar, zum Haus seiner Mutter, umgeht zuvor das Dorf auf dem Weg durch das Wadi, damit ihm niemand begegnet. Als er das Ende des von Berberfeigen gesäumten Pfades erreicht, bleibt er stehen, verblüfft durch die Stille. Einige barmherzige Sekunden lang glaubt er, sich getäuscht zu haben.

Er möchte schreien, als er verstreut über die Erde des Gemüsegartens, zwischen Kardonen und Artischocken, mehrere Kleidungsstücke seiner Mutter und das Spielzeug seiner Kinder liegen sieht. Kein Ton kommt aus seiner Kehle. Mit dem Fuß stößt er die Tür zum Innenhof auf. In der Mitte liegt ein umgestürzter *kanun*. Andere Sachen wurden hier und da hingeworfen, es herrscht eine unglaubliche Unordnung. Er liest ein kleines Unterhemd auf, dann ein Kinderhöschen. Seltsamerweise erinnert er sich an den Streit mit Anna, als sie die Unterwäsche an einer Bude des Clos Salembier in Algier kauften. Er war dafür, dass man es gleich einige Nummern größer kaufen sollte, damit die Kleider länger getragen werden konnten. »Genau, so habe ich mir das vorgestellt, du Geizhals. Du leistest dir den Slip eines Maharadschas und diese Hose, auf die du so stolz bist. Ich bekomme meine Unterhose und meinen Rock, und die Kinder sollen sich bis zur Volljährigkeit umsonst einkleiden!« Der Verkäufer hatte sehr gelacht und war ohne großes Handeln zu einem beachtlichen Nachlass bereit …

Nasreddin legt die Hand auf seine Brust. »*Yemma!*«, murmelt er, beinahe wieder getröstet, denn die Luft ist von Düften geschwängert, Veilchen und Jasmin, deren Blüten seine Mutter über alles liebt, sie nennt sie die »Freundinnen des Glücks«.

Die Tür zum größten Zimmer, das als Aufenthaltsraum und Schlafzimmer dient, steht weit offen. Er tritt ein. Lieber wäre er unter der Peitsche gestorben, als das hier sehen zu müssen: Der große Teppich, der den Boden bedeckt, ist mit einem riesigen Fleck aus getrocknetem Blut beschmutzt.

Als er sich endlich wieder aufrappeln kann, ist die Nacht beinahe hereingebrochen. Er geht zum Nachbarhaus, in dem die Hebamme wohnt, schwenkt Unterhemd und Höschen, die er mit seiner Faust umklammert hält. Die andere Hand versteckt unter der chinablauen Jacke ein Küchenmesser, das er im Innenhof gefunden hat. Als die Frau ihm öffnet, hat sie zuerst große Angst vor diesem abgerissenen Landstreicher mit dem aufgeregten Gesicht, den struppigen, zerzausten Haaren, der Stofffetzen vor ihren Augen schwenkt. Sie ist so alt wie Zehra, kommt häufig zu ihr zu einem Glas Tee. Dann füllen sich die Augen der Hebamme mit Tränen. Sie schlägt die Hände vors Gesicht, flüstert: »Mein armer Sohn, mein armer Sohn …« Nasreddin schaut sie verstört an und hält ihr die Kleider vor.

»Die Mudschahidin haben gesagt, du hättest sie verraten, mein Sohn … Verzeih mir, mein Sohn, aber ich gebe nur wieder, was sie uns gegenüber behauptet haben. Sie haben auch gesagt, dass deinetwegen ein Meschta von den Flugzeugen der Ungläubigen bombardiert wurde: Männer, Frauen, Kinder, beinahe alle tot.«

Die Frau schaut ihn neugierig an und beginnt dann wieder herunterzubeten: »Gott möge dir beistehen, Gott verleihe dir Geduld, mein kleiner Nasreddin …«

Ein Speichelfaden rinnt vom Kinn des Mannes: »Und dann?«

»Sie haben gesagt, dass du nun ebenfalls bezahlen musst … Du und deine Familie … Dass es keinen Grund gibt, weshalb deine Angehörigen davonkommen sollten, denn es wäre ungerecht gegenüber den anderen, denen, deren Kinder von den Bomben zerrissen wurden. Es sollte auch eine Warnung sein für all jene, die glauben, hinter den Kasernenmauern des Feindes in Sicherheit zu sein … Also sind sie nach Sonnenuntergang gekommen und haben ihnen die Kehle durchgeschnitten, deiner Mutter und deinen Kindern … Zehra hat die beiden Kleinen verteidigt, so gut sie konnte. Mit dem

Beil hat sie sogar einem der Angreifer den Schädel gespalten. Aber die drei anderen haben sie sehr schnell niedergekämpft und …«

Der Mann knurrt brüsk, als ob er sie unterbrechen wollte: »Und da war keiner, der sich eingemischt hat?«

»Keiner, mein Sohn. Was kann man schon tun, wenn sich solche Dinge ereignen?«

Die alte Frau schluchzt auf, sie kann das ausdruckslose Gesicht des Mannes nicht mehr ertragen: »Man hat sie am nächsten Morgen begraben. Alle haben geweint, Männer und Frauen, mein Sohn. Zum Steinerweichen, wie die drei Leichen da nebeneinander lagen. Niemals mehr wird es im Dorf sein wie früher …«

Immer noch das Unterhemd und das Höschen in der Faust, schluchzt Nasreddin auf. Dann fragt er: »Und meine Frau?«

»Sie war hier am Tag nach der Beerdigung. Sie konnte nicht früher kommen, weil die Soldaten sie zum Verhör bei sich behalten hatten. Für sie war das besser, denn auch sie wäre sonst getötet worden. Sie war wie wahnsinnig. Sie hat sich büschelweise das Haar ausgerissen, die Unglückliche.«

Die Hebamme knetet ihre Hände: »Und dann sind die Hunde aus Frankreich zurückgekommen und haben sie mit Gewalt mitgenommen. Sie haben ihr nicht einmal mehr Zeit gelassen, am Grab ihrer Kinder zu beten …«

DA HAST DU'S. Nasreddin steckt das Unterhemd in die eine, das Höschen in die andere Tasche und klettert zum Pass hinauf. Er marschiert die ganze Nacht. Die Pfade fallen schroff ab, und häufig stolpert er auf dem Schotter oder im stachligen Dickicht. Bei Morgengrauen bleibt er erschöpft stehen, holt das Unterhemd und das Höschen hervor und küsst sie. »Meine kleinen Welpen, meine beiden kleinen Welpen.« Es gelingt ihm nicht, zu weinen, er schläft auf der Stelle ein, ein Seufzer steckt in seiner Kehle.

Ein Rippenstoß weckt ihn: Männer im Drillich, die Arabisch sprechen, mustern ihn neugierig. Ihre Waffen sind in mehr oder weniger gutem Zustand: Mauser, Maschinenpistolen von Beretta und Stati. Einer von ihnen schüttelt ihn rüde.

»He, du Krüppel. Gehst einfach so in der verbotenen Zone spazieren? Diese Sauhunde von Eidechsen würden sich einen Spaß daraus machen, dich abzuknallen.«

Einer brummt: »Wenn er nicht für sie arbeitet …«

Der Älteste, der offensichtlich auch ihr Anführer ist, beendet die Unterhaltung: »Wir können uns hier nicht lange aufhalten, man sieht uns zu gut auf diesem Kamm. Die Fallschirmjäger sind uns sicher auf den Fersen. Außerdem ist da noch das Flugzeug, das seit heute Morgen seine Runden fliegt. Für die würden wir ein ideales Ziel abgeben. Ali, du versuchst herauszufinden, was dieser Schwachkopf hier verloren hat. Und dann stößt du möglichst schnell wieder zu uns.«

Der *dschundi* mit dem dicken roten Schnurrbart grollt: »Hast du gehört, Hirte. Was hast du hier zu suchen?«

Die Gruppe verschwindet rasch hinter einem Felsen. Ungeduldig versetzt der Dschundi dem Mann, der nun aufsteht, einige Püffe: »Bist du vielleicht stumm? Was hast du da für Lappen in deiner Hand?«

Wortlos hält Nasreddin Unterhemd und Höschen dem Dschundi unter die Nase. In dem Augenblick, als dieser zurücktritt, um die Kleider besser betrachten zu können, zückt Nasreddin das Messer und lässt seinen Arm nach vorn schnellen, um die Brust seines Gegenübers zu treffen.

Nasreddin schreit auf, denn der Maquisard hat ihm mit Gewalt den Arm auf den Rücken gedreht. Wütend wirft er ihn zu Boden. Mit Nasreddins Messer in der Hand, außer sich vor Wut, kläfft er: »Sohn einer Hyäne, ich werde dich in Stücke schneiden! Warum wolltest du mich erstechen? Antworte!«

Der Maquisard verleiht seiner Frage mit einem Fausthieb Nachdruck. Nasreddin wimmert. Die Faust hat ihn an der Nase getroffen, ein Schmerz, der das Ziehen in dem verdrehten, vielleicht gebrochenen Arm in den Hintergrund drängt. Er sieht das Küchenmesser an seine Kehle wandern. Das wäre nun also sein Ende, dieses nach Schweiß und nach Hammel stinkende Subjekt, das Gesicht zu einer fragenden Grimasse verzogen? Nach all dem Theater? … Unvermittelt holt er Luft, friedlich. Wie leicht es fällt, sich ermorden zu lassen!

»Tu's bitte, aber schnell.«

Das Lächeln und der Ton dieser Stimme bringen den Maquisard außer Fassung: »Du bist wirklich wahnsinnig. Warum möchtest du sterben?«

Nasreddin zeigt auf die Unterwäsche auf der Erde. Der Mann untersucht Unterhemd und Höschen. Heiser geworden, sagt er: »Kinder … Deine Kinder, was? Sie sind … tot?«

Nasreddin antwortet nicht. Die Stimme des anderen klingt überraschend unschuldig: »Auch ich habe Kinder. Drei, wenn du es genau wissen willst.«

Nasreddin zuckt mit den Schultern, aber die Bewegung schmerzt: »Ich habe einen Freund verraten, und meine Angehörigen mussten es an meiner Stelle büßen.« Verzweifelt fügt er hinzu: »Beeil dich, Dschundi, deine Freunde warten auf dich.«

Er schließt die Augen. Einige Sekunden lang verkrampfen sich seine Gesichtsmuskeln in Erwartung des letzten Stoßes. Dann wird sein Körper leichter. Der Mann ist aufgestanden. Blass geworden, wirft er das Messer weit von sich: »Ich bin kein Henker, du Drecksack. Ich kämpfe, um mein Land zu befreien. Hörst du den Lärm der Geschütze im Tal? Du weißt, was die Soldaten tun: Sie probieren ihre neuen Kanonen an den Meschtas und den Schafherden aus. Und unsere Leute, die man umgesiedelt hat, verhungern in den Lagern. Meine Kinder fehlen mir furchtbar, und vielleicht sind sie ebenfalls tot.«

Mit bewegter, angespannter Miene fixiert er Nasreddin: »Ich bin nicht verantwortlich für den Tod deiner Kinder. Ich habe noch nie einem Kind etwas zuleide getan, das kannst du mir glauben. Und ich werde es niemals tun, was auch kommen mag.«

Nasreddin liegt immer noch auf dem Boden. Er hat Erde im Mund. Seine Augen blicken flehentlich zu dem Maquisard. Der Dschundi wendet sich ab und spuckt auf die Erde: »Das wäre auch zu einfach, wenn du jetzt sterben dürftest. Nein, du sollst leben. Das soll deine Strafe sein, Verräter.«

ERSTER TEIL

1997

1

DIE ALTE DAME irrt über den Friedhof. Ihr Haar ist weiß. Sie trägt ein blaues Kleid mit weißen Blümchen. Ihren Regenmantel hat sie im Hotel gelassen, es ist heute in Algier sehr heiß. Sie streicht mit der Hand über ein Grab, das den Vornamen *Mehdi* trägt. Viele Inschriften sind noch auf Französisch, selbst wenn es sich um Muslime handelt: *né le …, décédé le …* (als Abkürzung einzigartig: DCD), geboren am …, gestorben am … Gleich wird sie ein Grab mit dem Vornamen *Meriem* suchen. Ein schwaches Lächeln hellt ihre Züge auf. Gut, dass die Vornamen in diesem muslimischen Land häufig vorkommen. Bis jetzt hatte sie immer Glück: auf jedem muslimischen Friedhof, sogar zu Hause in ihrem Kanton, in der Nähe von Genf – es gibt dort einen, der freilich ganz klein ist! –, hat sie immer einen Grabstein gefunden, zumindest mit einem der beiden Namen. Außerdem ist Meriem ein günstiger Vorname, denn man kann ihn mit Maria übersetzen. Im schlimmsten Fall bliebe ihr noch die Möglichkeit, auf christliche Friedhöfe zu gehen, dort gibt es »Maria« haufenweise. Ihr stockt der Atem, als sie darüber nachdenkt, welchen Ausdruck sie eben benutzt hat: haufenweise.

Der Friedhof hier ist nicht sehr groß. Er liegt zwischen alten Häusern in erbärmlichem Zustand und den schmutzigen Mauern einer Kautabakfabrik eingezwängt. Wenn man Richtung Süden schaut, kann man die winzigen Gitterfenster eines Gefängnisses sehen. Am Ende einer Allee, die in eine Art Brachland mündet, stößt die Besucherin auf eine Gruppe verschleierter Frauen, die an

Dutzenden einfacher Gräber entlanggehen. Erdhaufen dicht an dicht, häufig ineinander übergehend, darüber senkrechte grobe Holzplanken, auf denen mit flüchtigem Pinselstrich in verlaufender Schrift ein Name und eine Zahl geschrieben stehen. Manchmal fehlt der Name. Manche Hügel sind noch neu (man sieht es an der dunklen Erde) und haben kein Schild. Die Frauen gehen langsam von einem Grab zum anderen, Zettel in der Hand, völlig verstört. Sie wischen mit der Hand über die Holzplanke, schauen auf ihren Zettel und fahren dann fort mit ihren verzweifelten Klagen. »Wie Hammel, jawohl, wie Hammel haben sie sie abgeschlachtet«, wimmert eine. »Nein, wie Schweine haben sie unsere Löwen getötet ... und als wäre das noch nicht Unglück genug für uns, wissen wir nun nicht einmal, wo sie beerdigt sind«, nimmt eine andere den Faden auf, »von der Zelle direkt ins Grab ... Mein Gott, kann solche Ungerechtigkeit denn erlaubt sein?«

Die alte Dame geht mitten durch die weinende Gruppe hindurch, niemand beachtet sie. Die Frauen sehen aus wie große schwarze Störche mit tränenschweren Flügeln. Nur eine über ihren Stock gebeugte, sehr alte Frau mit üppig tätowiertem Gesicht blickt sie mit einer Mischung aus Kummer und Sympathie an. Mit meckernder Stimme sagte sie: »Meine Cousine, was tust du an diesem Unglücksort? Du solltest zu Hause sein und das Essen zubereiten. Vater wird böse sein ...« Die weißhaarige Dame bleibt stehen und lächelt der Alten zu. Eine hinter ihrem schwarzen Schleier vollkommen verborgene junge Frau, deren Hände trotz der Hitze in ebenfalls schwarzen Handschuhen stecken, tritt näher und packt wütend die Ahnin am Arm: »Verrückte Alte, jetzt hältst du schon eine Fremde, eine splitternackte Gauria, für deine Cousine?«

Beschämt geht die gebeugte Frau in die Gruppe

zurück. Die junge Frau in Schwarz wirft der alten Europäerin einen von Hass und Tränen gesättigten Blick zu. Diese macht eine fragende Geste, sie hat bereits einen Einwand auf den Lippen – aber, meine Schwestern, ich bin auch nicht anders als ihr, ich wache über meine Toten –, doch dann zieht sie es vor, mit hängenden Schultern fortzugehen und anderswo die Grabsteine abzusuchen.

Stundenlang spaziert sie zwischen den Gräbern umher, beugt sich über die Vorderseite der Steine. Sie hat müde Augen. Ihre Ausbeute ist beträchtlich: mehrere *Mehdi* und zwei *Meriem*. Die Geburts- und Todesdaten hat sie absichtlich nicht gelesen. Nach dem dritten Vornamen hat sie niemals gesucht, vielleicht weil man ihr sagte, er sei selten. Aber sie hätte auch das Gefühl gehabt, das Schicksal herauszufordern. Nie ist es ihr gelungen, genaue Informationen über ihn zu erhalten. Vielleicht lebt er noch. Mein Gott, wie fern das nun alles ist! Mehr als vierzig Jahre ist es her, dass »es« passiert ist. Sie denkt an die Redensart: »Als Gott die Zeit schuf, hat Er sie in ausreichender Menge geschaffen.« Sie würde gern sagen: Nein, für die Lebenden ist die Zeit niemals ausreichend. Sie genügt nur für jene, die sie nicht mehr benötigen. Also für die Toten. Bei all dem Blödsinn, der übers Jenseits erzählt wird, weiß sie wirklich nicht mehr, was sie davon halten soll.

Sie betet ein wenig. Sie wendet sich nicht an den Herrn ihrer Kindheit. Auch nicht an einen anderen. Und doch betet sie mit großem Ernst und aller Umsicht, die eine Protestantin aufbringen kann. Gott fordert Disziplin, aber keinen Glauben! In ihrem Kopf erklingt völlig unangebracht ein fröhliches Lied: »Wir gehen nicht mehr in den Wald, der Lorbeer ist geschnitten, / Jetzt soll die Schöne kommen und ihn sammeln.« Jener Bereich in ihrem Kopf, der bei ihr »das dreckige Überbleibsel eines Clownhirns« heißt, mischt sich unbarmherzig ein: »Bete ruhig, alte dumme Gans, kannst du etwas ändern, indem du eine Hand gegen die andere reibst? Der Chef lehnt sich müde über Seine Wolke, wenn du wüsstest, wie egal ihm das alles ist ...«

Ihr altes Herz wird erneut erfasst von diesem Bedürfnis loszuweinen, das sie seit drei Tagen umtreibt. Ihren Augen ist das gleichgültig, sie vergießen keine Tränen mehr. Also möchte ihr Herz auf andere Weise weinen. Aber es gelingt ihm nicht. Und das schmerzt sie dann umso mehr. Hat es denn überhaupt einen Sinn, gegen etwas anzuweinen, das weder böse noch gut ist, sondern lediglich die Zeit selbst mit ihren versteinerten Jahren, unüberwindlicher und sicherer noch als alle Gefängnisse, wie sich eins über das andere lagert?

Sie ist eine unbedeutende Bürgerin eines Landes, das keine Begeisterungsstürme auslöst. Vielleicht hat man das Bild von weißen Bergen vor Augen, denkt an Schokolade, gefleckte Kühe, die den besten Klee zu fressen bekommen, und natürlich jene florierenden, ein wenig undurchsichtigen Banken. Noch vor drei Tagen war die alte Dame in der Schweiz. Ihr Sohn Hans, der fünfundzwanzig Jahre alt ist, hat alles versucht, um ihr diese Reise auszureden. Denn sie ist zu alt, zu müde nach ihrem Herzinfarkt, um einfach so nach Afrika zu reisen, auf abenteuerliche Weise und ohne die Hilfe eines Reisebüros, in ein arabisches Land überdies.

»Mama, die haben dort unten keinen großen Respekt vor Frauen, das weißt du doch.«

Sie zuckte mit den Schultern – jetzt übertreibst du, mein Sohn –, ihre Augen waren ruhig wie ein friedlicher Teich. Lächelnd dachte sie: Vielleicht haben sie keinen großen Respekt vor ihnen, aber wenn sie eine lieben ... Dieses Lächeln eines Bergmorgens, strahlend, aber kalt, hat sich in den Gedanken der Frau noch verstärkt: Ach, wenn du wüsstest, mein armer Hans … Aber er wird es nie erfahren, sie hat es vor langer Zeit so beschlossen.

Sie hat ihn mit Methode belogen, hat ihm gegenüber mit möglichst unschuldiger Miene behauptet, sie wolle nach Ägypten reisen. Seit ihrer Kindheit hege sie diesen Wunsch, einmal die berühmten Pyramiden und die geheimnisvolle Sphinx zu sehen. Auf bessere Zeiten dürfe sie nicht mehr warten, denn sie befürchte, dass sie bald sehr gebrechlich werden könne. Sie hat nicht einmal die Mühe gescheut, sich Reiseführer über Ägypten zu kaufen, hat sie demonstrativ studiert, ihren Sohn nach seiner Meinung über dieses Land gefragt. Und während all dieser Zeit war da eine panische Angst wie unaufhörliche Bauchschmerzen, die sie nicht loslassen wollte, dass sie beim nächsten Herzanfall sterben könnte, bevor es ihr gelungen war, wenigstens einmal im Leben die beiden Stücke ihrer Existenz zu verbinden, die auf so abscheuliche Weise voneinander getrennt waren: vorher, nachher. *Vor* dem Tod ihrer algerischen Kinder, *nach* dem Tod ihrer algerischen Kinder. Schlimmstenfalls, sagte sie sich, würde sie über Ägypten in die Schweiz zurückkehren. Sie hat sich erkundigt: trotz zahlreicher terroristischer Drohungen gibt es noch einen Flug Algier – Kairo. So wie es auch eine Verbindung Paris – Algier gibt, die von einer Fluggesellschaft aufrechterhalten wird: Air Algérie … Also wird sie nach Frankreich reisen und von dort aus nach Algerien fliegen. Bevor es mit ihr wirklich bergab geht, wird sie es sich doch wohl erlauben können, all das verdammte Geld zu verschleudern, an dem es ihr früher so gemangelt hat!

Hans hat sogar angeboten, sie nach Ägypten zu begleiten.

»Aber du hast doch deine Arbeit (er ist Tierarzt), und außerdem möchte ich allein reisen, um mich zu erholen, das Land zu sehen …«

Etwas verdutzt hat er seine Mutter angeblickt: ein Gesicht wie ein runzliger alter Apfel, weißes, streng zurückgekämmtes Haar.

»Aber warum gerade jetzt, wo du dich noch nicht einmal erholt hast? Wenn nur Papa noch am Leben wäre; der hätte dich gewiss überzeugt.«

Er hat verstört geseufzt. Seine Mutter war ihm immer durchschaubar erschienen, so geheimnislos. Im Grunde uninteressant.

»Aber was hast du dort unten überhaupt vor?«

Statt zu antworten, hat sie von etwas anderem gesprochen. Einlenkend hat er dann gefragt: »Hast du die Visa? Sehr gut. Und alles reserviert? Hin und zurück, vergiss nicht, den Rückflug zu bestätigen! Und deine Medikamente?«

»Ja, sei unbesorgt, Hans.«

Sie hat ihm über den Kopf gestrichen, als ob er noch ein Kind wäre. Plötzlich fand sie, ihr Sohn habe zu viel Ähnlichkeit mit seinem Vater: dieselben Sommersprossen, dasselbe etwas farblose Blond der Haare und dieses pingelige Bedürfnis, alles vorauszuplanen. Sie hat an Johann gedacht, ihren Mann, seinen Vater, der im letzten Jahr nach einem Koma ohne Schwierigkeiten gestorben war, im freien Fall, ein Stein, der in einem tiefen Brunnen verschwindet, das Leben ebenso diskret verlassend, wie er gelebt hatte. Sie hat die Augen geschlossen, plötzlich bewegt, denn schließlich hatte sie ihn doch geliebt, diesen Johann, auch wenn er langweilig war.

Außerdem ist sie ungerecht: In dem Augenblick, als es mit ihm bergab ging, zeigte er plötzlich Humor.

»Nimm es nicht so schwer«, sagte er immer wieder und nahm zärtlich ihre Hände, »wir alle müssen einmal in dieses Loch hinab, so viel steht fest. Aber später werden wir wieder aufstehen, und dann lachen wir uns einen.«

Mit einem breiten Lächeln, das von einem trockenen, heftigen Husten unterbrochen wurde, fügte er noch hinzu: »Nun ja, wenn eine Auferstehung stattfindet. Dann werde ich auch endlich wissen, ob die zahllosen Messen, die ich mir geleistet habe, wirklich eine solide Sache waren oder nur ein Scheißdreck. Du siehst, ich rede wie ein Bankier. Jedenfalls ist es ein wenig spät, um noch die Meinung zu ändern. Wenn das wirklich Beschiss war, bekomme ich von niemandem eine Entschädigung …«

Ihn so reden zu hören, fand sie so erstaunlich, dass sie mit offenem Mund dasaß. Sie, nahezu eine Agnostikerin, hatte ihren Mann immer für bigott gehalten.

Er lachte über ihr verblüfftes Gesicht: »Du willst mir doch nicht etwa vorwerfen, dass ich mich langsam dir angeglichen habe!«

Hans hat sie erneut nach ihren Reservierungen gefragt. Weil das schlechte Gewissen sie plötzlich in seine Zange nahm, hat sie ihren Sohn auf die Wange geküsst. Ein wenig unsanft. Im tiefsten Innern hat sie ihn an seines Vaters Stelle um Verzeihung gebeten.

VOM FRIEDHOF AUS betrachtet Anna die *kasbah*, die Altstadt; an der Hügelflanke stellen sich kleine weiße Häuser zur Schau, die in der Mittelmeersonne vor sich hin modern. Manchmal stört Sirenenlärm die Stille. Wenn sie die Ohren aufsperrt, glaubt sie in der Ferne gedämpfte Schüsse hören zu können. Aber ganz sicher ist sie nicht. Letzte Nacht waren die Schüsse in der Nähe des Hotels viel deutlicher, rückten näher und entfernten sich dann wieder. Sie war aus dem Schlaf hochgeschreckt, ihr Herz schlug wie eine überspannte Trommel, sie presste das Ohr an die Tür. Draußen war keine besondere Aufregung. Dennoch schob sie unter Mühen einen Tisch vor die Tür, schlief wieder ein, im Bewusstsein, etwas Lächerliches getan zu haben. Wütend, denn wenn sie schon in einer der ersten Nächte vor der Angst kapitulierte, wie wollte sie dann jemals an ihr Ziel gelangen? Fluchend rückte sie den Tisch wieder an seinen Platz und fiel befreit in Schlaf.

Sie schaut auf ihre rechte Hand: die beiden Eheringe. Zwei Goldringe am selben Finger, nebeneinander, zum ersten Mal. Als sie Genf verließ, trug sie nur den einen, den Johann ihr geschenkt hatte, vor siebenundzwanzig Jahren, am Tag ihrer Hochzeit. Eine schöne Zeremonie, jedenfalls großartiger, als sie in dieser Zeit der Armut sich hatte erhoffen können. In Algier, im schönen Hotel unter den Arkaden, nur einige Schritte von Gericht und Innenministerium entfernt, hat sie dann sorgfältig ihre Sachen ausgepackt. Die kleine Schachtel lag unten im Koffer. Sie zögerte ein wenig, sie zu öffnen und den zweiten Ring über den Finger zu ziehen, als würde sie ihrem Mann die Gegenwart eines anderen aufdrängen. Johann mochte Ausländer nicht, und Araber waren ihm noch fremder als die anderen. Jedenfalls hat sie ihm nie etwas gesagt. Er hätte es nicht akzeptiert. Vielleicht hätte er sie nicht einmal geheiratet.

Schließlich steckte sie den Ring an, es war schwierig, weil der Finger dicker geworden war. Sie legte sich auf das große anonyme Bett. Nicht sonderlich bewegt. Dann begriff sie, dass das, was sie empfand – eine Art Hintergrundlärm, der all ihre Empfindungen verschluckte –, eine riesige Müdigkeit war, weit mächtiger als die andere Müdigkeit, die von der Reise kam: das Gedränge auf dem Flughafen von Algier zur Erledigung der Formalitäten, und dann eine Unzahl von Sperren, an denen Soldaten oder Gendarmen mit nervösen, angespannten Zügen standen, denen jede Beleidigung locker auf der Zunge lag. Ein junger, von der ständigen

Wachsamkeit sichtlich erschöpfter Polizist, war hochgeschreckt, als sie ihm den Pass gereicht hatte. Er hatte aufmerksam ihr Dokument geprüft und nach Fassung gerungen, saß doch tatsächlich eine Ausländerin ohne besonderen Schutz hier im Taxi.

»Was haben Sie hier überhaupt verloren, in diesem Land, wo es vor Verrückten nur so wimmelt? Wollen Sie, dass man Sie in Stücke schneidet?«

Er hatte die Nummer des Taxis und ihr Hotel notiert und dem Fahrer auf Arabisch gedroht: »Du fährst sie direkt ins Hotel! Lass dir nur nicht einfallen, einen anderen Weg zu nehmen, wenn du verstehst, was ich meine …«

Fassungslos hatte sie festgestellt, dass sie immer noch etwas Arabisch verstand. Ein widerwärtiger Angstschauder war ihr über den Rücken gelaufen. Sie war wirklich angekommen. Im Unfassbaren: der Vergangenheit, ihrer Vergangenheit. Alles lag nun wirr vor ihr: die Sprache, die erstickende Hitze, die aussätzigen Mauern, die Kakophonie des Kindergeschreis auf der Straße und dieses rohe unbarmherzige Licht, das sie als junge Frau, damals verfolgt von Nebel und Kälte, so sehr geliebt hatte! Unter dem Schock schloss sie die Augen, weil nun auch der Schmerz der Erinnerung zurückkehrte. Das Schwindelgefühl entlockte ihr ein Stöhnen. Der Fahrer fragte sie, ob sie sich nicht wohl fühle. Sie knurrte eine unverständliche Antwort. Auf ihrem Zimmer fiel sie für eine gute Stunde in einen schweren, traumlosen Schlaf.

Sie bat den Portier, ihr zu zeigen, wo der Friedhof lag.

»Welcher Friedhof?«

»Irgendeinen«, antwortete sie.

Der Angestellte korrigierte: »Natürlich einen christlichen?«

»Nein, einen muslimischen, natürlich.«

»Und Sie sind Muslimin?«

»Nein, Christin, natürlich.«

Der Portier hüstelte verlegen. Sie gab nicht nach, entfaltete die ganze Liebenswürdigkeit einer routinierten Touristin. Schließlich skizzierte er auf einem Zettel den Weg zum nächsten Friedhof. Er bereute es sofort wieder, und als sie hinausgehen wollte, rannte er ihr noch einmal nach, um sie von ihrem Vorhaben abzubringen. Der Friedhof liegt in einem »harten«, gefährlichen Viertel, Zusammenstöße sind hier an der Tagesordnung. Selbst die Polizisten wagen sich nur noch im Konvoi hinein, weil man sie sonst wie die Fliegen abknallt. Außerdem hat man dort zwei spanische Nonnen ermordet, erst letzte Woche, direkt gegenüber einem Armeeposten. Als der Portier begriff (»Aber Madame, glauben Sie mir, sie wurden auf ganz schreckliche Weise erdolcht!«), dass die alte Dame mit dem verlegenen Lächeln tun wollte, was sie sich in den Kopf gesetzt hatte, flehte er sie an, zumindest ein Kopftuch über ihr Haar zu ziehen und sich nur im Taxi fortzubewegen. Um ihn zufrieden zu stellen – und loszuwerden –, zog sie ein Kopftuch aus der Tasche und wartete geduldig auf das Taxi, das er ihr gerufen hatte. Mit trockenen, ein wenig zitternden Lippen dachte sie beim Blick hinaus durch die verglaste Hoteltür, dass dieser Morgen zum Sterben eindeutig zu strahlend war. Auch für eine alte Ziege wie sie.

SIE GEHT AUF DEM FRIEDHOF spazieren. Kaum Leute. Manche drehen sich erstaunt um, als sie vorbeikommt. In einer Ecke hat jemand ein paar Geranien direkt in die frische Erde eines Grabes gepflanzt und offenbar zu stark gegossen, in der Pfütze liegen zwei Frösche, geduldig auf saftige Insekten lauernd. In ihrem Wohnort in der Schweiz behaupten die Alten, dass der Schmerzensschrei der Frösche dem der Kinder ähnelt, es ist nicht ratsam, Frösche zu töten, denn sie sind die Seelen toter Kinder. Sie beobachtet die stupiden Augen der Amphibien. Für einen Augenblick sind sie die Augen ihrer beiden algerischen Kinder.

Während Anna sparsam ein paar kleine und schmerzhafte Tränen weint, bemerkt sie einen Mann, der sie mustert, er ist groß und trägt trotz der Hitze einen weißen Burnus. Offenbar lächelt er ihr zu, undurchschaubar, wohlwollend. Sie nickt in seine Richtung.

Wie war das noch, was ihr erster Mann, dessen Ring sie jetzt nach einer so langen Unterbrechung trägt, zu ihr gesagt hatte? Er hatte zu ihrem Vergnügen von einer Fabelfigur erzählt, El Chidr, dem unsterblichen Führer der Seelen, von dem es im Koran heißt, er sei der Begleiter von Gilgamesch und dem Propheten Moses gewesen und habe auch die Hinrichtung Jesu miterlebt. Er hatte ihr versichert, dass es diese Figur wirklich gebe, man müsse nur seinen Namen aussprechen, und er werde erscheinen, dir selbst näher als die Haut, die deine Muskeln umschließt, und sich für alle Ewigkeit die Seele einprägen, die ihn gerufen hat.

Obwohl all die Jahre im Nebel liegen, erinnert sie sich, dass sie ihn einmal gefragt hat, ob er wirklich an diese Geschichte mit El Chidr glaube, der seiner Meinung nach den »Pol der Zeit« symbolisierte, »das Maß der Bewegung, die jedes Ding erfasst«. Er war darüber leicht aufgebracht gewesen, hatte ihr geantwortet, es sei doch nur wenig erforderlich, damit ein Glaube Realität werde, zumindest für ihn. (»Nimm beispielsweise den Himmel: Wenn du an ihn glaubst, existiert Er, du bist bereit, für Ihn zu sterben und sogar Krieg zu führen. Aber wenn nicht … pfft, alles vorbei, ein verschwommener Scheißdreck wie alles andere auch. Man muss also an solche Dinge wirklich glauben. Was bringt es, wenn man allzu hellsichtig ist, meine Geliebte, ja, was dann?

So ohne alles ist Vernunft schlimmer als Säure, glaub mir!«) Er hatte sie auf den Mund geküsst, um sie an einer Antwort zu hindern, und dann lachend zu singen begonnen: »... in guten wie in schlechten Tagen, in Freude und in Leid ...«

Das war lange bevor sie die beiden Kinder hatten. Damals war alles leicht, ohne viel Konsistenz. Das Leben hatte noch nicht seine endgültige Färbung erhalten, und ob »Pol der Zeit« oder nicht, sie liebte einfach und ohne sich große Fragen zu stellen den Mann, der ihr diesen Ring geschenkt hatte. Er sollte ein wenig das Maß ihres Unglücks werden. Weil er ihr das Glück geschenkt hatte, jene federleichte Sache, die so rasch verschwindet.

Der alte Mann auf dem Friedhof hat sie auf arabische Art gegrüßt, indem er die Hand auf sein Herz legte und ebenfalls nickte. Natürlich ist er El Chidr, denn sie hat es bereits in der Sekunde, da sie ihn sieht, so beschlossen. Bei dieser Vorstellung muss sie lachen. Der Mann im Burnus ist rasch verschwunden, ein Lächeln mit ihr tauschend, als würde er sie seit langem kennen. Ihr Lachen erlischt. Hätte sie ihm einige Fragen stellen sollen? Auch wenn man es ihm nicht ansah, so hatte er vielleicht Moses gekannt, Jesus und all die anderen. Vor allem aber hatte er vielleicht den Mann gesehen, der ihr einst den Mund versiegelte, indem er sie so zärtlich auf die Lippen küsste.

Niemand ist mehr auf dem Friedhof. Die alte Dame seufzt: »Oh, mein liebster Wirrkopf, an was erinnerst du mich mit deinen seltsamen Geschichten, denen nicht einmal ein Kind zuhören würde?« Sie erstarrt, gedankenverloren befühlt sie den neuen Ring, und plötzlich fällt ihr auf, dass sie zu ihrem ersten Mann spricht, als stünde er vor ihr, jetzt, in dieser Minute, auf diesem winzigen Friedhof, und wäre nicht mehr durch mindestens vier Jahrzehnte von ihr getrennt, dort unten, am anderen Ufer des Ozeans der Vergangenheit.

»... in guten wie in schlechten Tagen, in Freude und in Leid ...« Sie erinnert sich mit einer Freude, schneidend wie Angst, dass sie Zirkusakrobatin war, bevor sie diesen Mann traf, diesen Menschen, der vielleicht nicht mehr existiert, dessen Knochen wahrscheinlich längst zu Staub zerfallen sind. Auf diesem Friedhof, wo die Frösche friedlich quaken, beschließt Anna, künftig bedingungslos an seine Geschichte vom Propheten der Zeit zu glauben, die sie jenseits aller Erinnerungen und Gewissensbisse wieder mit sich selbst versöhnt.

2

NASREDDIN IST UNRUHIG. Um genauer zu sein: Zusätzlich zu dem täglichen Quantum an Ängstlichkeit, das ihm so vertraut ist, dass er sich manchmal die Frage stellt, ob er wirklich jemals einen Tag erlebt hat ohne diese Spannung in der Magenmuskulatur, empfindet er noch eine Beunruhigung anderer Art. Er möchte lachen und weinen. Ein blutiges Lachen, blutige Tränen. Und beides zur gleichen Zeit. Gut, denkt er, hoffen wir, dass es nicht der Kopf ist. Wo der Rest doch schon …

Es ist nach sechs. Das Wetter ist schön. Schon lange war das Licht nicht mehr so wunderbar. Durch das Fenster schaut er auf die Gebäude der Stadt. Niemand zu sehen, auch wenn die Ausgangssperre seit einer Stunde aufgehoben ist. Er fühlt sich wohl, das heißt, nichts tut ihm weh: Der Ischias martert ihn nicht mehr und auch nicht sein Geschwür. Pfeifend füllt er Kaffee in die italienische Espressomaschine. Er hatte Mühe, guten Kaffee aufzutreiben, weiß natürlich, dass er etwas sparsamer sein sollte. Aber heute kann er Kaffee nach Herzenslust trinken, denn er hat beschlossen, sich zu töten. Dieser Einfall kam ihm plötzlich, als er die Balkone an dem Haus gegenüber betrachtete, allesamt mit geschlossenen Läden! Er findet das stumme Angebot der Balkone ausgezeichnet: seine Läden schließen, sich klug und als Ehrenmann empfehlen, nachdem man das eigene Gestell verschrottet hat. Man kennt keine Schrecken mehr, vorbei die täglichen Morde und besonders das eigene Leben, ein vollkommenes Desaster, eigentlich versteht er nicht, weshalb er es so lange ausgehalten hat. Oh, das Wort »Selbstmord« möchte er nicht einmal bemühen! Zu großmäulig, denn es lässt auf ein gewisses Selbstwertgefühl schließen: Man begeht nur Selbstmord, wenn man sich hoch genug einschätzt, dass man sich als Brandopfer darbringen möchte, für das, was man als die wahre Natur ansieht. Nein, es scheint ihm zwingend wie der Imperativ des gesunden Menschenverstands: Schluss mit der Zeitverschwendung, denn diese Zeit verschafft ihm nichts als Ärger! Das ist ebenso offensichtlich, wie man nach dem Essen den Tisch abräumt. Er hat keinen Hunger mehr, ist wirklich satt, und als gutem Hausherrn bleibt ihm nur noch, die Essensreste von der Tischdecke zu entfernen. Er legt seinen Pyjama ab und zieht seinen Lieblingsanzug an. Für eine solche Gelegenheit könnte die Jacke etwas besser gebügelt sein, stellt er leicht verdrossen fest. Es macht ihm Mühe, den Lüster abzuhängen, er wird ungeduldig (»Sie hat ganz Recht gehabt, aus mir wird nie ein guter Bastler werden«), denn er ist gegen die Decke gestoßen, und Gips fällt herab. Es gelingt ihm, ein Seilende am Haken zu befestigen, er steigt auf einen Stuhl, legt die Schlinge um den Hals. Die Schnur ist viel dünner als die Runzeln in seinem Hals und verschwindet manchmal unter den Falten. Er ist jetzt beinahe glücklich (sagen wir: zufrieden), er wird etwas Sinnvolles und Vernünftiges tun. Der Geruch des heißen Kaffees steigt bis zu ihm hinauf. Er hat das heftige Gefühl, es sei unschicklich, fortzugehen, ohne vorher das Gas abzudrehen. Außerdem – und das ärgert ihn nun wieder zutiefst – verspürt er ein starkes Bedürfnis zu pinkeln. Er zögert, weil er nicht weiß, ob ein Gehängter in der Lage ist, seine Blase zu halten. Er möchte nicht ein nach Urin stinkender Kadaver sein. Vor allem erträgt er nicht die Vorstellung, wie seine Nachbarn sich über seine Leiche beugen und sich vor Ekel die Nase zuhalten. Also steigt er von seinem Stuhl herab. Er dreht den Schalter am Herd aus, dann strengt er sich an zu urinieren. Vergeblich, selbst wenn er Druck auf seine Blase ausübt, kommt nichts heraus. Das schmerzhafte Bedürfnis ist allerdings da. Es ist sein alter Körper, der mit ihm nicht einverstanden ist und zu einer List greift. Er gießt sich eine Tasse heißen Kaffee ein, noch eine zweite, danach fehlt ihm der Mut, erneut auf den Stuhl zu steigen.

Er legt sich auf den Diwan, verärgert, weil er nun den Lüster wieder aufhängen muss. Er kann das Glücksgefühl kaum unterdrücken, noch am Leben zu sein. Und je mehr er sich auf dem Diwan zusammenrollt, umso stärker fühlt er diese verblüffende, absurde Zufriedenheit wachsen, dass er seinem zerrütteten Körper die Höchststrafe erspart hat. Er beschaut seine fleckigen Hände, auf denen die Adern ein kompliziertes, fragiles Netz bilden, und sein Herz (»Also wirklich, meine Andalusierin, wenn du das sehen könntest!«) pocht vor Rührung. Er muss sehr an sich halten, um nicht einen Freudentanz im Wohnzimmer aufzuführen.

Ein seltsames Schreien lässt ihn eine Stunde später aus dem Schlaf hochschrecken. Er stürzt auf den Balkon. Vier Stockwerke unter ihm steht die Nachbarin von nebenan mit einem Korb in der Hand vor dem Hauseingang, zerkratzt sich das Gesicht und schreit nach Leibeskräften. Der alte Mann sperrt die Ohren auf; zuerst hat er den Eindruck, dass Lalla Yamina um Hilfe ruft, aber der schreckliche Schrei ist nicht mehr zu verstehen. Allerdings begreift er, dass sie um ihr Leben schreit. Außer sich rennt er die Treppe hinunter, so schnell er kann. Er mag diese Nachbarin sehr, ihm gegenüber ist sie immer hilfsbereit gewesen. Jeden Morgen bringt sie ihm seine tägliche Kanne Milch mit und erspart ihm so das unangenehme Gedränge vor dem Milchwagen. Wenn er ihr danken will, wehrt sie mit ihrer bäuerlichen

Fröhlichkeit ab: »Bei allem Respekt, El Hadsch (sie ist völlig überzeugt, dass er bereits nach Mekka gepilgert ist und es ihr aus Bescheidenheit verschweigt), ich bin nicht in der Butter aufgewachsen wie du. Was sind schon vier Stockwerke ohne Aufzug für mich, früher habe ich die Ziegen von einem Gipfel zum nächsten getrieben! Außerdem hole ich ja von dieser scheußlich-künstlichen Milch ohnehin etwas für mich …« Sie, die als Putzfrau schwer bei einem Amt der Gemeinde arbeitet, liebt es, wenn er die respektvolle Anrede »Lalla« (»Meine Dame« im höflichsten Sinn) vor ihren Vornamen setzt. Ungeschickt versucht sie ihre Freude zu verbergen und gluckst: »Genug, El Hadsch, du bist der Einzige, der so mit mir spricht! Bei dir werde ich rot wie ein junges Ding, dabei habe ich schon vier große Kinder!« Er setzt noch eins drauf, bedenkt ihre Taille mit genießerischen Blicken: »Oh, Lalla, wenn ich mich nicht vor deinem Mann fürchten würde, hätte ich dich schon lange entführt!« Dann entzieht sie sich lachend: »Verfluche den Teufel, El Hadsch! In deinem Alter – und immer noch solche Geschichten!«

Um die Frau hat sich bereits ein Auflauf gebildet. Ihr Gesicht ist überzogen von blutenden Kratzern, abgeschottet in ihrer unwiderruflichen Einsamkeit, schreit sie mit einer unglaublichen Kraft. Sie kniet vor einem Serviertablett, auf dem zwei Tassen Kaffee und zwei runde Gegenstände stehen, die aussehen wie Bälle mit Militärmütze. Obwohl sein Gehirn noch nicht ganz wach ist, erkennt er sofort einen der beiden »Bälle«: Es ist der Kopf des ältesten Sohnes der Nachbarin. Der Ausdruck in dem schönen Gesicht ist seltsam schmollend, als wäre er unwillig, weil seine Mutter sich hier gehen lässt. Der andere Kopf sieht aus, als würde er einfach schlafen. Beide wurden am Hals sauber abgetrennt und bluten nicht: Die Henker haben sich große Mühe gegeben, damit ihr abscheuliches Stillleben gelingt. Ein sechsjähriges Kind, das barfuß am Arm eines Erwachsenen hängt, betrachtet die Inszenierung mit weit aufgerissenen Augen und klappernden Zähnen. Auf dem Boden liegt ein Stück Pappe, das mit Kugelschreiber verkündet: »So sieht das Frühstück für Leute aus, die dem Pharao dienen!«

Er empfindet unendliches Mitleid mit dieser Bäuerin. Einige Wochen zuvor hat sie ihm im Vertrauen von ihren Sorgen berichtet, als ihr Sohn den Einberufungsbefehl für den Militärdienst erhielt. Die bewaffneten Gruppen hatten gewarnt, sie würden alle töten, die dem Ruf in die Kasernen folgen. Andererseits betrachtet die Armee alle Verweigerer als Komplizen der Terroristen und verfolgt sie erbarmungslos. Sie flüsterte mit einem gezwungenen Lächeln: »Ach mein Gott, Du weißt doch, dass ich eine gute Muslimin bin, aber in Wirklichkeit tust Du gar nichts, um mir das Leben zu erleichtern!«

Im Umkreis der Frau verharren die Zuschauer wie gelähmt in entsetztem Staunen. In der Menge fällt ihm ein Kerl auf, der angstvoll wispert: »Der andere ist ein Freund von Hassan. Sie sollten gestern auf Urlaub kommen. Die haben sie wahrscheinlich im Bus erwischt.« Ein anderer neben ihm fügt hinzu: »Denen entgeht nichts, sie wissen alles, da kannst du Gift darauf nehmen! Möglicherweise ist der Kaffee sogar noch heiß …« Die beiden riskierten einen flüchtigen Blick und senkten dann überstürzt den Kopf, als bereuten sie, bereits zu viel gesagt zu haben. Jeder kann Spitzel der Islamisten oder der Sicherheitskräfte sein, selbst dieser liebenswerte Nachbar, der einen einige Sekunden lang etwas zu genau beobachtet. Der alte Mann hat einen galligen Geschmack im Mund. Er möchte seine Nachbarin an der Schulter fassen und trösten, aber er wagt es nicht. Er geht wieder hinauf, verfolgt von ihrem Schrei eines verwundeten Tieres, läuft in seiner Wohnung hin und her, krank vor Scham und Ohnmacht. Eine Viertelstunde später heulen Sirenen durch die Stadt, Magazine werden in die Luft gefeuert, um die Neugierigen zu zerstreuen, man hört gebellte Befehle und die Beleidigungen der Gendarmen und Polizisten von den Spezialkommandos. Jemand trommelt heftig an seine Tür. *Ninjas* mit übergezogener Kapuze richten ihre automatischen Waffen auf ihn, drängen sich an ihm vorbei, nachdem sie ihn ohne Umstände zur Seite gestoßen haben. Im Laufschritt machen sie einen Rundgang durch die Wohnung, als würden sie jemanden suchen. Einer, der ihr Anführer zu sein scheint, brüllt: »Haben Sie was gesehen, Opa? Nein? Genau wie alle anderen, was? Schweine! Da werden zwei bedauernswerten Jungen direkt unten vor dem Haus die Köpfe abgeschnitten, aber keiner hat etwas gesehen, es ist immer dasselbe …«

Als sie hinausgehen, deutet einer der Ninjas auf das Seil, das da am Haken hängt. Mit einem trockenen Lachen sagt er zu seinen Kameraden: »Vielleicht wäre das die Lösung für Algerien?«

Keinem ist zum Lachen zumute. Die Tür fällt wieder ins Schloss, und der Mann horcht den Polizisten nach, wie sie von einem Stockwerk zum nächsten galoppieren, ihr wütendes Geschrei, Türen werden mit Radau aufgerissen, das Flehen der Festgenommenen. Als er wieder den Mut hat, vom Balkon hinunterzuschauen, beladen die Gendarmen ihren Jeep mit einem Dutzend junger Leute: Köpfe gesenkt, Hände gefesselt. Auch das ist nicht neu, stellt er resigniert fest: Im Allgemeinen rächen sich die Polizisten und Gendarmen, wenn sie nach einem Attentat wieder abziehen, für das verschüchterte Schweigen der Leute, indem sie sich an den arbeitslosen jungen Leuten aus dem Viertel schadlos halten. Sie sammeln zuerst so viele wie möglich ein, die sie dann auf dem Kommissariat oder in der Kaserne verprügeln, um Terroristen aufzuscheuchen oder Informanten zu rekrutieren. Es kommt vor, dass einige nicht zurückkehren, irgendwer findet ihre Leichen, die im Morgengrauen auf ein löchriges Trottoir geworfen wurden, oder ihre Namen tauchen auf der langen Liste einer Siegesmeldung der Sicherheitskräfte auf.

Seine beiden Hände zittern so sehr, dass er nicht einmal rauchen möchte. Er hätte sich um seine Nachbarin kümmern sollen, das weiß er jetzt, er wird es sich noch lange vorwerfen: »Meine Schwester, meine unglückliche Schwester, vergib mir meine Feigheit, aber ich konnte es einfach nicht …« Diese Verzweiflung, die er nur zu gut kennt, ist wieder da, ein Fieberschub presst seine Brust zusammen, den Magen, den Unterbauch. Früher oder später wird er wohl seine Wohnung fluchtartig verlassen, das gesteht er sich jetzt ein, und seine Stadt, die Hauptstadt, dieses schmutzige, grausame Algier, das er mangels Familie liebgewonnen hat. Vielleicht wäre jetzt der richtige Moment, um in das Duar zurückzukehren, sich um das kleine Haus seiner Eltern zu kümmern, die Gräber seiner Mutter und seiner beiden Kinder zu pflegen, dort den Rest seines Lebens zu verbringen? Nur nicht zu viel an diese Schlampe denken – denn selbst jetzt schmerzt es noch! –, die ihn vor einer Ewigkeit mit drei Toten auf dem Arm sitzen ließ!

DER ALTE MANN hat eine Postkarte in seinem Briefkasten gefunden, er begibt sich eilig zu einem Hotel. Er möchte einen Freund treffen. Seit drei Jahren hat er ihn nicht mehr gesehen. Nein, es sind vier. Dieser Mann ist ein *targi*. Er heißt Dschaurden. Und wie lange kennt er ihn? Zwanzig, dreißig Jahre? Nach der Unabhängigkeit hat sein Freund zumeist als Führer für einige Reiseveranstalter in Tamanrasset gearbeitet. Er tut es vielleicht heute noch, obwohl er wahrscheinlich verdammt alt geworden ist. Was soll er denn auch sonst tun, dieser alte Zausel von einem Targi, der sich immer beklagt, dass es ihm niemals gelungen ist, auch nur einen Dinar zurückzulegen?

Er hat es eilig, aber sein Hühnerauge ist aufgewacht, er hinkt ein wenig. Eben ist ihm jemand im überfüllten Autobus auf den Fuß getreten. Sein altes Auto hat er nicht genommen, weil es wieder kaputt ist, es gelingt ihm nicht, Ersatzteile zu erschwinglichen Preisen aufzutreiben. Natürlich gibt es welche auf dem Schwarzmarkt, aber dafür wäre seine gesamte Rente nicht genug. Scheiße!, flucht er, trotz seiner Verzweiflung ist er jedoch guter Dinge, denn er geht zu einer Verabredung mit einem Freund. In dieser beschissenen Stadt hat man keine wirklichen Freunde mehr, meint er wütend. Er denkt an die beiden Köpfe auf dem Tablett, und dann, weil das Bild der Tassen vor den Lippen der Hingerichteten rasch unerträglich wird, an das, was er gestern erlebt hat, an diesen Mann, der ihn wegen ein bisschen Geld beschimpft hat. Aber er sieht nicht ein, sich damit zu beschäftigen. Er befühlt die Hundertdinarscheine, die er in der Tasche hat. Sie sind ein erheblicher Teil seiner Rente. Er weiß, morgen oder übermorgen wird er es bitter bereuen. Aber heute ist heute: Nach allem, was er heute Morgen mit ansehen musste, benötigt er nun Freundschaft wie ein Ertrunkener die Mund-zu-Mund-Beatmung. Ein Bild wandert kurz durch seinen Kopf: Er umarmt dieses alte Wrack von einem stinkenden Targi, auweia! Er lächelt melancholisch, ein wenig erschreckt über seine Sehnsucht nach Freundschaft. Es macht ihn auch ein wenig wütend, diese Gier in sich zu fühlen. Mein Gott, ist es wirklich schon so schlimm mit ihm? Er reibt seine rechte Hand, denn der schwarze Fleck juckt.

Er wusste noch nie, woher der kommt. Von Zeit zu Zeit bringt er sich mit einem diffusen Gefühl in Erinnerung, tut nicht richtig weh, ist aber unangenehm. Er reibt weiter, eher ein Tic als ein Bedürfnis.

Sie sind im Hotel Beau Séjour bei Bab El Oued verabredet. Dschaurden hat sich kaum verändert, er ist vielleicht ein wenig geschrumpft, allerdings immer noch so mager wie früher. Seine Jacke ist sauber, aber verschlissen. Der Mann sieht ärmlich aus ohne seine Wüstenkleidung, vor allem ohne seinen berühmten Schesch. So passt er recht gut zum Zustand der Hotelhalle.

»Da hast du dir nicht gerade das Beste ausgesucht«, bemerkt Nasreddin.

»Hör mal, die anderen sind teuer, viel zu teuer für mich!«, antwortet Dschaurden leicht ärgerlich.

Die Begrüßung verläuft ein wenig kühl. Nasreddin weiß nur zu gut, dass es an ihm liegt. Was ist in ihn gefahren, dass er ihn gleich zu Beginn kritisieren muss?

»Hast du gegessen?«

Der Targi nickt.

»Sollen wir vielleicht etwas trinken gehen?«

Die beiden Männer beobachten einander, sie sind beide vorsichtig, um ihr Wiedersehen nicht zu verderben.

»Einverstanden. Zuvor gehe ich noch hoch und sage meiner Frau Bescheid, dass ich für einen Augenblick fort bin.«

Nasreddin lächelt:

»Aha, deine Frau ist auch hier?«

Der Mann mit dem faltigen Gesicht und den beinahe negroiden Zügen antwortet nicht. Er macht einen etwas müden Eindruck: »In zehn Minuten bin ich wieder zurück.«

Jetzt sitzen sie in einer verrauchten und schmutzigen Bar an einem Tisch. Die Tür ist gepanzert, und durch ein

Guckloch überwacht jemand das Trottoir. Manche Bars wurden bereits mit Kalaschnikows beschossen, es gab Tote. Eingeweihte sagen, sie sind nicht einmal gute Tote, denn am Tag der Beerdigung reden die Leute schlecht über sie: »Was denn, ein Trunkenbold, der mit dem Glas in der Hand umgelegt wurde? Heutzutage? Ist er nicht auch ein bisschen selbst schuld an seinem Ende?« Billige Musik übertönt halbwegs die Stimmen der Gäste. Man lässt sich mehrere Biere auf einmal bringen. Es gibt zu viele Gäste und bestimmt nicht genug Bier. Keiner möchte den schrecklichen Satz hören: »Ist leider ausgegangen!« Und wozu soll man trinken, wenn man nicht betrunken wird? Um den Durst zu löschen, gibt es Wasser. Alles andere ist eine Sache für reiche Leute. Und lassen sich hier etwa reiche Leute blicken? … Außer dem Wirt natürlich, rechnet man voller Neid und Gehässigkeit. In ihrer Konzentration auf die sich nur langsam einstellende Trunkenheit lachen die Gäste mitunter böse, streitsüchtig.

Dschaurden trinkt kein Bier und übrigens auch keinen Wein. Er mag das nicht. Er trinkt lieber Whisky. Es sind eigenartige Gründe, die er jedes Mal anführt, wenn er mit Nasreddin trinkt: »Dort unten im Hoggar habe ich nicht gelernt, Bier oder Wein zu trinken, weil es das dort praktisch nicht gab. Den Whisky haben mir die ausländischen Touristen zu kosten gegeben, abends im Biwak. Anfangs schmeckt es scheußlich, aber man dringt bald zur angenehmen Seite des Getränks vor, nach nur zwei Gläsern. Beim Wein musst du den fauligen Geschmack fast eine ganze Flasche lang ertragen, um zum selben Ergebnis zu kommen. Vom Bier ganz zu schweigen! Da wirst du zu deinem eigenen Pissoir!«

Lachend fügt er gewöhnlich hinzu, dass der Koran zwar den Wein verbietet, aber der Whisky ihm unbekannt ist. Heute jedoch trinkt Dschaurden das erste und dann das zweite Glas fast ohne ein Wort. Er ist in finsterer Stimmung. Seine Hände umfassen linkisch das Glas, als wäre es mit einer heißen Flüssigkeit gefüllt. Übrigens macht der Targi mit seinem Mund dasselbe Schlürfgeräusch wie beim Tee. Nasreddin beobachtet ihn: Er ist abgerissen, zerknautscht, etwas scheint ihn zu bedrücken. Darauf war Nasreddin nicht gefasst. Er fühlt sich in seinen Erwartungen betrogen, schließlich meint er erregt: »Wir sind doch Freunde, oder nicht? Ich lade dich doch nicht zu diesem teuren Whisky ein, damit du mir ein solches Gesicht machst. Was ist los?«

Der Targi streichelt sein Glas. Er schaut auf, beide Augen in tiefen Höhlen versunken: »Ich bin alt, und meine Frau ist ebenfalls alt, und außerdem hat sie eine beschissene Krankheit. Sonst noch was?«

Dann sagt er in seinem knorrigen Akzent, in dem er ein mangelhaftes Arabisch mit Brocken von *tamaschak* mischt: »Aber was bringt es denn, zu leben, jung zu sein und robust, an allen möglichen Scheißdreck zu glauben, den ganzen Tag die Sonne zu sehen, wenn es nur darum geht, alt zu werden, zu sterben und zu stinken?«

Seine Lippe zittert: »Ich liebe meine Frau, weißt du? Ich bin sicher, dass du sie hässlich findest, ganz faltig, viel zu schwarz, eben ein Kartoffelsack. Ja, sicher, aber sie ist nun einmal meine Frau!«

Jetzt erinnert er an einen alten verzweifelten Geier. Erregt meint er: »Stell dir vor, was für ein Arschloch ich bin, beinahe hätte ich gesagt: Ich habe sie geliebt!«

Ein grober Fluch auf Arabisch entfährt ihm, so obszön wie möglich. Der Gast am Nachbartisch dreht sich um und wiederholt den Fluch, weil er so schön ordinär ist. Der Targi schließt seine Augen. Auch Nasreddin schließt die Augen, verblüfft über den Schmerz seines Freundes, aber auch, damit dieser Schmerz nicht auf ihn übergreift. Jeder verliert sich in seinen Gedanken. Selbst die

Freundschaft kann beide Träume nicht zusammenführen. Jeder versinkt in seinem Schlamm, langsam in seinen Erinnerungen den Halt verlierend.

Im Kopf des alten Dschaurden, der schon ein wenig betrunken ist, erklingt ein altes Wiegenlied, das seine Mutter, die schon seit langem unter dem Schotter der Wüste liegt, ihm einst vorsang: »O Hase, bring den Schlaf herbei, mein Kindchen möcht' nicht schlummern.« Dschaurden schließt ganz fest die Augen, denn eigentlich ist dieses Wiegenlied von einer unerträglichen Sehnsucht. Sein bedauernswerter, schwindliger Kopf denkt an die süße Milch seiner Mutter. Auf seinen Lippen hat der Whisky plötzlich den Geschmack von Bleichlauge.

Jeder Mensch hat eine Vielzahl von Todesarten in sich: den Tod der Kindheit, der Jugend, der ersten Liebe, des reifen Alters und noch zahlreiche andere. Bei Dschaurden ist es in diesem Augenblick seine bereits lange verstorbene Kindheit, die schreit: »Ich bitte dich, ich bitte dich! Erteile mir das Wort, ich flehe dich an, nur einen Augenblick, nicht mehr als eine Minute, damit ich noch ein bisschen atmen darf …«

3

DSCHALLAL VERKAUFT ERDNÜSSE und Zigaretten stückweise auf einem umgestülpten Karton. Er ist erst zehn, sieht jedoch älter aus. Auf seinem improvisierten Hocker, den Rücken gegen einen Baum gelehnt, träumt er ein wenig vor sich hin. Die Place des Martyrs ist überfüllt mit Menschen, aber der kleine Handel von Dschallal geht schlecht. Er ist nicht von gestern, er weiß natürlich, dass Erdnüsse durstig machen und es deshalb keine gute Idee ist, sie bei einer solchen Hitze zu verkaufen. Um auf etwas anderes zu kommen, bräuchte er Reserven, die hat er nicht. Höchstens, man klaut sich etwas, na ja, beispielsweise die Tasche dieser alten Europäerin, die ihm erst heute Morgen eine kleine Tüte Erdnüsse abgekauft hat … Er lächelt verächtlich, sie hat mit ihm Französisch gesprochen. Er war enttäuscht, hatte sie für noch etwas fremder gehalten, etwas Solides wie eine Amerikanerin oder Deutsche … Als er ihr die Tüte gab, hat er auf Arabisch geknurrt: »Da, nimm, alte Ziege, hast was zum knabbern, man wird jünger davon!«

Sie schien zu stutzen. Er fügte, diesmal auf Französisch, hinzu: »Für fünf Dinar, Madame, für nur fünf Dinar füllst du dir den Magen!«

Sie hat ihm fünf Dinar gegeben und ihm dabei mit ernstem Gesicht in die Augen gesehen. Er bedankte sich auf Arabisch, wackelte mit dem Kopf, sicher, dass sie ihn nicht verstehen konnte: »Genau, Witwenarsch, fünf Dinar, so wie der Wechselkurs steht, wird es deinem Geldbeutel nicht weh tun.«

Die alte Frau ging weiter, knallrot im Gesicht, aber das musste die Sonne von Algier sein, dachte Dschallal, bei der Krebshaut der Europäer. Im Nachhinein war er dann überrascht, dass sie überhaupt da war. Die hat Nerven, einfach so in Algier spazieren zu gehen, wo man doch die Ausländer umbringt wie Schmeißfliegen. Oder ist sie durch Verkalkung so kühn geworden? Diesmal ist es eben kein Vorteil, wenn man *gauri* ist ...

Jetzt träumt er. Trotz allem kann Dschallal unter dieser Sonne noch lächeln: Es ist ihm gelungen, seinen Lieblingstraum zu verbessern, in dem er unermesslich reich wird und Rache nimmt. Nach Autos und Häusern sammelt er nun Schwimmbäder überall in der Stadt. Der Muezzin der Moschee Ketschaua kreischt seinen Gebetsruf. Seine Stimme liegt falsch und die unangenehm hohen Töne klingen, durch die Lautsprecher verstärkt, noch schlimmer. Die Leute eilen zum Gebet, angeekelt verstopfen sie sich in Gedanken die Ohren.

Dschallal dagegen kümmert das nicht. Zwar hört er die unschöne Stimme, aber er ist jetzt so reich, dass er einen neuen Muezzin für die Moschee Ketschaua engagieren kann. Sofort beschließt er, die Moschee zu kaufen, und schickt, ausschließlich um sich eine Freude zu machen, die beiden Muezzins und die Gläubigen, die zum Gebet gekommen sind, mildtätig nach Hause. In seinem Gespensterreich, das er unter Mühen errichtet hat, ahnt er allerdings, dass man auch nicht zuweit gehen sollte, sonst ist es nicht mehr glaubhaft, selbst wenn man träumt. Er wird also die Moschee wiedereröffnen, seine beiden bevorzugten Fußballstadien kaufen, das von Bologhine und das der Annassers. Dann beginnt er mit der Rache. In ihm pulst es vor lebhafter Konzentration: Er schließt die Kaserne Bab El Oued und den Sitz der Nationalpolizei gegenüber dem Lycée Abdelkader. Dann jagt er alle vor sich her mit Knüppelschlägen und

Beschimpfungen, wie verschreckte Ameisen, Polizisten und Offiziere, unter ihnen befindet sich immer – der muss mit dabei sein, mein Gott, wenn nicht, wo bliebe sonst das Wunder des Traums und der Rache? – der weißhaarige Oberst, dieser unwissende und eingebildete Präsident, der zwar im Fernsehen keine guten Reden hält, aber doch die Bewunderung der ganzen Welt erweckt, weil er die Fähigkeit besitzt, das Land zu ruinieren und auszuplündern. Allerdings muss man sagen – und das Kind ist nicht in der Lage, diese Schwäche in seiner Szene zu überwinden –, dass seit Beginn des Gemetzels andere Präsidenten den Platz von »Weißhaupt« eingenommen haben, doch an ihnen kann sich der Hass des Kindes nicht festmachen, weil sie zu rasch aufeinander folgen: Zuerst der Dürre, ein gelernter Ziegelbrenner, mit so schmalen Lippen, dass er einen zerschneiden könnte mit seinem Lächeln, er wird sechs Monate später von seiner eigenen Leibgarde ermordet. Dann der Dicke mit einem Schnurrbart wie ein Krapfenverkäufer, an dessen Namen er sich nicht einmal mehr erinnern kann, und jetzt dieser mürrische General, der einem Altenheim entlaufen zu sein scheint und seine Reden in klassischem Arabisch monoton herunterliest. Also hat das Kind ein für alle Mal beschlossen, dass »Weißhaupt« und kein anderer der Präsidenten seiner Träume und Zielscheibe seiner Abscheu sein soll! Dies ist eine heikle Passage im Traum, denn sobald Dschallal weiter vorstößt, kommt er unwillkürlich zu den Militärs bei dem Erdbeben, und in diesem Augenblick weckt ihn seine Wut beinahe immer.

Also keine Rache. Er überprüft seinen Traum: Der erscheint ihm jetzt wie ein köstlicher Kuchen, in den Dschallal voller Überzeugung hineinbeißt, dabei sind seine Zähne jedoch auf der Hut, aus Furcht, auf einen Stein zu treffen, an dem sie zerbrechen. Vor allem darf man sich nicht bewegen, muss flach atmen und die Augen geschlossen halten, gleichgültig wie laut die Umgebung ist.

Verlorene Liebesmüh'. Bald schon widert sein Traum ihn an: der Kuchen »geht nicht auf«. Dschallal schläft nicht tief genug, um sich von der Süße des Traums mitreißen zu lassen. Es ist zu warm, die Feuchtigkeit der Luft lastet auf ihm wie ein warmer Kuhfladen. Er öffnet die Augen, betrachtet seine erbärmlichen Waren, blickt dann in der Ferne auf den Hafen und das Blau des Meeres, so herrlich und so niederschmetternd wie seit eh und je. Er weiß nicht, dass im selben Augenblick die alte Dame, die er gekränkt hat, von ihrem Hotelfenster aus dieselben winzigen Wellen betrachtet, von einer Verzweiflung erfüllt, die allerdings etwas ausgegorener ist als seine. Was er ebenfalls nicht weiß: Die alte Dame versteht immer noch ein wenig Arabisch, und sein Ausdruck »Witwenarsch« hat sie heftiger getroffen als beabsichtigt. Dann schaut sie zu den Betonklötzen der Admiralität hinüber und versucht diesen Ärger aus ihrem Kopf zu verscheuchen, der hartnäckig ist wie eine Sehnsucht. Sie beschließt, es mit Humor zu nehmen: »Ganz tief in der Megäre schlägt noch die Eitelkeit um sich, könnte man sagen!« Aber damit ist die Kränkung nicht überwunden. Während sich Dschallal vor Langeweile an der Nase kratzt, geht sie noch einmal all die Dinge durch, die sie heute Morgen getan hat. Trotz der Hitze überkommt sie ein großer Frost. Der Kontrast zwischen den kleinen Schweißtröpfchen und der Gänsehaut lässt Brechreiz in ihr wach werden. Sie schimpft sich eine dumme Kuh, eine wahnsinnige Leichenschänderin, die in Graberde wühlt, dennoch bleibt dieses Jagen in ihrer Brust. Auf einmal macht sie dieselbe Bewegung wie Dschallal: Sie kratzt sich an der Nase. Sie versucht sich von dieser außergewöhnlichen Erregung nicht überschwemmen zu lassen, vor der sie eben beinahe in die

Knie gegangen wäre, eine Mischung aus abergläubischem Schrecken und unsinniger Hoffnung. Sie hat ein Telegramm in das Duar ihres ersten Mannes geschickt. »BIN IM HOTEL ALETTI BIS ZUM 20. SUCHE SPÄTER HAUS DEINER MUTTER WENN DU LEBST BESUCHE MICH ANNA«. Adresse: »NASREDDIN B. DUAR HASNIA BEI BATNA«. Sie war in den großen Saal der Hauptpost gegangen, hatte sich eine Viertelstunde angestellt, ihr Herz schlug zum Zerplatzen. Der Angestellte bemängelte die ungenaue Adressierung und hätte beinahe das Telegramm zurückgewiesen. Da fuchtelte sie mit ihrem vergilbten Familienbuch und schrie am Rand eines Nervenzusammenbruchs: »Ich habe schließlich das Recht, meinem Mann ein Telegramm zu schicken!« Ein Herr, der die Szene beobachtet hatte, trat an den Schalter und fuhr den Angestellten scharf an: »Mach diesem Radau ein Ende, ihr geht uns auf den Sack! Als hätten wir nicht schon genug, was uns auf die Nerven geht. Du siehst doch, dass die Alte bescheuert ist. Schick ihr Telegramm einfach ab! Was kann es dir schon ausmachen, wenn es niemals ankommt, kannst du mir das sagen?« Der Angestellte senkte den Kopf und gehorchte ungnädig. Als sie die Post verließ, ging der Mann auf sie zu. Er trug die zerknitterte Jacke eines schlechtbezahlten Beamten, bis obenhin zugeknöpft, aber man ahnte auf der linken Seite die Ausbuchtung einer Pistole. Er sprach sie auf Französisch an, mit leiser Stimme und in einem unangenehmen Ton, wie zu einem Kind: »Madame, wahrscheinlich sind Sie keine Analphabetin und lesen auch eine Zeitung. Am besten, Sie gehen so schnell wie möglich in Ihr Hotel zurück. Bedauerlicherweise sind unsere Städte heutzutage nicht besonders einladend für Ausländer.« Er roch nach Tabak, Schweiß und Angst. Er war auf der Hut, schaute nach rechts und links und riet ihr mit noch bedrohlicherem Unterton: »Glauben Sie mir,

böswillige Leute könnten es … nun ja, auf Ihre Sicherheit abgesehen haben, und anschließend würde es
überall heißen, dass Sie nicht ausreichend beschützt
worden sind!« Ihr wurde plötzlich hundeelend, sie
drohte beinahe zu ersticken, weil sie eben die Vergangenheit herausgefordert hatte und sich von diesem Polizisten auf so primitive Weise schulmeistern lassen
musste. Sie rettete sich in ein Café, bemerkte nicht einmal den Ausdruck des Erstaunens bei den in zweifacher
Hinsicht überraschten Gästen: Zum einen geht eine
Frau in Algier nicht in ein Café, und zum anderen war
sie eine Europäerin. Sie bestellte ein Glas Wasser und
war so mit ihrer Übelkeit beschäftigt, dass ihr entging,
wie ein junger Gast von normaler Erscheinung, das
Haar kurz geschnitten und Turnschuhe an den Füßen,
überstürzt das Lokal verließ.

FÜR HEUTE ist der Tag gelaufen, das steht fest. Es soll mir
eine Lehre sein!, denkt Dschallal resigniert. Er hat seinen
Traum überstrapaziert und damit ein wenig die Möglichkeit verspielt, an ihn zu glauben und seinen Triumph
zu genießen. Beim ersten Mal – das war direkt nach dem
Erdbeben! – ist es noch herrlich gewesen: Nach einer Woche, die so schrecklich war, dass er sich den Tod wünschte und ihm vor Selbsthass übel wurde, war er unter
einem Baum eingeschlafen. Der Traum nahm ihn bei der
Hand, schenkte ihm die Freuden der Rache und gab ihm
seine Würde zurück. Er dauerte nur die Zeit einer Siesta
im frischen Schatten der spärlichen Blätter eines Ölbaums, aber Dschallal hatte vor Glück im Schlaf in die
Hose gepinkelt. Um den Geruch loszuwerden, war er bis
zum Gürtel ins Wasser des Wadi gegangen. Aber er hatte
den Teufel mit Beelzebub ausgetrieben, denn das faulige
Wasser stank noch ekelhafter als sein Urin.

So blieb ihm als eine unerträgliche Gewissheit der Traum von einem perfekten Traum, dessen Vollkommenheit bewirkte, dass er die Macht hatte, Einfluss auf die Dinge zu nehmen! Dschallal war überzeugt: Wenn es ihm gelingen könnte, mit seiner Willenskraft im Traum alle Einzelheiten der Wirklichkeit neu zu schaffen, dann musste der Traum schließlich mit dieser Wirklichkeit verschmelzen, und sei es nur ein einziges Mal, dann könnte auch die lächerlich wirkungslose Sühne, die er jedes Mal an den Schändern seiner Schwester vollzog, sich in eine wahrhafte Rache verwandeln, bei der ihr Fleisch wirklich geschunden wurde …

Dschallal spuckt auf die Erde. Nicht weil ihm so sehr danach ist, sondern weil er sonst nicht weiß, was er auf diesem großen Platz, der sich jetzt langsam leert, tun soll. Außerdem kann er damit seinen Nachbarn ärgern, den Lahmen, der Petersilie und andere Kräuter verkauft. Der spuckt gewiss nicht weniger als alle anderen Einwohner des Viertels zusammengenommen, aber es gibt nichts, was ihn mehr in Wut versetzt als der Dreck der anderen, die er von morgens bis abends als Söhne stinkender Ratten beschimpft: »Gut, dass hier bald die Brüder mit Maschinengewehr und Messer saubermachen werden: Einen Kopf hier, einen Kopf da, es wird schon genug Blut fließen, um all den Müll hier wegzuwaschen. Du wirst sehen, wie die glotzen, wenn sie keinen Kopf mehr haben, all die Söhne und Töchter, die hier ohne Gottesfurcht herumstolzieren, während wir den ganzen Tag schuften müssen!«

Zufrieden über seinen Witz, bricht der Lahme in Gelächter aus, aber seine gute Laune ist recht schnell verflogen, als das Kind nicht beeindruckt scheint.

»Verdammter Bengel von einem Schnüffler, hau ab!«

SAID HAT IHN GEWARNT: Wenn er nicht etwas mehr nach Hause bringt als das lächerliche Kleingeld gestern, dann kann er sich gleich eine andere Bleibe suchen, um seine faulen Knochen auszustrecken. Dschallal weiß, dass Said keine Witze macht. Said ist ein eigenartiger Kerl. Er kann von einer entwaffnenden Freundlichkeit sein, und plötzlich schlägt seine Laune um in finsterste Wut, dann wäre er imstande, einen auf der Stelle totzuschlagen, wenn man sich in den Kopf gesetzt hat, ihm Paroli zu bieten. Alles in allem würde Dschallal trotzdem lieber bei ihm bleiben. Dschallal hat nicht vergessen – das wird auch so schnell nicht geschehen –, was Said für ihn getan hat, als er nach Algier kam.

Er war aus seinem Dorf im Schenua geflohen, vor Schmerz und Wut drohte sein Herz zu ersticken, und er hatte gerade genug Geld, um sich für die ersten beiden Tage Brot zu kaufen. Er fing mit Betteln an, aber die guten Plätze waren bereits besetzt, die Leute gaben wenig, und dann musste man sich noch unfreundliche Bemerkungen anhören wie: »Siehst du, wenn deine Mutter etwas anständiger gewesen wäre, dann bräuchtest du hier nicht die Hand aufzuhalten ...« Einer von denen, ein älterer Mann, der die schöne *dschellaba* eines Pilgers trug, machte ihm sogar Angebote und streichelte seine Hand. Sein Benehmen war liebenswürdig und väterlich, und so begriff Dschallal nicht sofort. Dann nahm das Kind Reißaus, beschimpfte den ehrwürdigen Herrn als Schwein und Sohn eines Päderasten. Dieser trollte sich, hob die Arme zum Himmel und verfluchte mit lauter Stimme diese ausgeschissenen Hundesöhne aus den Bergen, die Algier überschwemmen, um es zu verunstalten. Die Leute drehten sich um und nickten zustimmend mit dem Kopf. Am vierten Tag wurde Dschallal von einem Polizisten windelweich geschlagen, der aufgetaucht war, um eine Schar von Bettlern in der Rue Didouche-Mourad zu kontrollieren.

Am schlimmsten aber waren die Nächte. Jeden Abend begann der Albtraum von neuem: einen Platz finden, wo man einen Karton hinlegen und halbwegs sicher schlafen konnte. Zuerst musste man vor den Ausgeflippten geschützt sein. Man durfte niemals ohne eine Rasierklinge in der Hand einschlafen, damit man sich gegen einen Angriff verteidigen konnte. Aber da waren auch die Ausgangssperre und die Soldaten, die auf alles schossen, was sich bewegte. Diese ersten Nächte waren voller Schrecken. Einmal hat er beispielsweise verborgen unter seinem lächerlichen Karton gehört, wie jemand einige Meter von seiner Treppe entfernt hinfiel. Soldaten entdeckten den Mann. Sie befahlen ihm, die Hände zu heben. Der Mann – dessen pfeifenden Atem das Kind hörte – weigerte sich zu gehorchen, heulte »Allahu Akbar, ihr Hundesöhne!« und antwortete mit einer langen Schimpfkanonade, an die er noch wütend anhängte: »Ich ficke eure Mütter und eure Schwestern!« Dann wurde er von der Taschenlampe eines Verfolgers angeleuchtet und sofort erschossen. Das Kind hatte den Karton über seinen Kopf gezogen, hörte Stiefeltritte, die sich seinem Versteck näherten, dann wieder entfernten. Ein Fahrzeug hielt an, und jemand schrie: »Hier ist das Paket! Jetzt kann sich der Bastard vor Abassi und Belhadsch rechtfertigen!«, und lachte nervös. Den Rest der Nacht lag das Kind zähneklappernd wach.

Ein Junge seines Alters hat ihm dann die Idee mit der Müllkippe in der Nähe der Flughafens Oued Smar schmackhaft gemacht. Ein wahres Eldorado, man musste dort nur die Arme ausstrecken, um wahre Kostbarkeiten zu finden. »Die Leute von Algier sind reich, du wirst schon sehen!« Dann betrachtete der Junge mit skeptischer Miene das abgemagerte und schmutzige

Gesicht Dschallals und fügte hinzu: »In Algier gibt es jedenfalls nicht haufenweise Möglichkeiten, wenn du in der Klemme bist: Entweder du bettelst und klaust, oder du hältst den Arsch hin und machst den süßen Knaben. Um zu klauen, braucht man viel Mut und Glück. Um sich ficken zu lassen, muss man schön sein und nicht behaart. Ich schätze, du bist weder schön noch mutig. Also bleibt dir nur die Müllkippe ...«

Ausgehungert, aber hoffnungsfroh ist er dann dorthin gegangen. Wieder wartete eine Enttäuschung auf ihn. Die Müllkippe erstreckte sich, so weit das Auge reichte, eine Autobahn führte mitten hindurch, auf der röhrende Fahrzeuge mit Vollgas dahinrasten, alle Fenster geschlossen. Es herrschte ein unerträglicher Gestank, und es wimmelte von Fliegen und Ratten, sodass er zuerst den ganzen Vormittag um die Müllkippe herumstrich. Ihm fehlte der Mut, sich unter die schmutzigen Jungen zu mischen, die jedes Mal aufsprangen, wenn ein Müllwagen kam, um sich hinten festzuklammern und hochzuklettern, obwohl das äußerst gefährlich war und trotz der müden Rufe der Fahrer.

Undeutlich spürte Dschallal, dass die letzten Reste dessen, was ihm von seiner Kindheit geblieben war, nach und nach von ihm abfallen würden wie die Fetzen von einem Kadaver, wenn er diese widerwärtige Mischung aus Pestgestank und dem Qualm halbverbrannter Gegenstände einatmen würde. Aber wie vorauszusehen, war der Hunger stärker.

ALS DER TAG zu Ende ging, hatte Dschallal nur ein paar Dinar verdient. Der Schweiß, der ihm von der Stirn bis in die Mundwinkel lief, löste Brechreiz in ihm aus. Unaufhörlich dem Müllwagen hinterherzurennen laugte ihn ebenso aus wie die Tatsache, dass er auf seine Fundstücke ständig aufpassen musste. Häufig wurde geklaut, und dann gab es heftige Prügeleien, die Nerven der kleinen Arbeiter dieser fiebrigen Armee waren gereizt. Ununterbrochen mussten sie kleine Haufen errichten aus Plastikkanistern, leeren Parfümflaschen, Resten von Töpfen und, wenn man besonderes Glück hatte, Abfällen aus Kupfer, Blei und anderen Metallen.

Dschallal fiel mehrmals hin, rutschte in unbeschreibliche Pfützen. Als er angeekelt sein Gesicht verzog, rief jemand sarkastisch: »Pass auf, Arschloch, nur eine echte Wunde, und du bist nicht mehr der Sohn von Zimt und Rose, sondern vom Kopf bis zum großen Zeh nichts als ein dicker Abszess!«

Schweren Herzens schluckte Dschallal seine Tränen hinunter. Hätte er vor den anderen zu weinen begonnen, dann hätten mit Sicherheit die Beleidigungen nicht auf sich warten lassen: feuchtes Hühnchen, Schwuchtel! Und er hätte sich zur Wehr setzen müssen, aber jederzeit gegen alle anderen zu kämpfen, dazu fühlte er sich nicht stark genug. Wie schwach er sich fühlte, unendlich schwach, seit er auf sich allein gestellt war! Er versuchte das Zucken seiner Gesichtsmuskeln zu unterdrücken, das ein Schluchzen ankündigt, und stellte fassungslos und beinahe belustigt fest, dass er sich nicht einmal mehr die Augen mit den Ärmeln seines Hemdes wischen konnte, denn dieses ähnelte dem Putzlumpen eines Pissoirs. Außerdem flüsterte ihm eine Stimme ein, er dürfe keine Tränen nach außen dringen lassen, weil diese mit all dem Dreck hier in Berührung kommen und dann seine Augen und das ganze Schädelinnere vergiften würden. Er war hungrig und stank vielleicht stärker als Hundescheiße, aber obendrein noch bescheuert zu werden, das kam nicht infrage!

Der Mann, der ihm seinen spärlichen Haufen aus kleinen Plastikstücken abkaufte, musterte ihn mit einem schmalen Lächeln. Zu schnell hatte der Junge seinen lächerlichen Preis akzeptiert. Der Schrotthändler wies mit dem Kinn auf die Wanne, in der Dschallal seine Ware deponiert hatte: »Mit diesem Wrack gehst du auf Beute … Das erste Mal, was? Du bist nicht hier aus der Gegend …«

Dschallal versuchte zu prahlen, aber der Blick des Mannes war so herablassend, dass er die Augen senkte, ohne zu antworten. Der schwächliche Kerl, dem mehrere Finger an der rechten Hand fehlten, kam mit seinem Dreirad zurück, einer uralten Lambretta. Ihre Ladefläche war bis obenhin gefüllt mit Abfällen, die er den Sammlern abgekauft hatte. Er zündete eine Zigarette an und klemmte sie zwischen das letzte Glied des kleinen und des Ringfingers. Dschallal fand das lustig, es kam ihm vor, als müsste die Zigarette jeden Augenblick hinunterfallen. Bevor er fortging, sagte der Mann so dahin: »Ich habe eine Baracke am Ende der Müllkippe. Wenn du keinen Schlafplatz findest, komm mich dort besuchen. Vielleicht habe ich etwas für dich.«

Sein Nachbar auf diesem improvisierten Markt lachte: »Habe ich etwas für dich? Junge, Junge! Said möchte an deinen Arsch, das kannst du mir glauben.«

Dschallal biss die Zähne zusammen, als hätte er nichts gehört.

Der Jugendliche – den die anderen »die alte Fatima« nannten, weil ihm die Vorderzähne fehlten und er eingefallene Lippen hatte – fügte mit lautem Gelächter hinzu: »Wenn du das magst, dann schmiere dir das Arschloch gut ein. Ich wette, der hat einen Dicken, der Schweinehund!«

Dies war das erste Mal, dass Dschallal sich wirklich prügeln wollte. Leider hatte sein Gegner ihn bald besiegt. Er nahm den Kopf des Jungen in den Schwitzkasten und stieß ihn dann heftig zurück. Dschallal verlor das Gleichgewicht und fiel der Länge nach hin. Mehr entschuldigend als wütend brummte »Fatima«: »Nun ja, mein Junge, wenn du bei jedem Spaß so schnell auf hundertachtzig bist, dann wird es hier hart für dich werden! Du tust mir Leid, mein Bruder. Glaub mir, Rotznase aus den Bergen, Sauerei hin, Sauerei her, ich würde mir lieber den verlängerten Rücken stopfen lassen, als weiter in dieser Scheiße herumzuwaten. Wenigstens ist es nicht so anstrengend. Aber wer möchte schon etwas von einem Affen wie mir, wenn er nicht gerade blind ist?«

Er entfernte sich, umringt von den anderen Müllkindern, die sich vor Lachen bogen, und johlte: »Gibt es einen Blinden unter euch, einen wirklich echten Blinden? Also bitte, ihr muslimischen Bastarde, wir bitten um eine barmherzige Geste!«

Bei Einbruch der Nacht fand Dschallal schließlich die Baracke, vor der die funkelnde Lambretta geparkt war. Durch die Kommentare seiner neuen Gefährten misstrauisch geworden, zögerte er lange, aber die Möglichkeit, eine Nacht der Ausgangssperre unter einem echten Dach zu verbringen, selbst wenn es nur aus Holz und Blech war, ließ ihm die Brust vor Verlangen eng werden. Der Gedanke machte ihm den Mund wässrig: ein Dach, Mauern, wie früher, wie zu Hause … Said überraschte ihn, als er sich hinter verrosteten Fässern versteckte. Aus Verlegenheit hatte der Junge nicht den Mut, die spöttische Einladung des Schrotthändlers abzulehnen. Zusammen aßen sie an einem provisorischen Tisch irgendetwas mit Sardinen und Brot, das sie abwechselnd in eine Pfanne mit Soße tauchten. Für alle Fälle legte sich Dschallal neben die Tür, um bei der geringsten verdächtigen Bewegung fliehen zu können. Said sprach wenig und rauchte viel, während er aß. Nach der zweiten Zigarette stieß er den Teller zurück, schimpfte, bei diesem Gestank würde sich ihm der Magen umdrehen, Dschallal solle sich ein bisschen waschen gehen, falls er überhaupt jemals gelernt habe, was das Wort waschen bedeutet. »Hier, Hirte, nimm diesen Eimer und reib dir deinen Hintern gut ab …«

Voller Scham sprang Dschallal auf. Er stotterte ein undeutliches Dankeschön. Als Antwort erhielt er einen Fußtritt in den Hintern, der ihn vor Schmerz taumeln ließ. Als er sich wehren wollte, lag er schon wieder auf dem Boden. Benommen von diesem Sturz, bemerkte er nicht gleich, dass Said sich über ihn beugte und ihn fest ansah. »Du kleiner Scheißebuddler, ich weiß nicht, was man dir über mich erzählt hat, aber wenn du es genau wissen willst, ich bin nicht einer von denen. Verstanden? Und selbst wenn ich so einer wäre, hast du dich mal im Spiegel angesehen?«

Sein Mund erhielt einen ironischen Zug: »Was deinen Arsch angeht, das Einzige, was er verdient hat, hat er ja schon von mir bekommen!«

Die Stimme des Mannes wurde wieder sanfter: »Ich mache dir folgenden Vorschlag: Du kannst hier schlafen, dafür holst du morgens das Wasser. Es gibt etwa einen Kilometer von hier einen Wasserhahn, und man muss eine gute Stunde Schlange stehen, um einen Kanister zu füllen. Ich habe keine Zeit, mich darum zu kümmern, vor allem durch diese Ausgangssperre. Danach kannst du deinen Geschäften nachgehen. Selbstverständlich beteiligst du dich an den Kosten für das Essen. Wie du Rotzlöffel dir vielleicht vorstellen kannst, ist das alles nicht umsonst. Wenn dir das gefällt, dann nimm diesen Eimer Wasser und geh dich waschen. Wenn nicht, dann mach dich schnellstens aus dem Staub.«

Dschallal stand mühevoll auf und dachte dabei, dass es offenbar langsam für ihn zur Gewohnheit wurde, den Boden dieser Müllkippe zu küssen. Das Waschen fiel ihm nicht leicht, der Tritt schmerzte ihn noch sehr, aber er kam nicht umhin, diesem rauen Kerl, der ihm seine Gastfreundschaft angeboten hatte, unendlich dankbar zu sein.

WIE SICH HERAUSSTELLT, ist der Umgang mit Said ziemlich schwierig, manche Abende verbringt er ohne ein Wort, er neigt zur Gewalttätigkeit, und wenn er einmal mit Dschallal zusammen ist, wird er häufig bösartig. Mehrmals ist das Kind kurz davor, alles hinzuwerfen und nie mehr einen Fuß auf diese verdammte Müllkippe zu setzen. Aber die Müdigkeit nach harten Tagen, an denen er immer und immer wieder diese Abfallhaufen durchwühlen muss, vermengt sich mit einer neuartigen, nicht zu unterdrückenden Angst vor der Einsamkeit, die ihm allen Mut raubt. Mit unwillig zusammengepressten Lippen kehrt er dann zu der Baracke zurück, vor der das unverwüstliche Dreirad steht.

Eines Abends scheint Said finsterer als gewöhnlich. Er isst nichts, geht früh zu Bett. Später schreckt er aus dem Schlaf hoch, nimmt die Lambretta und kommt erst nach einer Stunde mit einem Dutzend Bierflaschen zurück. Er beginnt rasch zu trinken, die Stirn in Falten gezogen, als handele es sich um eine wichtige Tätigkeit. Dschallal beobachtet ihn stumm aus den Augenwinkeln, mit Aufmerksamkeit, um die Vorboten der Wut zu entziffern.

Plötzlich lacht Said laut los – ein echtes, klangvolles und ausgelassenes Lachen: »Komm her, Affengesicht. Ich werde dich schon nicht fressen. Probier doch mal!«

Er gibt dem verwirrten Jungen eine Flasche Bier, wühlt dann in einer Schachtel unter seinem Bett und holt eine Packung weißer Pillen hervor: »Sechs Flaschen Bier und eine Tablette Artan, glaub mir, du Bauer, das putzt dir Herz und Schädel aus. Wenn du die Schnauze voll hast von der Welt und dem eigenen Dreck, dann nimmst du davon, und plötzlich kannst du das alles ertragen.«

Er fügt hinzu, indem er das Kinn hebt: »Dann kannst du dich endlich ertragen!«

Mit hämischem Lachen: »Und wenn es wirklich gut läuft, wenn du die Mischung richtig dosiert hast, dann kann es sogar vorkommen, dass du Sympathie für deine eigene Person empfindest, für den Hurensohn, der du geworden bist, weil du es zugelassen hast. Aber das kommt nicht häufig vor.«

Er schnalzt mit der Zunge, als er die Tablette hinunterschluckt. »Trink dein Bier«, befiehlt er Dschallal, bietet ihm allerdings keine Artan-Tablette an. Zum ersten Mal in seinem Leben trinkt Dschallal. Die Sünde, die er jetzt begehen wird, schnürt ihm die Kehle zu. Er denkt an seine Schwester – sie hätte ihn heftig getadelt –, dann verscheucht er sie aus seinen Gedanken. Der Junge macht sich daran, die Flasche unter Saids erheitertem Blick zu leeren. Anfangs findet er das bittere Getränk abstoßend. Es dreht ihm den Magen um, aber sein Wunsch, dass Said auch weiterhin so überraschend gut gelaunt bleibt, ist so stark, dass er sie, ohne sich zu übergeben, austrinkt. Said summt den Refrain eines Liedes von El Anka. Seine Bewegungen sind ausladender, er trinkt langsamer und lächelt unaufhörlich. Mit einer etwas teigig gewordenen Stimme sagt er: »Weißt du … wer mir dieses Lied beigebracht hat?«

Er beginnt eine konfuse Rede, spricht von seinem früheren Beruf – er war Kupferschmied – und vom Streit mit dem Besitzer seines Ladens. Dieser warf ihn schließlich hinaus und Said wurde Straßenfeger. (»Stell dir vor, sie haben mir gesagt, ich könne noch von Glück reden, diese beschissene Arbeit gefunden zu haben!«)

Damals sollte er eine entfernte Cousine heiraten, in die er bis über beide Ohren verliebt war.

»Weißt du, Dschallal, wenn ich an sie dachte …«

Das Kind ist überglücklich, denn zum ersten Mal, seit sie sich kennen, plaudert Said gutmütig mit ihm.

»… dann wurde mein Herz klapprig vor Glück. Und wenn ich mir vorstellte, dass ich sie eines Tages in meinen Armen halten würde, dann blieb mein Zappelphilipp nicht an seinem Platz und kämpfte wie ein Löwe gegen den Reißverschluss der Hose. Oh, wie sehr ich dieses Mädchen geliebt habe! Noch heute könnte ich ersticken an diesem ganzen Scheißdreck aus der Vergangenheit. Erinnerungen wie Hunde …«

Er schließt die Augen und leert eine weitere Flasche. Dann seufzt er, meint bedächtig, als würde es ihm schwer fallen: »Die Schlampe … Als sie erfuhr, dass ich Straßenfeger geworden bin, hat sie mir jemanden geschickt, der mir ausrichten sollte, dass alles aus war zwischen uns, sie wollte einen respektablen Herrn zum Mann und nicht einen Kerl, über den die Lausejungen des Viertels sich den ganzen Tag lustig machen: ›Stinkst du aus dem Arsch oder aus dem Mund, Onkel Mülleimer?‹ Am selben Abend sollte ich meinen Dienst in der Kasbah antreten. Dort unten sind die Straßen eng, und man muss mit Eseln arbeiten, um den Müll fortzuschaffen. Keiner will diese Arbeit machen, die Alten nehmen lieber den Lastwagen. Also sind es gezwungenermaßen die Neuen, denen das zugemutet wird. Ich stand noch unter Schock, wegen ihrer Nachricht. Im Lauf des Tages hat sich ein Esel verdammt weh getan. Ich war damit beschäftigt, die Körbe zu beladen, als er zu schreien begann!«

Said schlägt sich auf die Schenkel. Sein Lachen kommt ruckartig: »Du hättest ihn hören sollen, wie er schrie! Er schrie, schrie mit einer unglaublichen Kraft, dieser graue Esel, der auf den ersten Blick so klein aussah. Ich hatte noch im Kopf ein unglaubliches Getöse, weil sie mich ausgespuckt hatte, meine Hure. Am Ende habe ich es nicht mehr ausgehalten. Ich hatte einen Eisenhaken, damit habe ich dem bescheuerten Esel auf Kopf und Bauch geschlagen. Er wollte sich wehren, hat ausgeschlagen wie ein Wilder, aber er hatte diese Körbe auf dem Rücken, die bis obenhin gefüllt waren. Ich war völlig von der Rolle. Die anderen Straßenkehrer bekamen Angst vor mir, als sie das Massaker sahen. Dann kam die Polizei. Ich habe mich gewehrt wie ein Berserker, sie haben mich nicht schlecht verdroschen. Ich wollte nicht, dass sie mich in die Zelle sperren, und hielt mich am Rahmen fest. Sie haben dann die eiserne Tür trotzdem zugeschlagen …«

Er zeigt seine Hand, an der zwei Finger fehlen, und macht eine Grimasse: »Komisch, jetzt tun sie mir weh!«

Er öffnet eine weitere Flasche: »So kam eins zum anderen. Ich wurde wegen Widerstand gegen die Staatsgewalt angeklagt und wegen Beschädigung öffentlichen Eigentums. Vermutlich wusste der Esel gar nicht, wie hoch ihn die Behörden unseres Landes schätzten. Ich bekam sechs Monate hinter Schloss und Riegel. Im Knast nannte man mich den ›Eselmörder‹, wenn ich vorbeikam, riefen die anderen ›iah‹.«

Said gluckst: »Aber ich muss zugeben, ich hatte es verdient. Das arme Eselchen hatte mir schließlich nichts getan. Armes Tier, also wirklich …«

Said hat das ganze Bier ausgetrunken. Jetzt wundert er sich, dass es so schnell ging. Die Kerze beleuchtet schwach das Kind. Er bricht in ein betrunkenes Gelächter aus: »Jetzt habe ich die Möglichkeit, mich zu rächen, Bruder Straßenkehrer!«

Mit dem Zeigefinger ahmt er die Bewegung des Schießens nach: »Tuk … tuk … Ein bisschen Rauch, das war's dann. Ist ganz einfach, oder?«

Dschallal zieht es vor, dumm zu grinsen, etwas verschreckt von der Wendung in Saids Geschichte. Dessen Pupillen haben, vermutlich unter Einfluss des Artan, eine beeindruckende Größe angenommen. Der Besitzer der Hütte spricht noch lauter, da das Kind scheinbar ruhig vor sich hin blickt: »Vielleicht bist du geboren, um dein ganzes Leben lang auf der Seite derer zu bleiben, die gefickt werden. Wenn du das akzeptierst, kann niemand mehr etwas für dich tun. Ich sage dir, dass es allerdings etwas gibt, das mächtiger ist als Geld, die Bullen und die Verachtung. Es ist das Tuk-tuk ...«

Er drückt erneut auf den imaginären Abzug: »Und man braucht die anderen Finger nicht dafür!«

Er gähnt, legt sich in seinen Kleidern aufs Bett und dreht den Kopf zur Wand: »Bald wirst du das alles gut verstehen. Lösch die Kerze und sprich mit niemand über das, was ich dir erzählt habe. Sonst wird es dich teuer zu stehen kommen, Arschloch.«

Durch diese Drohung und die unnütze Beschimpfung wurde der Bann gebrochen. Dschallal hätte Said gern alles erzählt, seine Verzweiflung und die Scham, die ihn seit dem Erdbeben nicht loslässt und alle Empfindungen überdeckt. Aber der Knabe wird sein Bündel nicht los. Jetzt hat er nur das schmerzhafte Bedürfnis, sich zu übergeben, und verspürt eine Enttäuschung, die seiner übergroßen Zuneigung für das Wesen, das jetzt hier schnarcht, durchaus gleichkommt. Er legt sich auf seine Schaumstoffmatratze und beißt sich auf die Lippe, um nicht loszuheulen, doch dann gibt er klein bei. Er steht auf, um seinen Magen hinter einem Haufen von Schrott ausgiebig zu entleeren.

DSCHALLAL ÜBERZEUGT SICH, dass es an der Zeit ist, nach Hause zu gehen, es ist schon spät, an diesem

Nachmittag wird er nichts mehr verdienen auf dieser verteufelten Place des Martyrs. Er könnte natürlich losgehen und seine Ware in den Bars der Rue Pasteur und Didouche-Mourad verkaufen, aber dann müsste er, statt diesen großen Karton zu schleppen, nur eine kleine Tüte haben. Die Wirte mögen es nicht, wenn man ihre Gäste stört, und die Fußtritte sitzen locker bei ihnen. Falls er die Zeit findet, nimmt sich Dschallal vor, will er sich von der Müllkippe etwas diskretere Utensilien für den Verkauf seiner Zigaretten und Erdnüsse mitbringen.

Als er nach einer Viertelstunde zu Fuß in der Müllkippe ankommt, ist er recht zufrieden mit sich: Er konnte das Gedränge beim Buseinstieg für sich nutzen, und es ist ihm gelungen, dem durchtriebensten Kontrolleur der Linie direkt vor seiner Nase mitsamt Schnauzer zu entwischen. Der Mann hat auf einem Auge einen weißen Fleck, sein Bart ist schlecht gestutzt, aus dem Mund stinkt er ständig nach Knoblauch. Aber eines macht ihm keiner nach: Wie er herausfindet, dass ein Fahrgast, ausgestattet mit allen Anzeichen eines respektablen Reisenden, fleckenlose Gandura oder Anzug und Krawatte, doch nur ein gemeiner Betrüger ist. Dschallal hat schon die erbarmungslose Faust von »Einauge«, wie er bei den Alteingesessenen der Müllkippe heißt, zu spüren gekriegt. Der holt einen vom Sitz und beklagt die blöde Fotze, die das Pech hatte, einen zur Welt zu bringen, stoppt den Bus, und zum Entzücken der Fahrgäste über diese improvisierte Einlage schmeißt er einen buchstäblich auf den Asphalt und überschüttet einen mit seinem Speichel. Dschallals Heldentat ist heute allerdings von geringerer Bedeutung, weil »Einauge« damit beschäftigt war, einem Fahrgast das Attentat mit der Autobombe zu beschreiben, das heute Morgen in Blida ein Dutzend Tote gefordert hat. Das Loch in der Straße hat ihn offenbar am meisten beeindruckt: »Ein wahrer Abgrund! Beim Propheten, man hätte denken können, der Schlund der Hölle tut sich auf! Und wenn du die Fleischfetzen gesehen hättest …« Dschallal hat ein verächtliches Lachen übrig für das sensible Getue des Mannes mit der Mütze. Sicher, am Anfang hat auch er sich beeindrucken lassen von all den Berichten über Frauen, die von der GIA zuerst vergewaltigt, dann geköpft worden waren und die man schließlich auf die Autobahn geworfen hatte. Oder über die zersägten Leichen von Journalisten, die man an ihre Familien in Plastiksäcken zurückschickte, und die Ehefrauen von Gendarmen, die bei lebendigem Leib verbrannt wurden. Aber wenn er heute solche Geschichten hört, dann hat er sich inzwischen zu der Meinung durchgerungen, dass ihn das nichts angeht und er sie möglichst nicht zur Kenntnis nimmt. Er kann nämlich absolut nichts dagegen tun. Auch fürchtet er, dass ihm die schlimmsten Grausamkeiten blühen könnten, wenn er das Gegenteil auch nur annehmen würde. Denn sein tägliches Leben ist hier und jetzt, jeden Tag gleich hart, gleich mühevoll: Ob er Mitleid empfindet oder nicht, kann nicht das Geringste an seinem persönlichen Elend ändern, angefangen beim Wasserholen, wofür er eine Stunde am Brunnen anstehen muss, die Füße im Morast, oder an den unaufhörlichen Prügeleien am Brotstand, wo die reicheren Leute bis zu hundert Brote auf einmal kaufen, um sie eine halbe Stunde später zum doppelten Preis weiterzuverkaufen. Jedenfalls hat jeder, ob Groß oder Klein, seinen Anteil am Pech auf dieser Welt. Dschallal – der schon ein Stück vom Unglück kennt – hat ein für alle Mal beschlossen, dass der Gott, den er früher so sehr liebte, als seine Schwester von ihm erzählte, schrecklich und launisch sein muss. Er tyrannisiert, wen Er will, wann Er will, und niemand – schon gar nicht er, der kleine hungrige Bengel aus den Mülltonnen von Algier – wäre in der Lage, Ihm eine Erklärung abzuverlangen. Also lacht er sich eins, schließlich ist er noch am Leben, weil ein Drittel der Fahrgäste die Möglichkeit genutzt hat, in diesem schrottreifen Bus auf Staatskosten mitzufahren. Unglaublich, er wird »Fatima« (mit dem er seither ein gutes Verhältnis hat) den entsetzten Gesichtsausdruck dieses Kontrolleurs beschreiben, normalerweise so gewitzt im Aufspüren der Schwarzfahrer, der diesmal nicht fertig werden wollte: »Was für ein Segen, mein Gott! Wenn man bedenkt, dass ich es nur um einige Minuten verpasst habe! Meine Brüder, ich kann es immer noch nicht glauben: Auch ich hätte dabei umkommen können!« Gleichzeitig gab er völlig willkürlich Wechselgeld heraus! Jemand, der in der Menge versteckt war, flüsterte: »Ein Mann, der zu viel *baraka* hat, sollte auf seine Frau aufpassen, und zwar aus nächster Nähe!« Der Kontrolleur erstickte beinahe vor Wut, während die einen lachten und die anderen empörte Ausrufe hören ließen.

Dschallal fürchtet sich vor Said, denn er hat wirklich zu wenig Geld verdient, verglichen mit dem, was der von ihm haben möchte. Aber der kleine Erdnussverkäufer ist so müde, dass es ihm nur ein Schulterzucken abnötigt. Soll doch Said reagieren, wie er will, er wird ihn nicht gleich hinauswerfen! Vielleicht kommt er heute gar nicht, wie es in letzter Zeit häufig vorgekommen ist. Hat der alte Heimlichtuer wieder mit seiner berühmten Freundin angebandelt, die den Luxus mag? Der Karton beginnt schwer zu werden. Dschallal träumt nun ein wenig, dass er morgen mit einigen Kameraden von der Müllkippe in Bordsch El Kiffan oder am Strand von Algier ein wenig planschen gehen könnte. Nichts ist schöner als ein Tag, an dem man durch die Wellen purzelt, um sich die Haut, die Nägel und das Naseninnere zu reinigen, all den Dreck und Unrat der Hauptstadt loszuwerden! Vielleicht könnten sie ein wenig Geld verdienen, indem sie auf zwei oder drei schöne Autos aufpassen … Wehe dem, der mit Herablassung das Angebot zurückweist: Es ist nicht schwer, in das prächtige Metallicdach eines funkelnagelneuen Mercedes einen Kratzer zu machen!

Dschallal überlässt sich solch schönen Gedanken, als er die Hütte betritt, um seine Ware abzustellen und die beiden Wasserkanister zu holen: den großen mit zwanzig und den kleinen mit fünf Litern. Er muss sich beeilen, denn bald wird das Wasser abgestellt, dann muss man bis zum nächsten Tag gegen achtzehn Uhr warten. Im Augenblick würde Said nicht zögern, ihm die Eingeweide herauszureißen, wenn er nicht genug Wasser hat, um sich zu waschen. Er ist in letzter Zeit noch seltsamer und jähzorniger geworden, wenn das überhaupt möglich ist …

Dschallals Augen bleibt nicht einmal die Zeit, sich an das Halbdunkel in der Hütte zu gewöhnen, als ihn ein heftiger Schlag in den Rücken auf die gestampfte Erde wirft. Er kann sich gerade noch hochrappeln, da streckt ihn ein weiterer Kolbenhieb zu Boden. Das Kind möchte heulen, aus Leibeskräften losbrüllen, seine Lungen blähen sich. Aber die Subjekte, die vor ihm stehen, sehen so schrecklich aus mit ihren maskierten Gesichtern und ihren riesigen Gewehren, dass Dschallal sofort begreift: Man wird ihn schlicht und einfach töten, wenn er nur einen Muckser macht.

Also schluckt er seinen Schrei herunter. Aber er kann nichts dagegen tun, dass seine Zähne wie verrückt zu klappern beginnen, als sich die Mündung einer Waffe hart auf seine Schläfe setzt.

4

Bist wohl sein homo, oder was? Was hast du hier zu suchen? Red schon!«

Eine Ohrfeige landet im Gesicht des kleinen Schwarzhändlers. Der Mann mit der Kapuze, der ihn mustert, scheint verzweifelt, als wäre er in Schwierigkeiten. Er blickt zu seinen sechs maskierten Kameraden, die alle den blauen Overall der Spezialeinheiten des Innenministeriums tragen. »Mensch, Scheiße! Was sollen wir mit dem Bengel tun? Man kann ihn doch nicht einfach laufen lassen, er würde die anderen vielleicht warnen!«

Der Junge schmiegt sich an Saids Bett und versucht wieder Atem zu schöpfen. Die Ohrfeige hat ihn überwältigt, sein Blick füllt sich mit Tränen. Aber die Panik ist stärker als der Schmerz, kein Wort kommt aus seinem Mund. Der Mann rüttelt ihn etwas weniger hart: »Ist Said, der Straßenkehrer, verwandt mit dir?«

Der Junge schüttelt den Kopf, kann einen Seufzer der Erleichterung nicht zurückhalten, als er begreift, dass sie ihn nicht auf der Stelle töten werden. Mit zittriger Stimme beginnt er zu sprechen: »Nein, aber er ist mein Freund … Ich lebe bei ihm seit zwei Monaten …«

Einer der Polizisten deutet mit seiner Kalaschnikow eine obszöne Geste an: »Um deine Miete zu bezahlen, lässt du dich ficken, ist es so?«

Der Junge senkt den Kopf. Er könnte ersticken vor Ärger, aber wagt nicht zu widersprechen. Da sich seine Augen an das Halbdunkel der Hütte gewöhnt haben, kann er sehen, dass die Eindringlinge schwer bewaffnet sind, vor allem befinden sie sich in einem gefährlichen

Zustand fiebriger Erregung. Das Zimmer haben sie vollkommen auf den Kopf gestellt, da und dort wurden Löcher von zwanzig bis dreißig Zentimeter Tiefe gegraben. Er ist klug und schweigt. Die Polizisten scheinen überdies seine Anwesenheit vergessen zu haben. Sie diskutieren heftig miteinander, aber mit leiser Stimme, als müssten sie zu einer Einigung kommen. Einer von ihnen wendet sich an Dschallal. Sein Ton ist rau: »Um wie viel Uhr ist dein Kumpel normalerweise zu Hause?«

»Es kommt darauf an, Onkel. In den letzten Tagen kam es vor, dass er nicht hier geschlafen hat.«

Der Mann berührt ihn mit der Mündung seines Gewehrlaufs: »Ich bin nicht dein Onkel, kleiner Scheißer. Was treibt denn Said so tagsüber?«

»Er macht Geschäfte. Er kauft und verkauft, was die Leute auf der Müllkippe erbeuten. Damit kommt man nicht weit, Onk …«

Er erhält einen harten Schlag auf die Stirn.

»Du hast wohl den Arsch offen, kleine Doppelbacke? Ich bin nicht dein Onkel!«

Dschallal fährt mit der Hand zur Schläfe, und anstatt zu nicken, verzieht er sein Gesicht zu einem armseligen Grinsen. Mit trockener Kehle beantwortet er mehrere Fragen, gibt sich dabei alle Mühe, guten Willen zu zeigen. Da er alle Fragen verneinen muss, fühlt er jedoch, wie bei den anderen die schlechte Laune und das Misstrauen steigen. Ihre Haltung ist argwöhnisch, auf der Hut, ihre Finger liegen gefährlich nah am Auslöser der Maschinenpistole … In seinem tiefsten Innern möchte Dschallal sich einreden, dass sie ihn niemals töten würden, so etwas tut man nicht bei der Polizei, schließlich hat er nichts Böses getan. Aber es macht ihn nicht ruhiger. Die Leute von der Müllkippe haben ihm viele Geschichten erzählt, in denen Erschießungen vorkamen, und Leichen, die nach einer Razzia der Ninjas im Müll gefunden wurden … Ein Müllkind hat behauptet, die Polizisten seien allesamt Weichlinge, denen es nicht gelingt, die Mudschahidin zu fangen, denn diese seien die wahren Verteidiger des Islam, und Gott beschütze die Ihm dienen. Deshalb sind die Polizisten wütend, halten sich an den Schwachen schadlos und töten die, die keine Waffen haben oder nicht stark genug sind, um sich zu wehren. Beleidigt mich, wie ihr wollt, aber tötet mich bitte nicht!, denkt Dschallal. Vielleicht ist die ganze Geschichte nur ein Missverständnis, und diese verdammten Polizisten gehen bald wieder fort, wenn sie einige Routineerkundigungen eingezogen haben?

»Übernachten hier manchmal Leute?«

»Nein, niemals. Said mag es nicht, wenn er gestört wird.«

»Bei wem wohnt er, wenn er nicht in diesem *gurbi* schläft?«

»Ich weiß nicht … ich weiß wirklich nicht, ich schwöre es euch. Said sagt mir nichts.«

Wütender Fußtritt.

»Wie, du weißt nichts? Hier weiß keiner was, in diesem verdammten Land! Willst du wissen, was er angestellt hat, dein dreckiger Kumpel? Er und drei Komplizen haben heute Morgen vier Polizisten ermordet, die in aller Ruhe in einer Pizzeria in El Harrasch etwas essen wollten. Hast du das vielleicht nicht gewusst, Schwuchtel?«

Er tritt ihm erneut in die Flanke. Durch den heftigen Stoß ist Dschallal hintenübergefallen, dann trollt er sich wie ein junger verletzter Hund, sucht hinter dem Bett Zuflucht. Er schluchzt vor Schmerz. Einer von den Polizisten greift ein: »Nur die Ruhe, Ali, er ist noch ein Kind.«

Der andere entgegnet erregt: »Ein Kind? Und der

Kerl, der damals auf der Lauer lag, um Abdelkader zu beobachten und seine Mörder zu warnen? Das war doch sein Nachbar, der kleine Komplize der Terroristen. Er war auch nicht älter als zwölf, hat noch in die Hose gepisst, die Fehlgeburt. Abdelkader und seine ganze Familie, seine Frau, seine beiden jüngsten Kinder, seine Mutter, sein Vater, alle sind dabei draufgegangen, wie Hammeln hat man ihnen die Kehle durchgeschnitten. Und seine Große, das arme Mädchen war erst fünfzehn Jahre alt, wurde mit Gewalt in den Maquis geschleppt, und seither hat sie keiner mehr gesehen! Wenn sie nicht gefoltert, geköpft und irgendwo verscharrt worden ist, dann dient sie wahrscheinlich jetzt als Hure und Sklavin für ein Dutzend von diesen Tollwütigen, die ihr vermutlich jeden Tag sagen, dass sie sie mit Billigung des Korans der Reihe nach vergewaltigen …«

Die Stimme des Mannes mit der furchterregenden Uniform hat plötzlich einen Riss: »Und das nur, weil der unglückliche Abdelkader ein Polizist war! Nicht einmal einer von denen da oben! Nein, ein einfacher Verkehrsbulle, am Monatsende keine Kohle und die Miete fällig, der mit seinen Eltern in einer winzigen Dreizimmerwohnung in einem stinkigen Hochhaus lebte. Und am Ende haben die Hunde zum Dank dafür, dass er sein Land beschützt hat, ihm den Dienstausweis in die Wange gestochen, direkt ins Fleisch. Er war doch ein Freund von uns! Hast du das alles vergessen, Driss?«

Wütend spuckt er aus: »Und du hast noch nicht einmal das Recht, deine Dienstwaffe mitzunehmen, wenn du in einem gefährlichen Viertel wohnst! Befehl von oben: Damit den Terroristen keine Waffen in die Hände fallen. Aber du, dein Leben, das Leben deiner Leute, deine Angst, Driss, darum schert sich niemand!«

Er fixiert den Jungen, jetzt noch furchterregender, mit diesem Halbgesicht, in dem nur zwei hasserfüllte, müde

Augen zu sehen sind: »Es gibt in diesem verkommenen Land kein Alter für den Krieg mehr. Du musst dich sogar vor Kindern in Acht nehmen, die Murmeln spielen. Vielleicht ist dieser Knabe hier, mit dem du so großes Mitleid hast, gerade einer von denen, die dich beim Kommen und Gehen beobachten, für einen Wahnsinnigen, der dir das Hirn herausbläst, wer weiß?«

»Seid endlich still!«, befiehlt trocken der Mann an der Tür, der mit sorgenvoller Miene im Auge behält, was draußen vor sich geht. »Ihr könnt später noch Tränen vergießen, wenn die von drüben euch Zeit dazu lassen. Es wird gleich Nacht. Driss und Ali, verteilt euch hinter diesem Schrotthaufen. Belkassem, du überwachst die Einfahrt. Ihr anderen …«

Der benommene Dschallal hat den Schmerz beinahe vergessen. Man hat ihm Handschellen angelegt und an den Stäben des Bettes festgemacht. In seinem kältestarren Geist schält sich langsam das Unglaubliche heraus: Said soll vier Personen ermordet haben. Said ist also nicht, wie er ihn kennt, ein mürrischer Straßenkehrer, ein im Grunde gutherziger Trinker, der ihm Unterschlupf gewährt und nebenbei noch ein bisschen Geld verdient, indem er wiederverwertbare Stoffe verkauft, sondern ein Killer, ein Terrorist und Polizistenmörder!

»Nein, das ist doch nicht möglich! Er kann doch kein Terrorist sein«, möchte Dschallal am liebsten gegen diese ungeheure Beschuldigung des Polizisten anschreien, »Religion ist dem doch völlig egal, noch nie habe ich ihn beten gesehen, oder dass er über so was nachgedacht hätte … Außerdem trägt er nicht einmal einen Bart!« Aber angesichts dieser Männer, die da auf der Lauer liegen, furchterregend und ungemein angespannt, wird Dschallal bewusst, dass seine Argumente nichts zählen. Natürlich kann er die Bullen nicht leiden. Aber auch wenn er einen abscheulichen Charakter hat, so kann er doch unmöglich auf die Idee gekommen sein, ein paar Polizisten, die in aller Ruhe eine Pizza essen, einfach so kaltblütig umzubringen! Und außerdem ist eine Pizzeria nicht ein Ort, wo man Leute umbringt, das wäre doch grotesk! Nein …

Die Nacht ist schnell hereingebrochen. Eine eigenartige Atmosphäre herrscht in der Hütte. Keiner beachtet mehr den ans Bett geketteten Jungen. In der Dunkelheit tauschen die Männer Halbsätze aus, sie sind nervös. Einige haben wegen der Hitze ihre Kapuzen abgenommen. Von Zeit zu Zeit zieht sich einer zurück, um etwas gegen seine eingeschlafenen Glieder zu tun. Einer hat Kaugummi und bietet ihn den anderen an. Eine Stimme bemerkt zutiefst angeekelt: »Bei diesem Gestank von der Müllkippe kommt es mir vor, als hätte ich Scheiße mit Mentholgeschmack im Mund, wenn ich deinen Kaugummi kaue!«

Sein Nachbar antwortet, er solle jetzt besser seine große Klappe zumachen, die stinke auch in normalen Zeiten schon schlimm genug! Das Kind ist hungrig und fällt ruckartig in Schlaf, wacht dann brüsk wieder auf, wenn seine Hand an den Fesseln reißt. Es möchte nicht einmal mehr begreifen, ein schwindelerregendes Entsetzen hat es überwältigt, ähnlich wie ein Fieber. Die Polizisten führen jetzt verbitterte Reden über ihre Dienstzeiten. Einer beklagt sich über die zu geringe Mannschaftsstärke seiner Truppe, er meint, es würde nicht selten vorkommen, dass man ihn sofort wieder ins Revier schickt, wenn er gerade eine anstrengende Streife hinter sich gebracht hat, weil andere Kollegen in Schwierigkeiten sind.

»Du hast gerade noch die Zeit, so eine beschissene Suppe runterzulöffeln, mit der Knarre auf den Knien, mitten im Kommissariat und um dich herum das Geschrei! Glücklicherweise gibt es Pillen, ohne sie würde man noch während der Feuergefechte einpennen!«

Dann geht das Geflüster wieder los über ihre Familien, unterbrochen von dem Klatschen, wenn sie auf ihren Wangen eine der zahlreichen Mücken totschlagen.

Gegen ein Uhr morgens, lange nach der Ausgangssperre, überstürzen sich die Ereignisse. Das Walkie-talkie knistert, dann hört man kurze Befehle. Ein Polizist legt die Hand brutal auf den Mund des Jungen und flüstert: »Ein Wort, Kleiner, und du bist tot!«

Verrückt vor Angst, begreift Dschallal, dass es jetzt eine Schießerei geben wird, während er sich mitten im Zimmer befindet, direkt gegenüber dem Hütteneingang. Befehlsrufe zerreißen die Stille, dann folgen mehrere Pistolenschüsse und MP-Salven. Einer schreit von draußen: »Achtung, sie sind zu zweit!«

Nach einer Verzögerung von dreißig Sekunden ist eine wütende Stimme zu hören, die Dschallal sofort erkennt: »Bist du da, Dschallal? Antworte, wenn du noch am Leben bist. Antworte, verdammt noch mal!«

Die Schüsse setzen beinahe sofort wieder ein. Kugeln zerplatzen über ihnen. Dschallal quiekt vor Angst. Der Schusswechsel ist kurz, dauert höchstens zwei oder drei Minuten, aber das Kind bemerkt es nicht sofort, weil sein Herz so laut pocht.

Ein Mitglied des Kommandos erscheint am Fenster der Baracke. Im Licht der Taschenlampe seines Kameraden erstattet er Bericht: »Die beiden Terroristen wurden neutralisiert, Chef. Einer ist tot, der andere wurde am Becken verwundet.«

»Welcher lebt?«

»Das weiß ich noch nicht, aber es wird uns eine Freude sein, ihn nach seinem Namen zu fragen, diesen Sohn seiner Mutter!«

Alle, die in der Baracke sind, stürzen hinaus, außer dem Chef, der sein Walkie-talkie zur Hand nimmt. Dschallals Kopf liegt beinahe völlig unter dem Bett, er hört deutlich die befriedigte Nachricht des Truppführers und dann eine ferne, von Knistern unterbrochene Antwort, die deutlich ungehalten ist: »Was sollen wir mit ihm auf dem Kommissariat? ... Macht ganze Arbeit ... haben Sie verstanden ...? Bestätigen Sie bitte ...«

Der Chef flüstert »Verstanden ...« und geht ohne Eile aus der Hütte. Einige Sekunden später kracht ein weiterer, letzter Schuss in das entsetzte Lauern der Nacht und Dschallals.

»IST DAS ÜBERHAUPT noch ein Land?«

Er kommt aus dem Kommissariat, frei, ausgehungert und zutiefst verzweifelt. Die Ninjas haben ihn bei einem Polizeiposten von El Harrasch abgegeben. Dort haben die Polizisten ihn nicht geschlagen, sondern nur mit Püffen traktiert. Sehr bald waren sie überzeugt, dass der Junge nichts wusste. Er hat den Rest der Nacht in einer Zelle mit anderen Gefangenen verbracht, manche waren ebenso verängstigt wie er. Ein Mann im Pyjama, der am ganzen Körper zitterte, hatte Spuren von Schlägen im Gesicht. Er verfluchte seinen Sohn: »Sie haben mir gesagt, ich müsste im Gefängnis bleiben, bis mein Jüngster sich ergibt! Finden Sie das gerecht, in meinem Alter? Er geht hinauf in den Maquis, und die Familie kriegt es an seiner Stelle zu spüren. Aber mein Sohn hat kein Herz, ich kenne ihn, der wird sich niemals ergeben!«

Es kommt zum Streit, weil ein anderer Häftling – drahtiges Bärtchen und aschfahles Gesicht – den Mann im Pyjama beschimpft: »Wovor hast du Angst, seniler Greis? Dass sie dich töten werden? Ja und? Mich werden sie ebenfalls töten. Gott wird uns für unser Leiden im Übermaß entlohnen. Dein Sohn ist ein Held!«

Gegen Mittag hat ein Inspektor ihn in sein Büro gebracht und ihm eine kleine Strafpredigt gehalten. Im Grunde, hat er dem Kind erklärt, ist es in seinem eigenen Interesse, kein Wort über das zu sagen, was es am Vorabend gesehen hat. Andererseits möchte er dem Jungen wärmstens empfehlen, dass er ihn hier persönlich aufsucht, wenn er erfährt, dass sich unter den Leuten auf der Müllkippe ein unsauberes Ding vorbereitet. Wenn nicht, wird man bestimmt einen Grund finden, um ihn ins Gefängnis zu schicken oder ins Erziehungsheim, »dafür gibt es Gründe genug, etwa die Tatsache, dass du von irgendwo, von unbekannt hierher geflohen bist und dich bei deinem Exvermieter prostituiert hast!« Das Kind leugnete heftig, aber der Inspektor schlug ihm mit einem Lineal auf den Kopf.

»Halt's Maul! Man schreit vor einem Polizisten nicht herum.«

Dann hat er mit einem verächtlichen Lächeln hinzugefügt: »Dein Arschloch interessiert uns nicht, kleine Schwuchtel. Wir werden beide Augen zudrücken, wenn du uns von Zeit zu Zeit eine kleine Information lieferst über diese bärtigen Bastarde und wer sie unterstützt …«

Der kleine Händler hatte nicht einmal die Möglichkeit festzustellen, ob Said wirklich getötet wurde. Hinten im Jeep, mit dem er zum Posten gebracht wurde, lagen zwei Leichen, beide unter einer Decke. Ihre Füße schauten heraus und hüpften auf und nieder, wenn der Wagen ruckte. Wegen der Dunkelheit konnte man die Leichen nicht erkennen. Man hörte nur das dumpfe Geräusch der Schuhe, die aufs Blech zurückfielen.

»Ist das überhaupt noch ein Land?«

Er geht im Gedränge durch die Hauptstraße von El Harrasch. Er hat eine ohnmächtige Wut in sich, die ihn seltsamerweise zum Husten bringt. Anstelle der Tränen, die nicht kommen wollen, hat er diesen trockenen Auswurf. Er hustet und hustet, aber nichts von dem, was ihm seit Saids Tod die Brust zerreißt – eine Besudelung, die ihn am hellichten Tag zu ersticken droht –, möchte herauskommen. In seinem Kopf herrscht ein großes Durcheinander: Said tötet und wird getötet, die Polizisten töten, und ihnen wird die Kehle durchgeschnitten, und er, der nie jemandem schaden wollte, wird der Prostitution beschuldigt ... Plötzlich wird er beinahe ohnmächtig, denn ebenso unerträglich wie ein rasender Zahnschmerz überfällt ihn die Erinnerung an gewöhnliche Vormittage, an denen nichts geschah, abgesehen von den kleinen Mühen des alltäglichen Lebens. »Mein Gott, gib mir mein Alltagsleben zurück. Ich bitte Dich nicht einmal, mir mein erstes Leben zurückzugeben, nein, damals war ich zu glücklich. Nur das zweite, als ich Erdnüsse verkaufte und als Said, mein Freund, noch am Leben war. Mach auch, mein Gott, dass er kein Terrorist gewesen ist, und vor allem, dass er niemanden getötet hat. Du, der Du allmächtig bist, lass ihn wieder die Zeit erleben, als auch er glücklich war und niemandem etwas Böses wünschte ...«

DIESEN TAG UND die folgenden Nächte verbringt Dschallal in einem Zustand völliger Niedergeschlagenheit. Etwa fünfzig Meter von der Baracke entfernt tappt er beinahe in die großen braunen Pfützen, die ganz mit Fliegen bedeckt sind: das getrocknete Blut der Leichen der beiden Terroristen. Dann möchte er unbedingt den Ort wiederfinden, wo Said und seine Gefährten von dem Kommando überrascht wurden. Es gelingt ihm mühelos: Zu Dutzenden liegen Patronenhülsen auf dem Boden, und Blutflecken färben den Staub. Er holt sich nur ein mageres Sandwich, und das isst er nicht einmal auf, denn der Verkäufer hat tüchtig Harissa über das Brot gegossen, um den fauligen Geschmack des Fleisches zu übertönen. Die ganze Nacht bleibt er wach, so sehr fürchtet er die Rückkehr der Polizisten.

Am nächsten Tag fehlt ihm der Mut, wieder zur Place des Martyrs zu gehen, um seinen Rest Erdnüsse und die Zigaretten zu verkaufen. Er durchstreift die Umgebung der Müllkippe auf der Suche nach jemandem, bei dem er sein überquellendes Herz ausschütten kann. Am späten Nachmittag begegnet er »Fatima«, versucht das Gespräch mit dem gewohnten Witz zu beginnen (»Wann hast du genug Kohle zusammen, dass du dir Goldzähne kaufen und heiraten kannst?«), aber der andere unterbricht ihn, er kann seine Verlegenheit nicht überspielen: »Lass es gut sein, Dschallal. Such dir jemand anderen zum Quasseln.«

Der Jugendliche zieht einen großen Plastiksack, der bis obenhin mit armseligen Fundstücken gefüllt ist, hinter sich her, er kehrt Dschallal den Rücken zu und geht schnell fort. Das Kind ist verblüfft über »Fatimas« Reaktion, packt ihn an der Schulter. »He, was ist mit dir? Hast du Angst, du könntest dein Flugzeug verpassen?«

»Fatima« macht sich brutal los: »Mach mir keine Schwierigkeiten, Dschallal! Ich habe jetzt schon Mühe, etwas zu beißen zu kriegen … Meine Haut ist das Einzige, was mir noch bleibt. Bisher habe ich es geschafft, weder zu den einen noch zu den anderen zu gehören, verstehst du! In diesem Irrenhaus will das schon etwas heißen, denn auf beiden Seiten würde keiner zögern, mich abzumurksen. Ein Kerl wie ich ist für viele Leute weniger wert als eine Orangenschale. Wer würde denn weinen, wenn mir jemand den Kopf absäbeln würde, was? Du vielleicht? Also, lass mich in Ruhe.«

Als Dschallal ihn mit großen Augen anschaut, pfeift der Jugendliche durch seine Zahnlücke: »Es geht das Gerücht um, dass du Spitzel geworden bist für die Bullen!«

»Aber … das stimmt doch nicht … das ist nicht möglich … es ist eine Lüge!«

»Man hat gesehen, wie du aus dem Kommissariat von
El Harrasch herausgekommen bist. Du sollst gestrahlt
haben wie eine Blume, und die hatten gerade Said, den
Straßenfeger, liquidiert und den, der bei ihm war, einen
Mann namens Hischam aus dem Eukalyptus-Viertel.«

»Hör mir zu, ›Fatima‹ …«

Der Jugendliche weicht ärgerlich vor der Hand zurück, die ihn berühren möchte. »Rühr mich nicht an!
Wenn man mich zusammen mit dir sieht, dann glauben
alle, dass ich auch ein Denunziant bin.«

Mit aufgelösten Zügen lässt das Kind die Hand sinken. »Fatima« betrachtet ihn mit sorgenvoller Miene:
»Hör zu, Bruder, ich sollte mich da nicht einmischen,
aber ich bin mir fast sicher, dass du in Ordnung bist.
Man kann allerdings nie wissen. Auf der Müllkippe
heißt es immer wieder, dass du das alles getan hast, um
die Hütte und die Lambretta für dich allein zu haben.
Also, für dich wäre es ratsam, sofort hier abzubauen.«

»Wie denn, abhauen? … Meinst du: von der Müllkippe? Aber warum? Und außerdem, wo soll ich hingehen?«

Der Jugendliche starrt auf seine dreckigen Schuhe,
wird leiser: »Das Gerücht besagt auch, dass die Typen
von der GIA oder der AIS, was weiß ich, heute Nacht oder
morgen kommen werden, um den Verrat zu rächen.
Und denen entkommst du nicht.«

»Fatima« fährt mit dem Zeigefinger über seine Kehle.
Als er die Panik im Gesicht des Kindes sieht, kann er
nicht umhin, ihm auf die Schulter zu klopfen. Er räuspert sich, um sein Mitleid zu verbergen, schubst ihn mit
der flachen Hand: »Vielleicht stimmt es ja nicht, vielleicht wollen die, die das Gerücht verbreiten, deinen
Gurbi und alles, was dabei ist, für sich haben … Alles ist

möglich in diesem Hurenland. Für ein Dach über dem Kopf würden die Leute Vater und Mutter töten, selbst wenn es noch so löchrig ist, vor allem wenn es Bescheuerte gibt, die ihnen die Arbeit umsonst abnehmen!«

Er schüttelt sanft seinen traurigen Clownskopf. Während er spricht, mustert er sein Gegenüber: mager, dreckig, praktisch genauso gekleidet wie er – T-Shirt und verbeulte Hose –, gewiss jünger als er, aber dennoch bereits einem ähnlichen Elend geweiht. Die beiden hätten vermutlich echte Freunde werden können … Er hält einen Seufzer nieder, schubst den verdutzten Knaben etwas stärker: »Aber ich finde, dass es zu gefährlich für dich wird, wenn du hier in der Gegend bleibst. Hau ab, kleiner Bruder, hau ab, bevor es zu spät ist, und sag keinem, dass ich dich gewarnt habe!«

ANNA IST ÄRGERLICH, aber es fehlt ihr der Mut zu dem Eingeständnis, dass ihre Verärgerung in Angst umschlägt. Madschid, der Telefonist, den sie sympathisch findet – sie nennen sich bereits beim Vornamen –, hat ihr eben mitgeteilt, dass die Polizei am frühen Nachmittag einen jungen Mann festgenommen hat, der ins Hotel kam, um nach einer Europäerin zu fragen. Der Mann – er ist achtzehn oder neunzehn Jahre alt und trägt eine Gürteltasche, Ohrring und einen kleinen Pferdeschwanz – hat die Aufmerksamkeit der Sicherheitsleute im Aletti auf sich gezogen. Er war außerstande, die genaue Nationalität dieser Europäerin zu nennen, obwohl er vorgab, sie zu kennen, und dann stellte sich heraus, dass er bewaffnet war, die Festnahme hätte beinahe ein böses Ende genommen. Als man ihn stellte, begann er wild um sich zu schlagen. Er hat versucht zu schießen, zog einen Revolver, aber die Polizisten waren schneller und verwundeten ihn an der Schulter.

»Glauben Sie, er wollte etwas … von mir?«

Madschid nickt. Außer ihm und der alten Dame ist niemand im Salon. Zerstreut streicht er mit dem Finger über den mächtigen, bereits ein wenig verblichenen Sessel, in dem er es sich gemütlich gemacht hat. Vor ihm breitet sich die außergewöhnliche Landschaft des nächtlichen Hafens von Algier ins Grenzenlose. Wie unmittelbar auf dem Meer abgestellte Kerzen blinken am Horizont die Lichter von etwa zwanzig Booten, die auf Reede liegen.

»Es gibt keinen Zweifel, Anna. Sie sind die einzige Ausländerin aus Europa in diesem Hotel.«

Er seufzt: »Wenn man sich vorstellt, dass es früher in diesem Salon vor Touristen und Diplomaten aus aller Herren Länder nur so wimmelte! Geschäftsleute, Schriftsteller, Journalisten, einer verrückter als der andere, und zwischen zwei Gläsern Whisky wurde dann behauptet, man sei in der Lage, einem die letzte Information zu bestätigen, die *top secret* von den Diensten durchgesickert war. Es herrschte gewiss kein Mangel an Schwätzern, Lügnern, Trinkern, manchmal waren es verdammte Gauner, aber ein Leben hatten wir hier! … Sogar, mit Verlaub, die Huren waren hübsch und übten ihren Beruf vielleicht nicht gerade mit Lebensfreude, aber doch immerhin mit etwas Eleganz aus. Ach, das war eine Welt, ich kann Ihnen sagen; Stunde um Stunde habe ich damit verbracht, das Kommen und Gehen zu beobachten, wenn ich hier hinter dem Telefon saß, und manchmal habe ich still in mich hineingelacht. Was ist das für eine Verschwendung heute: diese beschissenen *tschadors*, in denen unsere Frauen wie Krähen aussehen; dann diese Knaben, die sich einen Bart wachsen lassen und all jene massakrieren, die keinen Bart tragen; das alles ist trist, hässlich und barbarisch … Schauen Sie, beispielsweise diese Boote: Selbst sie haben Angst, zu lange in Algier zu bleiben, seit es einem Kommando von Islamisten gelungen ist, ein Containerschiff zu entern und sechs bedauernswerten italienischen Matrosen im Schlaf die Kehle durchzuschneiden. Auf jedem dieser Boote gibt es im Augenblick mindestens ein Dutzend bewaffneter Männer, die die ganze Nacht Wache halten, weil man Angst vor einem Überfall hat!«

Er bietet ihr eine weitere Tasse Tee an. Sie sagt nicht Nein, denn der grüne Tee ist zwar bitter, aber köstlich. Er lächelt: »Auch wenn man nicht besonders originell sein möchte, kommt man nicht umhin, festzustellen, dass Sie sich den besten Moment ausgesucht haben, um Algerien zu besuchen!«

Sie lächelt zurück und trinkt ihren Tee. Insgeheim stellt sie fest, dass sie diesen leutseligen und ein wenig schüchternen Herrn gern mag, der noch nie versucht hat, ihr etwas zu entlocken, was sie ihm nicht sagen wollte. Manchmal sieht sie seinem Gesicht nur zu gut an, dass er platzen könnte vor Neugier, was die heimlichen Gründe für ihren Aufenthalt in dieser Stadt sind, die dem Wahn zum Opfer gefallen ist – man besucht nicht einfach um seiner malerischen Sehenswürdigkeiten willen einen Ort, an dem man schon durch seine Hautfarbe Gefahr läuft, dass einem die Kehle durchgeschnitten wird! Aber sie fühlt auch, dass es ihm eine Ehrensache ist, den nötigen Takt zu wahren. Ablenkend sagt sie: »Sie lieben ihr Land sehr, Madschid ...«

»Da täuschen Sie sich gewaltig. Natürlich hasse ich es! Man kann sogar sagen, dass ich es besonders hasse. Aber wie man sein liebstes Kind hasst: man ist bereit, ihm die schlimmsten Dinge an den Kopf zu werfen, es mit Auswurf zu bedecken, es zu verraten, sobald sich eine Gelegenheit bietet, aber man ist andererseits auch bereit, für es zu sterben! Das ist die Tragödie für uns Algerier: Wir träumen nur davon, diese Hölle zu verlassen, in einem normalen Land, mit normalen Leuten zu leben, aber sobald wir das Mittelmeer überquert haben, kommen wir um vor Sehnsucht und Schuldgefühlen.«

Madschid wird bewusst, dass er übertrieben leidenschaftlich gesprochen hat. Er nimmt seine Tasse in beide Hände und schlürft mit ostentativer Hingabe seinen heißen Tee. »Ich spreche aus Erfahrung: Drei Jahre war ich in Amsterdam. Ich hatte eine Arbeit aufgetan, die zwar nicht gut, aber immerhin angemessen bezahlt wurde. Als dann alles langsam seinen Lauf nahm, ging es mir plötzlich schlecht. Nach außen lief alles gut, Anna, aber im Innern konnte ich nicht mehr atmen, nicht mehr leben. Ich war so leer wie ein Plastiksack. Also, so blöd es klingt, bin ich zurückgekommen, die Hosen hatte ich gestrichen voll, wie es sich gehört, eine Hand vorn, eine hinten. Seither kommt es manchmal vor, dass ich bei einer Schießerei oder einem seltsamen Geräusch in der Nacht sterben könnte vor Angst, dann habe ich eine tödliche Wut auf mich selber, ich kann nichts dagegen tun.«

Auf einmal findet sein Puppengesicht seine gute Laune wieder: »Was den Tod angeht, drücken wir die Daumen, denn in den heutigen Zeiten sollte man den Teufel nicht zu sehr … hm … an seinem Bart ziehen!«

Er steht auf, erklärt, dass seine Pause jetzt vorbei ist. Er zwirbelt seinen Schnurrbart, sagt plötzlich ernst: »An Ihrer Stelle würde ich die Sache mit dem jungen Mann nicht auf die leichte Schulter nehmen. Sie sollten noch vorsichtiger sein. Sie sind erst eine Woche hier, und alle im Hotel schätzen Sie sehr. Mit jedem kommen Sie ins Gespräch, Sie interessieren sich für das, was man Ihnen sagt, und Sie sind nicht so eine Touristin, die mächtig angibt. Außerdem scheinen Sie erstaunlicherweise unser armes Land sehr zu lieben. Also macht sich das Personal natürlich Sorgen um Sie. Es wäre doch wirklich schade, Anna (er lächelt, um den Ernst seines Winks abzumildern), wenn wir durch ein Unglück unser Gespräch nicht mehr weiterführen könnten …«

SIE GEHT AUF IHR ZIMMER ZURÜCK, ein wenig deprimiert, sie hat es satt, ziellos in den Straßen von Algier umherzuirren, nur weil sie auf das Wunder hofft, dass ihr Telegramm beantwortet wird. Außerdem beginnt sie diese Geschichte mit dem jungen Mann entsetzlich zu finden. Wie lange kann sie noch in Algier bleiben, ohne ihr Leben aufs Spiel zu setzen? Aber sobald sie die Möglichkeit einer Abreise ins Auge fasst, zerbricht etwas in ihr, sie bekommt einen morastigen Geschmack im Mund, als ob sie sich damit abgefunden hätte, unwürdig zu überleben, ohne zumindest einmal im Leben zu erfüllen, was ihre zwei ermordeten Kinder seit mehr als einem drittel Jahrhundert von ihr fordern. Sie telefoniert mit ihrem Sohn Hans und kommt in verdammte Schwierigkeiten, als er sie fragt, wie ihr die Stadt gefallen hat. Sie antwortet, das Meer sei doch immer wieder schön, und Hans unterbricht sie erstaunt: »Was sagst du, das Meer in Kairo? Du meinst den Nil, Mama?«

Sie hängt überstürzt auf, gibt vor, sie hätte nicht mehr genug Münzen für das Telefon. Das hebt nicht gerade ihre Laune. Sie geht ins Restaurant des Hotels, aber sie kriegt keinen Bissen hinunter.

Gegen zehn Uhr abends – sie ist bereits im Nachthemd – klopft jemand an ihre Tür. Zwei verlegene Männer in Zivil sollen ihr auseinander setzen, dass die Sicherheitsleute des Hotels große Probleme haben. Man verlangt an höherer Stelle von ihnen, dass sie ihre leibliche Sicherheit um jeden Preis gewährleisten.

»Verstehen Sie, Madame, bisher ist noch kein Schweizer Bürger in Algerien einem Attentat zum Opfer gefallen.

Unsere Vorgesetzten wollen, dass das künftig auch so bleibt. Aber Sie machen uns die Arbeit nicht gerade leicht. Ohne besondere Vorkehrungen gehen Sie in den verrufensten Straßen von Algier spazieren. Gestern haben Sie sogar die Kasbah besichtigt! Jede noch so kleine Splittergruppe von Terroristen, die sich ohne große Anstrengung einen gewissen Ruf verschaffen möchte, indem sie einen Ausländer totschlägt, würde in Ihnen ein ideales Opfer finden. Heute haben Sie Glück gehabt, wir konnten jemanden festnehmen, der Ihnen wahrscheinlich etwas antun wollte. Aber wenn Sie so weitermachen, dann können wir vielleicht nächstes Mal nicht eingreifen …«

Da die alte Dame im Hausmantel ein gleichgültiges Lächeln zeigt (»Ach, Sie wissen sogar, wo ich gestern spazieren war?«), rötet sich das Gesicht des jüngeren Sicherheitsbeamten. Sein Ton ist weniger liebenswürdig, er spricht ruckartig, als wäre er nicht gewohnt, dass man ihm widerspricht, und müsste sich zusammennehmen, um die Frau nicht am Schlafittchen zu packen. »Madame, Sie scheinen das lustig zu finden, aber für uns Polizisten ist das kein Spaß. Wir haben eine Familie, Frau und Kinder, die, stellen Sie sich vor, an uns hängen und an denen wir ebenfalls hängen. Jeden Morgen gehen wir aus dem Haus und können unserer Familie nicht garantieren, dass wir unseren Arbeitstag nicht in einem Sarg beenden. Wir beide (er deutet auf den zweiten Beamten, einen melancholischen Mann mit Hängebauch, grau gelockten Haaren, der Anna aus kleinen Augen misstrauisch betrachtet) sind noch am Leben, aber viele unserer Kollegen hatten nicht so viel Glück.«

Der Beamte lauert auf einen zustimmenden Blick seines Begleiters, der auf Arabisch murmelt: »Du gehst uns mit deiner Rede auf den Wecker. Sag der alten Spinnerin, was wir ihr zu sagen haben, und damit *basta!* Der Rest geht sie nichts an.«

Der junge Mann nimmt die Bemerkung des zweiten zur Kenntnis, aber er ist bleich geworden. Er versucht in den Augen der Ausländerin zu lesen, ob sie die Ermahnung des Dickbäuchigen verstanden hat. Er spricht weiter, etwas weniger selbstgewiss, denn die »alte Spinnerin« mustert ihn mit einem Gran Ironie, wie ihm scheint: »Hm. Dieses bescheidene Leben möchten wir außerdem nicht unbedingt für jemanden riskieren, der sich nicht darum schert. Also, entweder Sie akzeptieren die Spielregel, Ihre Spaziergänge aufs Wesentliche zu beschränken und sich innerhalb der Hauptstadt nicht ohne einen Wächter zu bewegen, den das Hotel Ihnen zuteilen wird, oder Sie sind lebensmüde, dann aber gehen Sie bitte vorher in die Schweiz zurück und erledigen das zu Hause. Ach ja, wenn wir schon dabei sind, würden Sie uns Ihren Pass und Ihr Flugticket aushändigen?«

Auf einmal wird Anna wütend: »Dazu haben Sie nicht das Recht! Ich habe ein Touristenvisum mit allem Drum und Dran. Ich werde mich in meinem Konsulat über Sie beschweren und …«

Der andere Sicherheitsagent unterbricht sie mit einer Mischung aus Mitleid und Verärgerung. Er spricht Französisch mit einem leicht kabylischen Akzent: »Aber Madame, wo leben Sie denn? Ihr Konsulat hat sich schon seit geraumer Zeit nach Tunis abgesetzt! Und für Touristen ist hier Kriegszustand, wachen Sie doch auf! Ihre Diplomaten? Die wären doch vollständig auf unserer Seite. Natürlich überwachen wir Sie! Sie kommen sich vor wie der Hamster im Rad? Sie müssten uns dankbar sein. Wenn wir Sie gegen Ihren eigenen Willen retten müssen, nun, dann werden wir nicht zögern, das zu tun. Da Sie offenbar um jeden Preis hierbleiben wollen, gibt es dafür hoffentlich keine heimlichen Gründe, die Sie nicht so gern zugeben möchten wie Ihren angeblichen Aufenthalt als Touristin!«

Unwillkürlich heitert seine Miene sich auf, denn die alte Touristin blitzt ihn mit wütenden Augen an. Er denkt, dass diese gebrechliche Großmutter offenbar eine Menge Charakter besitzt. Für ihren Mann wird nicht alle Tage eitel Freude herrschen! Durchaus liebenswürdiger, aber dennoch unnachgiebig sagt er: »Madame, ich bitte Sie, geben Sie uns Ihren Pass und Ihr Flugticket. Diese Forderung kommt nicht von uns, das können Sie sich doch denken. Es ist ein Befehl unserer Vorgesetzten …«

EINE FRAU in weißem *haik* geht zögerlich an der Meerespromenade entlang. Sie kommt an der Nationalversammlung vorbei, wechselt vorsichtig die Straßenseite, weil dort Polizisten Wache stehen. Sie tragen Kampfanzug, Helm mit Visier, Maschinenpistole. Ihre Nervosität ist zu spüren, bei der geringsten verdächtigen Bewegung sind sie bereit zu schießen. Große Zementblöcke stoppen den Verkehr und schützen die Zufahrt zu gewissen Gebäuden gegen Autobomben. Andere, wie der Sitz der Zeitung *El Mudschahid* oder die Zentralbank, sind von Spanischen Reitern umgeben. Das Gesicht halb hinter einem kleinen dreieckigen Seidenschleier verborgen, den ganzen Körper eingehüllt in das unbequeme und lange weiße Gewand der Frauen von Algier, kommt sich die Frau vor, als wäre sie auf der Welt, ohne von den anderen bemerkt zu werden, oder besser – schlechter? –, als würde sie nur als Zuschauerin existieren, heimtückisch verborgen vor der Menge, die sie umfließt, und als würde sie mit jedem ihrer Schritte gleichzeitig durch ein Schlüsselloch schauen. Ist sie eigentlich die Gefangene ihres Haik, oder steht sie unter seinem Schutz? Das fragt sie sich, als der weiße Schleier gegen ihre Beine schlägt und sie beim Gehen behindert.

In diesem Männerland, wo Frauen ohne Schleier mehr oder weniger als potentielle Huren angesehen werden, die man ohne weiteres mustern oder saftig anpöbeln darf, fühlt sich Anna tatsächlich von einer schützenden Mauer umgeben. Nunmehr ohne Gesicht und ohne Umrisse außer diesem formlos-grotesken Stoffsack, kann sie jedoch nicht umhin, sich hässlicher zu fühlen. Niedergeschlagen betrachtet sie die Masse dieser verschleierten Frauen, die sich, ihre Körbe schwenkend, vor den geschlossenen Gittern eines staatlichen Geschäfts in Bab Azzun drängen: aufgeregt, laut, hässlich und im Grunde ebenso anonym wie ein Schwarm unansehnlicher Vögel. Einer Herde Weibchen anzugehören, identitätslos und ohne eigenen Willen, mit dem Stab gehütet von dumpfen Hirten, deren einziger Stolz der kleine Kerl ist, der zwischen ihren Hoden herabhängt, dies ist eine Demütigung, die all ihren verschleierten Mitschwestern der muslimischen Welt zu Herzen gehen muss, sobald sie sich dazu verleiten lassen, nach dem Grund zu fragen, was nicht ungefährlich ist.

Anna gerät schnell außer Atem, denn der endlose Stoff, der sie vom Scheitel bis zur Sohle bedeckt, trägt sich schwer. Er hat die Tendenz, zu rutschen, man muss ihn unaufhörlich an Stirn und Schultern zurechtrücken, und in dieser erbarmungslosen Sonne ist er schrecklich warm. Als wäre das nicht schon genug, neigt der kleine Schleier dazu, an ihrem Mund zu kleben, wenn sie Luft holen möchte, und wird feucht von ihrem Atem! Sie hätte größte Lust, eine verschleierte Frau in der Menge anzusprechen und sie um einen schwesterlichen Rat zu bitten, wie man diesen verdammten Haik zurechtrückt, aber sie fürchtet, dass es sofort ein lautstarkes Erstaunen geben könnte über eine Europäerin, die in der traditionellen Kleidung der alten Frauen von Algier steckt …

Sie muss lächeln, als sie an Madschids Gesicht zurückdenkt, denn gestern, gleich nach dem Besuch der beiden Sicherheitsbeamten, hat sie ihn gebeten, ihr einen Haik zu kaufen. Als Grund hat sie vorgegeben, es werde für sie zu gefährlich, in den Straßen von Algier herumzulaufen. Er lachte laut heraus, fand dann die Idee gar nicht einmal so schlecht. Ihr Geld wollte er nicht annehmen, seine Mutter besaß nämlich sechs oder sieben Haiks, wie er erklärte, für sie wäre es eine Freude, ihr einen davon zu leihen. Er hielt sein Versprechen und brachte ihr heute Morgen einen wunderbaren Haik, den seine Mutter, wie er sagte, vor mindestens zwanzig Jahren für teures Geld gekauft hatte.

Als sie auf die große Place des Martyrs kommt, ist sie in rebellischer Stimmung. Ihre Verkleidung will sie jetzt bei dem kleinen Rotzlöffel ausprobieren, der sie »Witwenarsch« genannt hat. Sieh an, da ist er ja, sitzt auf seinem Hocker vor dem immer gleichen Karton! Sie geht am Palais des Princesses entlang, macht dann kehrt, überquert die Straße, geht ostentativ an ihm vorüber, dann noch ein zweites Mal. Das Kind blickt in die Ferne, in seine Gedanken versunken, es bemerkt sie nicht. Das ärgert sie ein wenig. Sie tritt näher und bestellt auf Arabisch ein Tütchen Erdnüsse. Erstaunt reißt der Junge die Augen auf, denn diese Kundin hat einen so starken Akzent, dass er sie kaum versteht. Anna triumphiert hinter ihrem Schleier und ruft: »›Witwenarsch‹ hat Hunger auf Erdnüsse!«

Dschallal ist so baff, dass er ihr das Tütchen wortlos gibt. Dass sie solchen Eindruck auf den kleinen Händler gemacht hat, sorgt bei Anna für leichte Verlegenheit. Sie nimmt das Tütchen und fügt hinzu: »He, hast du vielleicht deine Zunge verloren, großer Schlaukopf?«

Das Kind wendet sich ab und erstarrt zur Maske.

Enttäuscht geht Anna ihn in rauem Ton an: »Gibt wohl nichts mehr zu lachen für dich, Schlingel? Du siehst aus, als kämest du geradewegs von einer Beerdigung.«

Erneut ist ihre Wirkung magisch. Sein braunes Gesicht wendet sich ihr zu. Zwei Tränen wachsen langsam, wie in Zeitlupe, in den Winkeln seiner erstaunten Augen. Anna sieht, wie die Kugeln dicker werden und kurz davor sind, die Wangen hinabzurollen. Aber der kleine Schieber reißt brüsk beide Arme vor die Stirn. Dann legt er den Kopf auf die Knie und macht sich klein. Er weint geräuschlos. Sein Körper wird durchgeschüttelt, aber die Zuckungen sind so leicht, dass ein unaufmerksamer Passant glauben könnte, er sei eingeschlafen. Vor lauter Verblüffung bleibt Anna ruhig. Natürlich sieht sie, dass das Kind weint, aber sie kommt sich vor wie eine dumme Gans, zu keiner Reaktion fähig. Das zusammengekrümmte Kind starrt vor Dreck. Sein Karton ist nur spärlich gefüllt: zwei oder drei Tütchen mit Erdnüssen, eine angerissene Packung von Zigaretten einer halbmilden Sorte. Sie neigt sich zu dem Jungen, legt ihre Hand auf sein lockiges Haar: »Warum weinst du, kleiner Mann?«

Ohne aufzusehen, schimpft das Kind: »Lass mich in Frieden! Ich weine, wann es mir passt. Das geht dich nichts an.«

Er wiederholt auf Arabisch »Hau ab, hau ab«, mit noch lauterer Stimme, die von Schluchzen unterbrochen wird. Die Leute drehen sich um. Puterrot vor Verwirrung macht Anna sich eilig aus dem Staub. Aber sie fühlt sich elend. Außerdem macht es sie wütend, dass sie Reißaus nehmen muss. Nach fünfzig Metern kehrt sie um: Der Junge verharrt noch immer in derselben Pose. Als er den Kopf hebt, beeilt sie sich, als hätte man sie bei etwas Verbotenem ertappt.

Sie verbringt entsetzliche Spätnachmittagsstunden im Aletti, denn nach diesem unerklärlichen Schmerz des

Jungen hat sie auf ihren Spaziergang verzichtet. Natürlich wartet an der Rezeption kein Brief auf sie. Die beiden Beamten (sie hat ihnen insgeheim die Spitznamen Dick und Doof gegeben) bringen ihr den Pass und das Flugticket zurück. Die Gültigkeitsdauer des Visums wurde um mehr als zwei Drittel verkürzt: Jetzt bleiben ihr nur noch drei Tage Aufenthalt. Die Sicherheitskräfte dieser *wilaya* sind in ihrer Fürsorge so weit gegangen, ihr für den Tag, an dem ihr Visum abläuft, einen Platz in einem Flugzeug der Air Algérie nach Lyon zu reservieren!

Die alte Anna ist verzweifelt. Ohne das Grab ihrer Kinder besucht zu haben, kann sie nicht zurückkehren. Sie ist überzeugt, dass der Sinn ihres Lebens – der Wert ihres Lebens! – sich erst nach einem Besuch dieses Bergfriedhofes erfüllen wird. Meidet sie jenes Stück Erde, das ihre Tochter und ihren Sohn verschlungen hat, dann wird sie für den Rest ihres Lebens sich selbst verachten, das weiß sie. Also beschließt sie, es aufzusuchen, gleichgültig, was sie das kosten wird. »Noch heute Nachmittag«, beschließt sie, von einer Art Fieber erfasst. Sie begreift, dass sie verrückt geworden ist, für sie ist es jedoch die einzige Möglichkeit, sich in der Welt, die sie umgibt, vernünftig zu verhalten. Batna, ihre erste Etappe, liegt allerdings etwa vierhundert Kilometer entfernt, und dann muss sie noch Nasreddins Duar oben in den Bergen erreichen. Das Flugzeug kann sie nicht nehmen, denn sie müsste ihre Papiere vorweisen; da ihre Aufenthaltserlaubnis nur noch kurz bemessen ist, könnte ein eifriger Angestellter auf dumme Ideen kommen. Aber zwei Tage müssten für die Hin- und Rückfahrt auf der Landstraße dennoch ausreichen, kalkuliert sie. Sie wird den Autobus bis Batna nehmen, dann ein Taxi. Mit einem guten Trinkgeld wird auch der unwilligste Fahrer zu überzeugen sein, die Reifen seines Fahrzeugs auf den Gebirgsstraßen nicht zu schonen.

Das große Problem liegt anderswo: Sie kann nicht allein reisen! Auch in ihrem schützenden Haik wird sie Fahrkarten kaufen, den Weg angeben, sich erkundigen müssen. Nach so vielen Jahren ohne Praxis kann sie nur noch wenig Arabisch, und mit diesem schrecklichen Akzent würde sie sich sofort verraten. Sogar ihr Leben könnte auf dem Spiel stehen! Sie hat eben eine Morgenzeitung am Hotelkiosk geholt, die sie daran erinnert, dass es nicht nur rein hypothetisch ist: Am Tag zuvor wurde in Bouira ein belgisches Paar erschossen. Beide hatten in dieser Stadt seit etwa zehn Jahren gelebt und waren bei ihren algerischen Nachbarn sehr beliebt, wie die Zeitung berichtet. Vielleicht blieb ihnen wegen dieser Wertschätzung der noch entsetzlichere Tod durchs Messer erspart?

Anna nimmt eine Dusche, um in Ruhe überlegen zu können. Sie fährt mit der Seife über ihren müden Körper und reibt sich mehrere Minuten unsanft ab, umso heftiger, als sie gegen die Angst ankämpfen muss, die in ihr hochsteigt.

»Mist, es gibt kein Wasser mehr!«

Dieser Zwischenfall sorgt für gute Laune. Sie tritt aus der Dusche, ihr Körper ist mit Seife bedeckt. Sie säubert sorgfältig die knorrigen Beine, den Schamhügel mit seinem Büschel aus struppigen Haaren, die welken Brüste. Sie schimpft: »Alte Maschine, wie lange wirst du noch durchhalten?« Dann rubbelt sie ihre Haare, säubert die Ohren und legt sich nach und nach einen Plan zurecht. Er ist jetzt beinahe fertig.

Als sie ihre Sachen zusammengepackt hat, bestellt sie die Rechnung und stattet Madschid einen Besuch ab. Sein normalerweise so zuvorkommendes Gesicht ist grau. Er erzählt der Schweizerin, dass er vor nicht einmal einer Stunde zusehen musste, wie ein Mann getötet wurde. Er war in der Rue de la Lyre etwas essen gegangen. Zwei Bewaffnete, die sich nicht einmal die Mühe machten, maskiert zu gehen, führten einen jungen Mann ab, die Hände auf dem Rücken zusammengebunden. Einer der beiden stellte dem Unglücklichen ein Bein. »Und dann haben sie ihm am hellichten Tag, mitten auf der Straße, die Kehle durchgeschnitten! Es ging alles so einfach wie bei einem Huhn! Überall war Blut. Ich stand vor dem Restaurant. Da erfasste mich die Panik und alle anderen auch. Frauen schrien, andere fielen in Ohnmacht. Die beiden Mörder dagegen verschwanden in aller Ruhe, als wäre nichts gewesen. Es war furchtbar: Der Körper schlug noch für endlose Sekunden um sich! Das schlimmste …«

Er fährt mit der Zunge über seine ausgetrockneten Lippen: »… war, dass der junge Mann nicht geknebelt war und dass er dennoch nicht geschrien hat!«

Den Blick im Ungefähren, flucht er halblaut. »Ich bin dann auch nicht mehr weit gekommen. Als ich im Hotel ankam, habe ich gezittert …«

Und finster setzt er noch hinzu: »Passen Sie gut auf sich auf, Anna. Der Teufel steckt in diesem Land, man sieht überall die Spuren seiner Bocksfüße. Diese Wahnsinnigen schrecken vor keiner Grausamkeit zurück. Sie würden es fertigbringen, Vater und Mutter zu zerlegen und dabei ihren Kaffee zu schlürfen. Und bei einer Ausländerin …«

Anna nickt. Aber ihr Herz schlägt so stark, dass sie sich stützen muss. Mit großer Anstrengung kommt sie wieder zu Atem: »Mein lieber Madschid, ich werde eine Tour nach Tipasa unternehmen, um mir die berühmten römischen Ruinen anzusehen. Im Hotel der touristischen Anlage werde ich übernachten. Könnte ich mein Gepäck bei Ihnen lassen, bis ich wieder zurückkomme?«

Annas Schwächeanfall ist dem Telefonisten nicht aufgefallen. Mit angespannter Miene sagt er zerstreut: »Ja, ich werde mich darum kümmern«, und kann nicht umhin, ein wenig böse auf Anna zu sein: Dass sie sich derart unbeeindruckt zeigt und ihr allzu fröhlicher Ton haben ihn schockiert. Er erklärt sich ihre Reaktion mit ihrer Verkalkung, ihrem Alter und der Herzlosigkeit der Leute aus dem Norden. Dann zuckt er mit den Schultern und kehrt schicksalsergeben, jedoch ein wenig einsamer, zu seinen Albtraumbildern zurück.

MIT IHREM HAIK am Leib und der kleinen Reisetasche in der Hand strebt Anna ohne Zögern auf die Place des Martyrs zu. Ihre Nervosität wächst. Auf einmal kommt ihr der Einfall zu dumm vor! Wie konnte sie auch nur einen Moment daran glauben?

Der Junge ist da, er klebt förmlich an seinem Platz. Sie hält ihm einen dicken Geldschein hin. Unzufrieden spottet der Knabe: »Heh, *Yemma Laziza!* Seit wann kauft man denn Erdnüsse zu fünf Dinar mit einem Zweihunderter? Wenn ich so viel Kleingeld hätte, würde ich mir ganz Algier kaufen!«

Die »liebe Mutter« antwortet auf Französisch: »Den Schein kannst du behalten. Er ist für das Tütchen Erdnüsse, das ich dir heute Morgen nicht bezahlt habe.«

Vor Verblüffung kommt der Junge ins Stottern, verliert die Nerven. In einem Gemisch aus Arabisch und Französisch sagt er: »Au … du schon … du schon wieder … du! Aber was … was habe ich dem lieben Gott denn angetan, dass du mich von morgens bis abends an der Nase herumführst?«

Die Dame im Haik beugt sich herab: »Mein Kleiner, du kannst das Geld behalten. Wenn du mir einen kleinen Dienst erweisen möchtest, dann bekommst du von mir noch mehr.«

Anna schämt sich ein wenig für den listigen Ton, den sie angeschlagen hat. Sofort schwebt ihr das Bild eines Satyrs vor, der einen kleinen Jungen dazu verleiten möchte, ihm zu folgen. Unter ihrem Schleier errötend, sagt sie rasch dahin: »Ich suche einen Führer nach Batna. Bring mich zu deinen Eltern. Wenn sie einverstanden sind, dass du mit mir kommst, wirst du großzügig von mir entschädigt.«

Dschallal ist fassungslos. Er mustert aufgeregt die Ausländerin, von der nur die blauen Augen hinter dem Schleier hervorlugen. Außer sich vor Angst, fühlt Anna, dass er ablehnen wird. Sie nimmt zwei weitere Banknoten, faltet sie diskret viermal und legt sie in die Hand des Knaben: »Hier, ich kaufe dir deine ganze Ware ab.«

Dem Knaben läuft es kalt den Rücken hinunter, er schwankt zwischen Gier und Skepsis. Er schaut nach rechts und links, dann umschließt er das Geld mit seiner Faust. »Alte, du musst verrückt sein! Was ich hier verkaufe, ist nicht einmal dreißig Dinar wert. Du gibst mir hier sechshundert Dinar. Niemand schenkt so viel Geld für nichts …«

Dschallal hat sich aufgerichtet, mit vom Misstrauen gekrümmtem Körper, bereit, beim geringsten Anzeichen Reißaus zu nehmen. Mit listigem Blick sagt er: »Ich verstehe das nicht. Ich bin dreckig, ich stinke, ich schlafe im Freien und habe niemanden mehr auf der Welt. Was möchtest du wirklich, *rumia?*«

5

Es ist ein kleines Hotel, nicht weit von der »Schlucht zur Wilden Frau«. Der Eingang ist mit Ständen versperrt, an denen Würstchen, Spieße mit Hammelfleisch, Limonade und Zigaretten verkauft werden. Wütend kommt Nasreddin heraus. Gestern wurde gegen zweiundzwanzig Uhr Dschaurdens Frau beinahe im Koma aufgenommen. Der arme Targi musste Stunden auf die Ankunft des diensthabenden Arztes warten, seine Frau war halb ohnmächtig an seiner Schulter zusammengesunken. Als dieser dann endlich zu kommen geruhte (ein einfacher Internist, unausgeschlafen und mit geschwollenen Augen), murrte er, er habe keine Lust, ins Gefängnis zu wandern, die Verantwortung für eine Behandlung dieser Frau könne er nicht übernehmen, ihr Zustand sei zu ernst. Als der Targi ihn flehentlich anblickte, begann er sich aufzuregen: »Es ist Aufgabe des diensthabenden Chefarzts, bei schwierigen Fällen zu beschließen, welche Maßnahmen zu treffen sind, nicht meine! Aber der ist wie gewöhnlich nicht da. Er kann ja auch sicher sein, dass ihm niemand einen Vorwurf machen wird …« Schließlich gab er, um den Mann loszuwerden, einem Krankenpfleger die Anordnung, die Alte an eine Infusion zu hängen. Nachdem der Internist gegangen war, musste Dschaurden die Nacht auf einem Stuhl im Wartesaal der Ambulanz verbringen, weil die Ausgangssperre schon längst begonnen hatte, sehr zum Missfallen des Krankenhausportiers, der, selbst ein dunkelbrauner Kabyle, ständig halbblau gegen die Neger aus der Sahara stänkerte, allesamt fast noch Heiden, die eben erst den Islam entdeckt hätten, sich aber nun für Weiße hielten und glaubten, deshalb sei ihnen in Algier alles erlaubt.

Am nächsten Tag kommt Nasreddin zu Dschaurden. Der Nachtwächter des Hotels, in dem das Paar wohnte, hat ihm Bescheid gesagt. Der Angestellte bittet ihn noch, er solle doch dem Targi ausrichten, dass der Hotelbesitzer das Paar vor die Tür setzt, weil er Kranke nicht als Gäste haben möchte. Die Sachen des Paars habe man in einen großen Plastiksack gepackt, den das Hotel einbehält, bis die Rechnung bezahlt sei. Der Angestellte kommentiert noch verächtlich: »Ihre Sachen sind sowieso wertloses Zeug, das keiner nehmen würde, nicht einmal umsonst!«

Im Hospital trifft Nasreddin einen erschöpften Dschaurden an, dessen Gesicht grau vor Angst ist. Er steht bei seiner Frau am Krankenbett in einem riesigen Saal, in dem beiderseits zwei Bettreihen von einem zentralen Gang abgehen. In jedem Bett liegt eine Frau, manchmal zwei. Einige stillen ihr Neugeborenes, das unter Aufbietung all seiner neuen Kräfte schreit, oder versuchen es zum Schlafen zu bringen. Leute kommen und gehen, Besucher, Kranke aus anderen Abteilungen, es herrscht für ein Krankenhaus ein ganz erstaunliches Tohuwabohu. Nasreddin wirft einen verstohlenen Blick auf die Leintücher, mit denen die Betten bezogen sind: schmuddlig, manchmal regelrecht schmutzig, bei Patientinnen, die eben entbunden haben und keinen Platz mehr in der überfüllten Entbindungsstation bekamen, sind sie blutverschmiert. Zwei Frauen putzen ohne große Überzeugung die Fliesen des Bodens. Sie tragen Plastiksandalen, aus denen hennagefärbte große Zehen herausschauen. Alle zwei bis drei Meter stellen sie ihre Eimer ab, hören auf, mit Schrubber und Putztuch hin und her zu fahren, um ein Schwätzchen zu halten. Sind

Brotkrumen auf einem Nachttisch oder türmen sich Melonenschalen auf ihm, fahren sie rasch mit ihrem Putztuch (es ist dasselbe, mit dem sie den Boden putzen!) über das Möbelstück, um sich dann wieder träge voranzuarbeiten.

Mit dem Arm an einem über ihr angebrachten Tropf hängend, liegt Dschaurdens Frau auf einem schmalen fahrbaren Bett, das in normalen Zeiten nur für den Krankentransport dient ... Ihr Körper scheint unter großen Schmerzen zu leiden, obwohl sie bewusstlos ist. Durch Alter und Krankheit sind ihre Züge hässlich geworden, das Gesicht wird von leichten Zuckungen heimgesucht, Fratzen des Ekels. Dschaurden, untersetzt, unrasiert und abgerissener denn je, betrachtet seine Frau, die ganz allein gegen das Nichts ankämpfen muss. Nasreddin steht da, fühlt sich äußerst unwohl und staunt über das tiefe Leid seines Freundes. Er hat früher bereits Dschaurden mit seiner Frau Dudscha zusammen gesehen, in ihrem Lager bei Tamanrasset, durch ihr etwas steifes Verhalten hatte er damals nicht den Eindruck, dass sie einander übermäßig zugetan waren. Er erinnert sich, wie heftig er in die Schranken gewiesen wurde, als er einmal gewagt hatte zu sagen, er fände es doch ein bisschen übertrieben, dass sie immer noch im Zelt lebten. In ihrem Alter wäre es vielleicht angebracht, das einfache Leben im Freien aufzugeben, zusammen mit Skorpionen und Eidechsen der Hochebenen und Dünen, und lieber ein festes Haus in der Oase zu beziehen.

Dschaurden hatte im Scherz geantwortet, jeder echter Targi sei ein *awellemed.* »Und ein Awellemed ist einer, der nie dazulernt. Denn wer lernt, unterwirft sich! Wir müssen vielleicht einmal erfrieren oder verdursten oder beides zugleich, aber dann doch bitte schön in einem Zelt aus Kamelhaar, Nasreddin, wie unsere Väter und Großväter! In einem Lied heißt es, wir, die Tuareg, seien der Auswurf auf dem Auge unserer Zeit, der Stein in der Kehle unserer Zeit! Also Städter, trink deinen Tee, bevor er kalt wird, und bleib uns vom Leib mit deinen Mausefallen …«

Nun aber befindet sich der empfindliche Dschaurden nicht in seinem Zelt, das allen vier Himmelsrichtungen offensteht, sondern ist Gefangener der Krankenhausmauern, an denen die graue Farbe abblättert, genauso wie das Leben von seiner Gattin, ein Motor, der jetzt mehr und mehr ins Stottern gekommen ist. Und auch Nasreddin fühlt, wie die Angst ihn befällt: Auch er ist nicht mehr der Jüngste, und falls er krank werden sollte, würde er wahrscheinlich in ein ähnliches Bett kommen, zerknüllt wie ein Gegenstand ohne Wert, ausgeliefert der Gleichgültigkeit der einen und der unerträglichen Nähe der anderen, ohne das gewiss lächerliche, aber auch wunderbare Schutzschild, dass ein Mensch, der ihn geliebt hat, um ihn fürchtet und für ihn leidet. »Geliebt, geliebt? Was denn noch alles? Ich muss ja wirklich langsam verkalkt sein, mir diesen alten Käse in den Kopf zu setzen!« Und so vernehmlich, dass ihn eine Kranke sofort anstarrt, knurrt er: »Von Liebe reden in deinem Alter? Hast du nichts Besseres zu tun, alter Esel?«

Gegen Mittag ist Dschaurden dann außer sich vor Angst. Der Atem seiner Frau ist nicht mehr zu hören: »Ein Doktor, ein Doktor! Meine Brüder, meine Schwestern, kommt bitte schnell!«

Eine Krankenschwester fährt ihn wütend an, er halte sich offenbar für den »Sohn des Präsidenten«: »Was machst du hier für einen Radau! Glaubst du, du brauchst nur zu bellen, und die Doktoren kommen zum Rapport wie kleine Soldaten? Die Doktoren hier ertrinken in Arbeit, sie kommen, wenn es möglich ist. Außerdem ist deine Frau hier nicht die Einzige, die stirbt. In ihrem Alter ist es ja auch nicht gerade eine Tragödie!«

Nasreddin ist überzeugt, Dschaurden wäre über die Krankenschwester hergefallen, wenn der Doktor nicht in diesem Augenblick aufgetaucht wäre. Der Arzt – ein Mann in den Vierzigern, bereits kahle Stirn, das Gesicht zu einer arrogant-abgespannten Miene verzogen – hört mit unverhohlener Ungeduld den Mann an, der ihm erklärt, dass seine Frau beinahe nicht mehr atme und man unbedingt etwas unternehmen müsse: »Doktor, ich flehe Sie an, beim Antlitz Gottes ...«

Dann untersucht der Arzt die *targia* ungnädig: »Diabetes-Koma ... da kann man nicht mehr viel machen ... Sie brauchen mir nicht zu sagen, wie ich meine Arbeit zu tun habe ... ich verliere hier nur meine Zeit ...«

Er bittet die Krankenschwester, ihr eine weitere Spritze zu geben, und macht dann auf dem Absatz kehrt. Dschaurden klammert sich an seinen Ärmel und fleht ihn an, seine Frau zu retten. Er stottert, er habe nur sie, liebe sie, könne ohne sie nicht leben, komme sich vor wie ein Verdurstender, »Doktor, wie soll ich mit einer Leiche in den Großen Süden zurückkehren, wo Sie hier in Algier doch alles heilen können!« Der Arzt ist ärgerlich, aber auch ein wenig amüsiert über die unangebrachte Liebeserklärung des alten Zausels, er zuckt mit den Schultern, antwortet nicht. Er zögert, holt ein Päckchen Zigaretten hervor, um zu einer Haltung zu finden. Sein Blick mustert neugierig den verängstigten Mann mit dem hündischen Lächeln, der ihn am Ärmel zurückhält. Der Arzt möchte lachen über die fast schon unanständige Größe dessen, was der Targi gesagt hat, aber dann nimmt er sich zusammen, denn die anderen Kranken lauern genüsslich auf seine Reaktion. Schließlich ist da oder dort ein frivoles Kichern zu hören. Der Arzt zündet eine Zigarette an, bläst mit nervöser Wollust den ersten Zug hinaus, zuckt ein weiteres Mal mit den Schultern, bevor er sich abrupt befreit, und verschwindet.

Dieser Zigarettenrauch – eine Wolke der Verachtung und des Hohns – schlägt Nasreddin in die Flucht, er ist außer sich. Zurück in seiner Wohnung, fühlt er sich leer vor Wut und Ohnmacht, weil er seinem Freund nicht helfen kann. Er hat sich gerade in seinen Wohnzimmersessel sinken lassen, als ihm einfällt, was der Portier in Dschaurdens Hotel gesagt hat. Erbost darüber, dass sein Gedächtnis langsam den Bach hinuntergeht, zieht er seine Schuhe wieder an und stürzt nach draußen. Er möchte Dschaurden anbieten, dass er bis auf weiteres bei ihm wohnen kann; möchte ihm sagen, er nehme es sich selbst übel, dass er nicht von vornherein auf diese Idee gekommen ist: Dieser alte Packesel ist gewiss nicht auf Gold gebettet, aber um nichts in der Welt würde er jemanden um Geld bitten! Er ist etwa zehn Meter vom Eingang seines Hauses entfernt, als ein Nachbar ihm vom Balkon aus zuruft: »He, da ist ein Brief für dich gekommen! Der Briefträger wusste nicht, wo er ihn lassen sollte, und hat ihn dann bei mir hinterlegt ...«

In seinem tiefsten Innern schickt Nasreddin alle verdammten Lausebengel zum Teufel, die hier in der Nachbarschaft einen Briefkasten nach dem anderen demolieren. Er ruft dem Nachbarn zu, dass er den Brief später abholen kommt, denn jetzt ist er in großer Eile.

Als Nasreddin den Bus sieht, geht er schnell los, und so hört er nicht mehr den Nachbarn, der hinzufügt, es wäre vielleicht besser, diesen Brief gleich abzuholen: »... da steht EILIG drauf, sage ich dir!«

BEHUTSAM LEGT SIE die Hand auf den Kopf des Knaben, der schließlich doch eingeschlafen ist, obwohl er sich so große Mühe gab, wach zu bleiben, und trotz seines unverhohlenen Misstrauens. Er hat tatsächlich das Aussehen eines verletzten jungen Köters, gefangen im Geheimnis eines verlassenen Kindes, mal heftig aufbrausend, mal zart, vor allem wenn er rückhaltlos lacht. Sie ähnelt einer Großmutter, die ihren Enkel zärtlich schlafen legt. Während sie gerührt seine dichten Locken streichelt, stellt sie sich die Frage, ob sie das Recht hat, ihn in ein solches Abenteuer hineinzuziehen. Der Bus fährt nun seit gut zwei Stunden. Das Wetter ist herrlich. Nachdem sie die Staus am Ausgang der Hauptstadt hinter sich gelassen haben, gestattet der gute Zustand der Straße dem orangefarbenen Bus der staatlichen SNTV eine beachtliche Geschwindigkeit. Dennoch sind die Fahrgäste alles andere als ruhig. Zwischen Algier und Buduau hat man bereits etwa zehn Sperren des Militärs problemlos hinter sich gebracht. Jedes Mal musste der Bus vor Nagelbrettern stehenbleiben, bewacht von Soldaten, die hinter Sandsäcken Schutz suchen, dahinter gepanzerte Fahrzeuge mit Maschinengewehren, manchmal sogar ein Panzer. Dann dringen ein oder zwei schwer bewaffnete Soldaten in den Bus ein, den Gewehrlauf direkt vor sich haltend, mustern aufmerksam die Fahrgäste, fragen manchmal nach den Papieren. Aber bisher ist keiner unruhig geworden. Die Fahrgäste wissen, dass ihnen das Schwierigste erst noch bevorsteht, denn die Autobahn wird bald zu Ende sein, dann kommt die Landstraße, die enger und auch gefährlicher ist. Besonders die endlose Palestro-Schlucht hat man noch vor sich, die der wuchtigen Bergmasse des Beni-Chalfun-Gebirges ins lebendige Fleisch geschnitten scheint. Dort sind blutige Zusammenstöße, die Entführung und Ermordung von Fahrgästen an falschen, von den Terroristen errichteten Sperren an der Tagesordnung. In diesem Sektor wimmelt es von bewaffneten Banden, die Berge mit dem Wirrwarr ihrer Vegetation sind für sie das ideale Versteck.

All das weiß Anna bereits, sie hat darüber beiläufig mit dem Telefonisten und Hotelportier gesprochen. Madschid hat ihr im Vertrauen gesagt, man müsse schon ziemlich unwissend oder abgebrannt sein, um die lange Reise auf der Straße zu machen, denn niemand sei dazu wirklich gezwungen. Im Fall der Fälle, meinte er, sollte man auf keinen Fall die Fahrzeuge der staatlichen Gesellschaft nehmen, denn die Männer des Maquis zögerten nicht, sie anzuzünden, und ließen sich zu Gewalttätigkeiten gegenüber den Fahrgästen hinreißen, denen sie vorwürfen, die Kassen ihrer Feinde zu füllen.

»In Wirklichkeit ist es jedoch allgemein bekannt«, fuhr Madschid ironisch fort, »dass die Eigentümer der Privatgesellschaften, ohne zu zögern, die von den Terroristen geforderte ›islamische Steuer‹ bezahlen, um ihren Schutz zu erhalten. Eine Regierungsgesellschaft kann das natürlich nicht tun, so hat sie dann eben den Großteil der Zerstörung allein zu tragen. Wer daraus jedoch schließen möchte, dass gewisse Privatgesellschaften auf diesem Wege die Ausschaltung ihres Hauptkonkurrenten mitfinanzieren könnten …«

Anna erinnert sich an Madschids joviale Grimasse. Was würde er sagen, wenn ihm zu Ohren käme, dass sie genau das tut, wovon er ihr abgeraten hatte? Sie hat sich für die Straße, den Bus und die staatliche Gesellschaft entschieden, weil es bei anderen Bussen keinen freien Platz mehr gab. Sie lächelt und reibt ihre Hände, die feucht vor Angst sind. Ihr ist heiß, die Lüftung im Fahrzeuginneren funktioniert nicht. Außerdem juckt das *chol* in ihren Augen. Sie betet, dass das Antimon nicht auch noch herabfließt. Der Kleine fand, dass ihre Augen zu blau waren, zu »französisch« (das hat er gesagt!), mit ihnen könne sie die Aufmerksamkeit der Bösewichte auf sich ziehen. Er hat ihr ein Fläschchen Chol gebracht und eine Holznadel, gekauft in einer Bude der unteren Kasbah, denn er war der Meinung, dass sie mit cholgeschminkten Lidern ein wenig arabischer aussehen würde.

»Vor allem darfst du den Leuten nicht in die Augen schauen! Lass den kleinen Schleier oben auf der Nase, halt immer den Kopf gesenkt und sag kein Wort. Siehst du, wenn wir ein wenig mehr Zeit hätten, könnten wir dir etwas Herma auf die Wangen machen, dann noch ein oder zwei Schmuckstücke von uns, und du wärst perfekt! Ich werde dich von nun an El Hadscha nennen, die eine Pilgerfahrt nach Mekka unternommen hat!«

Der Knabe war entzückt von seiner Idee, und Anna wollte ihm nicht widersprechen. Sie hatte lediglich den Mund verzogen, bevor sie zum Schminken in die Toiletten des Busbahnhofs ging: »He, mein Muezzin in spe, du willst doch hoffentlich nicht von mir verlangen, dass ich einen Koran spazieren trage?«

Diese Hitze ist beim besten Willen nicht auszuhalten. Schweißtropfen fließen ihr den Rücken hinab. Wie gern würde sie sich jetzt kratzen! Anna reibt ihren Rücken diskret gegen die Sessellehne, aber sie wagt es nicht, ihren Haik und den kleinen Gesichtsschleier auszuziehen. Also lässt sie sich stoisch von der Faszination gefangen nehmen, die die Betrachtung der vorbeiziehenden kargen, wunderbaren Landschaft auf sie ausübt. Zum zweiten Mal in ihrem Leben macht sie diese Reise. Vierzig Jahre liegen zwischen dem ersten und dem zweiten Autobus. Sie erkennt nur wenig von dem wieder, was sie umgibt, alles hat sich verändert, manchmal vom Fuß bis hinauf zum Gipfel, als habe man die Berge und Wadis ihrer Erinnerungen fortgeschafft. Dennoch kann Anna sich nicht des Eindrucks erwehren, die Zeit dieser zweiten Reise sei in Wirklichkeit eine bereits erlebte Ausbuchtung in der Zeit, ein finsterer Scherz der Gegenwart, um die Vergangenheit nachzuäffen. Natürlich sind diese Europäer nicht mehr da, die nach göttlichem Recht die besten Ländereien okkupieren und die Einheimischen ins Hinterland verweisen; die Araber sind weniger arm, weniger geduckt, würdevoller. Aber es herrscht noch immer dieselbe unglaubliche Resignation. Im Fahrzeug ist die Atmosphäre vergiftet von der unaufhörlichen und ungehemmten Grausamkeit der Armee und der Maquisards, es herrscht noch dieselbe Angst vor einem abscheulichen Tod, und beim geringsten Verdacht senken die Leute ihre misstrauischen Blicke und schließen ihre geschwätzigen Münder!

Mit Mühe schluckt Anna das wenige an Speichel hinunter, das ihr bei der Hitze im Mund geblieben ist. Kleine Seen aus Klatschmohn und Gänseblümchen verleihen den Weizenfeldern oder den mit Berberfeigen umfriedeten Parzellen eine freundliche Note; wie eine Krebsgeschwulst wuchern Hütten, daneben unansehnliche Villen mit vier Stockwerken, mitten in der schönen Landschaft. Es herrscht starker, chaotischer Verkehr. Der Busfahrer überholt oft hupend. Die Sonne ist noch genauso unerbittlich wie vor vierzig Jahren, die Erde noch immer mehlig und fein; gerät ein Auto auf den Straßenrand, erhebt sich eine Staubwolke. Doch auch Anna hat Angst, und diese Angst ist wesentlich stärker, als sie es sich vorgestellt hatte, gleichzeitig fühlt sie, wie ein seltsames Glück sie an der Gurgel packt. Seit heute Morgen hat sie eine Verabredung mit ihren beiden kleinen Kindern, die nie die Chance hatten, alt zu werden, deren Lachen und Weinen für alle Zeit im Spielalter erstarrt ist. Die alte Dame möchte ihre Traurigkeit beherrschen, die sie jetzt nur zu gut kennt. Mitunter kann diese einem Gefühl der Freude gleichen, das sie einengt – und ihre Krallen sind sanft wie die einer Hauskatze –, wenn Anna das Ende ihres anstrengenden Versuchs, sich die Gesichter ihrer beiden Kinder zu vergegenwärtigen, erreicht hat. Diese Übung, zu der sie sich seit ihrem Tod regelmäßig zwingt, besteht darin, dass sie die Augen schließt und dann langsam und genau die

Züge ihrer beiden ermordeten Kinder rekonstruiert: zuerst das Mädchen (»nussbraune Augen, lustige Stupsnase, Schmollmund«), dann der Junge (»braun wie ein Rosinenbrot, Grübchen, Augenbrauen, die sehr früh entwickelt waren und dicht zu werden versprachen«). In der ersten Zeit, direkt nach ihrer Abschiebung aus Algerien durch die französischen Behörden, war es ihr sogar gelungen, sich das Lachen der beiden vorzustellen. Dann hatte sie selbst gelacht und später zu weinen begonnen, stundenlang. Lange Jahre plagte sie die Reue, weil sie die beiden Kinder nicht rechtzeitig fotografieren ließ. Sie und ihr Mann hatten damals so viel zu tun, dass alles auf morgen verschoben wurde, was ihnen nebensächlich erschien. Wozu also Fotos! Aber wer von ihnen beiden, sie oder Nasreddin, hätte denn voraussehen können, dass es für die Kinder keine Zukunft gab? Sie waren doch eben erst zur Welt gekommen und sollten sie lange überleben! An einem Tag größter Verzweiflung mehr als zehn Jahre nach ihrem Ableben wandte sie sich an einen Genfer Maler, er sollte die Kinder, ausgehend von ihren Erinnerungen, malen. Dieser gab zur Antwort, ihre Beschreibung der Kinder sei zu allgemein, denn sie könne auf jedes Gör zutreffen, das man sich von der Straße holt. Es sei zu befürchten, dass sie zuletzt alle Ähnlichkeit vermissen und enttäuscht sein werde. Er war dann auch noch zu Scherzen aufgelegt: Wenn sie Phantombilder wolle, könne sie sich an die Polizei wenden; die Polizisten wüssten wenigstens, wie man den Leuten die Würmer aus der Nase zieht. Als sie hinausging, lagen ihr harsche Worte auf der Zunge. Am folgenden Tag konnte sie einen anderen Maler überzeugen, der ihr mit nicht nachlassender Aufmerksamkeit zuhörte. Er notierte sich alles und machte Skizzen, die immer präziser wurden. Schließlich lieferte er ihr Bilder von zwei wunderbaren Kindern, die den ihren nicht im Geringsten ähnelten. Sie bezahlte ihn, dankte ihm herzlich für seine Mühe und zog mit dem Gefühl davon, eine Blasphemie begangen zu haben. Sobald sie zu Hause war, verbrannte sie in aller Eile die Bilder der beiden Unbekannten und legte sich dann zu Bett, weil ein Fieber sie niederstreckte. Mit allen Kräften setzte sie sich dagegen zur Wehr, sich der bohrenden Frage stellen zu müssen: Konnte sie sich wirklich noch an ihre Kinder erinnern oder half sie ein wenig nach, um nicht noch unglücklicher zu werden? In der folgenden Zeit hatte sie mehrmals einen Traum, aus dem sie schweißbedeckt und vor Kälte schnatternd erwachte. Sie schlief, draußen schneite es. Sie wachte auf, voller Angst. Aber ihre Angst verwandelte sich in Freude, denn aus den Kristallen, welche die Fensterscheibe bedeckten, lächelten ihr die beiden Kinder entgegen. Sie ging aufs Fenster zu, aber die Zwillinge begannen zu schreien: Mama, nein! Mama, nein! Denn ihr warmer Atem brachte den Schnee zum Schmelzen. Schließlich kam sie zu sich, von Kummer zerstört in ihrem Bett liegend, selber schluchzend: Mama, nein! Mama, nein!

Anna seufzt offenbar etwas zu laut, denn die Reisende auf dem Platz vor ihr, ebenfalls eine ältere Dame, die sich seit Algier auf ihrem Sitz vor Langeweile windet, dreht sich zu ihr um und bedenkt sie mit einem komplizenhaften Lächeln: »Leg doch den Haik ein bisschen ab, kleine Schwester! Es ist so warm. In unserem Alter kann weder Gott noch sonst jemand uns übelnehmen, wenn wir uns entblößen. Wir könnten dann ein wenig plaudern. Diese Busreisen dauern so lang! Und da wir schon dabei sind, Gott möge deine Eltern in Seiner Barmherzigkeit hüten, wo fährst du denn hin mit deinem Enkel?«

Eine überraschte Bewegung Annas, die beinahe auf Französisch geantwortet hätte, lässt Dschallal hochschrecken. Rot vor Verwirrung wird ihm bewusst, dass er eingeschlafen und sein Kopf bis auf den Schoß der Ausländerin gerutscht ist. Wütend fährt er die neugierige Alte an: »Lass sie in Ruhe! Siehst du nicht, dass meine Großmutter stumm ist?«

Die Reisende rollt erstaunt mit den Augen. Sie lehnt sich gegen das Fenster, fassungslos: »Du solltest etwas leiser sprechen, wenn du mit einer betagten Person sprichst, du Bandit! Ich habe deine Großmutter, die offenbar aus Porzellan ist, ja nicht zertrümmert. Das kommt davon, wenn man freundlich zu den Leuten ist!«

Vor Verdruss nimmt die Dame einen Rosenkranz aus einer riesigen Tasche. Mit halbgeschlossenen Augen und verkniffenem Gesicht beginnt sie nach einem ostentativen Räuspern die Liste der Namen des Allerhöchsten herunterzuleiern. Anna muss sehr an sich halten, um nicht zu lachen. Sie zupft das Kind an seinem Hemd und flüstert ihm ganz leise ins Ohr: »Da kannst du doch gleich sagen: stumm und von Geburt an schwachsinnig!«

Sie hüstelt, um nicht vor Lachen zu ersticken. Dschallal betrachtet sie verwirrt und ein wenig schockiert. Ein Lächeln breitet sich langsam auf seinen Lippen aus. Um seine Belustigung zu überspielen, denkt er, dass die alte Rumia zwar vollkommen bescheuert ist, aber, was das Mundwerk angeht, sogar »Fatima« schlagen könnte.

Auch er ist zugleich ängstlich und froh. Immer noch ein wenig ungläubig schaut er an sich herunter: er ist gut gekleidet, adrett frisiert, er hat neue Schuhe und reist mit vollem Bauch in einem bequemen Bus, mit vier Geldscheinen von zweihundert ganz realen Dinar in seiner Tasche! Die alte Ausländerin hat das nicht schlecht hingekriegt: Gestern hat sie ihn in Bab El Oued von Geschäft zu Geschäft geschleppt und, ohne zu geizen, vollkommen neu eingekleidet. Dann trug sie ihm auf, er solle sich in einem Bad waschen gehen (»Vergiss nicht die Ohren und die Nägel!«) und am nächsten Tag recht-zeitig am Busbahnhof sein.

Mit dem Geld, das sie ihm gegeben hatte, verbrachte er die Nacht in einem *hammam*. Etwa zwanzig Schaum-stoffmatratzen hatte man eng nebeneinander in einem Raum ausgelegt, der tagsüber als Ruheraum für die Badenden diente. Die ganze Nacht hat er nachgedacht, betäubt vom Schnarchen der anderen Gäste.

Die Gauria hat ihm folgendes Geschäft vorgeschlagen: Er sollte sie bis zu einem Duar bei Batna begleiten, wo sie angeblich Familie hatte. Seine Aufgabe war es, Fahr-karten und Reiseproviant zu besorgen, Erkundigungen einzuholen und alles andere, bei dem man Arabisch spre-chen musste. Dafür würde sie ihn gut bezahlen. Anfangs schien das alles ganz einfach. Zwar verstand er, weshalb sie sich unter einem Haik verbergen musste, aber die Ge-schichte mit der Familie in Batna schien ihm schon viel weniger überzeugend: Warum hatten denn diese berühm-ten Verwandten sie nicht in Algier abgeholt, um mit ihr gemeinsam die Fahrt in den Aures zu unternehmen?

Dann hatte er gedacht, sie habe ein Laster, sei viel-leicht eine von diesen Frauen, die Kinder missbrauchen. Das war allerdings kaum wahrscheinlich, denn sie hatte überhaupt nicht das schmierige Betragen jener Frauen, die ihn zu etwas bringen wollten … Er dachte mit Ekel an Hadda, die Landstreicherin von der Müllkippe, die einem für ein paar Dinar ihre behaarten Körperstellen zeigt und für zwanzig Dinar sogar erlaubt, sie dort zu berühren und vor ihr zu masturbieren. Aber die ist eine arme Verrückte, scheußlich dreckig, eine Unglückliche, die von ihrem Mann aus dem Haus gejagt wurde und ihre Zeit damit verbringt, vor Hunger zu krepieren, für ein Stück Brot würde sie alles tun. Die Kerle von der

Müllkippe bringen sie mit Essbarem so weit, auf einem Ölfass mit hochgehobenen Röcken zu tanzen und obszöne Lieder gegen die Ninjas zu singen. »Fatima« hat ihm sogar erzählt, er habe noch mehr mit ihr getan, aber Dschallal ist skeptisch, weil er findet, dass allein schon viel Mut dazu gehört, den Pestgeruch der Landstreicherin zu ertragen. Ganz zu schweigen von der unüberwindlichen Abscheu, welche alle vernünftigen Wesen seiner Ansicht nach bei der Vorstellung empfinden müssten, dass man sich gegenseitig jene Organe reibt, die Scheiße und Urin produzieren!

Nein, das konnte nicht sein, hatte er gedacht, aber vielleicht war Anna eine Spionin? Das würde ihm schon eher Spaß machen, und er würde keinen Finger rühren, um sie anzuzeigen! Sein Vaterland, was war das denn momentan? Es beschränkte sich auf die Straße, den Hunger, die Angst, die Polizisten, die hinter einem her waren, um einen zu verhauen, die guten Familienväter, die an nichts anderes dachten, als einem den Hintern zu streicheln und einen zu ficken, und dann noch diese stinkende Müllkippe, die ihn schließlich nicht einmal mehr haben wollte, verdammt soll sie sein! Also wirklich, keiner soll von ihm verlangen, dass er *Kassaman* singt, wenn die Fahne aufgezogen wird!

Gegen Morgen, als ihm vor Müdigkeit fast die Augen zufielen, beschloss er, dass er wirklich nichts zu verlieren hatte, wenn er sich auf dieses Abenteuer einließ. Außerdem hat er, obwohl er es sich nicht eingestehen will, ein so großes Bedürfnis, einmal jemandem zu vertrauen! Überdies ist das alles vielleicht ein echtes Geschenk des Schicksals: So kann er sich für einige Zeit aus Algier absetzen, muss nachts nicht mehr vor Angst umkommen, eingerollt in ein Stück Pappe. Und mit ein bisschen Glück hätten ihn später vielleicht auch diese wild gewordenen Verrückten vergessen, die ihm ohne

Zögern die Kehle durchschneiden würden, weil er angeblich seinen Freund Said »verraten« hat. Bis auf weiteres will er nicht an den armen Said denken, denn dann krampft sich sein Herz zusammen, und in seinem Mund ist plötzlich wieder dieser Geschmack absoluten Entsetzens, den er während der schickalhaften Schießerei zum ersten Mal hatte.

»WENN DER BUS in Batna ankommt, wird er mindestens zwei bis drei Stunden Verspätung haben«, rechnet sie bang, während sich ihr der eher komische Anblick des Fahrers bietet, der ölverschmiert auf einem Berg Melonen sitzt. Wegen eines gerissenen Keilriemens ist der Bus etwa zwanzig Kilometer vor dem Ort Bordsch Bu Arreridsch stehen geblieben, der etwa zweihundertfünfzig Kilometer von Algier entfernt liegt. Wütend hat der Fahrer einen Traktor angehalten, der einen vollbeladenen Anhänger mit Melonen zog, und ihn gebeten, für ihn nach Bordsch Bu Arreridsch zu fahren, um dort in der lokalen Niederlassung der Transportgesellschaft einen Ersatzriemen aufzutreiben.

Anfangs waren die Reisenden ebenso unzufrieden wie der Fahrer, aber sehr bald haben sie sich wohl oder übel mit ihrem Pech abgefunden. Es ist kurz vor zwei Uhr am Nachmittag, und die Hitze im Bus ist ebenso unerträglich wie draußen. Jeder versucht einen Platz im Schatten der seltenen Bäume, die an der Straße stehen, zu finden. Da alle hungrig sind, wird ein riesiges Picknick veranstaltet. Aus Taschen und Körben wird Proviant hervorgeholt, und bald isst beinahe jeder mit Appetit. Es ist, als wäre die Pause eingeplant, stellt Anna mit Belustigung fest: Einige haben sogar aus ihrem Gepäck Matten aus Raffiabast hervorgeholt, auf denen sie es sich bequem machen.

»Ich hätte nun Lust auf ein Mittagsschläfchen«, scherzt Anna. »Dann müsste ich zumindest diese Fresssäcke nicht mehr sehen. Wenn ich zuschaue, mit welchem Appetit die hier reinhauen, dann bekomme ich wahre Magenkrämpfe. Du etwa nicht?«

Anna und Dschallal ziehen sich unter einen abseits stehenden Zürgelbaum zurück, an dessen Fuß wie durch ein Wunder eine winzige Quelle entspringt. Anna wirft ihrem Führer einen ironischen Blick zu, der stumm zu Boden schaut. Heute Morgen hat er sich geweigert, am Busbahnhof Proviant einzukaufen, obwohl die Schweizerin es von ihm verlangt hat. Er behauptete, dort gäbe es Betrüger, die nicht zögern würden, Esels- oder Katzenfleisch für das Essen zu verwenden. Als Anna ein sarkastisches Gesicht machte, hat er übelgelaunt behauptet, er wäre schon weit gereist, hätte seine Erfahrungen gemacht und eine Ausländerin bräuchte ihm schon gar nichts über Algerien beizubringen, da könnte sie noch zehntausend Jahre lang mit ihrem blöden Ah, ah, ah kommen! Er erklärte, dass mehr als zehn Raststätten auf ihrem Weg lägen, es sei also völlig unsinnig, bei dieser Hitze auch noch Essen mitzuschleppen. Der Fahrer hatte sich aber bisher immer geweigert anzuhalten. Seinen ausgehungerten Fahrgästen, die protestierten, weil ein Uhr schon längst vorbei war, versicherte er, ein hervorragendes Restaurant zu kennen, wo das Essen, »Azrael möge mich an den Füßen aufhängen, wenn ich lüge, ebenso gut und ebenso sauber ist, wie das, was eure geliebte Mutter zubereitet! Mir liegt nämlich die Gesundheit meiner Fahrgäste sehr am Herzen …« In Wirklichkeit war niemand erstaunt über die wortreichen Ausflüchte des Fahrers. Wie üblich auf dieser Linie hatte sich der Fahrer wohl mit einem Raststättenwirt verständigt, dass er seine tägliche Ladung von hungrigen und erschöpften Gästen bei ihm absetzte, wenn er dafür ein gutes Essen umsonst bekäme. Das Problem war nur, dass dann diese verdammte Panne dazwischenkam.

Dschallal schmollt, er versucht zu vergessen, dass sich sein Magen zusammenkrampft, indem er, wie immer in Hungerperioden, die Augen schließt. Vielleicht wird er bald das Glück haben, einem barmherzigen Mittagsschlaf zu erliegen, der ihm den unerträglichen Anblick dieser Ochsen erspart, die mit wachsender Begeisterung am gebratenen Fleisch, den saftigen Oliven und gut durchgebackenen Kuchen kauen? Dennoch schilt er sich einen verdammten Dummkopf. Sein Wunsch, sich zum ersten Mal in seinem Leben an den Tisch eines echten Restaurants zu setzen (und er hatte sich geschworen zu essen, bis er keinen Bissen mehr hinunterbekäme, denn es war ganz klar, dass die Ausländerin die Rechnung bezahlen würde!), ist nun der Grund für das unfreiwillige Fasten, das bis zur Ankunft in Batna dauern kann.

Anna nagelt ihn fest: »Nun ja, siehst du, mein kleiner Schlaumeier, ich wäre schon zufrieden gewesen mit zwei oder drei Spießen Katzenfleisch, übergossen mit Mayonnaise und Tomatensoße, zwischen zwei frischen und knusprigen Brotscheiben, darüber gerade die richtige Prise Paprika …«

Dschallal muss laut lachen bei Annas Nummer, die jetzt die Geste nachahmt, mit der man ein Sandwich in den Mund schiebt. »Ach, wie Recht du hast! Das Wesentliche, weißt du, und als ehrwürdige Hadscha wirst du nicht umhinkommen, mir zuzustimmen …«, Anna erwartet mit Neugier die Fortsetzung dieses Satzes, »… ist, dass die Katze zwei Bedingungen erfüllt: Erstens muss sie ein gutes, fettes, kleines Kätzchen sein, das überall fleischig ist, wenn möglich sogar an den Barthaaren; zweitens muss sie *hallal* sein: geopfert wie ein echter muslimischer Kater. Du und ich, wir sind doch keine Heiden; wir essen doch nicht alles, nicht wahr?«

Sie brechen in einen komplizenhaften Lachanfall aus, vergleichen anschließend die besten Möglichkeiten, eine Katze zuzubereiten. Anna optiert für ein zartes Katzenpfeffer mit Bratkartoffeln, Dschallal hätte sie lieber gegrillt, mit *harissa*. »Die Katze ist schließlich kein Hase, Madame, das weiß doch jeder, also wirklich!«, bellt er und versucht dabei ganz ernst zu bleiben.

»Vielleicht hast du Recht, wenn jedoch dein Kater ein Muslim ist, dann schreit er doch noch lange nicht ›mäh, mäh‹ wie ein gewöhnlicher Hammel!«, antwortet Anna und krümmt sich vor Lachen.

Diesen Wahnsinn hätten sie noch bis in alle Ewigkeit so weitergetrieben, wenn nicht eine raue Stimme hinter ihnen ironisch gesagt hätte: »Sie ist ja vielleicht stumm, deine Großmutter, aber niemand kann behaupten, sie hätte gelernt, diskret zu lachen!«

Die alte Dame, die Dschallal beleidigt hat, ist nur wenige Meter von ihnen entfernt. Hat sie ihr Gespräch mitgehört? Anna fühlt, wie sie schamrot wird, aber sie kann ihr Lachen nicht zügeln. Die Reisende mustert sie von oben herab, dann legt sie ihnen zwei Stücke Brot mit Käse und Obst vor. »Bitte«, fügt sie aus Verlegenheit etwas grob hinzu, »ihr sollt nicht die Einzigen sein, die nichts zu essen haben. Jeder hat seine eigenen Schwierigkeiten, aber wenn man sich nur ein wenig gegenseitig hilft …« Sie unterbricht sich, weil sie das Schweigen von Anna und dem Knaben als Enttäuschung deutet. »Ähm … es ist nicht viel, das finde ich auch, aber, bei Sidna Mohammed, ich selbst habe ebenfalls nicht mehr gegessen als das. Der Käse ist nicht überwältigend, aber die Orangen sind sehr gut …«

Die alte Dame ist verblüfft. Mit schweißbedecktem Gesicht, nur mühevoll atmend, macht sie plötzlich auf dem Absatz kehrt und entfernt sich mit schweren, kleinen Schritten. Ihr riesiger Körper humpelt, dass er umzukippen droht. Anna und Dschallal machen sich über die Sandwichs her, Dschallal kommentiert ausgelassen: »Es kommt nicht an ein Katzenkotelett heran, aber bis heute Abend wird es uns sättigen!«

»Hm … sie hat den Kaffee vergessen, unsere gute Nachbarin …«

»Ach so, sie wagt es, den Kaffee zu vergessen? Nun gut, das werden wir sofort haben!«

Der Knabe geht entschlossenen Schritts zur Reisenden mit dem Rosenkranz. Weniger als eine Minute später ist er wieder zurück, hält triumphierend eine recht heiße Tasse Kaffee in der Hand.

»Bist du verrückt? Wie hast du das nur geschafft?«

»Es war leicht: Ich habe gesagt, es fehlt noch der Kaffee! Das wolltest du doch?«

»Wie hat sie reagiert?«

»Sie war so überrascht, dass sie eine Thermoskanne aus ihrem riesigen Korb geholt hat. So prompt, wie die mich bedient hat, könnte ich schwören, dass sie vor mir Angst hatte. Ich wette, sie hat noch Kuchen in diesem Korb. Willst du vielleicht etwas zum Kaffee? In diesem Fall …«

Anna hängt sich an das Hemd des Galgenstricks: »Dschallal, ich reiße dir alle Haare aus, wenn du noch einmal damit anfängst!«

»Lass mich doch los, Hadscha! Weshalb soll ich denn nicht auch einen schönen Honigkuchen haben?«

Plötzlich fällt Anna auf, dass die anderen Reisenden sie seit kurzer Zeit beobachten, mit einer Art von wohlanständigem Mitleid, das nicht zu verkennen ist. Sie müssen sie für eine Geistesgestörte halten und mit allem Nachdruck missbilligen, dass man ein Kind der Obhut einer alten Frau überlässt, die so schlecht erzogen ist. Sie ordnet ihren Haik und den kleinen Schleier, schnäuzt sich geräuschvoll, zwingt sich dann, wieder zu einem ernsten Benehmen zurückzukehren, trotz einiger Spiegelfechtereien und des hinterlistigen Miauens ihres Führers.

Als der Chauffeur mit einem neuen Keilriemen zurückkommt, plaudern die alte Schweizerin und das Straßenkind von Algier wie zwei alte Freunde, vermischen fröhlich Arabisch und Französisch, helfen mit Händen und Mimik nach, wenn die Worte fehlen. Anna erzählt Dschallal, dass sie Akrobatin in einem Zirkus war. Das Kind möchte ihr nicht so recht glauben: »Du eine Akrobatin? Aber du bist doch zu alt!«

»Ich bin nicht mit Falten und weißen Haaren geboren worden. Man sieht es vielleicht heute nicht mehr, aber auch ich bin einmal jung gewesen. Und aus dieser Zeit sind mir ein paar Muskeln geblieben. Wenn hier nicht so viele Leute wären, dann könnte ich dir zeigen, dass ich immer noch auf einen Baum klettern kann, und zwar schneller als du, Rotzlümmel!«

»Von wegen …«

Dschallal erzählt ihr einige Anekdoten von der Müllkippe, die er ihr mit ironischer Zärtlichkeit als eine zweite Mutter vorstellt. (»In den schlimmsten Augenblicken habe ich von ihr immer das Nötigste bekommen, damit ich nicht verrecken musste. Sie stinkt, sie ist eine wahre Fabrik für schlechte Gerüche, aber wer wollte den Geruch seiner Mutter kritisieren?«) In einem Nebensatz lässt er den Namen Said fallen. Angesichts des fragenden Blicks von Anna gibt er vor, das sei ein »ähm … nun … Freund … also ein Onkel, bei dem ich in Algier gewohnt habe«. Er errötet, seine Augen weichen aus, und Anna zieht es vor, ein anderes Thema anzuschneiden. Auch vermeidet sie, ihn nach Vater und Mutter zu fragen, sie nimmt an, dass er selbst einmal das Thema ansprechen wird. Der kleine Mann mit dem nicht besonders hübschen Gesicht spricht viel, verfällt manchmal in eine naive Protzerei, ist sofort eingeschnappt, wenn sie eine ungläubige Miene macht, lacht jedoch ohne Rückhalt, wenn er dann selbst zugeben muss, dass er übertrieben hat. Insgesamt legt er allerdings eine Urteilsfähigkeit an den Tag, die bei einem Kind seines Alters beinahe verlegen macht. Sie sprechen über seinen Broterwerb. »Manchmal gehen die Geschäfte, manchmal gehen sie nicht. Wenn sie gehen, esse ich. Wenn sie nicht gehen, esse ich nicht!«, kommentiert er philosophisch. »Eines Tages fällt mir vielleicht etwas Besseres ein als Erdnüsse. Bis dahin …«

Er schneidet eine Grimasse und macht eine Geste, wie man den Gürtel enger schnallt. Dann bricht er in ein seltsames Erwachsenenlachen aus: »Auf jeden Fall werde ich eine eiserne Geduld brauchen. Es ist bekannt, dass das Glück gewundene Wege geht, es hasst die Unglücksraben!«

Als sie in Batna endlich auf den Busparkplatz einbiegen, ist es bereits später Nachmittag geworden. Anna steht auf, sucht ihre Sachen zusammen und bittet Dschallal vorzugehen. Kaum ist er außer Sicht, steht sie von ihrem Sessel auf und beugt sich zu ihrer Nachbarin. Diese ist halb eingeschlafen, sie hat noch nicht bemerkt, dass sie endlich angekommen sind. Anna berührt sie an der Schulter. Die dicke Frau kommt nur langsam zu sich und wirkt ängstlich. Anna hat sich einen arabischen Satz sorgfältig zurechtgelegt. Sie beugt sich zu ihr und sagt mit Betonung:

»Vielen Dank, kleine Schwester, für das Essen und den Kaffee … Äh, entschuldige bitte das schlechte Benehmen einer alten Närrin … Gott wird dir … ääh … eines Tages deine gute Tat vergelten. Auf Wiedersehen, und gib acht auf dich …«

Anna schenkt der in ihrem Sessel versunkenen Reisenden einen kleinen Kuss. Die alte Frau greift mit der Hand an ihre Wange, als hätte man sie geohrfeigt: »O mein Gott, jetzt kannst du plötzlich sprechen, stumme Frau?«

Anna hat bereits die Stufe erreicht, als sie ihre pfeifende Stimme hört: »Eine Stumme, deren Zunge sich löst … Gott bewahre uns vor den Umtrieben des Bösen!«

ANNA BLEIBT UNERBITTLICH, als Dschallal sich die Füße in den unansehnlichen Straßen von Batna vertreten möchte. Wenn sie sich recht entsinnt, muss Hasnia, das Duar ihres ersten Mannes, etwa dreißig oder vierzig Kilometer von Batna entfernt sein. Mit dem Auto könnte man in einer knappen dreiviertel Stunde dort sein, falls die Straße gut ist. Damals hatte sich der Weg mit den letzten Kilometern plötzlich in einen ziemlich schroffen, schmalen Pfad verwandelt. Dschallal ist nicht gerade begeistert, dass man sich sofort wieder auf den Weg machen soll, aber die alte Dame bleibt stur. Auf ihr Versprechen hin, im Duar höchstens eine Stunde zu bleiben und nach der Rückkehr im besten Restaurant der Stadt mit ihm groß zu speisen, ist der Knabe bereit, mit den vier oder fünf Fahrern illegaler Taxen zu verhandeln, die im Umkreis der Bushaltestelle herumlungern. Anfangs lehnen alle mit der Begründung ab, die Straße in dieses Duar sei nicht besonders sicher und der Rückweg vor Einbruch der Nacht nicht mehr zu schaffen. Dann mischt sich der Eigentümer eines roten Peugeot ins Gespräch, ein junger, herausgeputzter Mann mit einer grellen Krawatte in Gelb-Grün. Er erklärt, gern wäre er ihnen behilflich (»Um der Liebe Gottes willen, meine Brüder!«) und würde sie fahren, wenn die Großmutter und ihr Enkel bereit wären, eine gewisse Summe zu bezahlen. Diese ist so hoch, dass Dschallal und die anderen Illegalen an einen Scherz glauben. Mit gebieterischer Geste gibt Anna dem Jungen, der solche Verschwendung abstoßend findet, zu verstehen, er solle den Handel akzeptieren. Am meisten überrascht zeigt sich jedoch der junge Mann selbst, und kaum haben sie im Auto Platz genommen, fordert er das Geld im Voraus. Außerdem verlangt er, dass einer von ihnen, das Kind beispielsweise, sich neben ihn setzen soll. Falls sie in eine Kontrolle der Gendarmen kommen, erklärt er, sollten sie antworten, dass sie zu seiner Familie gehören und er sie natürlich unentgeltlich fährt. Ein guter Teil der Fahrt verläuft schweigend. Der Fahrer ist nervös und fährt, so schnell er kann. Anna schnürt es das Herz zusammen, als sie sich auf das Ereignis vorbereitet, auf das sie so lange gewartet hat. Dschallal dagegen schmollt, er ist überzeugt, dass der Schnösel mit seiner Krawatte sie für ausgemachte Schwachköpfe halten muss. Nach und nach lässt er sich von der Bewegung des Fahrzeugs in Schlummer wiegen. Als der Fahrer ihn schüttelt, wacht er schlecht gelaunt auf. Dieser wirft ihm einen spöttischen Blick zu: »He, du Säugling, du wärst mir beinahe auf den Schaltknüppel gefallen!«

Dschallal rappelt sich hoch, erbost über die herablassende Art des Illegalen. Kümmer du dich lieber um deine Krawatte, du parfümiertes Kamel! Er ist besonders ungehalten, da der Fahrer seinen Traum im schönsten Augenblick unterbrochen hat. Er war gerade dabei, die Zusammenstellung seiner neuen Familie abzuschließen: eine Großmutter – diese alte Ausländerin, die ihm so aufmerksam zuhört und der es weder an Mut noch an Humor mangelt –, ein Onkel, den er rasch in einen großen Bruder verwandelt hat – es ist natürlich Said, lächelnd, nachsichtig und recht lebendig –, und, das versteht sich von selbst, die Rose in seinem Strauß, seine arme Schwester aus den Zeiten vor der Katastrophe, mit ihrer Sanftheit, ihrer Güte ... In diesem Traum ist es ihm gelungen, reich zu werden, und er hat alle zu sich in ein schönes Haus eingeladen, das einen wunderbaren Garten besitzt mit schattigen und sonnigen Plätzen, eine Laube aus wildem Wein und vor allem (aber ergibt das denn einen Sinn, hat er sich bereits in seinem Traum gefragt) den unglaublichen Duft des Glücks. Dieser Fahrer hat ihn aus seinem Traum vertrieben, als sie gerade frühstücken wollten, alle um ein großes Kupfertablett sitzend, das sich bog unter Krapfen, Butter und Marmelade ...

Jetzt ist sein Herz schwer, und er seufzt. Sie haben eben die große Straße verlassen. Die kleine Straße steigt ziemlich rasch an. Sie ist in schlechtem Zustand, wegen der Schlaglöcher muss der Fahrer immer wieder abbremsen und Gas geben, was jedes Mal von ängstlichen Flüchen begleitet wird. Seit einer guten Viertelstunde ist ihnen kein einziges Fahrzeug begegnet. Regelmäßig dreht der junge Mann seinen Kopf nach rechts und links, blinzelt, als würde er irgendetwas in der Landschaft suchen, und wirft schließlich denselben ängstlichen Blick in den Rückspiegel. Dschallal hat das Schweigen satt und fragt zerstreut die Schweizerin: »Sag mal, ist es noch weit bis in dein Duar?«

In ihre Gedanken vertieft, antwortet Anna, ohne mit der Wimper zu zucken, auf Französisch: »Ich weiß nicht, Kleiner. Es ist so lange her, dass ich dort hingefahren bin. Höchstens noch fünfzehn oder zwanzig Minuten, vielleicht ...«

Auf den Biss einer Schlange hätte der Fahrer nicht heftiger reagiert. Er bremst so abrupt, dass der Wagen beinahe eine ganze Drehung vollführt. Er ist bleich vor Angst und Zorn. Anna schreckt zurück, als er seine

Hand ausstreckt, aber es gelingt ihm, ihren kleinen Schleier abzureißen. Wütend bellt er: »Du dreckige Hure, du bist gar keine Algerierin! Was für ein Unglück kommt über mich, mein Gott, was für ein Unglück! Weshalb habt ihr mich angelogen, ihr Schweinehunde?«

In seiner Erregung spuckt er einige Speicheltropfen, die Anna mitten ins Gesicht treffen. Angeekelt explodiert sie: »Was fällt Ihnen ein, Sie Flegel? Niemand hat Sie angelogen. So viel ich weiß, geht es Sie nichts an, ob ich Ausländerin bin oder nicht! Also los, fahren Sie weiter. Wir haben sie gut bezahlt, und es wird langsam spät …«

Dass er sie weiterhin Französisch sprechen hört, steigert die Wirkung auf den Fahrer ins Katastrophale. Er schreit: »Die werden mich töten, die werden mich in kleine Stücke schneiden, wenn die mich mit Ihnen sehen! Schafft euch aus meinem Auto, ihr Halunken, hinaus, bevor ich euch den Schädel einschlage!«

»Und wer zum Teufel soll das sein?«, schreit nun auch Anna, mit vor Wut dumpfer Stimme.

»Jetzt tut sie auch noch so, als wüsste sie nichts! Die Emire aus dem Maquis, alte Närrin! Sie haben geschworen, alle zu töten, die Juden oder Christen deines Kalibers behilflich sind. Fort mich euch, los, raus!«

Da weder Anna noch Dschallal gehorchen wollen, rennt der Mann wie ein geölter Blitz aus dem Auto und öffnet die hintere Tür. Er reißt Anna von ihrem Sitz und schubst sie wie einen Sack auf den Straßenrand. Dschallal ist zu spät aus dem Fahrzeug gekommen, er kann gerade noch sehen, wie die Alte auf dem Schotter aufschlägt. Als sie einen durchdringenden Schrei ausstößt, stockt ihm das Blut in den Adern. Er schleicht um das Auto und springt wie eine Katze auf den Rücken des jungen Mannes. Mit aller Kraft zieht er ihn an den Haaren und bringt ihn zu Fall. Außer sich, versetzt er ihm Fußtritte, und kreischt: »Schweinehund, du schlägst meine Großmutter? Schämst du dich nicht, meine Großmutter zu schlagen?«

Aber der Fahrer kann ohne Mühe die Oberhand gewinnen. Er umfasst den schwächlichen Knaben und versetzt ihm mit dem Schädel einen heftigen Schlag auf den Hinterkopf. Betäubt gerät das Kind ins Wanken, als es einen weiteren Schlag auf die Nase erhält. Wutentbrannt hat sich Anna wieder hochgerappelt, obwohl das Steißbein sie unerträglich schmerzt. Sie überschüttet den Rohling mit deutschen Schimpfwörtern, wirft alles auf ihn, was ihr in die Hände fällt: Steine, Reisig und sogar mehrere Handvoll Erde. Nach einem letzten Fußtritt auf den zusammengesunkenen Dschallal spuckt der junge Mann vor Ekel aus und steigt in sein Auto. Mit knirschendem Getriebe stößt er zurück und fährt dann mit auf dem Schotter quietschenden Reifen in Richtung Batna davon.

Anna reagiert als Erste. Sie säubert recht und schlecht das blutverschmierte Gesicht des Kindes. Beide Augen sind geschwollen. Ein großer violetter Fleck breitet sich auf beiden Seiten der Nase aus. Diese ist wahrscheinlich gebrochen, wie ein anormaler Knick an der Wurzel verrät. Jetzt hat sich alles ins Katastrophale gewendet, Anna würde am liebsten losweinen, umso mehr als sie feststellt, dass ihre Tasche im Auto liegengeblieben ist, mit ihrem Pass und allem Geld. Aber sie beißt die Zähne zusammen, schließlich musste das Kind ihretwegen, weil sie so egoistisch war, eine harte Tracht Prügel einstecken. Es schluchzt jedes Mal vor Schmerz auf, wenn Annas Taschentuch sein Gesicht berührt. Eine Welle der Zärtlichkeit überkommt sie für diesen armen Jungen aus Algier, der sich für sie wie ein wahrer Löwe geschlagen hat, obwohl er sie doch kaum kennt.

»Weine nicht, Söhnchen. Er ist fort und alles ist vorbei.«

»Aber ich weine gar nicht, ich habe nur eine volle Nase«, protestiert Dschallal schluchzend. »Du siehst doch, dass ich nicht weine …«

Und er vergießt heiße Tränen. Anna zerreißt es das Herz, sie nimmt das Kind in ihre Arme und bricht dann ganz selbstverständlich ebenfalls in Tränen aus. So schmiegen sie sich aneinander, und jeder gibt sich die größte Mühe, den anderen zu trösten. Zwischen zwei Schluchzern wiederholt Dschallal: »Aber Großmutter, weinen hilft doch nichts!« Und die nach Kräften heulende Anna entgegnet: »Ich weine doch nicht … Was willst du denn? Du bist doch der, der flennt … Ich schnäuze mich bloß!«

Der kleine Führer wirft schließlich einen Blick aus verschwollenen Augen auf das cholverschmierte Gesicht der Schweizerin:

»Scheiße, wie siehst du denn aus! Du … du bist ja ganz schwarz!«

»Und du, Kartoffel, glaubst du, du siehst besser aus?«

Plötzlich brechen sie in Gelächter aus. Dschallal fasst an seine Nase: »Au, au! Der Hurenbock von Arschloch des Liebhabers seiner Mutter! Au, au, wenn ich den erwische!«

Anna richtet sich auf, schelmisch: »In meinem Alter sollte ich das nicht sagen, aber dieser Hurenbock von Arschloch … wie war das noch mal?«

»… des Liebhabers …«

»Ja … des vermoderten Liebhabers seiner verdammten Mutter, der hat uns wirklich drangekriegt. Was machen wir jetzt bloß?«

Die alte Frau steht unter Mühen auf, Dschallal hilft ihr dabei. »Er hat mir den Rücken zerhauen, der Esel.«

Sie betrachtet die Straße, reibt sich mit einem Zipfel ihres Haik die Wangen ab. Schweren Herzens wirft sie einen letzten Blick in Richtung des Duar: »Wir kehren nach Batna zurück, Söhnchen. Vielleicht haben wir morgen mehr Glück? Aber jetzt keine Müdigkeit vorschützen! In weniger als einer Stunde wird man hier nichts mehr sehen. Hoffentlich nimmt uns jemand mit ...«

Humpelnd und hinkend setzen sie sich in Marsch, je mehr ihnen die gefährliche Lage inmitten der unermesslichen Landschaft klar wird, desto schneller gehen sie. Eine Seite der Straße wird von riesigen Zedern gesäumt, aus denen das Dämmerlicht bedrohliche Gestalten formt. Die andere Seite grenzt an eine Schlucht, in der tief unten ein kümmerlicher Bach fließt. Kein Hinweis auf irgendeine Form menschlichen Lebens. Anna fragt sich mit trockener Kehle, ob das eher ein gutes Zeichen ist oder nicht. Schweigend gehen sie mehrere Kilometer. Anfangs läuft der Junge auf dem Asphalt scheinbar selbstgewiss im Zickzack vor ihr her. Schließlich gibt er ihr die Hand. Auch er ist sich seiner Sache nicht besonders sicher.

Anna spürt, dass es ihr immer schwerer fällt, vom Fleck zu kommen, so stark martert sie der Schmerz im Rücken. Sie hat ihren Haik ausgezogen und ihn um den Hals geschlungen. Die Nacht ist hereingebrochen, und trotz eines schüchternen Halbmonds stoßen sie manchmal gegen Steine oder stolpern in ein Schlagloch. Dschallal versucht die Atmosphäre zu entspannen: »Du und ich, wir könnten eine hervorragende Zirkusnummer anbringen: der Blinde und die Lahme ...«

Sein Witz fällt durch. Anna blickt sorgenvoll forschend auf die Straße. Diese gabelt sich. »Welchen Weg sollen wir nehmen?«, fragt sich Anna am Rand der Panik. Sie will sich gerade für den rechten entscheiden, als zwei lange Lichtbündel auf dem gegenüberliegenden zu sehen sind. Sie verschwinden hinter einer Biegung der Straße, erscheinen dann beinahe sofort wieder.

»Autoscheinwerfer!«, brüllt Dschallal vor Freude.

Anna, äußerlich zwar ruhiger, aber dennoch genauso erregt, fühlt, wie neues Leben in sie strömt. Als das Auto bei ihnen hält, entfährt es dem ein wenig fassungslosen Dschallal: »Sieh an, es ist der rote Peugeot! Hat der Blödmann vielleicht Mitleid mit uns bekommen?«

»Scht!«, schneidet Anna ihm verärgert das Wort ab, »Hauptsache, er fährt uns zurück.«

»Sind Sie die Schweizerin?«, ruft eine Stimme aus dem Wagen.

»Aber ja«, antwortet Anna und hält eine Hand über die Augen, damit die Scheinwerfer sie nicht blenden. »Aber woher wissen Sie das? Ich habe Sie nicht …«

Sie bricht ab, denn ein Mann in Kapuze mustert sie. Sie weicht zurück, verblüfft und gleichzeitig entsetzt.

»Wir sind Polizisten, haben Sie keine Angst«, sagt der Kapuzenkopf mit einem kurzen Lachen. »Wir haben dieses Subjekt festgenommen.« Er weist auf den Illegalen mit der auffälligen Krawatte. »In seinem Auto war eine Tasche, in der sich ein Pass und Devisen befanden«, sagt der Kopf immer noch lachend. »Er wollte leugnen, aber er hat dann rasch gestanden, als wir ihn überzeugt hatten, dass lügen eine Sünde ist. Sie sind doch unserer Meinung, Großmama …«

Anna nickt, verwirrt über die Vertraulichkeit des Polizisten. Sie ist durch die Scheinwerfer geblendet, und so gelingt es ihr nicht, die anderen Insassen zu erkennen. Das Lachen des Polizisten verwandelt sich plötzlich in ein schrilles Wiehern: »Sie ist unserer Meinung, die Großmama, sie ist unserer Meinung: Man darf niemals lügen!«, ruft er und schlägt sich auf die Schenkel.

Die anderen Insassen tun es ihm nach. Sogar Dschallal lässt sich von der Fröhlichkeit der Polizisten anstecken und platzt laut heraus. Er geht um den Wagen herum, öffnet mit Freuden die hintere Tür des Autos und denkt sich bereits die saftigste Beschimpfung seines Lebens aus: »Verdammter ...«

Ein Kerl mit Gewehr drückt den Krawattenschnösel gegen den Sitz. Der illegale Taxifahrer fixiert Dschallal derart teilnahmslos, dass die Beschimpfung in seiner Kehle steckenbleibt. In Wirklichkeit (Dschallal beginnt mit den Zähnen zu klappern) fixiert der Mann, der sie so brutal auf dem engen Bergpfad absetzte, überhaupt nichts mehr: Er hat einen zweiten, diesmal eher überfeuchten Mund, jedoch an ungewohnter Stelle, denn er reicht an seiner Kehle von der einen zur anderen Seite!

Anna hat bereits verstanden. Sie ist nicht überrascht, als der Fahrer mit einem langen Metzgermesser auf sie zeigt und in einem exzellenten Französisch sagt: »Zu Ihrem Unglück, Madame, heiße ich Sie willkommen bei den Kämpfern Allahs!«

Sie ist nicht überrascht. Das wäre also der Teufel, dem ihre Kinder lange vor ihr begegnet sind. Und dennoch bricht die Abscheu über sie herein wie ein riesiger Fels, der sich vom Berg gelöst hat und sie mit einem Schlag zerquetscht, ihren Atem, ihre Muskeln und ihre Würde inbegriffen. Als sie in die Hose pinkelt, ohne auch nur die Beine zu spreizen, hat sie gerade noch die Kraft, sich dem kleinen Erdnussverkäufer zuzuwenden.

AUF EINEM SCHEMEL sitzend, schlürft Nasreddin seinen Tee. Ganz in sich selbst versunken, tut er so, als folge er den Windungen einer ausufernden Erzählung seines Nachbarn aus dem Erdgeschoss, eines Kochs im Ruhestand. Der spricht und hackt dabei mit Hingabe sein Beet, das er mit Karotten bepflanzen will. »Ich hätte hier lieber eine Bananenstaude gepflanzt, eine echte«, seufzt er, »aber ich habe nicht genug Geld, um mir ein Gewächshaus zu kaufen, nicht einmal eines aus Plastik.

Vielleicht ist es auch besser so. Stell dir vor, wie ich aufpassen müsste, wenn die Büschel dann reif sind. Alle Lausbuben der Wohnanlage würden sich darauf stürzen!«

Der Koch streicht über seinen Schnurrbart. In seinen funkelnden Augen wird sichtbar, dass er diesen wunderbaren Bananen nachtrauert: Jeden Morgen, wenn er im Erdgeschoss seine Fenster öffnete, hätte er sie vor Augen, denn er weiß, dass das nicht nur leere Worte sind. Der Teufelskerl hat vor nunmehr zwei Jahren ohne jede Erlaubnis sich des Streifens Land bemächtigt, der im Erdgeschoss entlang der Mauer des Gebäudes verläuft. Als die Stadt und das Amt für sozialen Wohnungsbau auf seinen Kraftakt nicht reagierten, hat er den ursprünglichen Zaun durch ein Backsteinmäuerchen ersetzt und dann die so annektierten etwa dreißig Quadratmeter mit allen Gemüsesorten bepflanzt.

»Das sind meine Vorräte für die Inflation«, scherzt er. »Die Regierung kann Dummheiten machen, so viel sie will, ich werde niemals Hungers sterben!«

Es ist schon vorgekommen, dass Mieter sich über den Gestank des Misthaufens beschwerten, den er dreist in seinem »Garten« angelegt hat. Dann schimpft der durchtriebene Kerl zuerst auf den Neid unter Mitmenschen, und am nächsten Morgen sucht er die Miesepeter auf, um ihnen ein Körbchen Karotten oder Kartoffeln zu bringen, »gezogen, meine Freunde und lieben Nachbarn, mit diesem vortrefflichen Mist!« Die Mieter sind des Streitens überdrüssig und geben klein bei. So kam es, dass ein Tässchen Tee bei diesem Koch, der inmitten seines schönsten Gemüses thronte, im Haus zu einem unverzichtbaren Ritual wurde.

Heute jedoch steht Nasreddin nicht der Sinn nach Tee oder dem intriganten Klatsch seines Nachbarn. Dieser erzählt ihm, dass einer von seinen Neffen, ein kleiner Tintensäufer auf dem Bürgermeisteramt, kürzlich einem Attentat entronnen ist. Ein junger Terrorist sollte ihn umbringen, weil er sich geweigert hatte, irgendeine Geburtsurkunde zu fälschen. »Also: Dieser Arsch stellt sich direkt hinter meinen Neffen und fängt an, seine Pistole aus der Hose zu ziehen. Er macht eine falsche Bewegung, kommt an den Abzug, während seine Waffe noch auf seinen Gürtel gerichtet ist. Peng, fort sind Schwanz und Eier, überall Blut und ein Geheul wie von Schiffsirenen!« Der Koch ringt nach Luft: »Und mein wunderbarer Neffe begreift nicht, was passiert ist, und stürzt sich auf den Mörder, um ihn zu retten …«

Nasreddin steht abrupt auf, gibt vor, er habe etwas Dringliches zu erledigen. Eben hat er beschlossen: Man kann Dschaurden nicht im Krankenhaus sich selbst überlassen. Seit einer Woche hat der bedauernswerte Targi keine Nacht mehr als zwei Stunden geschlafen. Gestern hat er ihn überzeugen können, bei ihm zu übernachten. Mitten in der Nacht hat der verzweifelte Mann es sich jedoch anders überlegt. Trotz Ausgangssperre hat er es geschafft, das Krankenhaus zu erreichen, um dort bei Dudscha zu wachen. Die Ärzte behaupten, sie müsse von heute auf morgen sterben, man könne nichts tun, als das Ende zu erwarten, wobei sie ihm mehr oder weniger offen zu verstehen geben, dass er sie wieder mit nach Hause nehmen soll, denn im Koma beansprucht sie nur unnötigerweise ein Bett.

Der Koch blinzelt beleidigt, weil Nasreddin es so eilig hat. Er murmelt, in ihrem Alter gebe es nichts, aber rein gar nichts, was ein schönes kleines Gespräch bei einer Tasse Tee verderben dürfe, denn kein Unternehmen, so wichtig es auch sein mag, würde das Leben von Grauköpfen wie ihnen auch nur um eine Sekunde verlängern. »Apropos eilig, ich hatte es ganz vergessen, du

rasender Roland. Da!« Er reicht ihm einen zur Hälfte ge-
falteten Umschlag. »Der Briefträger hat ihn bei unserem
Nachbarn im ersten Stock für dich hinterlegt.«

»Ach ja, der Brief von gestern! Ich erinnere mich«,
meint Nasreddin zerstreut und steckt den Umschlag in
seine Jackentasche.

Dann hinkt er – sein Hühnerauge ist aufgewacht – zur
Bushaltestelle. Dort hat sich bereits eine Gruppe von
Wartenden gebildet. Er wartet geduldig eine gute Viertelstunde, bedrängt von den vielen Menschen, dann erinnert er sich an den Umschlag. Er macht erst die eine,
dann die andere Hand frei, und es gelingt ihm, den Umschlag zu öffnen, auf dem in der linken oberen Ecke der
Stempel EILIG prangt.

Ein kurzer Brief der Post des Wilaya von Batna unter-
richtet ihn, dass ein Telegramm vorliegt, das an ihn im
Duar Hasnia adressiert war. Dieses konnte ihm nicht
übergeben werden, weil er nicht anzutreffen war. Wie
es die Bestimmungen für den Telegrafendienst vor-
schreiben, habe die Post daraufhin bei der Gendarmerie um seine Adresse nachgesucht. Der Brief endet mit
dem durchaus gestrengen Hinweis, er solle bitte künftig
seine Adresse in Hasnia hinterlegen, damit eine ähn-
liche Situation nicht mehr eintreten kann.

Nasreddin entfaltet das Telegramm:
BIN IM HOTEL ALETTI BIS ZUM 20. SUCHE SPÄTER HAUS
DEINER MUTTER AUF WENN DU LEBST BESUCHE MICH
ANNA

Ihm wird übel. Um ihn drängen sich die Leute. Der
Bus ist angekommen, wie immer überfüllt. Hinter ihm
drängt jemand kräftig nach. Eine Frau schreit: »Was
hat denn der Alte? Kann er denn nicht zu Hause lesen?
Steigen Sie bitte ein oder gehen Sie aus der Schlange,
aber Sie können doch nicht einfach stehen bleiben!«

Eine andere, ebenso wütende Stimme fügt noch

hinzu: »Ja, weg mit ihm. Der Schwachkopf bringt es noch soweit, dass der Bus ohne uns weiterfährt!«

Als das Fahrzeug mit seiner Ladung von Passagieren startet, steht Nasreddin noch immer an der Bushaltestelle. Das Blut pocht so heftig in seinen Schläfen, dass er befürchtet, sich übergeben zu müssen. Seine Hand knüllt nervös das blaue Papier. Er liest das Telegramm noch einmal. Vielleicht ist es ein Scherz, eine heimtückische Falle? Aber wer könnte sich eine solche Posse ausdenken? In seiner Umgebung, ob im Hochhaus oder an seiner früheren Arbeitsstelle, weiß niemand, dass er mit einer Ausländerin verheiratet war und zwei Kinder hatte. Alle behandeln ihn wie einen alten Kauz, der im Guten wie im Schlechten nur das Junggesellenleben kannte. Übrigens hat er darüber mit niemandem mehr gesprochen, seit ... wie lange schon? ... Er legt den Kopf in seine Hände: »Oh, Anna, Anna, das ist nicht möglich ... O Anna, Anna! ... Meine Freundin, so lange hast du gewartet? O Anna, Anna ...«

Ein Jugendlicher, der in aller Ruhe an einen Strommast lehnt und eine Zigarette raucht, muss grinsen, als der zerzauste Alte auf der Straße an ihm vorbeiläuft. Er ruft: »He, Opa! Sieht so aus, als wärst du wieder in Form? Wenn du so gut bumst, wie du rennen kannst ...«

Der Mann mit dem schmerzenden Hühnerauge hört nicht, was der Grünschnabel sagt. Mit aller Kraft seiner X-Beine, die Lungen am Rande des Erstickens, mitunter Fußgänger anrempelnd, die sich amüsiert oder empört umdrehen, rennt der Alte: weg von den zu rasch vergangenen Jahren, dem Unglück, das ihm seine Familie geraubt hat, seiner verschwundenen Liebe entgegen, ins endlose Paradies seiner Jugend ...

ZWEITER TEIL

6

DIE ALTE ANNA *möchte schreien vor Angst. Aber es gelingt ihr nicht. Sie deutet eine nach vorn ausgreifende Gebärde an, als wollte sie die Mörder um Hilfe bitten. Die Bewaffneten lachen. Da schließt sie die Augen. Die Vergangenheit steigt empor, Erinnerungen wie Messer. In einem letzten, törichten Hoffen streckt sie im Wahn die Hand ihrer Kindheit entgegen. Doch auch hier kann sie nicht den geringsten Rückhalt finden, denn das Kind von vier und fünf Jahren, das sie damals war, ist ebenfalls ganz erfüllt vom eigenen Schmerz.*

1928

AUF DEM SEE treibt ein Boot in der heißen Sonne. Ein kleines Mädchen liegt ausgestreckt auf dem Boden des Kahns. Wenn niemand eingreift, um sie zum Ufer zu bringen, wird sie schließlich an Hitzschlag sterben. Der Kopf des Kindes brummt. Seine geschlossenen Augen sehen einen großen roten Fleck, der manchmal schwarz wird. Es ist die Sonne, die seit Stunden auf dieses Mädchen mit dem rasenden Herzen herabschaut. Seit drei unendlich langen Tagen hat ihr innerer Atem – der Seele – ausgesetzt.

Was ist geschehen? Kantonspolizisten haben in aller Frühe an die Tür geklopft und die Mutter zur Grenze gebracht. Sie haben ihr gesagt, als Deutsche sei es ihr nicht erlaubt, in der Schweiz zu wohnen. Die Schweiz ist neutral, in ganz Europa wird es Krieg geben, und die

Schweiz möchte keine Schwierigkeiten mit Deutschland. Die Kleine hat nicht so recht begriffen, was diese Polizisten mit dem Wort Krieg meinten. Sie hat nur im Morgennebel ihre Mutter gesehen, Polizisten umstanden sie, ihre Mutter zitterte vor Angst, schrie dann in einem Gemisch aus Deutsch und irgendeinem Dialekt, sie sei doch mit ihrem Mann verheiratet. Gut, Ihre Heiratsurkunde? Aber diese Urkunde ist nichts wert, sie ist falsch, Fräulein. Es macht ihnen Spaß, sie weiterhin Fräulein statt Frau zu nennen. Ihr Mann steht daneben mit knallrotem Gesicht, sagt kein Wort. Aber Fräulein, selbst wenn wir einmal annehmen, diese Urkunde sei echt (was nicht der Fall ist, hat das andere Subjekt in Uniform geknurrt), dann gilt doch immer noch, dass Sie illegal in die Schweiz eingereist sind, vor genau sieben Jahren und zwei Monaten. Hier bei uns sind die Illegalen nicht beliebt. Der Polizist schilt sie, ohne wirklich boshaft zu sein, er zeigt nur ein bisschen von jenem Ekel, den man für Leute empfindet, die nicht das Glück hatten, in der Schweiz geboren worden zu sein. Ihr Mann vermeidet es immer noch, zu seiner Frau hinüberzusehen. Aber so sag ihnen doch, dass wir verheiratet sind, Günther! Sie geht jetzt um ihn herum, stößt viele spitze Schreie aus. Dann begreift sie entsetzt, dass ihr Mann nicht auf ihrer Seite ist. Gut, sie haben sich in letzter Zeit oft gestritten, man konnte die Stimmen bis auf die Straße hinaus hören … Aber Günther, ich bin doch trotzdem deine Frau, du bist der Vater von Anna, nach einem kleinen Streit kann man einander doch verzeihen!

Ihre Mutter wurde bis zur deutschen Grenze gebracht und dort an die Reichspolizei übergeben. Die Mama hat geschrien, aber es war so ein seltsames Heulen darin, dass die Kleine ihr ganzes Leben lang nichts Derartiges mehr hören wird. Und ihr weit aufgesperrter Mund war schrecklich anzusehen, der unhörbare Schrei.

Die Kleine entdeckt noch am selben Abend, dass der Vater eher froh ist über den Weggang seiner deutschen Frau. Statt Politik zu machen, hätte sie sich lieber ruhig verhalten sollen, wirft er seiner Tochter hin, bevor er sein Bier trinkt.

SIE IST LOSGERANNT, rannte und rannte, bis sie dann im Boot einschlief. Ein alter Mann, der gelegentlich zum Angeln geht, springt ins Wasser, als er sieht, wie das Boot mit der Kleinen, die reglos wie eine Leiche daliegt, über den See treibt. Er bringt das Boot mit seiner Last zurück, stolz auf seine gute Tat. Ihr Vater, der sozusagen »vor Angst gestorben« ist, empfängt sie mit einer riesigen Tracht Prügel. Mit diesen Schlägen macht er sich bei ihr so verhasst, dass sie ihn seither mit einem Erwachsenenwort bezeichnet: »der Hund«. Noch am selben Abend wirft sie Kieselsteine in die Suppe ihres Vaters. Um sich zu rächen. Der Vater beißt sich einen Zahn aus. Wütend schwört er alle heiligen Eide, das sei das letzte Mal, dass er bei diesem verdammten Bäcker Brot gekauft hat, der Dreck ins Mehl mischt. Das kleine Mädchen, das sich schlafend stellt, lacht leise, bis es ins Bett pinkelt. Dann schläft es weinend ein.

Der Angler hat sich bei seinem heroischen Bad eine Lungenentzündung geholt. Als ihn die Angst packt, er könnte in die samtigen Pfoten des Großen Nichts gleiten, packt ihn das Zittern, er verflucht das kleine Mädchen und sich selbst, dass er sich unbedingt mit einer »guten Tat« hervortun musste. Am Tag seiner Beerdigung kommt seine Frau und trommelt gegen die Tür. Von Schmerz überwältigt, spuckt sie das kleine Mädchen an und wirft ihm vor, ihren Mann auf dem Gewissen zu haben.

DAS MÄDCHEN denkt an seine Mutter. Sie liebt ihre Mutter, die zu ihr »mein liebes kleines Hühnchen« sagte, weil sie manchmal eigensinnig war und nicht gehorchen wollte. Aber ihre Liebe wird immer ungenauer, je weiter sich das Bild ihrer Mutter entfernt. Sie flieht vor ihrem Vater, sucht Unterschlupf bei einem Zirkus auf der Durchreise, versteckt sich für die Dauer eines Gastspiels in einem Wohnwagen (und dann noch einmal hundert Kilometer, bei denen sie vor Hunger und Durst beinahe umkommt). Der Zirkus war nicht gerade ein Musterstück, für das Kind bedeutete er jedoch eine unglaubliche Entdeckung: Da gab es eine Welt, in der die Menschen das Gewicht von ihrem Fett und ihren Eingeweiden vergessen und wie Vögel fliegen konnten, wo der wilde Löwe bei einer – mein Gott, wie schönen – Dompteuse sanft wie ein Pudel wurde!

So muss es sein, wenn das stattfindet, was man eine Bekehrung nennt, oder besser noch: »Gnadenerweis«. Es geschieht mit einem Schlag: Das Kind sperrt Mund und Augen auf, denn ihm ist die Offenbarung der Schönheit zuteil geworden. Mit einer scharfen Kralle im Herzen begreift das Mädchen, dass die Menschen nicht unbedingt so böse und ungeschlacht wie ihr Vater sein müssen und die Frauen nicht so schrecklich gedemütigt wie ihre Mutter. Von Bitterkeit überwältigt, treibt sie sich den ganzen Tag in der Nähe des Zirkuszelts herum, bevor sie sich – wie man Selbstmord begeht – in eine Art Garderobe stürzt. Am nächsten Morgen wird sie, in eine Uniform gewickelt, von einer Frau gefunden. Schlafend. Zuerst ist Rina entsetzt, dann gerührt, schließlich weckt sie das Kind. Angesichts der verblüfften Miene der Kleinen platzt sie mit ihrem komischen Akzent heraus: »He, Matrosen, kommt mal her, da ist ein blinder Passagier an Bord. Was machen wir mit dem, sollen wir ihn ins Meer werfen, oder was?«

»Besser in den Löwenkäfig«, lacht ein junger Tier-
pfleger.

Jemand geht den Direktor holen. Anfangs hat Charles
Nein gesagt. Die Geschäfte gehen schlecht, die Gläubiger werden zudringlich, und er hat nicht die geringste
Lust auf Probleme mit den Landjägern. In Gegenwart
des Mädchens bekommt er einen Wutanfall: »Was
glaubst du denn, wo du bist? Vielleicht in einem Pen-
sionat? Außerdem wird durch dich die Reise nur noch
zusätzlich verzögert!«

Dann unterzieht er sie einer ausgiebigen Befragung
und kann ihr schließlich die Adresse ihres Vaters ent-
reißen. Flehentlich sagt sie in einem gewissen Abstand
immer wieder dasselbe, halsstarrig, beinahe aggressiv:
»Ich bitte Sie, ich mag ihn nicht! … Ich bitte Sie, ich mag
ihn nicht!«

Am Ende zuckt er mit den Schultern, verwirrt von
solchem Hass. Und von der Kraft, die dieser Hass in
einem so kleinen Körper mobilisiert. »Aber Anna –
wenn du wirklich so heißt, wie du gesagt hast –, weißt
du denn überhaupt, was das ist, ein Zirkus? Hier wird
schwer geschuftet, das kann die Hölle für dich werden!«

Die Kleine senkt den Kopf. Charles seufzt: »Dummes
Ding.«

Dann murrt er: »Bist selber ein dummer Kerl, Charles,
du wirst immer ein Verlierer bleiben, weil du nicht Nein
sagen kannst.«

Am nächsten Tag bricht er früh auf, und es gelingt
ihm wirklich, den »Hund« zu einem Einverständnis zu
bewegen, denn diesem kommt es nicht ungelegen, dass
er jemanden gefunden hat, der ihn von diesem bösen
kleinen Mädchen befreit, das sich weigert, ihn »Papa«
zu nennen.

DIE ZIRKUSKAPELLE beginnt einen neuen Walzer. Die beiden Trapezkünstler müssen jetzt nur noch den doppelten Salto machen. In sich kreuzenden Lichtkegeln beleuchten die Scheinwerfer Adrian und seine Frau Vera, jeden auf einer Plattform für sich. Wie alle, die ihre Nummer beendet haben, steht das kleine Mädchen an der Schranke. Sie zittert, eigentlich müsste sie sich umziehen, die Kleider kleben ihr auf der Haut. Aber sie hat keine Lust. Trotz ihrer Müdigkeit folgt sie konzentriert der Vorführung des Paars. Annas Herz geht über vor Bewunderung. Wie schön die beiden da oben sind, und wie sehr sie sich auch auf der Erde lieben, obwohl sie manchmal schrecklich miteinander streiten können … Im Zirkus ist ihre Liebe gleichermaßen Gegenstand von Spott und von Neid. Anna schwört sich, dass sie es eines Tages auch so gut treffen wird wie sie. Aber für ihren Kleinmädchenkopf ist das noch völlig unbekannt, was sie bei ihnen am meisten beneidet: ihr außergewöhnliches Geschick oder ihre Fähigkeit, sich so heftig zu lieben …

Ein Clown, ebenfalls an der Schranke auf die Folter gespannt, murrt: »Das ist jetzt aber seltsam. Warum kann er sich nicht zum Springen entschließen?«

Der Artist auf seiner Plattform scheint plötzlich alle Zeit der Welt zu haben. Er reibt sich lange die Hände mit Magnesia-Pulver ein, greift dann zur Trapezstange. Er reißt an ihr, als wolle er sich nach vorn werfen, zögert, untersucht seine Hand und lässt die Stange wieder los. Er taucht seine Hand noch einmal in die Magnesia-Büchse. Ein ungeduldiges Murmeln entfährt dem Publikum, das im Halbdunkel sitzt.

Anna spürt, dass sich an dieser Nummer etwas verändert hat. Gewöhnlich ist alles so perfekt geregelt, dass sie mit dem dritten Fanfarenstoß der Kapelle endet. Der Ansager setzt von neuem dazu an, den gefährlichen

Doppelsalto mit Emphase anzukündigen. Noch empfindet Anna keine Angst, sondern fühlt sich nur unwohl.

Endlich entscheidet sich Adrian zum Springen. Der mächtige Körper beginnt seinen Flug, einer riesigen Möwe mit Pailletten gleich. Er erreicht die Hälfte der Strecke zwischen den beiden Plattformen, immer noch von den Scheinwerfern verfolgt. Wenn das Pendel zurückschwingt, muss Vera, seine Frau, sich ins Ungewisse stürzen.

»Mein Gott!«

Wie Dutzenden der Zuschauer entfährt Anna ein Schrei. Adrian hat die Stange losgelassen. Die Scheinwerfer konnten dem Sturz des Mannes nicht folgen. Für endlose Sekunden bleiben sie auf das leere Trapez gerichtet, das noch hin und her schaukelt.

ANNA BEGIBT SICH ins Innere des Zirkuszelts, wo Rodolphe wie vereinbart wartet. Heute beginnt die Dressur des neuen Pferdes, sie müssen von vorn beginnen. Trotz des Stimmengewirrs draußen gibt es ein stillschweigendes Abkommen zwischen ihr und dem Dresseur, Adrian mit keinem Wort zu erwähnen. Dieser war gestern infolge seines Unfalls entlassen worden. Der Arzt hatte ihm verboten, jemals wieder auf ein Trapez zu steigen.

Das neue Pferd ist verängstigt, und Rodolphe muss mehrere Male zur Peitsche greifen. Er ist ärgerlich, weil Anna heute nicht die nötige Konzentration für ihre Arbeit aufbringt. Er erhöht die Geschwindigkeit. Dem Tier wird schwindlig, es stolpert. Anna hat gerade noch Zeit, von dem Podest auf dem Rücken ihres Reittieres abzuspringen. Aus dem Maul des Pferdes quillt weißer Schaum.

Rodolphe meint hämisch: »He, Mädchen, jetzt hast

du es geschafft, deine Ängstlichkeit auf den Gaul zu übertragen.«

Man hört einen dumpfen Knall.

»Hört sich an wie ein Schuss«, murrt der Dresseur.

Emiliano, der Stallknecht, steckt den Kopf durch den schweren Vorhang im Zirkuszelt: »Anna, komm bitte mal. Es hat Krach gegeben zwischen Vera und Adrian.«

Jeder rennt in eine andere Richtung. Dem Mädchen ist speiübel. Ein Unglück ist nicht möglich: Adrian und Vera werden von ihrer Liebe beschützt ... Außer Atem erzählt Emiliano, dass Adrian, nachdem er von seinem Hinauswurf durch Charles erfahren hatte, Vera überzeugen wollte, mit ihm den Zirkus zu verlassen. Vera rief, es gäbe keinen Ort, wohin sie gehen könnten. Der Streit wurde heftiger, und Vera meinte erregt, sie wolle nicht Zimmermädchen in einem Hotel werden. Sie begann zu schreien. Da hat Adrian geschossen.

»Stell dir vor, Anna«, sagt Emiliano, der nach Luft ringt, »all das ist in weniger als einer Stunde passiert! Vera war am Leben, und dann: zack! Als hätte man eine Porzellantasse zu Boden fallen lassen ...«

Die Gendarmen kommen, dann die Sanitäter. In Annas Kopf geht alles durcheinander: der Schwindel des Pferdes, Adrians Brüllen, und niemand bringt ihn zum Schweigen, weil keiner den Mut hat ... Sie betrachtet den Körper Veras, wie er daliegt, um ihn die Männer von der Ambulanz mit ihren geübten Handgriffen. Die Spitze eines Schuhs ragt unter dem Laken hervor. Footit, ein Zwerg mit den grotesken Zügen eines gealterten Kindes, zieht das Laken über den Schuh. Es herrscht eine seltsame Atmosphäre. Sogar die Gendarmen sehen eingeschüchtert aus, durch all die Leute, die aus dem Nirgendwo aufgetaucht zu sein scheinen, einige im Kostüm und bereits geschminkt, andere im Stadtanzug, was aber nicht weniger auffällig ist.

Das Mädchen weint nicht. Sie erbleicht nur ein wenig.

Sie wird sich diese bestürzende Vorstellung von der Liebe bewahren. Wenn sie eines Tages selbst liebt, wird am Ende der Tod stehen. Vera liebte Adrian, Adrian liebte Vera. War das denn nicht genug?

Liebe ist der Tod, zwei wahnhaft sorglose Gestalten, zwischen zwei Trapezen fliegend, und am Ende ein Sturz, wegen nichts …

7

IN DIESEM FÜNFTEN *Jahr des Entsetzens, das über dem Land liegt, rennt der alte Algerier durch die Straßen von Algier. Er ist außer Atem, seine Beine lassen ihn oft im Stich. Erschöpft bleibt er dann einen Augenblick stehen, bis er sich erholt hat. Manchmal kratzt er sich an jener Stelle seiner Hand mit der schwarzen Aureole. Heute tut sie ihm besonders weh. Aber er schenkt dem lästigen Schmerz keine Beachtung, denn er ist berauscht von Entzücken und Verbitterung. Ihm wird ein Glück zuteil werden, das selten ein menschliches Wesen erfährt: das Wiedersehen mit einer vergangenen Liebe, dem verlorenen Andalusien! Ach Vater, Vater, wenn du sehen könntest, was für ein grotesker Kerl ich geworden bin!, möchte er in seinem Jubel rufen, ebenso grotesk wie du, als du dein Herz an meine junge, hübsche Mutter verloren hast. Nasreddin bricht in Lachen aus, und als er sich wieder in Bewegung setzt, rempelt er erneut einen Fußgänger an. Sein Lauf durch die Zeit ist ermüdend und hat bereits vor seiner Geburt begonnen: genau genommen ein Jahr zuvor …*

1928

DAMALS LEBTE DAHMAN in einem Duar in der Umgebung von Batna im Osten des Landes. Seine Arbeit teilte er auf zwischen einem schmalen Stück Land, das er bebaute, und einem kleinen Getreidehandel, für den er häufig verreisen musste. Schon seit langem verheiratet, hatte er sich gerade entschlossen, zum zweiten Mal auf

Brautschau zu gehen, wollte sich allerdings von seiner ersten Gattin nicht scheiden lassen.

Es ist nicht so, dass er Aldschia plötzlich satt hätte! Im Gegenteil: Er empfindet für sie eine Zuneigung, die sich mit den Jahren und der harten Arbeit, die ihr gemeinsames Los war, in eine solide Wertschätzung verwandelt hat, vergleichbar mit der, die man einem Verbündeten entgegenbringt, auf den man zählen kann. Es hat auch hier und da ein paar Püffe gegeben, vereinzelte Ohrfeigen, Tage des Schweigens und Schmollens, nichts von Bedeutung. Verglichen mit der Härte des Bodens in der Umgebung, der anstrengenden Arbeit, der Kälte, die manchmal Schnee bringt, und vor allem der Brutalität der französischen Kolonisten. Die Bauernaufstände liegen wirklich weit zurück, die großen Gemetzel und das Ausräuchern ganzer Stämme durch die Kolonialtruppen im letzten Jahrhundert hatten erreicht, dass bei den Bauern der Geist der Auflehnung für lange Zeit erstickt wurde. Bis auf weiteres beschränkt man sich in Dahmans Duar darauf zu leben und meidet möglichst den Umgang mit den arabischen Bevollmächtigten der Gauris, jenen »Brüdern«, die manchmal grausamer waren als die Christen.

Die Kolonisation besteht nun seit mehr als einem dreiviertel Jahrhundert, sie wird noch lange und schreckliche Jahre andauern. Dahman kann sich übrigens nicht einmal vorstellen, dass sie eines Tages vorbei sein könnte. Wie soll man auch diese schönen und mächtigen Menschen besiegen, die mit dem Feuer ihrer Kanonen den ganzen guten Boden an sich genommen haben und deren Ursprungsland auf der anderen Seite des Meers ein Wunder aus Luxus und Macht zu sein scheint? Dahmans Großvater fiel noch gegen die Truppen von Saint-Arnaud, und seine Ohren wurden zusammen mit denen von hunderten anderer Männer in ein Fass getan und dem Zahlmeister des Bataillons gegen dieselbe Anzahl von Einhundertsousmünzen übergeben. Also stöhnt man unter den Plagen des Schicksals und begnügt sich damit, diese ungläubigen Schweinefleischesser in jene Hölle zu wünschen, die Gott für die Ungerechten bereithält. Wenn nachts die Kinder keine Ruhe geben wollen, erzählt man ihnen Märchen vom Menschenfresser Bubrit, eine Verballhornung des Namens jenes Offiziers zu Anfang der französischen Eroberung, der Beauprêtre hieß, berühmt für den Schrecken, den er verbreitete, denn seine Devise lautete, dass die Köpfe der Araber erst dann zu zivilisieren seien, wenn sie am Hals abgeschnitten waren.

Weil man Dahman immer versichert hat, ein Mann müsse schon am Verhungern sein, wenn er auf eine zweite Gattin verzichtet, ist er nach und nach zur Überzeugung gelangt, allein seine Würde zwinge ihn dazu, den Sprung zu wagen. All das hätte jedoch lediglich eine gewisse Versuchung dargestellt, wenn er nicht höchstens eine Stunde zuvor Zehra, die Tochter von Hadsch Sliman, angetroffen hätte. Er hat besagten Hadsch aufgesucht, um mit ihm über einige Zentner Weizen zu verhandeln. Dieser ist ein Händler aus einem Dorf der Umgebung, durchtrieben und vermögend genug, dass er sich den Traum eines jeden Muslim hat leisten können: die Pilgerfahrt in die Heilige Stadt Mekka. Der alte Mann erzählt von seinem Aufenthalt in Mekka mit einer Begeisterung, als wäre es das erste Mal. Damit beschäftigt, das Wiegen der Säcke zu überprüfen, hat Dahman nur zerstreut zugehört. Hadsch Sliman ist vielleicht ein besserer Muslim geworden, doch das hindert ihn nicht daran, seinen Kunden wenn möglich mit Gewicht und Qualität seiner Ware übers Ohr zu hauen. Dahman ist selbst Geschäftsmann, deshalb nimmt er es ihm nicht besonders übel: Das Betrügen liegt in der

Natur der Geschäftsleute, selbst im Paradies wird es so einer noch versuchen! Und in diesem Augenblick hat Zehra mit unverschleiertem Gesicht die Scheune betreten, um dann sofort wieder hinauszugehen, als sie sieht, dass ein Fremder bei ihrem Vater ist …

Fiebrig erregt, klopft Dahman seinem Maultier erneut auf die Kruppe. Sein Haus ist nur noch ein paar Schritte entfernt. Eben hat sich Dahman Weizen schlechter Qualität zum Preis der ersten Wahl andrehen lassen. Er hat es gesehen und trotzdem nicht protestiert. Seine Brust zieht sich zusammen, wenn er an diese reizende Gestalt denkt: »Diesmal steht mein Entschluss fest, komme, was wolle. Diese ist es und keine andere!«

ETWA ACHTZEHN JAHRE zuvor hat Dahman einen Jungen und ein Mädchen von Aldschia bekommen. Wie so viele andere starb der Junge im Alter von vier Jahren an der Schwindsucht. Dieser Verlust hat beide sehr mitgenommen und gleichzeitig einander näher gebracht. Das Mädchen wurde gleich nach seiner Reife mit einem Cousin verheiratet, der in der Nähe der Hauptstadt wohnt, zu weit entfernt für die Eltern, um sie regelmäßig zu besuchen. Dahman ist plötzlich mit Aldschia allein. Bis zu seiner Begegnung mit der Tochter des Getreidehändlers war es ihm vorgekommen, als wäre niemand wichtiger für ihn als die Gefährtin aus den Jahren des Unglücks. Er hätte, ohne zu zögern, sein Leben für sie gegeben. Von einem Tag auf den anderen zählt Aldschia plötzlich nichts mehr.

Nicht, dass er angefangen hätte, sie zu schlagen oder ihr die Rechte als erste Frau zu nehmen. Im Gegenteil, nach der Hochzeit schärft er Zehra ein, Aldschia in allem zu gehorchen, was den Haushalt angeht. Die hübsche Zehra hat ein fröhliches Wesen und ist ohne Bosheit, sie fügt sich ohne große Schwierigkeiten ein. Aber

Aldschia liebt ihren Gatten mit einer für eine einfache Bäuerin schrecklichen Liebe. Diese Liebe ist so stark, so absolut, dass sie schließlich Teil ihres Wesens geworden ist, oder besser, dass sie in Wirklichkeit nur noch diese Liebe ist. Lange Jahre hat sie durch diese Liebe geatmet, gegessen, geschlafen. Der Schmerz am Tag der Hochzeit ihres Gatten ist deshalb unerträglich. Sie hat nichts mehr zu sagen, weil ihr die Worte für einen derartigen Wahn fehlen (was denn, eine schlichte Bäuerin, die liebt?), und so verstummt sie. In der ersten Zeit scheint alles gut zu gehen. Niemals sagt Aldschia ein unnützes Wort zu der jungen Frau. Die sanfte Zebra tut alles, was man ihr sagt; der häusliche Herd ist in gutem Zustand, das schmale Stück Land ebenfalls. Die beiden Frauen rackern Seite an Seite, ohne die gegenseitigen Beschuldigungen, die es gewöhnlich in Häusern gibt, in denen zwei Gattinnen zusammenleben. Übrigens beneidet die Nachbarschaft Dahman um sein Glück: eine schöne neue Frau, und die erste ist so verständnisvoll. Aber jeden Abend, wenn Dahman nach Hause kommt, und sich dann nach dem Essen mit Zehra in das neue Zimmer zurückzieht, das er ihr selbst angebaut hat, fühlt Aldschia, wie ihr Herz stehen bleibt. Die Galle steigt ihr auf die Lippen, und sie möchte laut schreien: wie ungerecht das ist, dass Gott ein Lügner ist und das Gute immer nur mit Bösem belohnt wird.

ES SCHNEIT. Dahman ist nicht nach Hause gekommen. Es ist finstere Nacht, und der kleine Kanun mit seinen Kohlen reicht nicht aus, um das bescheidene mittlere Zimmer zu heizen. Zehra soll heute oder morgen niederkommen. Sie wimmert bereits unter den Wehen, entsetzt und gleichzeitig gebadet in der besonderen Freude einer werdenden Mutter. Noch nie war Aldschia so niedergeschlagen: Seit nunmehr fast zwei Monaten hat Dahman ihr Lager verlassen. Sie hatte gehofft, dass der Gatte durch Zehras Schwangerschaft wieder in ihr Bett finden würde, zumindest bis zur Geburt. Aber Dahman widmet sich Zehra mit unermüdlicher Aufmerksamkeit und schilt Aldschia mit harten Worten, wenn er feststellt, dass Zehra sich zu sehr anstrengt.

Jetzt stöhnt Zehra noch lauter. Aldschia gerät in Panik, sie begreift, dass die Niederkunft nur noch eine Frage von Stunden ist. Es schneit so heftig, dass sie nicht hinausgehen kann, um die Hebamme des Dorfes zu holen. Diese wohnt auf jeden Fall zu weit entfernt, bei gutem Wetter beinahe eine halbe Stunde Marsch. Aldschia denkt daran, eine Nachbarin um Hilfe zu bitten, überlegt es sich dann anders. Sie entfacht das Feuer im Kamin, setzt eine große Wanne Wasser auf, legt die notwendigen Tücher bereit und das Kraut, mit dem man den schmerzenden Bauch nach der Geburt einreibt, dann beginnt das Warten. Da sie selbst zwei Kinder zur Welt gebracht hat, ist Aldschia nicht über die Maßen beunruhigt.

Eine Stunde vergeht, dann zwei. Sie schläft ein, hat einen Albtraum. Jemand verfolgt sie keuchend. Er ist groß. Dennoch erkennt Aldschia ihren eigenen Jungen, den die Krankheit dahinraffte vor … wie lange ist es her? Trotz ihres Entsetzens zählt sie an den Fingern. Als er Anstalten macht, ihr nachzulaufen, stößt sie einen Schrei aus, der sie weckt. Sie bemerkt nicht sofort, dass nicht sie geschrien hat, sondern Zehra, die jetzt um Hilfe ruft: »Dahman, wo bist du, Dahman?«

Als hätte eine Zange ihr Herz gepackt, springt Aldschia auf. Sie eilt zur Wanne. Das Wasser kocht. Mithilfe zweier Lumpen trägt sie die Wanne bis an Zehras Bett. Da das Wasser noch zu heiß ist, überlegt sie, etwas aus dem großen Krug beizumischen, damit es kühler wird. Sie bereitet sich im Geiste darauf vor, das zu tun, als Zehra, offenbar kurz vor Abschluss ihrer Wehen, zu schreien beginnt: »Mein Gott ... Au ... Dahman, mein Liebster ... Dahman, hilf mir ... Au ... Ich liebe dich ... Dahman, rette mich!«

Da wird Aldschia, diese Frau, die noch keinem etwas Böses getan hat, deren Leben immer nur ein langwieriges Sichaufopfern war, vom Wahn durchzuckt. Es ist zu ungerecht: Ihr eigenes Kind ist tot, aber diese Hure ist dabei, ihres auf die Welt zu bringen und damit für alle Zeit an ihre Stelle zu treten. Nach der Liebe ihres Gatten raubt sie ihr nun auch noch die bittere Erinnerung an ihren gemeinsamen Schmerz! Sie hält die Wanne mit kochendem Wasser in den Händen. Ein schwarzer Schleier fällt vor ihre Augen, als sie das Wasser auf die junge Frau gießt, die nach Luft schnappt.

MEIN GOTT, Du musst ein Barbar sein. Warum hast Du zugelassen, dass ich das tue?

Atemlos rennt sie davon. Es herrscht dichtes Schneegestöber. Die Kälte ist schneidend wie Glas, aber sie spürt nichts. Ich muss sterben, denkt sie, ich muss sterben. Es ist unmöglich, dass ich nach alldem am Leben bleibe. Als sie die Wanne ausgeleert hat, verlässt sie fluchtartig das Haus. Noch hat sie den Schrei der Mutter im Ohr, und dann den schwächeren, noch schrecklicheren des Säuglings. Sie weiß nicht, was mit den beiden geschehen ist, wahrscheinlich das Schlimmste, aber sie ist jetzt sicher, dass sie sterben muss.

Sie rennt immer noch. Sie hat kaum noch Atem. Wie konnte sie so etwas tun? Es muss der Teufel gewesen sein, der Einäugige, der in ihr wohnte, als die Wut sich ihrer bemächtigte. Oder doch nicht. Sie ist ganz allein verantwortlich. Sogar die eisigen Steine können es bezeugen. Sie ist die Menschenfresserin aus den Märchen, die man ihr erzählt hat, als sie klein war. Sie frisst die Kinder. Alles würde sie geben, um niemals zur Welt gekommen zu sein. Aldschia gelangt an den Fuß des Hügels, der am Dorfausgang liegt. Sie stellt sich nun die törichte Frage: Was muss man tun, um zu sterben?

Da fühlt sie, dass der Mond auf sie herabschaut, der verdammte Vollmond mit seinem aufdringlichen Licht. Am liebsten möchte sie sich vor Erschöpfung übergeben. Ein Speichelfaden rinnt von ihrem Kinn und ein wenig Schweiß von ihrer Stirn. Der Schweiß gefriert sofort. Ihre Füße sind nackt. Plötzlich tun sie ihr entsetzlich weh. Sie überrascht sich bei dem Gedanken, dass sie gern sterben würde, die Füße jedoch in warmen Pantoffeln. Der Wind legt sich. Bald ist die Stille um sie wie Samt in ihren Ohren. Sie weiß, dass sie ein böses Tier ist und verschwinden muss. Eine tollwütige Bestie hat nicht das Recht zu leben. Sie versucht das so zu denken, als wäre nicht sie selbst gemeint: Aldschia muss Aldschia töten. Es ist der einzige Dienst, den sie ihr erweisen kann. Sie schaut um sich: Es gibt keine Stelle, von der sie sich herabstürzen könnte. Natürlich gibt es Felsen, aber sie hätte nicht die Kraft, mit dem Kopf gegen sie anzurennen, bis sie tot ist. Sie ist zu weich, auch wenn das für eine Bäuerin eine Schande ist. Auf einmal wird ihr sehr kalt, sie friert stärker als eben noch. Vielleicht, weil sie sich nicht bewegt. Jetzt fällt kein Schnee mehr. Aldschia begreift: Sie wird sich von der Kälte töten lassen. Man sagt, es geht ganz schnell. Sie erinnert sich an einen Landstreicher, den man eines Tages ins Dorf getragen hat, er war im Straßengraben erfroren. Er schien nicht gelitten zu haben. Im Dorf hat es geheißen, der ist wohl eingeschlafen und nicht mehr aufgewacht.

Also gut. Sie setzt sich auf die Erde und wartet. Wartet ein wenig. Sie ist immer noch am Leben. Sie legt sich flach auf den Boden. Schnee dringt in ihren Mund. Sie streckt sich aus, liegt auf dem Rücken, auf dem Bauch liegt man überhaupt nicht bequem. Wie lange sie so liegen bleibt, weiß sie nicht. Plötzlich schreit sie. Aus Angst. Und vor Schmerz: eine Vielzahl von Eisnadeln stechen sie am ganzen Körper. Sie schlägt sich auf den Mund, um ihm Schweigen zu befehlen. Dann zieht sie ihr Kleid aus, behält nur noch ihren leichten Unterrock an. Erstaunlich, dass sie nicht stärker friert. Sie lächelt: Vielleicht ist sie schon dabei zu sterben. Mit all den armseligen Kräften, die ihr noch geblieben sind, wünscht sie, rasch zu sterben. Bis jetzt ist es ihr gelungen, nicht an alles andere zu denken, an ihren Mann, an Zehra, an das Kind. Sie ahnt, dass sie nicht widerstehen könnte, wenn die Erinnerungen sie wie eine Brandung überkommen. War die Kälte anfangs brennend, so wird sie jetzt schneidend.

Über ihr hängt der Mond. Wie ein Lüster. Sie würde ihn gern ausschalten. Was nun zu vollbringen ist, soll in der Dunkelheit geschehen. Von Zeit zu Zeit fallen ein paar Schneeflocken auf ihr Gesicht. Die Kälte betäubt sie. Es sind vielleicht drei Stunden vergangen.

Plötzlich ist Lärm zu hören. Das Entsetzen springt mit beiden Füßen ins Herz dieser Bäuerin. Ist das der Tod? Man nennt ihn doch den Schüchternen, ist er denn so laut? Aldschia schaut zum Dorf. Eine finstere Gestalt kommt auf sie zu. Sie hört den rauen Atem. Kann sie dann sehen.

Zehra hat ein Messer, das große Schlachtmesser, das man für die Opferung des Hammels verwendet. Sie ist ein Ebenbild der Wut: zerzaust, mit weit aufgerissenen Augen. Als sie den Körper am Fuß des Hügels entdeckt, stürzt sie sich auf ihn, beginnt ihn mit Fußtritten zu traktieren, schreit: »Ich werde dich töten, Tochter des Teufels, ich werde dir die Kehle durchschneiden!«

Aldschia schluchzt unter den Tritten, aber sie macht keine Anstalten, sich zu verteidigen. Die Frau mit dem Messer beugt sich herab und packt sie brutal an den Haaren: »Du Hurendreck, warum hast du das getan? Ich werde dir die Kehle durchschneiden, das sage ich dir!«

Aldschia liegt immer noch da, in dem Augenblick als die Frau ihr das Messer an die Kehle setzt, kann sie gerade noch murmeln: »Und das Kind?«

Erstaunt zuckt Zehras Hand zurück. Hasserfüllt, aber etwas leiser spricht sie weiter: »Du hast es verfehlt, du Irrsinnige!«

»Verfehlt, bist du sicher?«

Mit weit aufgerissenen Augen, die Kehle dem Messer darbietend, schaut Aldschia sie hoffnungsvoll an. Außer Fassung lässt Zehra sie los, murmelt: »Das Wasser hat ihm nur die Hand verbrannt.«

Dann beginnt sie von vorn und zieht Aldschia umso heftiger an den Haaren: »Mir hast du den ganzen Bauch verbrannt, das wirst du mir büßen!«

Aldschia hält die Augen geschlossen. Erleichterung ist ihrem Gesicht abzulesen, vermischt mit der Fratze des Schmerzes, wenn die andere zu stark an ihren Haaren zieht. Zehra wiederholt: »Ich werde dir die Kehle durchschneiden, du wirst schon sehen!«

Aber der Hintergrund ihrer Stimme hat sich geändert. Müdigkeit und Verbitterung sind an die Stelle der Wut getreten. Sie hält das Messer in der linken Hand, droht von Mal zu Mal zögerlicher.

Zehra, die hübsche junge Zehra, steht schwerfällig auf, keuchend wie eine Greisin. Den Kopf ihrer Nebenfrau hat sie losgelassen. Sie geht ein paar Schritte aufs Dorf zu. Betastet ihren schmerzenden Bauch: Vor allem der Unterleib tut ihr weh. Sie fröstelt erschöpft. Der Zorn, der Kräfte verleiht, hat sie verlassen. Sie hat nur noch einen einzigen Wunsch, bei ihrem armen wunden

Säugling zu sein. Ihr Herz schmilzt vor Traurigkeit dahin, wenn sie an den winzigen Verband über der verbrannten Hand denkt. Der Hintern wurde ebenfalls verbrüht, aber da genügte ein wenig Fett. Mein Gott, was geschieht mit uns? Wenn sein Leben so beginnt, was hältst Du für ihn später bereit? Sie lästert: Das ist dumm von Dir, mein Gott, dass Du Dich an den Neugeborenen vergreifst!

Eine Wolke der Wut überkommt sie. Als die Irre die Wanne über ihr ausschüttete, dachte Zehra nur an eines: an den Säugling. Ihr Körper brüllte vor Schmerz, aber ihr Geist arbeitete klar. Sie packte sich sofort das Kind und sprang ans untere Bettende. Dann schleppte sie sich in eine Ecke des Zimmers, biss mit den Zähnen die Nabelschnur durch, säuberte den erschreckten kleinen Körper, der frenetisch schrie, und rieb ihn mit Fett ein. Es dauerte lange, bis sie ihn beruhigt hatte. Mit geschlossenen Augen, am Ende seiner Kräfte, nahm er schließlich die Brust und schlief dann ein. Sie biss die Zähne zusammen, wusch sich kurz und zog ein neues Kleid an. Ihr von einer riesigen Brandblase verunstalteter Bauch quälte sie mehr und mehr. Und dann überkam sie auf einmal die Wut. Bewaffnet mit ihrem Messer stürzte sie hinaus.

Im bläulichen Licht, das die Dinge zudeckt, entfernt sich eine junge Frau von einer älteren Frau, die dabei ist zu erfrieren. Die junge Frau lässt ihr Messer fallen. Sie geht in derselben Richtung weiter. Dann kommt sie zurück, nimmt ihr Messer, denn ein gutes Messer ist teuer. Von dort, wo sie steht, sagt Zehra mit ruhigerer Stimme: »Warum hast du das getan? Warst du denn so eifersüchtig? Wir haben uns doch gut verstanden, du und ich.«

Die auf dem Boden liegende Frau hält die Augen geschlossen. Zehra schreit mit bitterer Stimme: »Sei verflucht bis ans Ende der Zeiten, Aldschia!«

Mit ihrem ruckartigen Gang geht sie zurück, die

Beine ein wenig gespreizt, wie eine Ente. Mit wütender Freude ruft sie, ohne sich umzudrehen: »Weißt du
Aldschia, es ist ein Junge. Nun verrecke!«

EINE WATTIGE STILLE liegt über der Landschaft. Der
Mond, dem sich eine Wolke bedrohlich nähert, ist schöner denn je. Aldschia rafft mit den Armen Steine und
Schnee zusammen, bedeckt damit ihren Körper. Sie
hofft so, den Lauf der Dinge zu beschleunigen. Nur ihr
Gesicht hat sie nicht mit Schnee zugedeckt. Der Schnee
knirscht, so kalt ist es.

Aldschia wartet. Sie regt sich jetzt so wenig wie möglich. Jede Bewegung schmerzt, die Arme sind blei-
schwer. Sie kann nichts anderes mehr tun, als in den
Himmel zu sehen. Dort funkeln die Sterne, und der Hof
um den Mond verschwindet langsam, verschluckt von
der Wolke. Als Aldschia diese Wolke konzentriert verfolgt, hat sie das schreckliche Gefühl, dass sie ihren
Kopf in Besitz nimmt …

»Was du da im Norden siehst (sie reckt den Hals in
Richtung des Daumens), das ist ein Hirte. Er hat einen
ausgelassenen Hund dabei. Zusammen führen sie ihre
Tiere zur Weide. Es ist eine seltsame Herde …« Natürlich erkennt sie die Stimme!

In ihrem Panzer hat sich die alte Aldschia in ein
Mädchen von fünf oder sechs Jahren zurückverwandelt.
Ihr Großvater ist bei ihr, deckt seinen Burnus über sie.
Mit seiner außergewöhnlichen Stimme, die rau und
sanft ist, erklärt er ihr die Karte des Himmels. Wie hieß
er noch, dieser Großvater, der nach Weizen roch? Das ist
jetzt ohne Bedeutung, sie nannte ihn nur *dscheddi*,
Großvater: »… In dieser Herde gibt es natürlich Schafe
und Rinder, mehrere Kamelstuten und ein kleines Kamel … Die Sterne dort sind die Kamelstuten, und da,

der Stern, den du gerade noch sehen kannst, ist das Kleine ... Dann ein Bock und ziemlich neugierige Ziegen, die gerne ausprobieren würden, ob anderswo das Gras nicht besser ist. Kannst du mir folgen?«

Das Mädchen unter dem Burnus (und die Alte in ihrem Kokon aus Schnee) schaut fasziniert nach oben. »Aber auch die Feinde schleichen umher: zwei Hyäninnen mit ihren Jungen, Schakale, die das Kameljunge fressen wollen ... Am anderen Flussufer, dieser weiße Staub, der den Himmel teilt ... man sieht ihn, wenn man die Augen weit aufsperrt ...«

Die kleine und die alte Aldschia reißen die Augen weit auf. »Dort sind Strauße, die auf ihre Küken aufpassen.« Die kleine Aldschia möchte ihren viel geliebten Dscheddi auf etwas aufmerksam machen, aber der Großvater ist schon nicht mehr da.

Aldschia bemerkt, dass sie im Delirium ist, aber sie kann nichts dagegen tun. Ihr Kopf entgleitet ihr. Das Stauwehr, das ihre Erinnerungen eingrenzte, bricht immer mehr in sich zusammen. Sie wird von der Vergangenheit überschwemmt, und jene Hitze, die sie wärmt, ist noch tödlicher als die Kälte. Sie weiß nun, was es heißt zu sterben. Ein scharfer Riss, um diese Winzigkeit zu verlieren, dass man gelebt hat.

Etwas steigt in ihr hoch. Wie ein Messer aus dem Inneren. Dahman, wo bist du? In der ersten Zeit ihrer Ehe, ach, wie verliebt er damals war! Nachts liebkoste er sie zärtlich: »Nun werden wir vom Honig kosten ...«

Er sagte: »Ich bin ein Mantel für dich.«

Sie antwortete ihm tief bewegt: »Und ich für dich.«

»Ich werde dich mein ganzes Leben lang zudecken«, sagte er weiter, »und wir werden uns gegenseitig wärmen.«

Und dann umarmte er sie, mein Gott, wie ungeschickt er war!

Als Aldschia etwas Feuchtes auf dem Gesicht spürt, bemerkt sie, dass sie weint. Sie hätte niemals zulassen sollen, dass die Wasser der Vergangenheit sie erreichen. Der Schnee ist hart geworden. Aldschia hat nicht mehr die Kraft, sich zu rühren. Tränen trüben ihren Blick. Von den Sternen gehen flimmernde Strahlen aus. Zu sterben wie eine bösartige Bestie, das ist es, was jetzt auf sie wartet. Und der Tod eines schädlichen Tiers rührt niemanden. Die Vorstellung, dass niemand sie beweinen wird, erfüllt sie mit einem noch stärkeren Wunsch zu sterben.

»O Redwan, wie ich dich geliebt habe!« Als Redwan, ihr Junge, von der Krankheit hinweggerafft worden war, folgte sie der Tradition von Anfang bis zum Ende. Sie füllte den Krug mit frischem Wasser für die Vögel, die die Seele ihres kleinen Redwan bis ins Paradies tragen würden. Jahrelang achtete sie jeden Morgen darauf, dass der Krug voll Wasser war. Eines Tages zerbrach er. Sie hätte weiterhin den Durst dieser Vögel löschen sollen, denn die Kinder starben wie die Fliegen. Sie hat es nicht mehr getan.

Ist das vielleicht jetzt der Preis für ihre Nachlässigkeit? »O Richter aller Richter, König des künftigen wie des gegenwärtigen Lebens, verzeih mir …« Auf einmal, da sie den König der Könige angerufen hat, fühlt Aldschia den Tod nahen. Sie möchte nicht mehr sterben. Sie wehrt sich, aber sie ist gelähmt. Vielleicht ist der Schnee zu hart, vielleicht ist ihr Körper bereits auf »der anderen Seite« … Ein namenloser Schrecken umfängt sie, lässt ihre Bewegungen noch mehr gefrieren. Das Einzige, was sie noch tun kann, ist weinen. Und selbst das verursacht ihr unerträgliche Schmerzen.

Also hört sie auf zu weinen. Sie ist nur noch eine Kugel des Entsetzens … die sich kleiner macht, als sie Finger sieht, die sich ihrem Gesicht nähern. Sie möchte vor Abscheu schreien. Die Finger berühren ihr Gesicht, dann ihren Körper. Sie beginnen, zuerst sanft, dann immer heftiger, den Schnee wegzuräumen. Eine erschöpfte Stimme knurrt in ihr Ohr: »Los, Aldschia, steh auf!«

Die Stimme wiederholt: »So steh doch auf, alte Irre, niemand ist tot, es hat doch keinen Sinn, für nichts zu sterben!«

Zehra ist mit ihrem Arm unter den Rücken ihrer Nebenfrau gefahren und versucht sie hochzuheben. Aldschia starrt sie mit törichten Augen an. Zehra wendet sich ab. Sie hüstelt verlegen: »Beeil dich, der Kleine ist ganz allein zu Hause.«

Sie reicht ihr ein Krügchen, das mit einem Lumpen umwickelt ist: »Trink, die Milch ist noch heiß, und deck dich mit dem Burnus zu.«

Jetzt zittert Aldschia an allen Gliedern, aber nicht vor Kälte. Sie trinkt mit großer Mühe die Milch, während Zehra sie mit dem Burnus bedeckt und ihr die Pantoffeln anzieht. Aldschias Körper ist nur noch ein riesiger Eiszapfen, die geringste Bewegung eine Qual für sie, aber noch immer drückt ihr Gesicht völliges Unverständnis aus.

Es vergehen lange Sekunden, in denen sie fast erstickt an ihrer Dankbarkeit, übermächtig wie eine lang gehegte Angst. Schließlich flüstert sie: »Zehra, möge mein Leben eines Tages als Lösegeld für deines dienen …«

NIEMAND HAT JE etwas von dem Geheimnis erfahren, das von nun an Aldschia und Zehra verband, die alte und die neue Nebenfrau. Nur ein Wort von Zehra hätte genügt und Aldschia wäre verstoßen worden. Sie war die Mutter eines Knaben, von ihrem Mann konnte sie alles verlangen. Noch unter dem schrecklichen Eindruck dessen, was sie getan hatte, wäre Aldschia mit allem einverstanden gewesen, ohne ein Wort zu sagen.

Aber Zehra tat es nicht, sie schreckte jedes Mal zurück, wenn sich ihr Bauch unter diesem Wunsch krümmte. Natürlich wurde Dahman ganz närrisch, als er sah, dass die kleine Hand des Säuglings verbunden war. Zehra verharmloste alles. Sie erzählte Dahman einfach, das Becken mit heißem Wasser sei umgestoßen worden, und er war nicht darauf erpicht, mehr zu erfahren, in seiner Freude, einen kleinen Mann bekommen zu haben. Nach der Niederkunft unterlag eine junge Frau für eine gewisse Zeit nicht den ehelichen Pflichten, deshalb gelang es ihr auch da ohne große Schwierigkeiten, die schlimmere Verbrennung zu verbergen, die ihren eigenen Bauch verunstaltete.

In der ersten Woche war Zehras Hass so heftig, dass sie mit ihrem Säugling die Flucht ergriff, sobald sie Aldschia sah. In der zweiten Woche beschloss Dahman, Freunde einzuladen, um die Ankunft seines Stammhalters in der Familie gebührend zu feiern. Zahlreiche Gäste sagten sich an, und beide Frauen mussten den ganzen Tag miteinander arbeiten, um die zahlreichen Speisen zuzubereiten, die eine solche Zeremonie erforderte. Aldschia hätte sich auch allein darum kümmern können, aber Zehra bestand trotz ihrer Erschöpfung darauf, bei der Zubereitung des wichtigsten Gerichts mitzuhelfen: eines *kuskus* mit sieben Gemüsen und Trockenfleisch.

Sie rollten schweigend die Grießkörner mit Butter, der Säugling hing an einem Balken zwischen ihnen in einer Wiege. Die beiden Frauen hielten ihre Augen strikt auf die großen irdenen Schüsseln gerichtet, in denen sie regelmäßig mit den Händen auf den Körnern hin und her fuhren. Von Zeit zu Zeit fügten sie eine Tasse voll Grieß hinzu, überträufelten alles dann leicht mit kaltem Salzwasser. Sie mussten sich beeilen, denn es gab nicht genug gerollten Kuskus. Offenbar hatte Dahman zu viele

Gäste eingeladen, und die Reserven an gerolltem Kuskus reichten nicht aus.

Dann richteten sie die Becken mit Holzkohle für die beiden großen Kuskustöpfe. Aldschia war damit beschäftigt, große Streifen von Trockenfleisch zu würzen, während Zehra das Gemüse schnitt. Nachdem sie jeweils Ober- und Unterteil der Kuskustöpfe mit Stoffbändern, die mit einem Teig aus Mehl und Wasser getränkt waren, verkittet hatten, damit der Dampf nicht entweichen konnte, ging Zehra hinaus, um die Bohnen und die scharfen Paprikaschoten zu holen. Die beiden Frauen hatten nicht ein einziges Mal miteinander gesprochen. In dem an den Innenhof angrenzenden Zimmer entfaltete sich nun ein wohltuender Essensduft, in den sich ab und zu kleine Wolken des subtilen, aber beißenden Geruchs von verbranntem Alaun mischten. Aldschia wurde das Herz schwer, weil sie sofort begriff, dass ihre Nebenfrau in der Morgenfrühe einen Alaunstein verbrannt hatte, um das Unglück auszutreiben. Für Zehra war Aldschia jetzt das personifizierte Unglück. Mit jeder Brise des Alaungeruchs wurde Aldschia an ihre Wahnsinnstat erinnert und an ihre unwürdige Lage, in der es nur eines Wortes ihrer Nebenfrau bedurfte …

Als der Säugling zu schreien begann, streckte Aldschia ihre Hand in das Körbchen aus Lorbeer und geflochtener Schnur. Der Säugling hielt inne und lächelte. Eine Woge der Zärtlichkeit strömte in die geplagte Seele der armen Aldschia. Das Lied, das ihr die Mutter immer vorgesungen hatte, kam ihr auf die Lippen: *Glücklich, wer eine Mutter hat und eine Wiege …*

Der Säugling gluckste, als Zehra mit den Bohnen und den Paprikaschoten zurückkam. Aldschia stand über die Wiege gebeugt, schnitt Grimassen für den Kleinen und lachte. Zehra war so wütend, dass ihr der Atem stockte, sie stieß Aldschia heftig zurück, nahm ihren

Säugling rasch aus der Wiege und platzte heraus: »Nur das nicht, du fasst ihn nie wieder an, hörst du? Nie wieder!«

Jetzt schrie der Säugling aus Leibeskräften, erschreckt von der brutalen Stimme seiner Mutter. Aldschia duckte sich wie von einem Peitschenhieb getroffen. Sie machte eine Bewegung mit dem Arm, als wollte sie sich wehren. Dann fielen die Arme herunter. Die Alte blickte die junge Frau mit unendlicher Ermattung an: »So wirst du mir also niemals verzeihen. Es ist der Teufel, der Vater der Bitterkeit, der mich getäuscht hat. Ich war nichts mehr in diesem Haus …«

Sie fügte hinzu: »Ich habe versucht, mich selbst zu bestrafen, aber ich bin feige wie eine Ziege, Zehra.«

Als Zehra ihrer Nebenfrau ins graue Gesicht schaute, fühlte sie zwar, wie die Wut aus ihr wich, wollte aber die Sache noch ein wenig weitertreiben: »Alte Irre, und der Säugling, was hat er dir getan? Wer garantiert mir außerdem, dass du es nicht noch einmal tust?«

Aldschia schnitt eine Fratze der Hoffnung (und Zehra dachte, dass der Vergleich mit der Ziege gar nicht einmal so schlecht gewählt war): »O Zehra, ich schwöre dir bei der Seele meines toten Kleinen, dass von heute an kein Kind jemals eine liebevollere zweite Mutter haben wird als mich.«

Überrascht von diesem Gelöbnis, murmelte Zehra einige unverständliche Worte. Wütend über die eigene Rührung, ging sie rückwärts in Richtung Küche, stieß dabei einen der Kuskustöpfe um, dessen Inhalt sich auf den Boden ergoss. »Der Teufel soll deine Zunge knabbern, Aldschia! Was tun wir jetzt?«

Die junge Nebenfrau mit dem Säugling auf dem Arm war völlig niedergeschlagen: Der Kuskus hatte sich über die staubigste Stelle am Boden verstreut, dort, wo man die Holzkohle für die Becken gelagert hatte.

Aldschia rappelte sich hoch und stellte den Kuskustopf wieder auf. Die Lage war ernst, denn das Essen sollte in weniger als einer halben Stunde beginnen. Niemals würden sie die Zeit haben, eine so große Menge an Grieß zu rollen. »Überlässt du mir die Sache?«

Aldschias Augen blitzten. Zehra spürte, dass ihre Nebenfrau buchstäblich zu neuem Leben erwachte. Sie nickte. Aldschia nahm einen Besen und einen großen Teller, den sie wie eine Kehrschaufel benutzte. Im Handumdrehen war der schmutzige Grieß aufgefegt. Unter den Augen der verblüfften Zehra warf sie alles in das obere Sieb der Topfs. »Wir haben zwei Kuskustöpfe. Aus dem, der nicht verschüttet wurde, werden wir für die Familie schöpfen. Der andere ist noch gut genug für alle vorgeblichen Freunde, die nur kommen, um sich auf unsere Kosten den Bauch vollzuschlagen.«

Und so geschah es auch. Als es Abend war, kam Dahman, um alle beiden mit der herablassenden Art des Mannes, der auf seine Frauen stolz ist, zu beglückwünschen: »Ich weiß nicht, was ihr für ein Gewürz an den Kuskus gegeben habt, aber er war wirklich hervorragend. Alle Freunde haben noch einmal verlangt. Wenn das keine Auszeichnung ist!«

»Und hat es dir auch geschmeckt?«, wunderte sich Zehra, leicht ärgerlich.

»Mir natürlich auch. Auch ich habe noch nie einen so guten Kuskus gegessen! Ich hoffe allerdings, dass auch für morgen noch etwas übrig geblieben ist …«

Dahman hat nie verstanden, warum seine beiden Frauen nun von einem wahren Lachkrampf geschüttelt wurden. Sie lachten und lachten, und dann weinte Aldschia vor der völlig verblüfften Zehra, die sie gern getröstet hätte, aber dazu fehlte ihr der Mut.

SO WUCHS DAS Kind zwischen zwei Frauen auf, die einander auf besondere Art liebten und hassten, sodass die eine in Augenblicken der Wut alles getan hätte, um die andere ins Verderben zu stürzen, und dann wieder alles gegeben hätte, um sie zu retten. Der Junge nannte die jüngere Ma und die ältere Yemma, was in beiden Fällen Mama heißt. In seiner ganzen Kindheit konnte er sie durch ihre wechselseitige Eifersucht gegeneinander ausspielen: Wenn die eine ihm etwas verweigerte, brauchte er, um zu bekommen, was er wollte, sich nur der anderen zuzuwenden und ihr deutlich seine Zuneigung zu zeigen. Die eine ärgerte sich dann grün und blau, und von ihrem Verbot war keine Rede mehr.

Zwar wurde er verwöhnt, aber nur in Grenzen: wie man ein Kind in einer armen Familie eben verwöhnen kann. Denn die Familie wurde ärmer. Das Zusammentreffen der regelmäßigen Missernten mit der Tatsache, dass er seine Kredite beim Wucherer nicht zurückbezahlen konnte, hatte zur Enteignung des Großteils der ohnehin bescheidenen Ländereien des Vaters geführt. So blieben nur noch die Erträge aus dem Getreidehandel, die ebenfalls immer geringer wurden.

Dann kam das Jahr, als Feigen nicht mehr zu verkaufen waren, und durch die Konkurrenz der französischen Siedler und ihrer leistungsfähigen Maschinen der Kurs des Öls in die Tiefe ging. Es war das Jahr des Hungers, wie man es später nannte, das schreckliche Jahr, in dem die Hungersnot bei den Arabern ausbrach, auf dem Land wie in den Medinas. Sie verschonte auch nicht die Familie Dahman. Nasreddin, bereits ein Kind von elf Jahren, dachte tagelang nur an das eine: essen.

Die Kinder des Dorfes hatten schließlich die verzweifelte Suche nach Nahrung in ihre Spiele eingebaut: Nun hieß spielen, etwas Essbares zu finden. Schon am Morgen verteilten sie sich über die umliegenden Felder, um die primitiven Fallen aufzudecken, die sie am Abend zuvor gestellt hatten, um Heuschrecken zu fangen, die gegrillt nach Nüssen schmeckten, oder mehr oder weniger essbare Kräuter zu sammeln. Abends kamen sie zurück, immer noch genauso hungrig, ganz staubig und ein wenig verschreckt, aber auch stolz, zumindest bis zum Sonnenuntergang durchgehalten zu haben. Von Zeit zu Zeit scheuten sie nicht den anstrengenden Weg zu den Felsen ganz oben, die das »Tal der Franzosen« überragen. Dort lagen ganz fern im Sonnenlicht, jenseits der mit Zypressen und Pinien bepflanzten Hänge, sauber und stattlich die Farmen der Kolonisten. Und die braunhäutigen Kinder, allesamt barfuß und zumeist mit rasiertem Schädel, nur eine wollige Strähne an der Seite, lagen nun blass da und staunten: Diese ferne schöne Welt duftete nach Essen im Überfluss, nach Milch, Kuchen und all den anderen Segnungen eines unglaublichen Lebens, schrecklich ungerecht, da sie für sie nur im Traum existierten. Den Kopf erfüllt mit dem Zirpen der Grillen, die Augen getrübt von den zu grellen Gelbtönen der sonnigen Lichtseen und des wilden Ginsters, stiegen sie wieder bergab, mit immer noch leerem Magen, voll Unbehagen und ein wenig Selbstverachtung, bis dann einer von ihnen mit allzu sicherer Stimme ausrief: »Diese Söhne des Iblis fressen Schweinefleisch, die kommen in die Hölle …«

Ohne es sich einzugestehen, fühlte Nasreddin, dass er von diesem abstoßenden Tier durchaus gekostet hätte, wenn es ihm damit möglich geworden wäre, sich auch all das andere zu verschaffen. Dann gewann die gute Laune wieder Oberhand, und die Kinder sausten den Schotterhang hinunter, die Dschellaba bis zu den Knien angehoben, um besser rennen zu können. Sie hielten sich die Ohren zu, wenn der Wind das schwache Echo des Läutens aus dem Weiler der Christen zu ihnen trug:

Jeder wusste bereits, dass der Klang der Glocke dem echten Muslim ein wahrer Greuel ist.

Nasreddin verließ niemals die Gesellschaft dieser Spielkameraden, denn die Gegend war gefährlich geworden. Die Straßen waren voller ausgehungerter Herumtreiber, und häufig fand man die Leichen von Landstreichern in der Gosse, die einem Überfall oder schlicht und einfach der Erschöpfung zum Opfer gefallen waren. Auf einem der Raubzüge mit seinen Kameraden stieß der Knabe eines Tages am Fuß eines Feigenbaums auf Beute.

Zu fünft oder sechst waren die Knaben in der Frühe aufgebrochen, um ihre Pechfallen und Schlingen zu kontrollieren. Jetzt waren sie auf dem Rückweg, nicht sehr zufrieden, denn sie hatten die Fallen so schlecht gestellt, dass kein Vogel hineingegangen war. Ihre Enttäuschung war allerdings nur von kurzer Dauer, denn einer von ihnen hatte das Glück, ein Wiesel zu finden. Noch unerhörter war jedoch, dass sich das Tier erstaunlich leicht einfangen und töten ließ. Das Wiesel stand gut im Fleisch, legte allerdings ein seltsames Verhalten an den Tag. Anstatt, so schnell es seine Pfötchen trugen, von dem Busch zu fliehen, wo man es entdeckt hatte, zog es sich lediglich etwa dreißig Meter zurück und blieb dann stehen, als warte es auf die kleinen Jäger. Deutlich konnte man erkennen, dass es zitterte, aber es schien ebenfalls seine Verfolger zu necken.

»Es hat *kif* geraucht, es hat *kif* geraucht«, lachte Nasreddin laut heraus.

Wie verrückt fauchend und quiekend, riss es erneut aus, um dann weitere vierzig Meter zu rennen. Die Kinder hatten es schnell erreicht. Ein Hagel von Steinen machte dem wütenden und verzweifelten Kreischen des Tieres ein rasches Ende. Es gelang ihnen, ein Feuer zu entfachen, und sie aßen das Tier, dem die Größten notdürftig die Haut abgezogen hatten. Es gab für jeden nur ein Stück zähen Fleisches, aber was machte das schon! Lachend stritten sie sich um das Herz. Schließlich hieß es, der Esser könne für ein ganzes Jahr seherische Fähigkeiten erlangen!

Dann kämpften sie weiter, wurden immer lauter, immer aggressiver durch den Geschmack des Fleisches im Mund. Nasreddin war dabei, auf den Strauch zu pinkeln, unter dem das Wiesel aufgetaucht war, als er die drei grauen Kugeln sah. Er sagte es nicht den anderen. Jemand rief ihm zu: »Wir gehen jetzt zu den Feigenbäumen! Was machst du? Holst du dir einen runter?«

Um sie besser verstecken zu können, stieß er die winzigen Fleischfresser mit dem Fuß ins Innere des Strauchs, sie waren noch blind, ihre Schnauzen öffneten und schlossen sich auf der Suche nach den Zitzen ihrer Mutter. Seine Hand zitterte, und er hatte Schwierigkeiten, mit dem Pinkeln fertig zu werden, denn nun hatte er das Theater des Tiers begriffen, das sie umgebracht hatten. Er schloss sich wieder den anderen Jungen an, schrie noch lauter als sie, warf wiederholt seine *scheschia* in die Luft, den Ekel im Herzen vor dem schändlichen Verbrechen, an dem er beteiligt gewesen war.

Dann wären sie beinahe über einen Körper gestolpert. Eine Leiche. Der Mann war noch jung, er hatte Kräuter gegessen, die offenbar giftig waren. Solche Unfälle kamen nicht selten vor, denn wenn die Verzweiflung mit im Spiel war, konnte man leicht die Wurzeln oder Stengel mancher giftigen Pflanzen mit denen der Distel oder der *talruda* verwechseln, einer bitteren Pflanze, die, in einer Brühe gekocht, vorübergehend den Hunger stillte. Das Gesicht des Unglücklichen war von einem schrecklichen Schmerz verzerrt. Grüner Speichel hatte sein Kinn besudelt. Es war das erste Mal, dass Nasreddin einen Toten aus so großer Nähe sah. Er rannte vor Schreck, so schnell ihn seine Füße trugen, und heulte: »M'ma, meine Mutter, Yemma!«

Zu Hause angekommen, erbrach er den Inhalt seines Magens mit der schrecklichen Vorstellung, dass das Wiesel wieder auferstehen und ihm von innen den Magen auffressen könnte, um sich zu rächen.

Diesen Mann, eingefallen und bereits stinkend in der wunderbaren Landschaft aus Mastix- und Ölbäumen, und dieses blutige Wiesel mit dem weichen, warmen Bauch, das seine Kinder um den Preis des eigenen Lebens verteidigte, würde Nasreddin niemals vergessen.

Noch lange später sollte der Tod für ihn die schreckliche Maske eines vergifteten Unbekannten haben, auf weichen Pfoten umschlichen von der kleinen Gestalt eines schmerzlich durchtriebenen Tiers …

In jener Zeit lernte Nasreddin zu sehen, was ihn umgab, die grellen Farben seines Landes zu lieben, seine Trockenheit und auch seine Brutalität und dieses schlichte Braun seiner Erde, dem es nicht gelang, das Grün der Feigen- und Ölbäume zu übertönen, jeder ein Lebensbaum, den man häufig höher schätzte als ein menschliches Wesen. Er fuhr mit der Nase über die Spitzen der Absinthsträucher, sog den grauen Staub ein, der sie umhüllte, und träumte, ein Vogel zu sein, weil diese immer etwas zu essen finden. Dann war er überaus erstaunt, als er feststellte, mit welchem Gleichmut diese Natur, die er so sehr liebte, sein eigenes Leiden hinnahm, diesen gehässigen Hunger, der ihn vom Scheitel bis zur Sohle zernagte und ebenso wenig von ihm abließ wie die Zecken vom Rücken eines räudigen Hundes. Er entdeckte das seltsame Gewicht des Lebens mit einem Schaudern, das sein Kinderherz höher schlagen ließ, denn für ihn wog es unendlich schwer und war doch so unbedeutend für die Welt, die ihn umgab. Er erkannte mit einer Auflehnung, die ihn mit Entsetzen erfüllte, dass er sterben konnte, ohne dass irgendetwas in dieser von der drückenden Sonne beherrschten Landschaft reagieren würde.

DANK SEINER BEIDEN MÜTTER war dieser ständige Hunger immer nur etwas Lästiges und wurde nie gefährlich für sein Leben. Ma und Yemma kamen überein, ihm verstohlen ihren Teil zu geben. Obwohl Zehra die Jüngere und Kräftigere war, hielt sie diese Diät nicht lange durch. Als sich dem Mangel noch ein Husten hinzugesellte, der ihr die Brust zerriss, musste sie das Bett hüten. Es kam der Augenblick, als alle überzeugt waren, dass sie sterben müsse. Das war nicht gerade ein seltenes Ereignis in diesen Zeiten großen Elends, wo viele der Dörfler zu Bettlern geworden waren und auf den Straßen umherirrten, hasserfüllt und verzweifelt, vom Hunger erschöpft, auf den Wegen zusammenbrechend, um nie wieder aufzustehen.

Man ließ den Heilkundigen kommen, der erklärte, Zehra liege im Sterben. Also lud Dahman einige Verwandte zur Totenwache ein. Diese Anstrengung, um die Familienehre zu wahren, kam ihn teuer zu stehen. Denn der Brauch erforderte nun, dass er seine letzten Vorräte an Tee und Grieß opferte. Der Heilkundige hatte vorausgesagt, sie würde am nächsten Tag sterben, was die Ausgaben allerdings auf eine Mahlzeit für die Gäste beschränkte.

Dahman war sehr mitgenommen, aber er hatte sich offenbar bereits damit abgefunden. Es unterlief ihm sogar ein- oder zweimal während der Wache, dass er über die Scherze mancher Gäste schmunzeln musste, die ihm mehr oder weniger pietätlos zugerufen wurden, weil man ihn sein Unglück vergessen machen wollte.

Nasreddin dagegen wusste nicht einmal, dass seine

Mutter im Sterben lag. Zwei Wochen zuvor hatte man ihn zu einer Tante geschickt, die einen Hirten benötigte. Um der Entscheidung der Eltern nachzuhelfen, hatte die Tante ein Lamm versprochen, wenn die Arbeit des Kindes sie zufrieden stellte. Allerdings ließ sich niemand täuschen, denn die Tante galt als geizig. Aber so konnte man zumindest die tägliche Nahrung des Jungen einsparen. Der war eher unwillig gegangen, aber durch die Aussicht, dass er nun seinen Hunger würde stillen können, waren seine Schluchzer beim Abschied doch recht kurz ausgefallen.

Für Aldschia war es dagegen, als hätte man ihr beide Beine amputiert. Dass sie sich bei Kräften wusste, während ihre Nebenfrau sich nach und nach auf das abstoßende Loch des Todes zubewegte, erschien ihr als eine Sünde gegen die Ordnung der Welt und, schlimmer, eine Sünde, für die sie selbst verantwortlich war. Sie erinnerte sich mit Schrecken an den Schwur, den sie der jungen Frau geleistet hatte, als diese sie vor einem tausendfach verdienten Tod rettete: »Möge mein Leben eines Tages als Lösegeld für deines dienen!« Sie blieb nur selten dem Zimmer fern, in dem Zehra lag, mal nahm sie ihre Hand, mal hielt sie das Ohr an ihren Mund, wenn Zehra zufällig etwas flüsterte. Schließlich war sie überzeugt, dass sie selbst der Grund für Zehras nahenden Tod war.

Ich werde verdammt sein!, dachte sie, und ein grausames Bedürfnis, noch größer als der physische Hunger, der die Eingeweide auswringt, ergriff sie auf einmal: Ihr ganzer Körper verlangte danach, etwas zu unternehmen, um diese Frau zu retten, die da ausgestreckt auf dem Bett lag. Als sie zu verstehen glaubte, dass Zehra in ihrem Delirium sagte: »Ich habe Hunger, gebt mir Fleisch, ich habe Hunger ...«, rannte sie aus dem Haus. Es war bereits Morgen. Eine bleierne Sonne lastete auf dem Dorf. Noch schliefen die Gäste und war die Tote nicht tot.

Aldschia rang ihre Hände. Die verrücktesten Ideen kamen ihr in den Sinn: bei den Nachbarn ein Huhn oder ein Zicklein stehlen! Aber die meisten Tiere waren entweder gegessen oder verkauft. Außerdem hätte sie nicht gewusst, wie sie das anstellen sollte, sie wäre erwischt worden und hätte sich eine Tracht Prügel eingehandelt. Umsonst.

Sie richtete die Augen in den Himmel, geblendet von der Sonne, bereit, Gott zu lästern. In der Ferne sah sie die Störche fliegen, dort bei den Teichen, wo sie sich von Zeit zu Zeit herabsenkten und dann wieder aufstiegen. Störche sind die Tiere, die der Prophet sein ganzes Leben geliebt hat. Aldschia hatte mit der Vorstellung gelebt, diese Tiere seien heilig, wer ihnen etwas antat, fügte dem Gesandten Gottes Schmerz zu.

Sie begann in Richtung des Teiches zu rennen, war bald außer Atem. Nach einer halben Stunde hatte sie den Saum des Teichs erreicht. Die aufgeheizte Landschaft flimmerte vor ihren Augen. Die Stelzengänger tauchten ihre roten Schnäbel ins Wasser und tranken ruckartig. Erschöpft von der Hitze, den Magen schwer von den dutzendweise verschlungenen Heuschrecken, hatten sie einen schweren, staksigen Gang. Sie schlugen mit ihren großen Flügeln, um sich zu erfrischen. Hinter einem Busch versteckt, mit noch pfeifendem Atem, beobachtete Aldschia eine Gruppe von Störchen, die sich weniger als zwanzig Meter von ihr entfernt auf einem Landstreifen versammelt hatten. Wenn sie so beisammenstehen und mit Leidenschaft den ganzen Tag miteinander klappern, hatte ihr der Großvater gesagt, dann erzählen sie von den Ländern, über die sie geflogen sind. Jeder berichtet mit Genuss, was er gesehen und gegessen hat. Weil sie sich niemals einig werden, kann das Stunden dauern. »Halt den Mund, Großvater«, murmelte Aldschia verärgert. Sie wischte sich die Stirn und beschloss, wenn sie nur schnell genug rannte, könnte sie einen von ihnen fangen. Sie musste allerdings ihr Kleid ausziehen, denn in diesem Schlammloch würde es ihr nur hinderlich sein. Rot vor Scham, zog sie sich geräuschlos aus. Ihr magerer Körper war alsbald zu sehen, die Rippen standen ein wenig vor, die flachen Brüste und das braune Flies des Unterleibs. Aldschia betrachtete ihren Körper und seufzte über seine Hässlichkeit.

Eine leichte Unruhe kam in der Gruppe der Vögel auf. Die Störche schienen etwas zu befürchten. Aldschia packte einen Stein und ging gebeugt und mit kleinen Schritten voran. Der Schweiß trübte ihre Augen. Die Störche flogen davon. Brüsk richtete Aldschia sich auf, rannte wie eine Wahnsinnige los, ihre Brüste schaukelten wie zwei Säcke an ihrem Oberkörper. Eine große weiße Welle aus Dutzenden verängstigter Flügel erhob sich mit einem Rascheln von Laub. Nur ein paar Störche waren noch am Boden, zweifellos benommen, weil sie zu viel getrunken hatten. Aldschia nahm ihre letzte Energie zusammen und warf sich auf den nächsten Storch. Mit dem Stein schlug sie auf seinen ganzen Körper ein. Der Storch klapperte wild, wehrte sich anfangs heftig. Kniend hatte sich Aldschia an seinen Hals geklammert und hieb auf den Schädel. Als sie innehielt, war das weiße Gefieder des Stelzengängers mit roten Flecken und Schlamm besudelt.

Für einige Sekunden war Aldschia unfähig zu reagieren. Verblüfft schaute sie auf ihre Beine, auf denen der Schlamm trocknete, dann auf ihre Brust, an die sie das tote Tier gepresst hielt. Schnabelhiebe hatten Brüste und Gesicht an mehreren Stellen zerkratzt. Ein rasch erstickter Seufzer schüttelte ihren Oberkörper. Sie musste sich jetzt beeilen, Zehra hatte vielleicht schon ihre Seele ausgehaucht. Sie kleidete sich ängstlich wieder an, wickelte dann mehr schlecht als recht den Storch und seine großen zerknickten Flügel in ihr Tuch. Nur die beiden roten Füße waren zu sehen. Als sie auf den Weg zurückgefunden hatte, verfiel sie wieder in ihren schnellen Lauf. Das Paket in den ausgestreckten Armen, war sie bereits in Sichtweite des Dorfs, als sie einen Schlag auf den Kopf erhielt. Sie fiel hin, mit dem Gesicht zur Erde: O mein Gott, so rächst Du Dich also an den Schwachen … Ein weiterer Schlag traf sie im Genick, durchtrennte sauber den Faden ihrer Abscheu und ihres Lebens.

Das zerzauste Gesicht, das sich über die entseelte Frau beugte, roch schlecht. Die schmutzigen Hände durchsuchten rasch den Körper nach einem Schmuckstück. Der Landstreicher spuckte vor Ekel auf den Boden. Er hatte es satt, seit Tagen irrte er mit zerschundenen Beinen umher und fand nichts zu beißen in diesem Land der Scheißefresser! Aber diese Hündin, die ebenso elend war wie er, würde ihm den Bauch auch nicht füllen. Er kratzte sich an der Wange und beschaute interessiert den Storch, den der Frauenkörper zur Hälfte verdeckte. Der Mörder befreite den Vogel und sagte mit einem Anflug von Lächeln: »Diese Bauernhure, vor nichts haben die mehr Respekt!«

Er gab Aldschia einen Tritt in den Hintern und war bald für immer unter dem erbarmungslosen Blick der Landschaft verschwunden.

BALD FAND MAN DIE LEICHE. Eine Frau, die Kräuter in der Nähe des Dorfes sammelte, kam schreiend angelaufen, um Dahman ihre Entdeckung mitzuteilen. Sofort begannen die Frauen, die geduldig Zehras Tod erwartet hatten, mit den üblichen Klagen. Die Tradition verlangte, dass man sich so lärmend wie möglich beim Nachbarn einfand, der von dem neuen Trauerfall betroffen war. In den Augen der Frauen war jedoch der Glanz der Neugier: Konnte denn jemand an einem Tag beide Gattinnen verlieren? Welche Sünde mochte er begangen haben, dass der Himmel ihm so zürnte?

Man trug die Leiche ins Zimmer, wo Zehra ruhte. Dort wurde sie auf eine schmale Decke gebettet, die auf dem Boden lag. Dahman war vollkommen aufgelöst, er betrachtete die Szene mit törichter Miene. Eine große Stille breitete sich aus, als einer mit dem Finger auf Kopf und Nacken deutete und ausrief: »O Dahman, mein armer Freund, man hat sie getötet, deine Frau!«

Dahman fuhr mit der Hand an seinen Kopf. Ihn überkam ein plötzlicher Husten. Eine Frau fügte hinzu: »Und der Mörder kann noch nicht weit sein, denn ich habe Aldschia aus dem Haus gehen sehen, als ich für das Morgengebet aufstand!«

Die Männer blickten zuerst einander, dann Dahman an. Sofort entstand ein wütendes Stimmengewirr, jeder stürzte hinaus und nahm im Gehen mit, was ihm in die Hände fiel, einen Stock, den Stiel eines Werkzeugs …

Die Frauen blieben zurück und bildeten einen Kreis um Aldschia. Stumm und mit verschlingender Neugier betrachteten sie die Leiche, zwischen Abscheu und Mitleid schwankend. Jede dachte, dass ebenso gut sie die Stelle der armen Aldschia hätte einnehmen können, dann würde jetzt sie so daliegen, hässlich und störend, vor den Augen der anderen. Das war also das Ziel des Lebens, nach all der Härte und all dem Leid: wie ein Tier zu verenden!

»Schaut doch diesen Schlamm«, seufzte am Ende die Frau des Heilkundigen.

»Ja, sie ist wirklich schmutzig«, bestätigte ihre Nachbarin.

Froh, ein Mittel gefunden zu haben, um ihre Angst und Verlegenheit zu bekämpfen, gaben sie großzügig ihre Kommentare zum Besten. Da jede die zweite Gattin bereits für tot hielt, sprachen sie bald laut und ohne Zurückhaltung. Wo hatte Aldschia nur gesteckt? Und ihr Kleid war an manchen Stellen nass ... Seht, sie hat sogar ihr Tuch verloren. Ihr glaubt doch wohl nicht, dass sie ... Und mit einem schockierten Kichern begegnete man der schlüpfrigen Andeutung der Frau des Schmieds, Aischa, die jung und noch schön war.

»Hinaus ...«

Die Stimme war so schwach, dass sie ihr erst beim zweiten Mal Beachtung schenkten. Aischa stieß einen Schrei aus. Zehra auf ihrem Bett hatte ihnen den Kopf zugewandt und wiederholte in einem Atemzug: »Hinaus mit euch, ihr Hündinnen ...«

Beleidigt, aber auch eingeschüchtert von dieser Stimme, die von jenseits des Grabes zu kommen schien, drängten sie sich alle zur Tür hinaus. Die raue Stimme flüsterte: »Aischa, bleib.«

AISCHA ERZÄHLTE SPÄTER, sie habe das Gefühl gehabt, bei einer Auferstehung zugegen zu sein. Gott der Allmächtige möge sie davor bewahren, dass sie noch einmal etwas Ähnliches mit ansehen muss! Zehra bat sie, Aldschia auf ihr Bett zu legen, sie zu entkleiden und ihr dann eine Wanne mit Wasser und ein Handtuch zu bringen. Sie erinnerte sich, dass Zehra zwischen den Zähnen hervorstieß: »Was ist in dich gefahren, alte Irre? jetzt kann ich nicht einmal mehr in Frieden sterben!«

Aischa wollte die Waschung der Toten vornehmen, aber Zehra ließ es nicht zu. Es war ihr gelungen, sich aufzusetzen. Ihre Hand zitterte, als sie das nasse Handtuch über den geschundenen Körper ihrer Nebenfrau bewegte. Aischa verfolgte den Vorgang, ihr war sterbensangst: Es schien, als ob Zehra beim Säubern der Leiche ihre Kräfte wiedergewönne. Sie hörte Zehra wütend schimpfen: »Aldschia, du hattest nicht das Recht zu sterben! Und Nasreddin, du zahnlose Ziege, unser Kleiner, wer wird sich um ihn kümmern?«

Zehras glasige Augen fixierten die ausgezehrten Züge der Toten. Die Wunden am Kopf waren tief. Zehra kämmte ihr die Strähnen, um die bereits dicken Blutkrusten zu verbergen. Sie fuhr mit der Hand über das noch zerzauste Haar: »Er soll verflucht sein für immer, der dir das angetan hat!«

Der Mund der Toten stand leicht offen. Man sah die gelben Zähne, welche die alte Nebenfrau ihr ganzes Leben lang vergeblich mit Nussbaumrinde zu weißen versucht hatte. Die Bäuerin schloss den Mund sorgfältig. Ein Auge wurde feucht, eine lange Träne rann über das früher so zarte Gesicht Zehras: »Vergib mir, Aldschia. Wir haben uns immer gestritten, waren eifersüchtig wie Hyänen, aber ich habe dich doch sehr geliebt, meine kleine Schwester.«

Langsam, bitter und herzzerreißend entsprang in ihr das Bedauern, ihr das nie gesagt zu haben.

8

ANNA SCHAUT AUS DEM BULLAUGE. Schwarz und nichts sagend liegt das Meer vor ihr, unbeeindruckt vom Schicksal der Welt. Der Himmel ist ebenso friedlich, abgesehen von einigen Sternen und dem gutmütigen Mond. Das Mädchen kann einen weiteren angstvollen Seufzer nicht unterdrücken. Natürlich weiß sie, dass ihre »Adoptivmutter« in Wirklichkeit Polin ist und einen nicht gerade legalen Schweizer Pass besitzt. Seit kurzem hat sie außerdem erfahren, dass Rina Jüdin ist. Anna versucht zu lächeln, aber die Angst, die schmutzige Angst, bei der einen das Bedürfnis, zu pinkeln und zu scheißen, überkommt, ist da.

Alles hätte ein schlimmes Ende genommen, wäre das Glück heute nicht auf ihrer Seite gewesen! Beim Einschiffen der Raubtiere war das Telegramm in Port-Vendres gerade noch angekommen. Darin wurde angeordnet, den Zirkusdirektor wegen Betrugs festzunehmen und die Verhältnisse der übrigen Artisten genau zu untersuchen. Im Zweifelsfall wären, wie es im Telegramm weiter hieß, ohne Zögern alle notwendigen Zwangsmaßnahmen zu ergreifen, auch zur Feststellung des rassischen Status und zur Überprüfung der Arbeitserlaubnis. Anna war Charles in das kleine Büro gefolgt, hatte gesehen, wie er zuerst erbleichte und dann immer nervöser wurde. Der Hafenkommissar war zuerst äußerst erbost, als Charles ihm andeutungsweise Geld in Aussicht stellte, falls er das Telegramm in seinem Schubfach »vergessen« würde. Der Polizist drohte ihm, seine Wache herbeizurufen und sie allesamt sofort ins Gefängnis werfen zu lassen, aber Charles spürte, dass er damit nur den Preis in die Höhe treiben wollte. Das Problem löste sich gut zwei Stunden später, nach harten Verhandlungen und einer beachtlichen Geldsumme – beinahe der gesamten Rücklagen des Zirkus –, die Charles blutenden Herzens dem Beamten überreichte. Der Kommissar bestand außerdem darauf, dass ein guter Teil der Lebensmittelvorräte des Personals ihm diskret geliefert wurde. Besonders der Räucherschinken und die Butter schienen ihn in einen Zustand zu versetzen, der schon beinahe ekstatisch zu nennen war. Er stammelte mit leuchtenden Augen: »Ihr hättet es verdient, dass man euch an die Wand stellt, ihr Tagediebe!«

Das Schiff hatte Port-Vendres gegen vierzehn Uhr in allgemeiner Aufregung verlassen. Alles geschah so überstürzt, dass der Käfig mit einem Gepard, der wahrscheinlich am Haken des Krans falsch befestigt worden war, ins Hafenwasser fiel. Der Gepard, ein junges Raubtier, das einem Jongleur gehörte, den Charles eben angeworben hatte, begann zu brüllen wie ein Wahnsinniger. Recht schnell wurde aus seinem Brüllen eine Art klägliches Schreien. Andere Raubtiere und die Löwen antworteten ihm, rasch gefolgt von den Elefanten. Bald schwoll das Gebrüll zu einem unglaublichen Tohuwabohu aus Trompeten, Wiehern und Blöken an. Selbst die Hunde aus der Nachbarschaft waren bei dieser seltsamen Solidarität der Tiere plötzlich mit dabei. Charles war rot vor Wut und Angst (weil die Elefanten noch am Kai standen und nur von einfachen Ketten gehalten wurden), er versuchte die Matrosen zu überzeugen, dass man etwas für das Raubtier unternehmen musste. Der Jongleur, ein Albaner, der kein Wort Französisch sprach, verfolgte die Anstrengungen des Zirkusdirektors mit einer Mischung aus Verzweiflung und Staunen.

Seine Zirkusnummer war außergewöhnlich, und dem Gepard kam dabei eine verblüffende Rolle zu: Das Raubtier, eine wahrhaft tänzerische Katze, trug eine Smokingimitation mit einer riesigen Fliege um den Hals, und jedes Mal, wenn der Jongleur ihm einen Ball zuwarf, köpfte er ihn zurück und rannte mit Freudensprüngen um seinen Herrn herum. Im Zirkus hieß es, er hätte den Gepard kurz nach seiner Geburt aus einem tschechischen Zoo gestohlen. Die böswilligsten Klatschmäuler meinten, die Bombardierung des Zoologischen Gartens habe ihm das erst ermöglicht, anders als gewöhnliche Hungerplünderer habe er aber seine Beute nicht aufgegessen, sondern liebgewonnen, und sei mit ihr dann durch ganz Europa geflohen. Den meisten kam allerdings diese Version eher suspekt vor. (»Wie soll man Europa mit einer Raubkatze durchqueren? Vor allem aber: Wie soll man sie in diesen Hungerzeiten mit gutem, echtem Fleisch füttern?«) Sie behaupteten, im Gesicht des Albaners gäbe es einen seltsamen Zug, er sei gewiss ein Spion, der für die Deutschen oder die Engländer arbeite, wer weiß das schon genau!

Der Käfig war noch glücklich gefallen, anfangs schwamm er wie ein Floß. Mit geschickten Manövern wäre das Tier vielleicht zu retten gewesen. Aber dann begann sich der Käfig zu drehen, weil das verängstigte Tier gegen die Gitterstäbe anrannte. Als der Käfig aus dem schmutzigen Hafenwasser gezogen wurde, lebte das Prachtexemplar nicht mehr. Schweigend und zugleich aufgeregt betrachteten die Gaffer den Kadaver des Raubtiers, das wie eine große nasse Katze aussah, beinahe enttäuscht, dass es so rasch mit ihm zu Ende gegangen war. Der Albaner jedoch ging in die Knie, nahm eine Pfote des Tiers durch die Gitterstäbe und führte sie an seine Lippen. Er beugte sich ans Ohr des Gepards hinab, als wollte er ihm etwas zuflüstern. Dann stand er wieder auf, kreidebleich im Gesicht. Seine Lippen zitterten, aber er weinte nicht. Anna hörte, wie einer der Zuschauer zu seiner Freundin mit glucksendem Lachen sagte, eigentlich hätte der Dompteur eine Mund-zu-Mund-Beatmung vornehmen sollen, da er den Gepard so sehr liebte.

»Und du«, gab die Frau munter zurück, »würdest du mir eine Mund-zu-Mund-Beatmung geben, wenn ich an der Stelle der dicken Miezekatze wäre?«

Das Beladen der Schiffe wurde nun mit größerer Vorsicht fortgeführt, aber zuerst mussten die Tiere beruhigt werden. Anna sah, wie zwei Zirkusjungen heimlich den Kadaver des Geparts mit aufs Schiff nahmen. Ihr wurde leicht unwohl, als sie begriff, dass der ertrunkene Gepard als Fressen für die Löwen gedacht war, seine ehemaligen Gefährten im Unglück.

Anna und Rina erreichten, dass sie für sich eine Doppelkabine bekamen. In Wirklichkeit war das nicht besonders schwierig gewesen, denn außer den Zirkusleuten hatten es nur wenige Passagiere gewagt, das Boot nach Algier zu nehmen. Das Gerücht ging um, dass die deutschen Stukas zwei Tage zuvor, ohne zu zögern, eine vollbesetzte Fähre Richtung Nordafrika versenkt hatten, obwohl sie sogar unter neutraler Flagge gefahren war.

Den ganzen Nachmittag suchten die Passagiere den Himmel ab, voller Angst, dass die todbringenden Jagdflugzeuge mit den schweren Bomben unter den Flügeln wieder auftauchen könnten. Charles ließ sogar riesige Schweizer Kreuze oben auf die Käfige malen. Aber schließlich gewann der Optimismus wieder Oberhand. Abends saß man unter einem riesigen Bild des Marschalls Pétain zusammen und der Festsaal des Schiffes hallte wider von Gesängen und Gelächter der angetrunkenen Passagiere. Eine heftige Schlägerei brach aus, als ein Passagier am Ende des Abends unter großer Zustimmung seiner Tischgenossen behauptete, die Nazis gingen vielleicht etwas brutal vor, hätten aber durchaus auch ihre guten Seiten, etwa in Fragen der Moral, und außerdem würden sie Ordnung schaffen.

Wütend fuhr ein junger Kerl dem Mann an die Gurgel. Beide Streithähne waren so betrunken, dass sie sich nicht mehr gerade halten konnten. Sie tauschten üble Schläge und obszöne Beschimpfungen aus. Der Jüngere schrie, auch er könne die Kommunisten nicht riechen, die Juden und alles, was aus der Nähe oder Ferne aussah wie ein Kanake oder ein Bimbo, aber er lasse es nicht zu, dass man Frankreich beleidige, indem man seinen Besatzern beipflichte. So rollten sie über den Boden, bezichtigten sich wechselseitig, Agent der Deutschen zu sein, um sich am Ende seltsamerweise identische Schimpfworte an den Kopf zu werfen: »Dreckiger Jude, Lakai der Engländer, du bist nicht mehr wert als ein Araber!« Und: »Du wirst schon sehen, was man mit dir in Algier anstellt, du kriechst doch den Juden in den Arsch!«

ANNA FINDET KEINEN SCHLAF, obwohl sie wie alle Zirkusleute ausgelaugt ist von der strapaziösen Reise, die Charles dem Zirkus Nee seit einigen Tagen zumutet. Sie schaut zu Rina hinüber. Diese liegt in der Koje, noch im Schlaf verkrampft und gedemütigt. Ein tiefes Mitleid ergreift das Mädchen. Sie hat Lust, von ihrer Koje aufzustehen und sich in die Arme der alten Clownin zu flüchten. Sie spürt, dass sie bereit wäre, ihr Leben für diese Frau zu geben, die auf den ersten Blick so oberflächlich erscheint, aber seit dem ersten Tag in Annas Zirkusleben spontan mit ihr den Wagen und alle ihre bescheidenen Güter teilte. Sie hätte etwas aufmerksamer sein sollen und bereits früher hinter der Launenhaftigkeit der

Polin den Schrecken ahnen können, der sie lähmt. Manches in Rinas Verhalten erklärt sich jetzt von selbst: ihre strikte Weigerung, nach der Vorstellung durch die Stadt zu bummeln, ihre übertriebene Angst – die sie nachts hochschrecken ließ –, wenn sie auf die Präfektur musste, um die Arbeitserlaubnis zu erneuern.

Anna denkt an jenen Vormittag zurück, als eine große Zahl französischer Polizisten den Zirkus eingekreist hatte, es hieß, niemand dürfe seinen Wagen verlassen, andernfalls gebe es Gefängnisstrafen wegen Widerstands gegen die Staatsgewalt. Niemand wusste genau, wofür das Zirkuszelt benutzt wurde, denn mit Maschinenpistolen bewaffnete Beamte waren vor der Gruppe der Zirkuswagen aufgestellt, um dem Hausarrest Geltung zu verschaffen. Man hörte jedoch, wie den ganzen Tag die Lastwagen ankamen und abfuhren. Manche behaupteten, die Behörden hätten hier deutschlandfeindliche Saboteure versammelt, andere wollten Frauenstimmen und das Weinen von Kindern gehört haben. Immerhin musste nachher das Innere des Zirkuszeltes mit eimerweise Wasser gesäubert werden, denn die Menschen, die man hier untergebracht hatte, waren gezwungen gewesen, ihre Notdurft an Ort und Stelle zu verrichten. Überwältigt von Ekel, hatte Anna beim Aufsammeln von Kothaufen geholfen, von denen einige offenbar nur von Kindern stammen konnten. Sie hatte am Abend mit Rina darüber zu sprechen versucht. Diese wurde plötzlich von einer wahnsinnigen Wut ergriffen, sie war so überreizt, dass auch Anna zu schreien begann. Zum ersten Mal hatte Anna die Stimme gegen Rina erhoben. Die Polin fing sich sofort: »Bitte schrei nicht. Man könnte uns hören. Die Leute im Zirkuszelt sind wahrscheinlich … Juden …« Und mit noch leiserer Stimme: »Sie nehmen alle fest. Die Eltern, die Kinder …«

Anna erinnert sich noch an ihr riesiges Erstaunen: »Das ist schrecklich … Aber wie sehr … inwieweit bist du davon betroffen?«

Rina antwortete nicht. Sie sperrte die Augen auf. Eine zaghafte Wut ergriff Anna. Sie sprach mit klopfendem Herzen: »Aber du bist doch nicht … du bist doch nicht etwa?«

Rina öffnete den Mund, wie um zu leugnen, und verharrte so, töricht wie ein Fisch, den man aus seinem Aquarium geholt hat.

»Aber was fällt dir ein, jetzt eine Jüdin zu sein? Als hätten wir nicht auch so schon genug Probleme«, wehrte Anna töricht ab, Tränen in den Augen.

ANNAS SCHLAF VERFÄNGT sich schwerfällig in immer denselben Versatzstücken eines Albtraums: Charles, der Zirkus, der Krieg … Sie träumt von Charles, Charles ist der Chef, der Zirkusdirektor, der vor vielen Jahren bereit war, sie mitzunehmen. In ihrem Traum hat sie dieselben Sorgen wie er. Die Geschäfte gehen schlecht, mit den Leuten ist es nicht besser. Der Krieg, dieser verdammte Krieg, hat auch nichts gebessert. Im Zirkus weiß jeder, dass er mit der Reise nach Nordafrika alles auf eine Karte setzt. Die letzten Ersparnisse von Charles hat die Überfahrt aufgezehrt. Seiner Ansicht nach fehlt es den Menschen in Nordafrika an Zerstreuung und ein Zirkus könnte dort ein Vermögen machen. Nun ja, Anna erinnert sich, solche Prophezeiungen bei jeder wichtigen Reise gehört zu haben, an ihrem Alltag hat sich jedoch nie etwas geändert. Jemand meinte hämisch, vielleicht gäbe es auch ein paar Franzosen in Algerien, die Mehrzahl seien jedoch abgebrannte Araber, die bis zum Beweis des Gegenteils als Leute gelten müssten, die nicht in Zirkuszelten verkehren. Anna denkt zurück –

und bekommt plötzlich Hunger im Traum – an die zu zahlreichen Abende in den letzten zwei Jahren, an denen die Suppe beim Gastspiel mehr als dünn war. Da soll einer den Akrobaten auf dem Pferderücken spielen, wenn der Magen laut vor Hunger schreit!

In ihrem Traum hört sie das Räuspern der unruhigen Löwen, vermischt mit dem Knarren des schwankenden Schiffs. Von Zeit zu Zeit bellt ein Seelöwe, verwirrt über den grundlos unruhigen Boden, vielleicht auch, weil er das Meer riecht, ohne es zu sehen. Die ruhigen Elefanten schlafen tief, während einer von ihnen wie gewöhnlich Wache steht.

Anna ist im Grunde wie diese Elefanten. In den Wirren des Krieges schläft sie nur dann gut, wenn jemand da ist, der sie bewacht. Sie weiß, dass sich ein Elefant allein immer in Gefahr glaubt. Er kann sich nicht zum Schlafen entschließen, wenn kein Artgenosse bei ihm ist, um ihn zu schützen, und schließlich wird er vor lauter Schlaflosigkeit wahnsinnig. Rina ist bei ihr, um sie zu beruhigen, wenn sie im Halbschlaf aus Entsetzen vor einem unsichtbaren Feind wimmert. Das Mädchen weiß nur zu gut, dass Rina während all dieser anonymen Nächte auf der Reise ebenso große Angst hat wie sie. Aber Anna beginnt sich daran zu gewöhnen. Sie tut so, als fiele ihr nichts auf, denn sie möchte nicht die Gunst jener magnetisierenden Hand verlieren, die recht und schlecht versucht, sie vor dem sie umgebenden Albtraum zu bewahren.

»Wach auf, jetzt wach schon auf, du Schlafmütze! Wir sind da!«

Nur mit Mühe gelingt es Anna, die Augen zu öffnen, sie knurrt schlecht gelaunt: »Warum brüllst du denn so! Wo sind wir angekommen, Rina?«

Rina hat ein breites Lachen auf dem Gesicht und schüttelt sie nur umso heftiger: »Was denkst du denn, wo wir sind, bei dieser Sonne? In Algier, du Dummerchen! Die Sultane und ihre Gelage erwarten uns!«

Dann deutet Rina eine Verbeugung an und macht einen Tanzschritt in der engen Kabine. Anna lässt sich widerstrebend von der guten Laune der Polin mitreißen. Sie springt aus dem Bett, erstaunt über den Spektakel, den die Möwen veranstalten. Durch das Bullauge kann sie ein Stück Küste erkennen, die kleinen weißen Würfel sind vermutlich die Häuser. Ihr Herz schlägt etwas schneller, denn das Schiff ist dabei, sich langsam Richtung backbord zu wenden, während sich ihr – wie bei einem Geschenk, dessen Verpackung nach und nach entfernt wird – zum ersten Mal in ihrem Leben der Blick auf die Bucht von Algier eröffnet.

9

V OM KOPF BIS ZU DEN PFOTEN zitternd, nähert sich der kleine Schakal der Kiste, auf der ein Mann sitzt. Nasreddin streckt die Hand vor. Der Schakal – höchstens fünf oder sechs Wochen alt – fröstelt und zieht seine Lefzen hoch. Über seinen Rücken läuft ein Angstschauder, aber er lässt sich streicheln. Unter dem bereits festen Fell kann Nasreddin die vorstehenden Knochen erahnen. Das Tier muss völlig ausgehungert sein, es ist entschieden zu jung, um sich allein durchzuschlagen. Es wimmert leise und schmiegt sich an die Füße des Mannes, der ihm liebevoll die Stirn krault. »Besonders schlau ist das nicht, was du hier tust, kleiner Dummkopf. Wie alt bist du denn? Einen Monat, anderthalb Monate? Wenn du schon jetzt unvernünftig wirst und dein Vertrauen der erstbesten Kreatur schenkst, dann sollte es mich sehr wundern, wenn dir noch genug Zeit zum Heranwachsen bleiben sollte und um zwei dicke Eier spazierenzutragen wie ein richtiger Großvater-Schakal!«

Die kleine Kugel mit den spitzen Zähnen schnurrt nun wie eine Katze. Die Sonne ist kurz davor, an der Linie des Horizonts zu verschwinden. Trotz seiner guten Augen kann der Mann die strengen Konturen dieser Landschaft der Hochebenen im Osten Algeriens kaum noch erkennen. Nasreddin lächelt traurig: »Deine Mutter ist weit, nicht wahr? Und du machst Dummheiten, genauso wie ich … Wir stehen nicht gerade klug da, was? Das Leben ist nicht unbedingt die beste Erfindung, kleiner Bruder, das wirst du bald entdecken …«

Ein quälendes Schuldgefühl lässt ihn nicht los. Heute bei Morgengrauen hat ihn seine Mutter umarmt, um dann unvermittelt böse zu werden. Sie hat ihn heftig ausgeschimpft, wegen seiner Art, sich neuerdings zu kleiden: »Du hältst dich für einen Gauri, aber die Leute werden dich auslachen!« Ihre Lippe zitterte vor Ärger. Nasreddin wollte antworten, das sei jetzt nun wirklich nicht der Augenblick, um sich zu streiten, denn er würde sie wahrscheinlich mehrere Monate nicht mehr sehen, als er verdutzt den Tropfen in ihrem Augenwinkel sah. Seine Mutter wollte nicht weinen, und es war ihr nichts Besseres eingefallen, als sich zu zanken.

Er legte seine Hand auf ihre Schulter. Der kleine Tropfen verwandelte sich in einen großen, der über der Pupille schimmerte. Das andere Auge, das wütend war, blieb trocken.

»Mama …«

Die arme Frau verstummte auf einen Schlag. Nasreddin liebkoste mit den Augen die Frau, die ihn zur Welt gebracht hatte: klein, zerbrechlich, trocken wie ein Strohhalm nach der Ernte, und doch so lebendig, so erfüllt von Liebe für ihre Familie, aber auch so jähzornig! Sie schaute ihn an, als habe er sie bei etwas ertappt. Die Träne wollte immer noch nicht fallen. Ihr Blick trübte sich, als würde sie schielen. Sie flüsterte ganz leise mit einer resignierten Stimme, die er an ihr nicht kannte: »In diesen Bergen, mein Junge, gehe ich langsam ein ohne dich und deinen Vater.«

Sie wandte ihren Kopf ab, um ihr Gesicht zu verbergen. Dann sagte sie mit derselben, hoffnungslosen Stimme: »Du bist nur zwei Tage geblieben …«

Schließlich versuchte seine Mutter sogar zu scherzen: »Noch habe ich deine Gesellschaft nicht satt, mein Sohn. Komm mir nur schnell aus deiner verdammten Stadt zurück und nimm dich in Acht, wenn du über eine ihrer Brücken gehst!«

NASREDDIN HUSTET. Am liebsten würde er kehrtmachen, die Mutter in seine Arme schließen und ihr sagen, dass er nie wieder fortgeht. Aber können arme Schlucker wie er solche Versprechungen machen? Was er in Constantine verdient hatte, hat er ihr gegeben – und das war wenig genug! Er weiß wohl, dass es nicht einmal ausreicht, um die Zinsen des Wucherers zu bezahlen. Er muss sich also wieder auf den Weg machen, etwas Besseres finden als diese jämmerliche Arbeit in der Gerberei, bei der man den ganzen Tag bis an die Schenkel im Becken mit den Häuten stehen muss, seine Gesundheit ruiniert und seine Zeit verliert. Ach, das waren scheußliche Nächte, in denen er nur damit beschäftigt war, sich an den Beinen zu kratzen, weil die Haut gereizt war von Salz, Gerbstoff und Alaun!

Der kleine Schakal kläfft nun, mustert ihn dabei mit seinen kleinen listigen Augen. Offensichtlich sucht er etwas zu essen. Nasreddin fischt aus seiner Tasche ein Stück Keks und wirft es dem Tier zu. Dieses beschnuppert es misstrauisch, beginnt an einer Seite mit spitzen Zähnen zu knabbern, schlingt dann den Rest des Kekses gierig hinunter. Nasreddin betrachtet den kleinen Schakal amüsiert. Er seufzt: »Du Hühnerkiller giltst doch als schlau, kannst du mir sagen, wo mein Vater ist?«

Nasreddin richtet sich auf, die Angst hat ihn wieder eingeholt: »Armer Papa, in welches Wespennest hast du wohl gestochen?«

Bevor er seine Mutter verlassen hat, musste er ihr noch versprechen, über Setif zu fahren. Der Vater ist vor Tagen fortgegangen und hat seither nichts mehr von sich hören lassen. Mutter und Sohn haben über diese Sache kein weiteres Wort verloren, aber dieselbe Unruhe ist in ihnen: Diese verdammten Zeiten sind so undurchsichtig, dass alles passieren kann, selbst das Schlimmste ...

Noch einmal reißt der kleine Schakal den Mann aus seinen schwermütigen Träumen. Nasreddin massiert sich die Waden und stöhnt, weil es weh tut, wenn die Muskeln sich zusammenziehen. Seit er das Duar verlassen hat, ist er den ganzen Tag gegangen. Das Frühlingswetter war herrlich, aber am späten Nachmittag wurde die Strecke dann schwieriger als vermutet, denn Nasreddin war gezwungen, im Wald Schutz zu suchen. Er zog es vor, einer Patrouille von Gendarmen auszuweichen, die den Weg hochkam. Alle waren schwer bewaffnet und zwei hatten sogar Hunde an der Leine bei sich. Die Hunde bellten, aber Nasreddin konnte rechtzeitig hinter eine Wand aus Berberfeigen springen. Folgenschwere Ereignisse bereiten sich in dieser Gegend vor, und wie alle Leute aus dem Gebirge weiß Nasreddin, dass es in solchen Fällen ratsam ist, einen möglichst großen Abstand zwischen sich und den Repräsentanten der französischen Justiz zu schaffen. Diese haben nämlich die Angewohnheit, Einheimische, die sie festnehmen, zuerst windelweich zu schlagen und ihnen dann erst Fragen zu stellen. Sie nennen das »den Charakter geschmeidig machen«. Erweist sich jemand als schuldig, so hat er es im Nachhinein verdient, argumentieren die Männer mit der Mütze; wenn er ein Unschuldiger ist, so soll es ihm eine Lehre sein, für den Fall ...

Der kleine Schakal beißt an Nasreddins Hose herum, um ein weiteres Stück Brot bettelnd, aber der Mann deutet eine Gebärde der Ohnmacht an, zeigt seine leeren Taschen vor. Das Tier kläfft schwach, dann rollt es sich zu Füßen des Reisenden zu einer Kugel zusammen. Dieser lächelt, gerührt über so viel Vertrauen: »Und du, mein kleiner Bruder im Elend«, flüstert er, »gehst du mit deiner Existenz denn pfleglich um?«

Unvermittelt hebt der kleine Fleischfresser ängstlich den Kopf, dann stellt er sich verschreckt auf seine Beine. Nasreddin mustert ihn mit belustigter Neugier: »He, du Dummkopf, was habe ich denn gesagt, dass du plötzlich so aufgeregt bist? Ich ziehe sofort meine Frage zurück … Warte! Komm zurück! Mist, was ist denn …«

Der Hund, ein großer Deutscher Schäferhund, ist geräuschlos aus dem Strauch aufgetaucht. Er kann dem kopflos fliehenden Schakal den Weg abschneiden, und ein Schlag mit der Pfote genügt, dass der einen Purzelbaum schlägt. Benommen versucht der Schakal natürlich wieder aufzustehen, aber schon ist der Hund über ihm, schlägt seine Zähne in die winzige Kehle. Noch bevor Nasreddin sich in seiner Erstarrung rühren kann, hört er ein joviales Lachen hinter sich: »Sieh an, meine liebe Ratte«, sagt die Stimme auf Französisch zu ihm, »da wollte uns wohl einer abschütteln, wie? Nein, nein, nein, mein Sohn! Es ist nicht gut, so plötzlich Reißaus zu nehmen, wenn sich einige Repräsentanten der Sicherheitskräfte zeigen. Also, du wirst uns jetzt sagen, was du auf dem Gewissen hast. Denn, stell dir vor, es gibt ganz viele Dinge, nach denen wir dich fragen wollten …«

Der Gendarm fuchtelt mit seiner Waffe herum und geht behutsam auf den jungen Mann zu. Für alle Fälle hebt Nasreddin die Hände. Er hat gehört, dass man sich gegenüber französischen Gendarmen immer dumm wie ein Esel stellen sollte (ihm ist auch selbst bereits aufgefallen, dass die Christen im Allgemeinen allzu intelligente Muslime nur schwer ertragen können!), man sollte ihrer Eitelkeit schmeicheln, indem man sich so respektvoll wie möglich zeigt, und vor allem niemals widersprechen. Er wird aller Wahrscheinlichkeit nach –

das ahnt er an dem eisigen Blick des Mannes – eine Bastonade erhalten. Sein Ziel ist es, diese auf ein Mindestmaß zu reduzieren, indem er sich so gehorsam wie möglich zeigt. Andere Uniformierte sind aus dem Gestrüpp aufgetaucht. Jetzt ist der geeignete Moment, zu überprüfen, ob diese Ratschläge etwas wert sind, denkt Nasreddin, der vor Angst einen Kloß im Hals hat.

Der erste Gendarm wirft einen interessierten Blick auf den Hund, dessen Maul sich noch in die blutige Kehle des Schakals hineinbohrt. »Sieht ganz so aus, als ob es dem Köter Freude macht. Sag mal, Kleiner … diesen Kerl, habt ihr ihn so aufgegessen?«

»Gegessen? Wie denn: gegessen?«, ruft Nasreddin auf Arabisch, mehr aus Verwunderung als Entsetzen.

»Aber, aber, den Leutnant, du Schweinehund! Den dicken Leutnant mit dem schönen Fett, seiner Mütze und seinen Lederstiefeln!«

Und ein heftiger Schlag trifft Nasreddin unter der Nase. Schwankend durch den Schmerz, die Hand am Gesicht, weicht der junge Mann zwei oder drei Schritte zurück, stolpert dann über ein dorniges Büschel. Er untersucht seine blutverschmierte Hand. Die Augen vor Verärgerung aufgerissen, begehrt er auf, aber diesmal auf Schaui: »Du Hurensohn, bist du verrückt geworden? Was ist das für eine neue Lügengeschichte?«

Mit wutverzerrtem Gesicht kommt der Gendarm näher: »Ich weiß nicht, was du da in deinem schmutzigen Kauderwelsch nuschelst, du faule Melone, aber jetzt brauchst du sicher kein Wörterbuch, um mich zu verstehen!«

Und er versetzt dem am Boden liegenden Mann aus den Bergen einen heftigen Tritt in den Unterleib. Der etwas weichliche Kerl mit der sympathischen Gutmütigkeit eines Boulespielers verzieht sein Gesicht zu einer Grimasse des Ekels und knurrt, zu seinen Kameraden gewandt: »Diese Araber wären allzu gern Kannibalen, aber dann fallen sie beim ersten Rippenstoß auf die Fresse! Das sind doch keine Männer, sage ich euch …«

NACH EINER WOCHE aufreibender Verhöre begreift Nasreddin, dass der pausbäckige Gendarm alles genau so meint, wie er es sagt. Man hat ihn wirklich festgenommen, weil er im Verdacht steht, einen Menschen gegessen zu haben, einen französischen Militär! Genauer gesagt, sind es zwei Männer, ein französischer Leutnant und ein arabischer *baschagha,* aber Letzterer zählt nicht wirklich für die vielen Gendarmen, die nacheinander kommen, um sich den »Kannibalen« anzuschauen und ihn zu verprügeln, weil er das Unbegreifliche getan hat: sich im wahrsten Sinn des Wortes am Fleisch der glorreichen Armee des Französischen Imperiums zu vergreifen!

Immerhin behält der junge Schaui die folgenden sechs Monate im Gefängnis als eine der »interessantesten« Phasen seines Lebens in Erinnerung. Nachdem die ersten Tage seiner Gefangenschaft in der Zelle des Polizeipostens für ihn die Hölle waren, verlieren die Schläge und Schikanen rasch an Intensität. Sehr bald wird ihm durch seinen Status als krimineller Kannibale, der »dank« der Zähigkeit der französischen Gendarmen und der Mithilfe der eingeborenen Bevölkerung gefangen werden konnte, eine erstaunliche Rücksichtnahme zuteil. Die Behörden beschließen, einen großen Schauprozess zu organisieren, mit anschließender exemplarischer Bestrafung. Jede Anwandlung von Widerstandsgeist, zu der die Niederlage der französischen Armee im eigenen Land möglicherweise Anlass geben könnte, soll bei den Arabern im Keim erstickt werden. Die nächtliche Reise in die Hauptstadt dauert acht endlose Stunden, der Zug hält an jedem Bahnhof, nimmt manchmal den Weg über Ausweichgleise, um andere Züge passieren zu lassen, die in die Gegenrichtung fahren. Bitter stellt Nasreddin fest: So durchquere ich also zum ersten Mal mein Land: in einer Finsternis, die kaum tiefer sein könnte! Arme Mutter, wenn du den Niedergang deines Sohnes sehen könntest. Deinem Sohn, dem Sohn von Zehra und Dahman, wird vorgeworfen, ein Menschenfresser zu sein! Man wird dir die unglaublichsten Geschichten erzählen … Die Vorstellung, seine Mutter könnte von böswilligen Leuten erfahren, was ihm zugestoßen ist, setzt dem Mann aus den Bergen mehr zu als alle Schläge. Die Polizisten, die ihn mehr oder weniger angetrunken begleiten, überbieten sich mit zweifelhaften Scherzen. Wenn Nasreddin nicht mitspielen will, erinnern ihn einige gut gezielte Püffe sofort daran, dass das relativ gutmütige Wesen dieser Kerkermeister eine Grenze hat: ihren Überdruss. Nasreddins Verzweiflung ist durchaus begründet, denn er muss sich zu seinem Entsetzen an einem Spiel beteiligen, das ihn noch ein wenig tiefer in seiner mutmaßlichen Schuld versinken lässt. Dennoch wartet er gezwungenermaßen immer wieder mit den ewig gleichen Antworten auf, um seine Bewacher heiter zu stimmen:

»Welchen Geschmack hatte der Leutnant?«

»Er schmeckte nach Schwein, Herr Wachtmeister.«

»Und der Baschagha?«

»Nach Lamm. Wie Sie wissen, war er Muslim.«

»Und ihre Schwänzchen, was hast du aus ihnen gemacht? Vielleicht eine Bratwurst und eine *merguez?*«

ZU NASREDDINS GLÜCK nimmt man recht bald den wahren Schuldigen fest, einen armen Teufel von der Hochebene. Das fällt umso leichter, als der Kerl sich dieser

Tat selbst beschuldigt. Der Gefängnisklatsch weiß bald zu berichten, in Wirklichkeit hätten alle Männer aus dem Duar den Baschagha und den französischen Offizier gefangen genommen. Die beiden Komplizen waren wohl ganz besonders erbarmungslos bei der Eintreibung der Steuern, obwohl die Hungersnot die Bevölkerung des Dorfes bereits dezimiert hatte. Wer einen Verwandten verloren hat, kommt herbei und erhält die Erlaubnis, die beiden Gefangenen der Reihe nach zu foltern. Beide Männer werden anschließend bei lebendigem Leib verbrannt. Um den Pakt der Verschwiegenheit im Dorf zu besiegeln, lässt der Dorfälteste das Fett der beiden Hingerichteten auffangen und verlangt, dass jeder Bewohner des Dorfes, Mann, Frau oder Kind, etwas davon auf Brot streicht und isst. So geschieht es auch. Dann wird durch Los der Sündenbock bestimmt, der sich der Polizei zu stellen hat, wenn die Franzosen die Leichen entdecken. Das Schicksal sucht sich einen etwa dreißigjährigen Dörfler namens Abdallah aus, der nach einiger Überlegung zustimmt. Er wird alles auf sich nehmen, wenn das Dorf auf den Koran schwört, seine Frau und sein Töchterchen bis zu ihrem Lebensende zu ernähren. Der Mann wird nur wenige Tage nach dem Prozess im Hof des Gefängnisses Barberousse hingerichtet. Er sagt kein Wort und nimmt sein Geschick mit stoischer Ruhe hin. Nasreddin bekommt ihn nur kurz zu Gesicht, weil der zum Tode Verurteilte in Einzelhaft gesteckt wurde. Das banale, ein wenig verblüffte Gesicht entspricht nicht dem Schreckensbild, das Nasreddin von einem Kannibalen hat. Einige Häftlinge behaupten, der Mann habe großen Mut gezeigt, sei ganz allein bis zur Guillotine gegangen, aber im letzten Moment habe er sich dann zur Wehr gesetzt. Er wolle nicht einfach so fortgehen, er sei doch kein Ochse, den man auf die Schlachtbank führt, soll er geschrien haben, zuerst wolle er noch sein Töchterchen küssen. Die Wachen schlugen ihn nieder, und so war er halb ohnmächtig, als man ihn köpfte.

Der Untersuchungsrichter hat Nasreddin nicht sofort freigelassen, ein wenig aus Vergesslichkeit, ein wenig auch, um ihn für die Unverschämtheit bezahlen zu lassen, dass er nicht der Schuldige war, dessen Festnahme man vorschnell gefeiert hatte. Um sich nicht allzu sehr ins Unrecht zu setzen – und um für die umsonst in Haft verbrachten Monate einen Grund zu finden, weil ja sonst Entschädigungsansprüche geltend gemacht werden könnten –, hat ihn ein empörtes Gericht in weniger als drei Minuten zu sechs Monaten Gefängnis wegen »defätistischer Äußerungen« verurteilt. Der Staatsanwalt führte aus, dass Mithäftlinge gehört hätten, wie der Angeklagte die Justiz Frankreichs kritisiert habe, was in Zeiten der Unruhe als ein Versuch der Subversion zugunsten des Feindes gewertet werden müsse. Sein Anwalt hat dem Mann aus den Bergen den klugen Rat gegeben, auf eine Berufung zu verzichten, denn diese könnte katastrophale Folgen für ihn haben.

Nasreddin gewöhnt sich recht und schlecht an die erbarmungslose Welt des Gefängnisses, in der die geringste Schwäche einen teuer zu stehen kommen kann. Rasch entdeckt er, dass die erste Pflicht eines Neuankömmlings darin besteht, seine anale Öffnung zu schützen. Hübsch zu sein, Sommersprossen und ein nettes Wesen zu haben setzte einen Häftling der brutalen Gier langjähriger Gefangener aus, die zumeist von Erfolg gekrönt war.

Er musste sich auch daran gewöhnen, dass er hier die bis zur Karikatur übersteigerte Teilung der Außenwelt vor sich hatte. Es gibt Speiseräume für Europäer und für Einheimische. Die Europäer bekommen ein zweigängiges Essen, während die Araber nur einen Gang bekommen. Zwei Duschen mit Rasur werden den europäischen Häftlingen »gewährt«. Die Nicht-Europäer müssen sich mit einem Durchgang begnügen. Diese lächerlichen Unterschiede verschonen nicht einmal die Trinkbecher: die der Europäer sind mit einem Henkel ausgestattet, während die der Einheimischen henkellos sind …

In den Nächten, die auf die Exekution folgten, hatte der Schaui einen unruhigen Schlaf. Nur dem Zufall war es zu verdanken, dass er nicht das Schicksal dieses Abdallah erlitten hatte. Nasreddin wurde reizbar und fing mehrmals Streit mit anderen Häftlingen an, da die Aufseher nicht anzugreifen waren, ihnen standen zahlreiche Strafen zur Verfügung, besser, man forderte sie nicht heraus. Einer der wiederkehrenden Träume aus jener Zeit beginnt damit, dass es ihm gelingt, sich einen Revolver zu verschaffen. Er verpasst all jenen einen Kopfschuss, die ihn in diese Lage gebracht haben: Polizisten, Gendarmen, Europäer aller Art und Häftlinge, die ihn vergewaltigen wollten.

NASREDDIN HAT PUTZDIENST, er trägt einen Fäkalieneimer in der Hand. Der Zufall möchte, dass er hinter »Wildsau« steht, einem echten Kleiderschrank und dem verhasstesten Aufseher in Barberousse, als der gerade einen Häftling aus der so genannten »Zelle der Spanier« mit obszönen Beschimpfungen überschüttet. Dieser hat ebenfalls Dienst, und ihm ist das Missgeschick passiert, dass er mit seinem Eimer an den Aufseher gestoßen ist, nun hat die Hose von »Wildsau« unten einige ekelhafte Flecken.

Zehn Paar Zigeuneraugen sind ängstlich auf diese Szene gerichtet. Alle wissen, dass dieser Aufseher über außergewöhnliche Kräfte verfügt, in einem Wutanfall hat er einen Häftling, der nicht spuren wollte, mit einem einzigen Faustschlag ins Gesicht getötet. Noch ist der Zorn des Aufsehers nicht verraucht, denn er hat den Häftling am Kragen gepackt und drückt ihn gegen den Fußboden. »Du wirst mir jetzt deinen Eimer mit Scheiße aufessen, du Bimbo, bei meinen zwei Klöten!«

Der junge Zigeuner schnappt unter der Faust des Wahnsinnigen nach Luft, er versucht sich zu wehren. Aber unwiderruflich nähert sich sein Kopf der Öffnung des Eimers. Nasreddin hat die Vorstellung eines Hähnchens, das in den Händen seines Schlachters um sich schlägt. Obwohl der Häftling verzweifelt stöhnt, rührt sich in seiner Zelle niemand. Als er den Kopf in den Kot eintaucht, lacht »Wildsau« laut heraus: »Jetzt schlag dir den Bauch voll, mein Junge, lass es dir schmecken! Bei dem, was ihr hier in dieser Baracke esst, wird es an Würze doch nicht fehlen!«

Weshalb nimmt Nasreddin seinen eigenen Eimer und stülpt ihn beinahe in einem Wurf der »Wildsau« über den Kopf? Er hat nur noch einen Monat abzusitzen und er müsste doch wissen: Im Gefängnis gilt, jeder ist sich selbst der Nächste. Solidarität ist nicht nur gefährlich, sondern lächerlich in einer Welt, in der jegliche moralische Hierarchie auf den Kopf gestellt ist. Als ihn die unglaublich ekelhafte Schockwelle des Gestanks erreicht, packt ihn auch die abstoßende Gewissheit, was er eben getan hat …

»Was ist in dich gefahren, dreckiger Kakerlak?«

Der von Exkrementen bedeckte Kopf der »Wildsau« mustert den Häftling verblüfft. Vor Angst gelähmt, versucht dieser nicht einmal mehr zurückzuweichen. Wahnsinnig vor Wut, grölt der Wärter: »Bekomme ich eine Antwort, du Ratte?«

Nasreddin gelingt es lediglich, den Kopf abzuwenden, was ihm wahrscheinlich das Leben rettet, denn der

Faustschlag der Bestie war auf seinen Schädel gezielt. Die Hand des Schaui fährt unwillkürlich an seine Brust, er ringt vor Schmerz nach Luft. Er hat das Krachen seiner Rippen gehört. Dann fällt er auf die Knie, erwartet mit Schrecken den Gnadenstoß.

»Lass ihn in Frieden, ›Wildsau‹, oder ich werde dich schächten wie ein Stück Vieh, das schwöre ich dir!«

Das Unglaubliche ist geschehen: Ein alter Häftling hat sich aus der Zelle gewagt und hängt wie ein Affe am Rücken des Aufsehers. »Wildsau« schüttelt sich mit aller Kraft, aber er kann den alten Mann nicht abwerfen. Plötzlich bleibt er reglos stehen, als er die Spitze eines selbstgebastelten Messers an seiner Kehle spürt. Er knurrt verächtlich: »Glaubst du etwa, da kommst du noch mal raus, du Wurm?«

»In meinem Alter habe ich nichts mehr zu verlieren, ›Wildsau‹. Ich habe meine Frau, die Hure, mit Messerstichen durchlöchert, und wenn jetzt noch ein Sack von einem Schließer hinzukäme, so würde mir das auch nicht mehr weh tun als ein Katzenfurz!«

Der Mann erhöht den Druck mit dem Messer. Die Augen des Aufsehers beginnen vor Entsetzen zu schielen, weil ein Blutstropfen unter seinem Adamsapfel perlt.

»Denk daran, ›Wildsau‹, in dieser Zelle hier sind nur Zigeuner. Herz und Schädel sind bei uns allen härter als ein Topf! Und eines verspreche ich dir im Namen Jesu. Ich weiß nämlich, wo du Schweinehund wohnst: in der Nähe des kleinen Platzes, hundert Meter vom Padovani-Bad entfernt. Von meiner Sippe wird sich immer jemand finden, um euch den Bauch aufzuschlitzen, dir, deiner Frau und all deinen Sprösslingen, falls es dir jemals einfallen sollte, Manuel ein Haar zu krümmen, oder dem da …«

Er weist mit dem Kinn auf den sich immer noch krümmenden Nasreddin und flüstert leise: »Hast du verstanden, ›Wildsau‹? Du wirst keinen anrühren, nicht einmal den Kameltreiber!«

»Einverstanden!«, nickt der Wärter wütend.

»Danke«, kann Nasreddin gerade noch mit Mühe sagen, als »Wildsau« sich trollt, stinkend und stänkernd, aber sichtlich gezähmt.

»Niemand ist auf deinen Dank angewiesen!«, schleudert ihm der Zigeuner unfreundlich entgegen.

Der verblüffte Schaui rappelt sich hoch, möchte etwas zurückgeben, aber der alte Mann ist schon wieder in seine Zelle zurückgekehrt.

»Wer denkst du denn, wer du bist, verdammter …«

»Lass gut sein, Kamerad! Camacho ist nur wütend, dass ausgerechnet ein verlauster Araber sich hier beispielhaft mutig verhalten hat. Morgen wird ihm seine Miesepetrigkeit Leid tun, und er wird kommen, um sich bei dir zu bedanken!«

Der Mann, den der jähzornige Alte Manuel genannt hat, trägt ein ironisches Lächeln zur Schau. Er räuspert sich und spuckt mit belustigtem Ekel aus: »Wie soll ich das je wieder sauber kriegen?«

»Du glaubt also auch«, knurrt Nasreddin mit wachsendem Zorn, »dass du es dir leisten kannst, jemanden zu beleidigen, nur weil er ein Araber ist. Ich hätte dich in deinem Eimer mit Scheiße verrecken lassen sollen!«

Der Schmerz in der Brust wird unerträglich. Er hustet, was die Qual nur noch verstärkt. Manuel betrachtet ihn mit listigen Augen: »Verzeih mir, Maure, sei mir nicht böse. Vielleicht schaust du mal in einen Spiegel, du siehst nämlich nicht gerade umwerfend aus! Immerhin sind wir auf der gleichen Ebene: Während du der König der Läuse bist, bin ich zum Prinzen der Scheißhaufen geworden!«

Dann nähert er sich Nasreddin mit geheimnisvoller Miene: »Weißt du, Araber, ich habe eben eine über-

raschende Entdeckung gemacht: Suppe aus Häftlings-
kacke ist wirklich nicht meine Leibspeise! Meiner bescheidenen Ansicht nach, die auf wirklich ganz frischen
Erfahrungen beruht, sollte man die Speisekarte von Barberousse einer gründlichen Revision unterziehen: all
das ist etwas zu … wie soll ich sagen … zu flüssig und
nicht gehaltvoll genug …«

Nasreddin lacht laut heraus, stöhnt jedoch sofort unter dem entsetzlichen Schmerz seiner Rippen: »Halt's
Maul, du Dreckskerl«, würgt er mit tränenden Augen
hervor. »Was du mir zufügst, ist schlimmer als ›Wildsau‹! Außerdem zieh jetzt Leine, wie kann man nur so
stinken!«

AN EINEM DIENSTAG gegen neun Uhr morgens kommt
Nasreddin wieder in Freiheit, zwei Wochen nach Manuel. Er verlässt das Gebäude durch ein kleines Tor,
mit leeren Händen und einem Knoten im Magen. Er
ist glücklich, frei zu sein, aber auch ratlos, denn er hat
kein Geld, keine Freunde, keine Pläne … Die Berührung
mit dem glatten Asphalt erinnert ihn daran, dass er barfuß ist. Seine eigenen Schuhe sind während der ersten
Hafttage in Setif verlorengegangen, und die Gefäng-
nisschuhe wurden ihm von diesen Scheißkerlen, den
Schließern, abgenommen.

Er rennt los wie ein Verrückter, um zunächst einmal
einen möglichst großen Abstand zwischen sich und
dem obskuren Bauwerk zu schaffen. Zwanzig Meter
weiter bleibt er beinahe unwillkürlich stehen, außer
Atem und wütend: ein Mann von seinem armseligen
Aussehen, überdies ein Eingeborener, der rennt, macht
sich in den Augen aller verdächtig. Er betritt einen kleinen Park, jetzt schämt er sich für sein Benehmen. »Ich
werde langsam ein Schwächling, ein echter Hasenfuß!«

Eine Sekunde lang begreift er nicht, dann lacht er laut heraus: Über den Horizont zieht sich eine unermessliche funkelnde Weite, die den Himmel von der Häuserkaskade der Kasbah trennt. Außer Atem lehnt er sich gegen einen Baumstamm. Dieses Blaugrün, diese Farbe, die man sich erst vorstellen kann, wenn man das Meer einmal gesehen hat, dringt durch seine geblendeten Augen und breitet sich in seinem Körper, seinen Adern aus, erfüllt ihn wie ein wohltuender Balsam mit dem unverhofften Gefühl des Glücks.

Das also ist das Meer, dieses üppige Farbgeschenk! Der harte Mann aus den Bergen, der von der Hochebene von Setif stammt, sieht zum ersten Mal das Meer und schlägt sich vor Begeisterung auf die Schenkel. Er schließt die Augen, öffnet sie wieder, stellt mit Entzücken fest, dass dieses unglaubliche Schauspiel von Dauer ist. Er piepst halblaut: »Ach, Yemma, wenn du das sehen könntest! Es ist ganz unglaublich!«

»Bist du vielleicht bescheuert, oder was, Einfaltspinsel? Was ist in dich gefahren, von Barberousse rennst du los wie ein Hase, und jetzt lachst du dich ganz allein kaputt wie ein Blöder?«

Die Stimme reißt ihn aus seiner Begeisterung. Manuel steht keuchend vor ihm, einen Korb in der Hand. Sein kantiges Gesicht scheint noch magerer geworden zu sein. Er trägt einen chinablauen Anzug und Stoffschuhe. Verblüfft über das Erscheinen des Zigeuners, öffnet Nasreddin den Mund, und da ihm nichts einfällt, schließt er ihn wieder.

Der Zigeuner stellt seinen Korb dem Schaui vor die Füße. Er scheint ein Lachen zurückzuhalten, so offensichtlich ist Nasreddins Verblüffung. »Ich habe erst gestern erfahren, dass du heute herauskommst. Es ist mir gelungen, ein altes Paar Schuhe zu besorgen und ein paar saubere Sachen«, sagt er und deutet auf den Korb.

»Zieh sie aus, die … diese Scheißklamotten, die du dir über den Buckel gehängt hast, Maure. Siehst aus wie ein Muli mit Haarausfall!«

Manuel lacht: »Aber doch nicht hier, du Dummkopf, mitten auf der Straße! Hundert Meter von hier ist eine verlassene Baustelle. Dort wird dich niemand stören.«

Sie gehen die abschüssige Straße hinunter bis zu den Baracken einer Baustelle. Nasreddin trägt seinen Korb und kommt sich ein wenig lächerlich vor. Er hustet, bevor er seine Frage stellt. »Warum tust du das?«

»Jaah … Sagen wir, ich benötige einen nicht allzu klugen Partner, mit dem ich Karten spielen kann. Und den kann ich nicht ertragen, wenn er allzu armselig aussieht! Reicht dir das, Nasreddin?«

Zu seiner großen Überraschung stellt Nasreddin fest, dass der Zigeuner rot geworden ist. An den Knöpfen seiner Jacke spielend, brummt Manuel, er sei ihm schließlich noch etwas schuldig. »Immerhin hast du mich aus der Scheiße gezogen, ohne dir Fragen zu stellen. Jetzt bin ich vielleicht einfach an der Reihe, findest du nicht, Nasreddin? Außerdem, scher dich zum Teufel mit deinen Fragen. Und beeil dich, ich habe noch anderes zu tun. Wir müssen jetzt schnell einen Dreh finden, dass wir nicht verhungern, Maure!«

Um seine Verlegenheit zu überspielen, schiebt Manuel Nasreddin in die Hütte und schließt die Tür hinter ihm. Von draußen ruft er dann mit wieder ganz heiterer Stimme: »He, Cousin, wenn du wüsstest, was für eine kleine Wachtel ich aufgegabelt habe! Prachtvoll, die ist wirklich prachtvoll!«

»Ich wette, du willst nur angeben. Einen Halunken wie dich nimmt doch nur ein altes ramponiertes Kamel!«

»Du bist wohl eifersüchtig!«, protestiert der Zigeuner.

»Außerdem ist sie Artistin in einem Zirkus. Eine Frau als Clown, kannst du dir das vorstellen?«

Nasreddin lacht laut heraus. In der Hütte herrscht ein fauliger Gestank, aber das Herz des Algeriers frohlockt. Er findet, sein erster Tag in Algier fängt wirklich gut an, schenkt er ihm doch in seiner Großmut nichts Geringeres als einen neuen Freund. Während er in die Hose schlüpft, muss er wieder an seine Mutter denken. Eines Tages, als großer Hunger herrschte, hat sie zu ihm gesagt, das Leben würde jeden von uns auf Rosen und auf Dornen betten, Leute wie sie und er seien jedoch eher auf Dornen gebettet als auf Rosen. Die Frau aus dem Aures hatte noch mit Leidenschaft hinzugefügt, indem sie ihn am Kinn fasste und direkt in seine Augen sah: »Trotzdem wirst du sehen, das Leben ist seltsam, mein Sohn! Auch noch im schlimmsten Augenblick wirst du niemals genug bekommen, denn das Leben ist wie Salzwasser: Je mehr du davon trinkst, mein Sohn, desto durstiger bist du!«

10

AS WIRD ER NICHT WAGEN, Rina, sag doch, dass es nicht wahr ist!«

»Und mit welchem Geld willst du die anderen Elefanten durchfüttern und den restlichen Zirkus noch dazu?«

Starr vor Schreck sieht Anna, wie Orfea vom Kornak in die Mitte der Manege geführt wird. Die Polin beobachtet die Szene mit verschlossener Miene. Die Elefantin wiegt sich hin und her, offensichtlich begreift sie nicht, was sie hier in der Manege zu suchen hat, so spät nach der Abendvorstellung. Ihre Augen scheinen den Kornak nach Erklärungen zu fragen, dieser fuchtelt mit dem Elefantenstock herum, der in einem scharfen Haken endet: Weshalb wurde sie als Einzige herausgeführt, während die anderen Elefanten weiterschlafen dürfen? Trotzdem legt sie ihren Rüssel vertraulich auf die Schulter ihres Kornak, bittet um die übliche Leckerei.

Der Kornak, ein Elsässer mit dem Schnurrbart eines Eroberers, wischt sich verstohlen über die Augen. Dann führt er unter dem gebieterischen Blick von Charles den Dickhäuter, indem er kurze kehlige Laute hervorstößt: »*Daha*, Orfea! *Dakon*, Orfea!«

Gehorsam geht die Elefantin voran, bis sie zwischen vier riesigen Pfosten, die in die Erde eingepflockt wurden, zu stehen kommt, neigt den Kopf vor ihrem Herrn und kniet sich zuerst mit dem einen, dann mit dem anderen Bein nieder. Der Kornak steckt ihr Karotten in den Mund und Orfea wackelt vor Zufriedenheit mit den Ohren.

»Hat sie genug getrunken?«

»Ja«, antwortet der Elsässer finster. »Sie wird in einer Viertelstunde einschlafen,«

»Sind Sie sicher, dass sie nicht aufwacht?«

»Aber ja, Monsieur. Es ist das, was ihnen der Tierarzt gibt, wenn etwas an ihrem Gebiss zu machen ist.«

Es brennen nur noch wenige Lichter. Die Mehrzahl der Artisten aus dem Zirkus ist da. Charles hat angeordnet, dass alle Zirkusleute anwesend sein sollen, falls die Abdecker Hilfe benötigen. Wieder streichelt der Kornak die Flanken der Elefantin. Diese stößt mit ihrem Rüssel einen unangenehmen Ton aus, vergleichbar mit einem Kreischen, als wäre sie überrascht, dass ihr Herr so lange wartet, bis er ihr den Befehl gibt, sich wieder zu erheben.

Alle warten darauf, dass das Tier einschläft. Eine Akrobatin tupft ihre Augen mit einem Taschentuch ab. Der Zwerg Bodu kann nur mit Mühe einen Hustenanfall unterdrücken. Alle sind müde und resigniert, sie wissen, das Leben eines jeden ist ein bisschen abhängig vom Tod dieses Tiers, das ihnen so lange treu gedient hat. An den Planen des Zirkuszelts zeichnen sich riesige Schatten ab, die, vorwurfsvoll und stumm, über alle zu richten scheinen. Anna erschaudert. Sie kennt Orfea seit eh und je. Als die Elefantin jung war, hatte sie einen schlechten Charakter, bei einem Umzug hat sie einmal sogar eine Panik ausgelöst, indem sie mit Radau in eine Kneipe einbrach. Mit dem Alter ist sie dann klüger geworden. Nach einhelliger Meinung macht sie nun ihre Sache gut, wenn sie in der Manege auf einer Kugel balanciert oder bei der komischen Nummer sich betrunken stellt, nachdem sie eine Flasche entkorkt hat, die scheinbar Wein enthält. Paradoxerweise ist sie seit einigen Jahren als Älteste damit betraut, aufsässige Elefanten zur Ruhe zu bringen. Auf ein Zeichen ihres Herrn bläst Orfea mit ihrem Rüssel zum Angriff und wirft dann das widerspenstige Tier mit ihrer Stirn zu Boden.

Erst wenn sie die Bestrafung für ausreichend erachtet, erlaubt sie ihm, sich wieder auf alle viere zu stellen. Dieses Schauspiel hat Anna immer sehr beeindruckt: Orfea scheint dabei einen Heidenspaß zu haben, bis zuletzt kostet sie den Rausch der Macht aus, die ihr der Kornak verleiht, da sie nun einmal befehlen darf.

Anna hat das Gefühl, bei der Ermordung einer Gefährtin zugegen zu sein. Mehr noch: Es handelt sich um eine Art Kindesmord, denn das riesige Tier mit dem Kinderhirn wird von der Person verraten, in die sie das größte Vertrauen setzt. Bald kommen die Rüsselbewegungen nur noch ruckweise. Ängstlich versucht das Weibchen wieder aufzustehen, aber die Augen fallen ihr zu. Ihr Körper plumpst plötzlich auf ein Seite. Der Kopf schlägt auf den Boden, prallt noch einmal heftig hoch, ohne dass die Elefantin aufwacht. Ein strenger Uringeruch breitet sich im Zirkuszelt aus. Ergriffen betrachtet der Elsässer die Pfütze, die zwischen den Füßen des Dickhäuters größer wird. Er schluckt vor Mitleid, denn er weiß aus Erfahrung: in einem letzten Aufzucken ihres wirren Bewusstseins muss der armen Orfea klar geworden sein, dass man etwas gegen sie im Schilde führt, und sie muss große Angst bekommen haben!

»Worauf warten Sie, Albert?«, knurrt Charles verstimmt und stupst den Elsässer nach vorn.

Der Kornak seufzt, macht sich dann wieder an seine Arbeit. Er legt einen Ring um jeden Fuß von Orfea, überprüft den Verschluss und gibt dann ein Zeichen, dass er fertig ist. Nun überprüft Charles seinerseits, ob die massiven Ketten korrekt an den Pfählen befestigt sind.

Zwar flüstert der Kornak, aber die Stille ist so groß, dass jeder es versteht: »Ist es wirklich notwendig, Chef? Könnten wir uns nicht irgendwie anders durchschlagen?«

Charles ist bleich geworden, er macht sich nicht die Mühe zu antworten. Aus einer Tasche holt er zwei Pistolen und schaut nach, ob sie geladen sind. Anna erkennt die Waffen; die Wachleute benutzen sie während der Raubtiernummern. Der Zirkusdirektor entsichert die Pistolen und reicht eine dem Kornak. Dieser betrachtet das Gerät, seufzt »ich kann es nicht«, tritt dann gleichwohl an den ohnmächtigen Körper.

Charles setzt den Lauf seiner Waffe auf das rechte Auge des Elefanten. Nach kurzem Zögern ahmt ihn der Elsässer am anderen Auge nach.

»Der Lastwagen soll kommen!«

Anna sieht nicht das Zeichen, das Charles mit dem Kopf gibt, aber sie hat das Gefühl, dass beide Detonationen, ohrenbetäubend trotz des aufheulenden Motors, die riesige Masse aufwecken müssten. Orfeass Kopf zittert unter dem Schock. Eine geringe Menge Blut fließt aus den Augen auf ihr Maul. Der Rüssel deutet eine Bewegung an, die rasch erstirbt. Eine der Ketten spannt sich unter dem Hochschrecken eines Gliedes, dann ist es vorbei.

»An die Arbeit! Ihr müsst vor Morgengrauen mit allem fertig sein. Wie vereinbart, macht ihr zwei Pakete: eines für die Tiere, das andere für euch. Wir werden es gleich abwiegen.«

Die Stimme von Charles ist fest, ohne spürbare Ergriffenheit. Nur seine Hand zittert ein bisschen. Der Metzger scherzt: »Das kann ja gemütlich werden! Ich habe noch nie ein Vieh von einer solchen Größe zerlegt. Wir fangen beim Kopf an. Gib mir die Säge rüber, Jeannot, und stellt die Kübel bereit!«

Fröhlich reicht der Geselle seinem Chef eine große Fleischsäge. Während dieser die Säge schärft, verstreut der Geselle Späne rund um den Körper. Anna schreckt hoch. Von Ekel und Wut überwältigt, rennt sie hinaus.

Beim Zelt steht ein Kühlwagen mit laufendem Motor. Auf der Seite geht eine riesige Schrift quer über die Plane: Pferdemetzgerei Chabiroux, 3, rue …

ANNA KAUT an ihren Nägeln. Mit diesem Zirkus geht es bergab. Sie beginnt wieder mit ihren Dehnungsübungen, bis die Muskeln schmerzen. In knapp zwei Stunden ist sie mit ihrem Auftritt an der Reihe. Schweißtropfen rinnen über ihren Nacken. Mit einer ärgerlichen Bewegung wischt sie diese ab, schöpft einige Minuten Atem und fängt dann wieder mit ihren Beugungen und Dehnungen an. Sie sollte jetzt besser aufhören, sonst wird sie müde. Aber ihre Wut ist immer noch da, durchdringend und bitter. Also rächt sie sich an ihrem eigenen Körper.

Rina und ihr neuer Liebhaber! Seit drei Tagen ist dieser Kerl praktisch jeden Abend da, und immer häufiger kommt es sogar vor, dass er in ihrem Wagen mitschläft. Als wäre all das nicht schon genug, hatte Rina die wunderbare Idee, diesen Manuel zu bitten, er solle doch einmal seinen Freund mitbringen, von dem er ihr so häufig erzählt. Vorgestern kam ein gewisser José zu Besuch, der sich schließlich als junger Araber in der Verkleidung eines Europäers entpuppte!

Das Essen fand in eisiger Atmosphäre statt, weil der Araber sehr verstimmt war, mit welcher Überraschung, ja Ablehnung die beiden Frauen reagierten, als er seine komische Baskenmütze ablegte. Braunhäutig und etwas stämmig, war er für einen Eingeborenen eher gut gekleidet. Das muss Geld vom Schwarzmarkt sein, hat Anna leicht verächtlich gedacht. Obwohl es offensichtlich nicht der Wahrheit entsprach, stellte ihn Manuel als einen weitläufigen Cousin aus Andalusien vor, der noch Probleme mit der französischen Sprache hat. Der junge Mann errötete heftig, trotz seiner dunklen Haut war es so gut sichtbar, dass Manuel einen Lachanfall bekam. Übrigens war dies das einzige Mal, dass Anna ebenfalls Lust zu lachen hatte, denn der Araber fasste sich an die Ohren, vielleicht mit einer unbewussten Bewegung, um zu verbergen, wie rot sie waren. Seinem Freund warf er einen wütenden Blick zu und bekam dann im Laufe des Abends den Mund nicht mehr auf, kostete nicht einmal von dem hervorragenden Essen, das Rina mit ihren beschränkten Mitteln gezaubert hatte. Manuel und Rina versuchten die gespannte Atmosphäre etwas aufzulockern, aber sie war so drückend geworden, dass der Araber aufstand und eine Verpflichtung vorschützte, um sich empfehlen zu können. Als er hinausging, sagte er mit Blick auf Anna, dass er natürlich nicht José hieß (»Ein bescheuerter Einfall meines Freundes Manuel, der häufig solche Ideen hat«), sondern Nasreddin, was Sieg des Glaubens bedeutet. Er sei ein Schaui (»Aber ihr wisst natürlich nicht, was das bedeutet«), sei in einem Dorf ganz oben in den Bergen des Aures geboren worden, und alles in allem (»denn es versteht sich von selbst ...«) sei er im Grunde ein halber Barbar!

Dann grüßte er, wieder mit knallrotem Gesicht, die beiden Frauen und ging ohne ein einziges Wort für seinen Freund hinaus. Dieser stand überstürzt auf und rannte ihm nach. Anna fand, dass der junge Mann sich zwar lächerlich benommen hatte, aber ein gewisser Schneid war ihm nicht abzusprechen. Sie fühlte ein kurzes Bedauern, dass er so schnell gegangen war. Offenbar war das auch zu sehen, denn Rina spottete: »Der hat vielleicht Charakter, der andalusische Ritter! Er gefällt dir, was?«

»Du redest dummes Zeug!«

Rina und sie hörten eine laute Auseinandersetzung,

dann kam Manuel verwirrt zurück und meinte, sein Freund verstehe wirklich keinen Spaß: »Schließlich kann ich doch nichts dafür, dass er ein Araber ist! Ich wollte ihm doch bloß helfen, diesem Schwachkopf ...«

GESTERN ABEND hat jemand Charles von diesem Essen erzählt. Außer sich stand er plötzlich vor ihnen, überschüttete Rina mit Schimpfworten, angeblich brachte sie sein Unternehmen in Verruf. Dann verlangte er von ihr, künftig niemanden mehr in ihren Wohnwagen einzuladen, vor allem keine Zigeuner, von Arabern ganz zu schweigen! Auf der Türschwelle stehend, stieß er hervor, dass eine einzige »Beine-breit-Marie« in einem Zirkus völlig ausreiche. Er wolle auf keinen Fall, dass Anna sich ein Beispiel an Rina nehme. Andernfalls werde er keine Sekunde zögern, sie beide im hohen Bogen hinauszuwerfen! Rina war blass geworden, hat aber nichts erwidert, sie goss sich nur ein großes Glas Schnaps ein, dann noch eins. Nachdem die Petroleumlampe gelöscht war, legte sie sich zu Bett. Anna hörte, wie sie sich zwei- oder dreimal leise schnäuzte, dann breitete sich Stille im Wohnwagen aus, von Zeit zu Zeit hörte man noch das Trompeten der Elefanten. Anna verbrachte eine schreckliche Nacht, in der sie sich fragte, was passieren würde, wenn Charles seine Drohung wahr machte. Rina würde dann vielleicht zu Manuel gehen, aber wohin konnte sie, Anna, sich denn wenden? Sie war nirgendwo zu Hause außer in diesem abgehalfterten Zirkus. Und was sollte sie anderswo mit ihren Händen anstellen, außerhalb der Welt des Zirkus? Eine Barbarin und eine halbe Barbarin: So sahen sie diese verdammten Spießer, die sich in ihren Wohnhäusern festsetzten wie Muscheln an einem Felsen! Völlig verwirrt, musste sie ein Lächeln unterdrücken: Das war ungefähr der Ausdruck, den dieser seltsame Araber mit seiner abscheulichen Laune benutzt hat, der außerdem so leicht errötet …

AN DIESEM MORGEN begegnet ihr Charles beim Training. Er grüßt sie wie gewöhnlich mit einem Kopfnicken, als hätte er den Vorfall von gestern Abend schon wieder vergessen. Anna fühlt sich schändlicherweise erleichtert, weshalb sie nicht den Mut hat, mit Rina darüber zu reden. Seit die Polin in diesen Zigeunerkerl Manuel verknallt ist, hat Anna das schmerzliche Gefühl, noch einsamer zu sein.

Sie seufzt, das Training hängt ihr zum Hals heraus. Im Augenblick ist sie durstig und geht zu ihrem Wohnwagen. Vielleicht ist es auch an der Zeit, ein Stück Brot zu essen, bevor sie sich auf die Abendvorstellung vorbereitet? Hoffentlich, denkt sie, während sie sich alle Mühe gibt, diese gefährliche Mutlosigkeit zu vertreiben, die sie niederdrückt, hoffentlich kommen heute mehr Zuschauer als in den letzten Tagen!

»He, Anna, komm doch mal, bitte!«

Ein Zirkusarbeiter hat sie an der Schulter gepackt. Anna ist ein wenig aufgebracht, denn sie hat es eilig, und außerdem fällt ein feiner Regen. Aber der Arbeiter lässt sich nicht abschütteln: »Ich habe dir etwas zu sagen.«

Der Mann senkt die Stimme. Anna hört ihm zu, zuerst unbeteiligt, dann verstört. Sie stottert: »Aber was erzählst du mir denn da?«

»Ich versichere dir, dass es die reine Wahrheit ist.«

Anna fährt unvermittelt mit der Hand an ihren Mund. Sie ist plötzlich sehr müde. Mit matter Stimme flüstert sie: »Mein Gott, das hat gerade noch gefehlt …«

ANNA IST HEREINGEKOMMEN und mit ihr die Kälte von draußen. Dort fällt ein endloser Sprühregen, der alles, was er berührt, mit Traurigkeit überdeckt. Sie hat ihren Mantel abgelegt, setzt sich neben Rina. Diese säubert bedächtig ihre Wange. Ihr Gesicht ist sehr zart, weil es täglich mit dem Fett der Abschminke behandelt wird.

Zerstreut lächelt Rina ihr zu. Sie ist in Gedanken schon bei ihrem Treffen mit Manuel. Wie wird sie ihm das Verbot von Charles, diesem Drecksкерl, beibringen?

Anna flüstert: »Weißt du, warum die Colonas zu spät gekommen sind?«

»Nein, aber du wirst es mir ohnehin sagen, oder etwa nicht?«

Anna blickt ihre Freundin an. Rina entfernt mit Sorgfalt den letzten Rest roter Farbe an ihrem Ohr. Die Clownin fügt hinzu: »Die hätten sich außerdem entschuldigen können, diese verschissene Gauklerbande. Ihretwegen hat man mir eine Verlängerung von fünfzehn Minuten in der Manege aufgebrummt.«

»Rina …«

»Ja, was ist denn?«

Rina schaut Anna an. Das Gesicht der Kleinen ist verkrampft und bleich. Rina macht eine mitleidige Grimasse: »Du arbeitest zu viel, mein Hühnchen, ich werde mich etwas mehr um dich kümmern müssen.«

Anna spricht mit leiserer Stimme weiter: »Sie haben einen Dieb festgenommen.«

»Einen Dieb, sieh an! Und wo?«

»In ihrem Wohnwagen.«

Rina nimmt jetzt ihren Nacken in Angriff. Ihr Handtuch entfernt große weiße Flecken. Rina ist ein wenig ungehalten, weil die Kleine sie in ihren verliebten Träumereien gestört hat. Ihre Beine sind ganz weich, ihr Geschlecht pocht sanft wie ein Herz. Sie hätte jetzt nichts dagegen, wenn Anna hinausginge. Sie möchte in Ruhe gelassen werden, um ihre Phantasien auszukosten, wie man an einer Blume riecht, um die Erinnerung an ihren Liebhaber zu genießen, die jede Pore ihres Körpers verströmt.

»Und was denkst du, geht mich das an, du Herzchen. Sie hätten halt auf ihre Sachen besser aufpassen sollen. Außerdem wurde der Dieb ja gefasst, oder nicht?«

»Rina, hör mir zu …« Anna ruft laut, beinahe wütend: »Der Dieb ist … dein Manuel!«

11

DICHT PRASSELT der Regen herab. So gut es geht, beleuchten Laternen die Bürgersteige und die wenigen Passanten. Nasreddin überquert im Laufschritt die Straße. Eine Straßenbahn verfehlt ihn knapp, der Fahrer lässt ein wütendes Gebimmel hören. Er hat den Kragen seines Jacketts hochgeschlagen und geht im Schutz der Mauern die Rue d'Isly entlang. Heute ist er nicht gerade fröhlich. Er denkt sogar, dass er schon seit langem nicht mehr eine solche Saulaune hatte. Manuel ist nicht zur Verabredung erschienen, obwohl sie vorhatten, bei einem Trödler nach ein paar elektrischen Lampen zu sehen, die sie weiterverkaufen wollten. Nasreddin seufzt, er versucht sich einzureden, es gebe nur einen einzigen Grund für diesen Schmerz, nämlich seine Angst vor dem Hunger. Er hat nur noch ein paar Francs in der Tasche, sie müssen soweit wie möglich reichen, da wird er keine Mühe scheuen. Manuel hat ihm heute Morgen erklärt, dass er diese stachligen Artischocken seit einer Woche nicht mehr sehen kann. Nasreddin hat noch gescherzt: »Aber die arabischen Artischocken sind das Gemüse, an das man am besten herankommt. Wenn die Kiste leer ist, wirst du feststellen, dass sie immerhin nahrhafter sind als Steine!«

Ein schwarzweißes Polizeiauto fährt nah an ihm vorbei, als er bei der *Milk Bar* angekommen ist, bespritzt ihn großzügig mit Wasser. Aber er ist bereits so nass, dass ihn das nicht mehr ärgern kann. Er schaut neidisch in das Innere der *Milk Bar*. Atemdunst, Lichter funkeln über den Gästen. Er ahnt die sanfte Wärme, der Tresen wird peinlich sauber sein, die Atmosphäre herzlich, vielleicht sogar freundschaftlich, gefördert durch Wein und Schnäpse von Qualität. Sollte es Nasreddin in den Sinn kommen, die Bar zu betreten, dann würde man ihn in hohem Bogen hinauswerfen, das weiß er natürlich. Es steht ebenso fest wie die Tatsache, dass es jetzt Nacht ist und er sich wieder einen Husten holen wird, wenn er sich nicht rasch umzieht!

Nass bis auf die Knochen, träumt Nasreddin von einer schönen Portion *calentita*. Das Wasser läuft ihm im Mund zusammen, wenn er sich die ein wenig abstoßende Wärme des Puddings aus Kichererbsenmehl vorstellt. Schon lange hätte er sich dazu durchringen sollen, in seine Hütte zurückzukehren. Zu so später Stunde ist es praktisch unmöglich, einen Autobus zu finden, der nach Sainte-Eugène fährt.

»Was soll's! Auf in die Kasbah; ich werde die Nacht in einem Hammam verbringen. Es gibt sicher welche, die nicht zu teuer sind.«

Er biegt in ein Gässchen, das oberhalb der Moschee Ali Bitschnin verläuft, folgt dann ein wenig aufs Geratewohl den engen Linien der heruntergekommenen Altstadt, das Meer und die »Neue Barbarei« hinter sich lassend. Den wenigen Lampen gelingt es nicht mehr, gegen die Feindseligkeit der stummen Fassaden mit den winzigen Fenstern anzukommen. Selten zeigt sich ein eiliger Passant, hier sind alle Araber. Der Schaui stöbert schließlich einen Calentitaverkäufer auf, in einer Ecke am Cimetière des Princesses. Aber der Pudding ist kalt und liegt wie Sand in seinem Magen. Er hat nicht einmal den Mut, dem Verkäufer einen Vorwurf zu machen, der starr vor Kälte unter dem Vorbau Schutz gesucht hat.

»Das Heil möge mit dir sein, mein Bruder!«, bedankt er sich, als er seinen Pudding aufgegessen hat. Der

Mann führt die Hand zur Brust, immerhin ein wenig verunsichert durch den etwas hochgestochenen Dank des Kunden. Nasreddin geht in das erstbeste maurische Café, das er findet, und lässt sich einen heißen Tee bringen. Aber auch durch die Hitze des Tees möchte sich nicht auflösen, was sein Herz einengt. Auf einem Regal verströmt ein Topf Basilikum bescheiden seinen kindlichen Duft. Die Männer um ihn herum tragen alle eine *kaschabia*, spielen Karten oder Domino. Andere plaudern mit leiser Stimme. Manche sind wie er Gefangene ihrer Einsamkeit. Die Unterlippe fällt weich auf ihr Kinn, sie sitzen gekrümmt, vielleicht in Träume versunken. Zwei Petroleumlampen erleuchten mühselig die Mitte des Cafés, Gäste, die etwas entfernt sitzen, bleiben der Finsternis überlassen. Zwischen zwei Regengüssen dringt das gedämpfte und melancholische Echo des koranischen Singsangs durch. Nasreddin wird plötzlich vom Wunsch erfasst, niemals gelebt zu haben. Oder all die eisigen europäischen Gesichter zu töten und dann zu sterben.

ANNA RENNT zum Wohnwagen. Jemand hat sie gebeten, ihm eine Requisite für die Manege zu bringen. Dem Mädchen schnürt sich die Brust zusammen. Seit zwei Tagen hat sie das Gefühl, sich in einem Albtraum zu bewegen. Alle wissen über diese Geschichte mit dem Diebstahl Bescheid. Jetzt wird sogar gerüchteweise verbreitet, Rina sei als Komplizin beteiligt gewesen, und Charles hat beschlossen, ihren Vertrag aufzulösen. Er sagt, es bestehe die Gefahr, dass sie ihm eine Pechsträhne bringt, weil sie die Neugier der französischen Polizei auf sich zieht, irgendwann könne herauskommen, wie viele Steuern er nicht bezahlt hat. Dann meinte er noch, das sei nicht einmal das Schlimmste, denn die Colonas wüssten, dass sie Jüdin sei. Charles warf Rina alle möglichen Schimpfwörter an den Kopf, sie sei eine dusslige Kuh, die nicht den Mund halten könne. Zwar hat Rina alle heiligen Eide geschworen, sie habe niemandem etwas gesagt, aber Charles wurde wütend. Er schrie, diese Malteser seien doch wie die Krätze, die wüssten nur zu gut, dass man schwer bestraft werden könne, wenn man Juden beschäftige.

Es ist kalt. Dann und wann färbt ein verdrießlicher Regen die Landschaft grau. Sie versucht sich abzulenken: »Afrika, der heiße Kontinent, dass ich nicht lache! Eher noch Packeis!« Alles, was sie sieht, alles, was ihr heute begegnet, verströmt einen Geruch von Niederlage und Überdruss. Sie hat eine Entscheidung zu fällen, und gleichzeitig ist eine Entscheidung völlig unmöglich!

Ein Mann sitzt auf dem Treppchen des Wohnwagens. Sie erkennt ihn nicht sofort. Ihr Herz macht vor Wut einen Sprung, als der Mann aufsteht. Er lächelt dem Mädchen in der goldbetressten Uniform einfältig zu und stammelt: »Ähm ... guten Tag ... ich bin's ... wissen Sie, Manuels Kumpel!«

Erstarrt betrachtet Anna den jungen Mann, der ihr den Weg verstellt. Er ist sichtlich verblüfft über den kühlen Empfang. Seine Stimme wird schwächer (aber er achtet trotz allem wohl darauf, den Mund nicht zu weit zu öffnen, weil seine Schneidezähne etwas auseinander stehen): »Das heißt, ich suche ihn ... Können Sie mir nicht zufällig ...«

»Gehen Sie zur Seite, ich habe es eilig!«

Anna ist selbst erstaunt über die Heftigkeit ihres Tons. Die Kälte macht sie frösteln. Ihre Stimme schwillt an: »Mein Gott, so lassen Sie mich doch vorbei!«

Dazu macht sie die passende Gebärde, schubst ihn mit der Hand aus dem Weg und verschwindet im Wohnwagen.

Nasreddin verliert beinahe das Gleichgewicht. Er ist knallrot. Was glaubt sie denn, wer sie ist, diese dumme Pute? Er ruft durch die Tür hindurch: »He, jetzt knallen Sie nicht gleich durch! Ich möchte doch nur etwas von Ihnen wissen: Haben Sie Manuel gesehen? Seit drei Tagen ist er nicht mehr nach Hause gekommen. Es hat doch keinen Sinn, sich gleich so aufzuregen!«

Anna kommt aus dem Wohnwagen, ein Futteral in der Hand. Sie wirft die Tür hinter sich zu, nähert sich dem Freund des Mannes, der für all das Unglück verantwortlich ist: »Ach, weil du … suchst du ihn denn wirklich, diesen Schweinehund? Weil, du weißt ja gar nicht, was er uns angetan hat, dein … dein sauberer Freund.«

Verblüfft schaut Nasreddin in die Augen der Furie, die sich ihm entgegenstellt. Der Mund des jungen Mädchens ist vor Abscheu dermaßen verkrampft, dass Nasreddin lächelt. Da kann man nichts sagen, sie ist wirklich hübsch, diese Akrobatin in ihrem komischen Kostüm!

»Du lachst auch noch, du Dummkopf?«

Der Fausthieb trifft ihn unter der Nase. Nasreddin fasst sich ins Gesicht. Blut tropft aus der Nase. Der Schmerz kommt so unerwartet, dass er töricht und wie gelähmt verharrt, dem Mädchen nachsieht, das, so schnell es kann, zum Zirkuszelt rennt. Dieser Vorfall ist so lächerlich – und die Demütigung folglich so grenzenlos –, dass der junge Mann nur mit Mühe seine Fassung findet. Plötzlich brüllt er: »Wandelnde Vogelscheuche! Schwarze Kakerlake!«

Die Gestalt ist schon im Labyrinth der Wohnwagen verschwunden. Er droht an seinem Ärger zu ersticken. Der junge Mann sucht verzweifelt nach weiteren Schimpfwörtern dieses Kalibers, findet sie nur auf Arabisch: »Dickschenklige Pisserin! Scheißhaufen einer Sau!«

Da er nicht in der Lage ist, noch kränkendere Ausdrücke zu finden, wütet er in Betrachtung seiner blutverschmierten Finger: »Jedenfalls wirst du irgendwann einmal zu deinem Wohnwagen zurückkommen müssen, kleine Pest!«

Fest entschlossen, die erforderliche Zeit abzuwarten, setzt er sich auf die Stufen. Sie wird ihm alles erklären und sich entschuldigen müssen, das schwört er sich! Er lacht hämisch, ein Glück zumindest, dass Manuel bei dieser Zurückweisung nicht dabei war. Mensch, der hätte sich doch bucklig gelacht, diese Missgeburt seiner Mutter.

Den Kopf in den Nacken geworfen, wischt er sorgfältig seine bedauernswerte Nase ab. Unvorstellbar, dass eine schwache Frau ihm beinahe die Nase eingeschlagen hätte. Plötzlich denkt er in einem Anflug von Heiterkeit: »Als Verführer musst du noch einiges lernen, alter Gockel!«

Aber was wollte sie ihm sagen, was kann Manuel ausgeheckt haben, ob wirklich oder nur angeblich?

Eben hat die lärmende Musik wieder eingesetzt. Nasreddin schaut zum hell erleuchteten massiven Zirkuszelt hinüber und seufzt: Er war noch nie in einem Zirkus. Aber heute wird er daran ganz gewiss nichts ändern!

In diesem Land ist ein Muslim im Grunde weniger wert als eine Melonenschale! Man hat nur das Recht, vor Hunger zu verrecken oder am Typhus zu verfaulen, mit der eigenen Scheiße zwischen den Beinen!

Angewidert spuckt der Mann aus den Bergen aus. Mit ungerührtem Blick beobachtet er, wie seine Spucke sich in einer Pfütze auflöst. Er würde sich gern beklagen, aber zu seinem noch größeren Ärger gibt es eine Gewissheit: Er hat tatsächlich niemanden, bei dem er sich beklagen könnte.

Von der ebenen Stelle aus, auf die der Zirkus sein

großes Zelt gebaut hat, kann Nasreddin, wenn er sich in die Höhe streckt, das Meer und einen Teil des Hafens sehen. Die Sirene eines Lastschiffs lässt plötzlich ihr Geheul ertönen. Eine andere Sirene antwortet ihr, gleichsam als Einladung zu einem wunderbaren Gespräch. Immer noch mit engem Herzen denkt der junge Mann: »Aber das Meer ist für alle da. Eines Tages werde auch ich aufbrechen, dann werde ich ein Mann wie alle anderen sein.« Er lässt sich die letzten Worte auf der Zunge zergehen: »wie alle anderen«. Als das Licht der Herbstsonne von der Linie des Horizonts verschluckt wird, macht sich nach und nach eine Ruhe in Nasreddin breit. Seine Nase schmerzt immer noch, er hat den bitteren Geschmack der Demütigung noch immer im Mund, aber dann beschließt der junge Mann aus den Bergen, stoisch zu lächeln. Er lebt, er ist jung, und er ist nicht einmal mehr hungrig: Ist das nicht ausreichend für einen einzigen Tag?

DIE TRAPEZKÜNSTLER haben mit ihrer Nummer begonnen. Ausnahmsweise sind sie nur zu dritt. Mifsud fehlt. Dennoch gelingt die Nummer ausgezeichnet. Das Publikum spendet schallenden Applaus bei einem richtig gefährlichen Doppelsalto. Anna betrachtet diese Artisten, die schuld sind an Rinas Unglück, das auch ihres ist. Sie weiß, dass Gott nicht eingreifen wird, Er lässt niemanden fallen. Selbst der Salto rückwärts, der beinahe ein Sturz hätte werden können, wie ihr geübtes Auge ahnt, endet problemlos.

Eiskalten Herzens spuckt sie aus: »Gott der Scheißhäuser, Gott des Kotzens, Gott der Schweinereien, Du bist immer aufseiten der Stärkeren!«

Sie sucht Schimpfworte, die dem Herrn der Welt angemessen sind, aber sie kann nur die lächerlichen

Schmähungen einer angetrunkenen Wirtin finden. Ihr Körper verkrampft sich in Hass und Ohnmacht.

In diesem Augenblick kommt im Publikum ein Raunen auf, dem Gelächter folgt: Einige Meter entfernt kämpfen zwei Schatten im Halbdunkel. Einer der Scheinwerfer macht einen Schwenk, zögert zuerst und beleuchtet des Lärms wegen schließlich das Paar: Ein Mann, wie die anderen Trapezkünstler im Trikot, stößt einen anderen vor sich her, der als Clown verkleidet ist. Dem Publikum stehen nun zwei Lichtkegel zur Wahl: Der erste beleuchtet die drei Colonas, die mit ihrer Vorführung fortfahren, im zweiten steuert Mifsud auf die Strickleiter zu, einen Knüppel schwenkend und eine Art Dreizack, mit dem er häufig dem Clown in den Hintern sticht. Mifsud zeigt ein heiteres Gesicht, das des Clowns ist nicht zu sehen, sondern versteckt sich hinter einer Bärenmaske. Der Ansager mit seinem Sprachrohr, der eben zu einer überlangen, hymnischen Lobrede auf die Colonas angesetzt hat, verhaspelt sich, stammelt vor Verblüffung. Mit den Blicken sucht er Charles, um von ihm eine Erklärung für das zu erhalten, was hier geschieht. Dann entschließt er sich, in den Apparat zu stottern: »Und jetzt … jetzt kommt die folgende Nummer … Musik!«

Das Publikum lacht immer lauter, denn kaum hat sich der Bärenclown aufgerappelt, stürzt er schon wieder, verfolgt von den Püffen Mifsuds. Der Trapezkünstler spielt die Rolle des Dompteurs gegenüber einem wilden Tier: »Ruhig, mein Tierchen, ruhig … Los! vorwärts … Los! …«

Anna erstarrt. Ihr erster Gedanke ist, dass dieser Clown (»ein schlechter Clown … wie kann man nur so jämmerlich spielen?«) jetzt Rina ersetzen soll. Aber ist das denn möglich? Charles wird es doch nicht wagen, so schnell jemand einzustellen!

Anna ist bleich, pfeift durch ihre Zähne: »Aber … dieser Dreckskerl … sieht ganz so aus, als würde er seinen Partner wirklich schlagen!«

Die Blechbläser legen sich wieder mächtig ins Zeug. Die drei anderen Akrobaten haben ihre Nummer beendet. Das ganze Zirkuszelt verfolgt den Marsch mit Hindernissen der beiden zur Strickleiter. Immer zahlreicher werden die Stiche mit dem Dreizack, aber von dem »Bären« kommt kein Schmerzenslaut. Wütend ist Charles an Anna vorbeigegangen. Von der Schranke aus versucht er Mifsuds Aufmerksamkeit zu erregen, ohne vom Publikum gesehen zu werden. Dieser übersieht ihn ostentativ.

Wie ein Teil des Publikums fühlt auch Anna, dass etwas Unvorhergesehenes geschieht. Ihr Körper spannt sich an: Die Stiche mit dem Dreizack sind nicht vorgetäuscht, sie sollen wirklich schmerzen. Sie hat einige Erfahrung mit den simulierten Stürzen im Zirkus: Diese hier sind nicht freiwillig, der Clown fällt völlig steif, ohne Abrolltechnik, beinahe aufs Gesicht. Aber warum setzt er sich dann nicht zur Wehr?

Das Publikum lacht noch immer, vor allem die Kinder. Aber auch deren Gelächter hat sich geändert. Es hat nun eine böse, bittere Fröhlichkeit, in der die Gewalt zunimmt, ein Lachen von Lausbuben, die einen armen Irren oder einen Trunkenbold auf der Straße verfolgen.

Der »Bär« klettert jetzt die Strickleiter hoch, sehr ungeschickt, bei jedem Schlag auf den Hintern droht er zu fallen. Bald ist er auf der Plattform, rasch hinter ihm Mifsud und sein Dreizack. Dieser hat den Knüppel in der Manege fallen lassen, am Fuß der Strickleiter. Mifsud macht Anstalten, den anderen ins Leere zu stoßen. Der »Bär« klammert sich mit komischen Gebärden an die Pfosten der Plattform. Nun erhält er eine Tracht Prügel mit dem Stiel des Dreizacks. Unwillkürlich brandet

Applaus auf. Sogar die anderen Trapezkünstler applaudieren. Die Kinder stampfen mit den Füßen und brüllen im Chor: »Schlag den bösen Bär, schlag den bösen Bär!«

Ein fröhliches Chaos hat sich unter der Zirkuskuppel ausgebreitet. Auf der Plattform gibt sich Mifsud alle Mühe, den Bärenclown dazu zu bringen, dass er loslässt. Dieser klammert sich mit allen Kräften an einen Metallstab, trotz Dreizack und Fußtritten rührt er sich nicht.

Mit knallrotem Gesicht stellt sich Rina zu dem Zirkusdirektor. Anna ist direkt hinter ihr, dasselbe Entsetzen hat sie ergriffen.

»Charles, du musst dafür sorgen, dass das aufhört, was für ein unwürdiges Schauspiel! Das alles ist nicht gestellt! Mifsud, dieser Idiot, wird den Unglücklichen noch mit seinen Schlägen umbringen. Und wer ist der Kerl überhaupt?«

Charles hat sich umgedreht. Seine Stimme ist ironisch, brüchig vor Wut: »Dann erkennst du ihn also nicht, ›diesen Kerl‹?«

Anna hat begriffen. Sie schlägt ihre Hand vor den Mund. Der Ausdruck der Polin ist töricht. Ihr Blick wandert von Charles zu Anna. Dann verzieht sie die Lippen zu einer seltsamen Schnute: »Manuel!«

Ihr Wimmern lässt einen Zuschauer hochschrecken. Rina öffnet die Arme. Rina schließt die Arme. Rina gleicht einem Frosch, dessen Mund sich geräuschlos öffnet und schließt. Mit trockener Kehle erkennt Anna ihre sanfte Rina (»Rina, Rina, mein Schatz, mein süßes Stück«) in dieser hässlichen, wahnsinnigen Frau nicht wieder.

»Hör mal …«

Die Polin löst sich aus Annas Händen. Sie stürzt in die Mitte der Manege, bellt, kläfft, heult: »Lass ihn los, du Drecksskerl, du bringst ihn noch um, lass ihn los!«

Die Scheinwerfer beleuchten sie nicht. In Bodenhöhe herrscht beinahe vollständige Dunkelheit. Die laute Musik übertönt praktisch die Rufe der Frau. Mifsud aber hat sie gesehen. Strahlend spricht er sein Opfer an: »Hörst du deine Fickliesel, dreckiger Dieb? Also springen wir jetzt oder nicht, du Romeo, bei meinen Eiern?«

Er schlägt noch heftiger auf den zusammengesunkenen Körper ein. Das Publikum ist gefesselt von dem außergewöhnlichen Sketch, der sich vor seinen Augen abspielt: Ein Mann verprügelt einen anderen mehrere Meter über der Erde, während drei Trapezkünstler unter einem Trommelwirbel zu einer weiteren hervorragenden Akrobatennummer ansetzen; ein Schatten scheint mit lauter Stimme etwas zu verlangen, was man ihm verweigert.

Rina kann nun nicht mehr schreien. Sie wird alles verlieren: den Zirkus, Anna und Manuel.

Sie nimmt den Knüppel, macht eine fahrige Gebärde in Richtung der Strickleiter.

Ihre Verzweiflung ist starr, schneidend wie ein Dolch. Als hätte sich die Tür der Welt geschlossen und sie müsste draußen bleiben, mit hängenden Armen, in Einzelteile zerlegt, ihrer Existenz beraubt. Sie würde gern atmen, nur ein bisschen atmen. Eine wilde Katze schlägt in ihrer Brust um sich und zerreißt, was ihr an Lebenslust noch bleibt.

Die Angst hält Anna wie eine Schlingpflanze umklammert: Diese grell geschminkte Frau ist zu tragisch und auf finstere Weise lächerlich in ihrer Auflehnung. Sie nimmt sich zusammen, um sie nicht mit Schimpfworten zu überschütten: Komm zurück, Rina, du übertreibst, hier bekommt doch nur der Dieb eine Tracht Prügel, der sich über dich lustig gemacht hat! Ihr Blick trübt sich, und es gelingt ihr nicht, die Flut salziger Tropfen zurückzuhalten.

Ein hysterisches Heulen ertönt in der Dunkelheit zwischen zwei Triangelschlägen. Panisch schwenkt einer der Scheinwerfer zu der Stelle, von der das Geschrei kommt. Dort hüpft eine Frau und kreischt.

»Sie schlägt sich auf den Kopf! Sie ist verrückt geworden! Sie wird sich noch umbringen!«

Der Lichtkegel schwankt, richtet sich nun auf den Mittelpunkt der Szene.

Ein »Oh!«, entfährt dem Publikum, das nun Rina mit blutiger Stirn sieht. Rina hebt den Knüppel und schlägt ihn auf ihren Kopf. Sie schwankt, bricht zusammen, die freie Hand fährt hoch in ihr Haar. Diese Verrückte setzt ihr Leben ein als einzig mögliches Unterpfand: Wenn sie Manuel weiterhin quälen, dann wird sie sich hier mit Knüppelschlägen vor den Augen aller Zuschauer umbringen! Zum Henker geworden, hebt sich ihr Arm und fällt auf ihre Nase. Das Gesicht ist bereits rot gefärbt, Blut tropft auf ihr Kostüm herab. Man ahnt einige Blutflecken, die in ihrer Flickenjacke verschwinden.

Ein unwirkliches Schauspiel, das Orchester hört nicht sofort auf zu spielen. Charles springt auf. Hinter ihm windet sich Anna: »Meine kleine Mama, meine kleine Mama …«

Der Knüppel ruht auf dem Boden, gutmütig. Die Polin setzt sich schwach in den Armen von Charles zur Wehr. Hunderte von Augen beobachten die Szene. Manche Zuschauer sind aufgestanden, um sich nichts entgehen zu lassen, die meisten bleiben sitzen, als müsste jede Erregung zum Teil dieser Sensation geraten.

Die scharfe Stimme Mifsuds hallt unter der Kuppel wider: »Nun gut, sie nimmt's nicht von den Toten, unsere wunderbare Mannstolle.«

Der Malteser spricht ganz langsam. »Schade um … deinen wertvollen Kopf … kleine Jüdin … Aber das soll dir … eine Lehre sein … brave Leute zu betrügen …«

Er macht eine Drehung: »Und mit Dieben ... zu schla-fen!«

Ein dumpfes Röhren kommt aus dem Publikum. Auf den Stab gestützt, richtet sich der Malteser mit träume-rischer Stimme an die Versammelten: »Jüdin, Jüdin, ein guter Witz ... Wer lässt sich in solchen Zeiten auch ein-fallen, Leute zum Lachen zu bringen, wenn er Jude ist, wo gibt es denn so was?«

12

ALS ER DEN WOHNWAGEN betritt, würdigt ihn Anna nicht einmal eines Blickes. Drinnen riecht es nach einer Mischung aus Kölnischwasser, Schminke und Zwiebelsuppe. Er betrachtet die auf dem Bett liegende Frau. Flüchtig abgeschminkt, ruht die Clownin bewusstlos auf einer geblümten Überdecke. Ihr rechtes Bein ist im Verhältnis zur Körperachse zu weit abgespreizt, beinahe obszön. Von Zeit zu Zeit lässt die Frau ein leises Wimmern hören. Schluchzend und schniefend säubert Anna ihr Gesicht und die blutverklebten Haare. Die Petroleumlampe unterstreicht das Unfassbare an diesem Drama. Das Mädchen knetet sein blutverschmiertes Taschentuch.

Anna sieht zerbrechlich aus, gleichsam vom Kummer besiegt. »Da siehst du, was er angerichtet hat, dein Manuel! Wird sie … wird sie am Leben bleiben, kannst du mir das bitte sagen?«

Nasreddin stammelt, ja, natürlich, es ist weiter nichts als … ähm, das sieht man doch. Er fügt hinzu, er habe Leute gesehen, die waren stärker angeschlagen und sind ohne Schaden davongekommen, in nur zwei, drei Tagen. »Weshalb behauptest du eigentlich, dass Manuel daran schuld ist? Manuel würde niemals eine Frau schlagen …«

»Weißt du wirklich nicht, was vorgefallen ist, *wirklich* nicht?«

»Was sollte ich denn *wirklich* wissen?«

Anna betrachtet ihn ohne Feindseligkeit. Er sieht ziemlich lächerlich aus mit seinem blauen Fleck an der Nase, der bereits einen violetten Schimmer hat.

»Und ihr seid Freunde, Manuel und du?«

Verlegen antwortet Nasreddin, dass Manuel ihm die Hand reichte, als er ganz unten war, tiefer als die Erde. »Er war nicht dazu verpflichtet und hat sich damit nur noch mehr Probleme aufgehalst. Um ehrlich zu sein, war ich der Erste, der sich damals gewundert hat …«

Mit verschlossener Miene endet er mürrisch: »Ich bin vielleicht in diesem Scheißland nicht gerade sehr bedeutend, aber Manuel weiß, dass er auf mich zählen kann, egal, was er getan haben soll!«

Ein Zittern läuft durch den Körper der Clownin. Ihre rechte Hand zappelt, als wäre sie von eigenem Leben erfüllt, beängstigend, beinahe komisch. Anna liebkost ihr Gesicht.

»Sie hat eine Verletzung am Kopf, du tust ihr weh, wenn du sie so anfasst …« Nasreddin ist näher getreten und schaut mit betrübter Miene auf die Liegende: »Die Arme.«

Da erzählt ihm Anna mit von Wut und Leid verschleierter Stimme die ganze Geschichte: wie der Diebstahl entdeckt wurde, die Rache der Colonas, die entsetzliche Reaktion von Rina. Nasreddin hört sich die verwirrten Erklärungen des Mädchens an.

»Das wird doch nicht so einfach sein! Nein, das ist nicht möglich!«, ruft er auf Arabisch aus. »Das ist doch der reine Schwindel!«

Der Schaui fängt sich wieder, indem er Französisch spricht. »Du behauptest, er habe gestohlen. Hast du gesehen, wie er gestohlen hat? Warum lügst du dann? Warum? Ihr habt euch alle gegen ihn verschworen. Aber ich werde das nicht zulassen! Nein, ich werde …«

Und je lauter seine Stimme wird, desto heftiger drängt sich ihm ein Gefühl der Ohnmacht auf. Wie kann er nur so unbedeutend sein, nicht viel wichtiger als ein Kakerlak?

In diesem niedlichen Wohnwagen bekommt er keine Luft, er fühlt sich fehl am Platze, als sei er eingebrochen in einen Bereich des allzu Weiblichen. »Wo ist Manuel jetzt? Sag es mir bitte. Man darf ihn nicht den Händen von diesen Wahnsinnigen überlassen!«

Rina wimmert von Mal zu Mal lauter. Das Kläffen eines jungen Hundes. Anna tätschelt ihr mit lächerlicher Beschützergeste die Hand. Dann hört die Clownin auf zu wimmern. Anna legt das Ohr an ihre Lippen und heult, mit dem blutigen Taschentuch in der Hand: »Mein Gott, sie wird gleich sterben! Rasch, geh schnell und schau, ob der Arzt schon angekommen ist! Schnell, ich bitte dich! Sie stirbt sonst! O nein …«

Nasreddin stürzt hinaus und rennt zum Zirkuszelt, das noch immer erleuchtet ist. Zwei Autos kommen ihm entgegen, im Schrittempo, dahinter geht eine Gruppe Menschen. Der Schaui erkennt sie sofort, trotz ihrer hellen Scheinwerfer: ein Krankenwagen und ein schwarz-weißes Polizeiauto. Als er der Gruppe näher kommt, erkennt er zwei Polizisten, die einen Mann vor sich herschubsen, dessen Hände gefesselt sind. Der Mann geht mit gesenktem Kopf und ist beinahe nackt, er hat nur eine Unterhose an. Er hinkt und protestiert nur schwach. Ein Polizist gibt ihm einen harten Schlag auf den Rücken: »Halt's Maul, du Gauner!«

Ein Autoscheinwerfer beleuchtet die Fratze des Schmerzes im Gesicht des Mannes, dabei zieht er die Schultern hoch. Mit einem Gefühl, als habe ein Fausthieb sein Herz zerquetscht, erkennt Nasreddin seinen Freund Manuel.

HEUTE AM FRÜHEN MORGEN sind zwei Männer vom Sicherheitsdienst gekommen, um ihn zu verhören. Charles hat alle Eide geschworen, dass er von der israelitischen Herkunft seiner Angestellten nichts wusste. Die beiden Männer haben ihn einen dreckigen Lügner genannt und ihm achtundvierzig Stunden gegeben, um zusammen mit seinem Haufen von Landstreichern aus Algerien zu verschwinden.

Anna räumt den Wohnwagen auf. Ihre Hände zittern wie zwei verängstigte Tiere.

Jemand klopft leise an die Tür. Anna öffnet und mustert den Araber. Nasreddin redet sofort aufgeregt los: »Ich weiß, wo deine Freundin ist!«

Halb ironisch, halb angriffslustig fügt der Araber hinzu: »Und es ist Manuel, von dem ich es weiß …«

Die beiden jungen Leute blicken sich an, sie sind nahe daran, einander zu beschimpfen.

»Komm rein, du wirst doch nicht da wie ein Idiot stehen bleiben!«

Das Wort Idiot war zu viel. Anna errötet: »Entschuldige, ich bin müde, ich rede Blödsinn. Komm doch bitte rein.«

Sie bietet ihm Tee an. Eingeschüchtert von dem plötzlichen Sinneswandel des Mädchens, nimmt Nasreddin die Einladung wortlos an. Sie macht sich an dem Petroleumkocher zu schaffen. Eine außergewöhnliche Unordnung herrscht im Wohnwagen.

»Erzähl mir von Rina … und von Manuel. Wie geht es ihnen?«

Nasreddin spürt, wie viel Verzweiflung in diesem seltsamen Zirkusmädchen ist. Er erzählt ihr das Wenige, was er weiß: Manuel hat man ins Barberousse-Gefängnis und Rina in die Krankenstation des El-Harrasch-Gefängnisses gebracht. Er verschweigt, dass er diese Informationen von einem Spanier hat, den er noch aus der eigenen Haftzeit kennt, einem Flüchtling aus dem Spanischen Bürgerkrieg, der in der unteren Kasbah zum gefürchteten Zuhälter geworden ist. Durch einen Mittelsmann hat er seinem Freund Manuel eine Nachricht zukommen lassen. Das ist außergewöhnlich, Manuel weiß bereits, wo man Rina eingesperrt hat. Der Zuhälter hatte Manuels Betteln nachgeäfft: Man solle sich nur keine Sorgen um ihn machen, sondern sich lieber um Rina kümmern, vor allem ein wenig Geld für sie beschaffen und einen Korb mit Lebensmitteln …

»Dann bin ich sofort zu dir gekommen. Für dich ist es viel einfacher als für mich, sie besuchen zu gehen. Ich kann mir nicht vorstellen, dass die Verwaltung von El Harrasch einem Araber die Besuchserlaubnis für eine Frau gibt, zu der er keinerlei verwandtschaftliches Verhältnis hat. Und das mit gutem Grund: ein Schaui und eine Christin!«

Aber Anna wird bleich: »Keine Christin, du Unwissender, eine Jüdin!« Sie nimmt ihre Teetasse, setzt sie ab, ohne zu trinken. Ein wenig von dem Tee tropft in den Sand.

»*Waschbik, ya Hamama?*«, fragt Nasreddin auf Arabisch (»Was hast du, mein Täubchen?«). Anna ist sehr damit beschäftigt, ihren Tisch zu wischen. Sie kämpft gegen ihre Tränen an.

Nasreddin wiederholt seine Frage auf Französisch: »Was hast du denn? Du könntest zufrieden sein, du hast jetzt Neuigkeiten von deiner Freundin! Sie ist doch noch am Leben, oder?«

Anna schaut ihn an. Er wirkt so linkisch, so unelegant mit seinem holprigen Französisch, seiner zerknitterten Jacke, seinen Locken, die er mit Brillantine festgeklebt hat. Sie möchte etwas Derbes antworten. Plötzlich wird sie von Schluchzern übermannt.

Jetzt ähnelt sie einer nassen Gans oder besser (mit einer gewissen Verzweiflung strengt er sich an, die wenig schmeichelhaften Bilder, die ihm in den Sinn kommen, zurechtzurücken) einem großen Storch, der weinen kann.

»Anna, *wa lesch tbki*, warum weinst du? Das nützt doch nichts, Mensch. *Wa lesch?* Es wird schon werden …«

»DER ZIRKUS geht fort … aber ich, verstehst du, ich kann doch weder fortgehen noch bleiben!«

Als wäre sie selbst von diesem Satz überrascht, wiederholt sie: »Weder fortgehen noch bleiben …«

Die Truppe packt ihre Habseligkeiten zusammen, morgen soll es nach Udscha gehen, und sie müsste ihr eigentlich folgen, »das ist klar, denn hier habe ich weder Arbeit noch eine Wohnung, in der ich bleiben könnte!« Aber sie kann nicht mit dem Zirkus mitgehen, »weil es natürlich nicht infrage kommt, dass ich Rina hier allein lasse, in diesem schmutzigen afrikanischen Gefängnis, wo ich doch noch nicht einmal weiß, ob sie tot oder lebendig hier jemals wieder rauskommt!«

Annas Stimme erlischt. »Aber was kümmern einen algerischen Araber die Sorgen einer Bescheuerten, wie ich es bin?«

Manches von dem, was die Fremde sagt, bleibt mitunter für Nasreddin unbegreiflich. Er betrachtet sie. Womit könnte er ihr denn irgendwie helfen? Er hat doch nichts und kann in diesem verdammten Land nichts ausrichten! In seiner Bitterkeit würde er am liebsten zu ihr sagen: »Aber jetzt bist du auch nicht mehr wert, kleine eingebildete Pute, als ein beschissener Araber!«

Sie holt einen Koffer, öffnet ihn.

Nasreddin räuspert sich. »Manuel und ich, wir haben … nun ja, eine kleine Hütte. Es ist nichts Besonderes, sogar noch nicht einmal das, aber … ähm … du könntest dort bleiben, solange du willst, so lange, bis deine Freundin …«

Annas Wangen werden knallrot. Schon tut ihm sein

Angebot wieder Leid, er fügt noch hinzu: »Ich werde am Ausgang des Zirkus auf dich warten, in der Nähe der Kreuzung. Wenn du in etwa zehn Minuten nicht dort bist, was soll's! Dann gute Reise, und Gott möge dir das Glück gewähren, dass du niemals mehr einen Fuß in dieses Land der Hyänen setzen musst!«

Bevor er die Tür schließt, bricht es auf Arabisch aus ihm heraus: »Mit dir oder ohne dich, du störrische Eselin, ho! Ich werde mein Versprechen gegenüber Manuel halten. Und um deine idiotische Rina werde ich mich auch noch kümmern!«

DAS ZUSAMMENLEBEN ist anfangs anstrengend, geprägt von Verdächtigungen und Groll. Aber sehr bald hat Nasreddin den Eindruck, das weiße Kamel des Glücks sei nun endlich bereit, sich vor seiner Tür hinzuknien, um ihn in die fernen Gefilde glücklicher Tage zu tragen. Andalusien, so nennt er dieses Land, wo die Städte und Dörfer aus der kostbaren Substanz der »makellosen« Tage gemacht sind, die im Leben eines menschlichen Wesens so selten sind. Als Anna mit Erstaunen hört, welchen Namen er dem Glück gibt, erklärt er ihr, dass Manuel ihn wahrscheinlich mit seinen andalusischen Geschichten darauf gebracht hat. Besonders eine Geschichte führt der Zigeuner häufig im Munde. Er liebt es, von einem gewissen Kalifen aus Córdoba zu erzählen, Abderrahman III., der die einzigartige Idee hatte, alle Tage zu zählen, an denen er glücklich war. Nach fünfzig Regierungsjahren hatte Manuels mächtiger Kalif alles verschwendet: Schätze, Ehrungen, Freuden. Seine königlichen Rivalen beneideten und fürchteten ihn, und alles, was ein Mensch sich wünschen durfte, hatte ihm der Himmel gewährt. An seinem Lebensabend jedoch konnte der umsichtige Kalif, als er die Anzahl der Tage überschlug, an denen er glücklich gewesen war, nicht mehr als vierzehn finden!

Erst sehr viel später gelangte der Mann aus den Bergen zu der Ansicht, dass dieser erste Tag, den er mit Anna verbrachte, ein regnerischer und in vielerlei Hinsicht unangenehmer Tag, es verdiente, andalusisch genannt zu werden.

Der Schaui hilft Anna also, ihr Gepäck auf einem Karren zu verstauen: drei große Koffer aus Lederimitat und zahllose kleine Taschen. Anna stammelt verlegen, das seien nicht nur ihre Sachen, sondern auch – vor allem! – die von Rina. Zu Nasreddins großem Erstaunen kommt niemand vom Zirkus, um ihnen zu helfen. Charles hat einen Wutanfall bekommen und verächtlich gemeint, das sei wirklich genau der richtige Augenblick, um sich abzuseilen, jetzt, da es seinem Zirkus an Leuten fehlt und er beinahe ruiniert ist, woran jene verrückte Ekaterina doch schließlich nicht unschuldig sei. Anna aber zeige sich ihm gegenüber, wie er betonte, außerordentlich undankbar; all die Jahre, in denen sie bei ihm zu Hause war wie eine Tochter! Jetzt gehe sie unter dem Vorwand, dass Rina im Gefängnis ist, mit dem erstbesten Dahergelaufenen ein unmoralisches Verhältnis ein! »Wenn du wenigstens eine gute Wahl getroffen hättest … aber einen Dunkelhäutigen, einen Affen, der sich den Hintern noch mit Steinen wischt!«

Anna antwortet, sie könne Rina schließlich nicht im Stich lassen wie eine Hündin in der Gosse. »Das musst du verstehen, Charles, sie ist im Grunde meine Mutter!«

»Komische Mutter: eine Schwachsinnige und eine Nutte noch dazu, jawohl! Und ich, bin ich denn etwa nicht wie dein Vater?«

»Aber Charles, Rina ist doch völlig wehrlos …«

Sie gibt sogar Charles schändlicherweise ein wenig nach, stottert, sie werde sich eine etwas passendere

Unterkunft suchen, und sobald sie sich über Rinas Schicksal nicht mehr ängstigen müsse, könne sie ihnen doch nach Marokko nachreisen. Bis dahin, schwört sie, werde sie schon wissen, wie dieser Kameltreiber in seine Schranken zu verweisen sei, und sollte er sich je vergessen ... spontan verwendet sie dasselbe Vokabular wie die algerischen Franzosen und schämt sich sofort dafür.

Charles honoriert ihre Willensschwäche nicht im Geringsten und scherzt böse: »Wegen dieser Jüdin, die mich ruiniert hat, willst du jetzt mit einem Araber leben! Also wirklich, die Gesellschaft dieser Bescheuerten hat dir wahrhaft Flausen in den Kopf gesetzt. Nein, so einfach ist das nicht: Wenn du gehst, dann möchte ich dich nicht wiedersehen!«

Außerdem bedroht er jeden mit sofortiger Entlassung, der Anna dabei hilft, ihre Sachen aus dem Wohnwagen zu tragen. Als Nasreddin mit dem Karren kommt, bemerkt er natürlich, dass Annas Gesicht ganz rot ist, aber er erklärt sich ihre Verkrampftheit damit, sie wäre traurig, weil sie den Zirkus verlassen müsste. Er respektiert ihr Schweigen, denn er hat seine eigenen Gefühle nicht vergessen, als die Armut ihn aus seinem Duar vertrieb. In dem Augenblick, als sich das Fahrzeug in Bewegung setzt, taucht eine zerzauste Dame auf. Anna springt von dem Karren und rennt Charles' Frau entgegen. Diese schließt sie in ihre Arme. Sie scheint ebenso gerührt wie Anna, die überrascht ist, sie zu sehen, denn die beiden waren einander nicht sonderlich zugetan.

Die Gattin des Direktors flüstert: »Viel Glück, mein Mädchen. Du wirst uns sehr fehlen, Charles und mir. Versprich mir, dass du ihm seine bösen Worte nicht übelnimmst. Er hat dich immer geliebt wie seine eigene Tochter. Und da für ihn im Augenblick alles schlecht läuft, ist er allen böse, die er liebt. Dich aber liebt er besonders, das kannst du mir glauben …«

Sie steckt einige Banknoten in Annas Hand und ergreift dann wie eine Diebin die Flucht. Mit zugeschnürter Kehle steigt Anna wieder auf den Karren und setzt sich auf eine Tasche mit dem Blick in Fahrtrichtung, um nicht mehr dieses Zirkuszelt sehen zu müssen, das sie wahrscheinlich für immer verlässt.

Die Räder knirschen auf dem Kies, es hat aufgehört zu regnen. Als der Kutscher in die Hauptstraße einbiegt, grüßt er fröhlich einen Freund. Anna seufzt, ergriffen von allem, was dieser Augenblick an banalen, aber doch unabänderlichen Geschehnissen bereithält. Heute ist also der Tag, an dem ihre Kindheit zu Grabe getragen wird, diese zweite Kindheit, die Charles der Wunderbare, Charles der Egoist ihr so großzügig schenkte, nachdem die erste vom »Hund« verwüstet worden war!

Die Fahrt verläuft schweigend unter dem ironischen Blick des kabylischen Kutschers. Als sie vor der Hütte ankommen, ist dem Mädchen eine stumme Verblüffung ins Gesicht geschrieben. Der Kabyle lacht über die Reaktion seiner Passagierin und ruft im Dialekt: »He, mein Sohn. Du wirst Mühe haben, diese … deine … vielleicht deine Frau, nicht wahr, zu überzeugen, dass sie nun in einem Palast wohnen wird!«

Nasreddin ist wütend, er antwortet nicht auf das anzügliche Augenzwinkern des Kutschers. Er hat die Beleidigung hinter dem gespielten Zögern des Mannes wohl begriffen. Als er bezahlt, muss er sich zusammennehmen, um ihm nicht die Münzen ins Gesicht zu schleudern, dann nimmt er die Gepäckstücke und stapelt sie ohne weiteres in den ersten freien Winkel der Hütte.

Anna ist bleich und hat kein Wort gesagt. Nasreddin fühlt sich vor allem durch den betrübten Blick des

Mädchens tief gedemütigt. Mit Sorgenfalten auf der Stirn mustert sie den mageren Besitz in der Hütte. Dem Mann aus den Bergen wird plötzlich klar: Was ihm bisher wie ein wahres Geschenk des Himmels vorkam, ein kostenloser Unterschlupf für ihn und seinen Freund, muss dieser gezierten Gans wie ein ordinäres Loch vorkommen, aus dem es muffig und feucht stinkt!

Er hat Lust, alles zum Teufel zu schicken, dieses Mädchen mit dem herablassenden Blick, sein allzu folgenschweres Versprechen gegenüber Manuel und auch die Verwirrung, die langsam in ihn fährt, als Anna plötzlich seinen Arm berührt. Sie sieht verlegen aus, als schäme sie sich für ihre hochnäsige Reaktion: »Danke für deine Gastfreundschaft. Ähm … es ist schön hier …«

Da Nasreddin eine misstrauische Miene macht, fügt sie mit einem gequälten Lächeln hinzu: »Es ist nur ein wenig … ein wenig zu … ich meine, nicht genug …«

Sie verheddert sich in ihrem Satz, gibt sich schließlich mit einem jämmerlichen »Du weißt doch, was ich meine« zufrieden, dem Nasreddin ein bitteres »Ich weiß es eben nicht« entgegnet.

IN DIESEM LEBENSABSCHNITT sind für Nasreddin die Nächte wahrscheinlich viel aufregender als für Anna. Bisher hat er noch nie eine ganze Nacht in einem Zimmer zusammen mit einer Frau verbracht, ausgenommen, natürlich, seine Mutter.

Frauen schüchtern ihn immer so sehr ein, auch wenn er bereits einige Erfahrungen gemacht hat. Vor seiner Verhaftung hat Manuel ihn in zwei oder drei geschlossene Häuser der Kasbah mitgeschleppt, die er danach beschämt und irgendwie aufgebracht verließ, weil das alles so leidenschaftslos erledigt wurde.

In der ersten Nacht schläft er fast überhaupt nicht;

Anna ergeht es übrigens nicht anders. Sie hat sich auf die Matratze gelegt, die er für sie hergerichtet hat, beinahe noch vollkommen angezogen. Nasreddin ist gekränkt von ihrem Misstrauen, wo er doch alles tut, damit sie sich geborgen fühlt. Gewiss, die Grießsuppe, die er für sie zubereitet hat, isst sie mit Appetit, macht ihm sogar Komplimente für seine Kochkunst. Aber nach dem Essen sitzen sie einander gegenüber, jeder verlegen über die Anwesenheit des anderen. Ihre Unterhaltung beschränkt sich auf einige Belanglosigkeiten, dann schützt Nasreddin vor, er habe draußen etwas zu erledigen. Als er zurückkommt, liegt sie schon da, sorgfältig eingerollt in ihre Decke wie in einen Panzer. Er löscht die Kerze und wünscht ihr eine gute Nacht. Sie tut das gleiche mit überlauter Stimme, die selbstgewiss klingen soll. Nach einer Stunde wird Nasreddin klar, dass die völlige Stille, die im Zimmer herrscht, nicht normal ist. Wenn Manuel die Nacht in der Hütte verbrachte, füllte sich das Zimmer mehr und mehr mit dem Lärm seiner Atemzüge und zahlreicher unwillkürlicher Bewegungen, die er schlafend auf der Suche nach einer besseren Lage vollführte. Jetzt ahnt der Schaui – und diese Tatsache lässt ihn in seinem tiefsten Innern auflachen –, dass das Mädchen mit weit aufgesperrten Augen auf der Lauer liegt und sich gewiss dieselbe Frage stellt wie er, allerdings ängstlicher: Weshalb hört sie nicht den regelmäßigen Atem des Schläfers, ihres potentiellen Vergewaltigers? Nasreddin dreht sich zur Seite und versucht einzuschlafen. Er hat einen harten Tag vor sich, denn ein Maurer hat ihm angeboten, ihn für ein paar Tage einzustellen. Er muss unbedingt in Höchstform sein, vor allem da die Rippen, die ihm die »Wildsau« gebrochen hat, sich noch immer mit einem Ziehen bemerkbar machen. Aber die Gegenwart dieser verängstigten Wächterin, die begierig auf seinen Schlaf wartet, verwirrt ihn zutiefst. Unzufrieden spürt er, wie die Hitze in sein Geschlecht fährt und dieses sich plötzlich aufrichtet wie ein sich aufbäumendes Pferd …

Erst bei Morgengrauen hört er dann endlich ihr regelmäßiges Atmen! Erschöpft von der durchwachten Nacht, ist das Mädchen endlich eingeschlafen. Er kleidet sich an, denn er weiß, dass er in dieser Nacht kein Auge mehr schließen wird. Er öffnet vorsichtig die Tür. Draußen macht sich die milchige Wintersonne daran, die Dunkelheit der Nacht hinwegzufegen. Das Wetter ist eisig und feucht. Verdrießlich wirft das Meer große rollende Wogen an den Strand. Mitunter trägt ein Windstoß Fetzen von Gischt mit sich, die dem jungen Mann wie ein salziger Regen ins Gesicht schlagen. Nasreddin wirft einen letzten Blick in die Hütte. Das Licht ist bereits ausreichend, dass er das Gesicht des Mädchens erkennen kann. Ihre Züge sind selbst noch im Schlaf verkrampft. Einen Teil der Decke hat sie immer noch eng gegen den Körper gepresst, aber ein Zipfel des Kleids hat sich gelöst und einen Schenkelansatz freigelegt. Nasreddin lächelt: wenn man sich zu sehr bemüht, alles zu verbergen! Um seine Verwirrung zu überwinden, denkt er: »Dabei ist sie mager wie eine schlecht genährte Pute, diese Rumia!«

So sieht er Anna an diesem ersten Morgen, als ein kalter Tag auf dem Strand anhebt: ein verlorenes kleines Tier, zusammengerollt um seine Angst, überzeugt, dass niemand ihm zu Hilfe kommen wird.

Er knurrt zwischen den Zähnen: »Nun gut, Cousine, sieht ganz so aus, als wäre ich im Augenblick deine einzige Familie!«

Und er fühlt eine unerklärliche Fröhlichkeit. Fröstelnd macht er sich eilig auf die Suche nach einer Ecke, in die er urinieren kann.

TAGELANG BELAGERT Anna vergebens das Besucherbüro des El-Harrasch-Gefängnisses. Jedes Mal antwortet ihr ein Angestellter, es ist immer derselbe mit der versoffenen Stimme, man könne ihr das Besuchsrecht nicht gewähren, denn sie sei mit der Dame Ekaterina Giroud nicht verwandt. Allerdings sieht er sich in der Lage, ihr mitzuteilen, dass Rina beinahe völlig wiederhergestellt und nun im Trakt für Eingeborene untergebracht sei.

»Weshalb?«, empört sich Anna. »Madame Giroud ist Europäerin. Sie ist … sie ist …«

»Sie wollen sagen: weiß! Das stimmt vielleicht, aber sie ist Jüdin und folglich Eingeborene!«, erwidert der Bürokrat trocken. »Außerdem ist es Sache des Gefängnisdirektors, zu entscheiden, an welchem Ort ein Häftling unterzubringen ist, und nicht Ihre, die Sie noch dazu eine Ausländerin sind!«

Er lächelt amüsiert: »Es stimmt, dass Ihre Freundin Europäerin ist, aber dem Gesetz nach ist sie das nicht hinreichend, um in Algerien der Einordnung als Eingeborene zu entgehen!«

Da sie stundenlang vor dem zentralen Gefängnistor Wache steht, inmitten von Frauen und Verwandten der Häftlinge, lernt Anna schließlich einige von ihnen kennen. Die meisten zeigen Mitgefühl, wenn sie erfahren, dass die junge Ausländerin keine Erlaubnis bekommt, mit ihrer Mama zu sprechen (»Ach, Heilige Mutter, wie herzlos die sind! Gott möge sie in ihrem Geifer ersaufen lassen!«, flüstern sie in Richtung Gefängnis). Aber ihre Reaktion kühlt besonders dann ab, wenn Anna zu fragen wagt, ob jemand die Haftbedingungen in den Zellen des Eingeborenentrakts kennt. »Und weshalb wollen Sie solche Dinge wissen?«

Dann gesteht Anna, dass ihre Mutter dort inhaftiert ist. »Warum denn? Das ist unmöglich!«, sagt man zu ihr, überrascht und immer noch liebenswürdig, aber das Misstrauen zeigt bereits seine spitzen Ohren. Wenn Anna dann aufgibt und sagt, dass Rina jüdisch ist (»Aber europäische Jüdin, genauer gesagt!«), findet sich immer eine unter den Frauen, die ihr bitter zu Antwort gibt, dass das völlig unerheblich ist, sie seien schließlich gute Christinnen, und wenn das Fräulein (»das also Jüdin ist, sieh mal einer an …«) unbedingt Informationen dieser Art haben möchte, dann muss sie sich an die *fatmas* wenden … Dann weist die Französin mit dem Kinn verächtlich auf eine Gruppe von Frauen im Haik hin, die sich etwas abseits versammelt haben, einige direkt auf der Erde sitzend oder auf ihren Fersen kauernd. Anna verstummt, verflucht sich selbst, weil sie den Mund nicht halten konnte. Jetzt bereut sie es heftig, dass Nasreddin nicht mitgekommen ist: Er hätte zumindest diese Frauen befragen können, die dort drüben kreischen, sich laut um den Platz in der Schlange streiten und mitunter in Tränen ausbrechen und sich das Gesicht zerkratzen, wenn die Gefängnisverwaltung ihnen den Zutritt zum Besuchsraum verweigert. Am Boden zerstört, versteht Anna schnell die Bedeutung ihres Geschreis: »*Matt Walidi! Gatlu Radschli!* Mein Kleiner ist tot! Sie haben meinen Mann getötet!«

Anna muss sich die entsetzlichsten Vermutungen ihrer Nachbarinnen anhören: Jedes Mal spielt der Typhus eine große Rolle. Viele der Häftlinge erkranken daran, heißt es. Eine Näherin, die beinahe jeden Morgen kommt (und dabei von den Frauen, die mit ihr warten, Bestellungen aufnimmt), versichert, dass ihr Mann einen Aufseher schmieren musste, damit er einen sauberen Strohsack bekam.

Anna nimmt ihren Platz in der Schlange wieder ein, und als sie an der Reihe ist, setzt sie allen Eifer daran, einen starrköpfigen Aufseher zu überreden, dass er den kostbaren und spärlichen Korb mit Lebensmitteln an ihre Freundin Rina weitergibt. Das Mädchen geht dann erschöpft und verzweifelt zum Bahnhof, um von dort wieder den Zug nach Algier zu nehmen. Den ganzen Tag irrt sie umher, immer wieder über die Nutzlosigkeit ihrer Bemühungen am Vormittag nachdenkend. Sie zählt mehrmals, wie viel Geld ihr noch bleibt: Es wird kaum noch ausreichen, um weitere vierzehn Tage durchzuhalten, und sie wird sogar bald auf den Korb für Rina verzichten müssen! Was soll dann aus ihnen werden? Anna schließt die Augen, um dem Schwindel zu entkommen. Alles, was sie sieht und was ihr gefallen könnte, seien es der malerische Anblick des Hafens, das mächtige und glatte Meer, das plötzlich von einer winterlichen Brise gegen den Strich gebürstet wird, oder die Menge aus trägen Menschen, die die Straßen der Stadt füllt, scheint einen Geruch der Entkräftung zu verströmen. Sie geht in den erstbesten Park und nimmt erschaudernd irgendwo Platz, gegen den gebieterischen Wunsch ankämpfend, alles aufzugeben. Wellen von Mutlosigkeit überkommen sie, zusammen mit diesen Geräuschen, die in ihrem Kopf entstehen und so echt sind, dass sie wie betäubt ist: Zirkusfanfaren, Pferdegewieher, ein begeistertes Publikum, das tosenden Applaus spendet. Erst wenn der Abend anbricht, erholt sie sich wieder. Dann erledigt sie einige Einkäufe und kehrt mit dem letzten Bus zur Hütte zurück.

Häufig ist Nasreddin schon da. Traurig kochen sie sich etwas zu essen. Schweigend essen sie zu Abend, tauschen nur selten ein paar Worte. Ganz am Anfang hat Nasreddin durchaus versucht, Anna auf den Zirkus anzusprechen, das Mädchen hat jedoch alle Fragen mit der Behauptung abgeblockt, sie sei an diesem Thema nicht mehr interessiert. Wenn das Geschirr abgewaschen ist, sucht sie das auf, was der Schaui scherzhaft ihren Kaninchenstall nennt. Bereits am Tag nach ihrer

Ankunft in der Behausung hat das Mädchen seine Sachen so aufgestapelt, dass sie eine Trennwand bilden, hinter der sie für ihren Gastgeber nicht sichtbar ist. Dann schläft sie in ihrem provisorischen Bett ein, immer noch genauso misstrauisch und auf der Hut wie am ersten Tag. Nasreddin fühlt sich einsam und ist ganz mit seinem Ärger über ihre Zurückhaltung beschäftigt, die er allmählich verletzend findet. Er geht hinaus, um eine Zigarette zu rauchen, gefangen im Widerstreit der Empfindungen: Neugier, Verzweiflung und Begehren. Wenn er seine Ruhe wiedergefunden hat, geht er ebenfalls zu Bett und beginnt beinahe automatisch, an Manuel zu denken.

Auch hier gibt es nichts Erfreuliches … Der Zuhälter hat ihm mitgeteilt, dass Manuel in ein Militärgefängnis verlegt werden soll. Gerüchteweise wird ihm vorgeworfen, er habe sich der allgemeinen Mobilmachung nordafrikanischer Europäer bei Kriegsbeginn entzogen, indem er seine Papiere im Schwarzhandel verkaufte. Nasreddin möchte das noch genauer wissen, aber der Zuhälter ist äußerst schlechter Stimmung, er gibt ihm den Rat, nicht weiter nachzubohren. »Dein Freund ist nicht gerade ein Patriot und ich kann Drückeberger nicht leiden! Wir in Spanien haben nicht eine Sekunde gezögert, als es um unsere Pflicht ging«, schleudert er dem erstarrten Nasreddin voller Verachtung ins Gesicht. »Ach, du kannst mir glauben, wir haben es diesen Arschfickern von Frankisten gezeigt! Wenn ich nur noch kämpfen könnte …«

Nasreddin mit dem Finger aufspießend, droht er: »Und du, ist bei dir alles in Ordnung? Weshalb bist du denn nicht in der Armee, *sidi*, bei meinen beiden Eiern?«

Jetzt hat der Gauner den gewohnten Kasernenhofton der Europäer gegenüber den Eingeborenen angenommen, er schubst den Schaui herum. Nasreddin stottert, bei den Arabern würde die Mobilisierung nur aufgrund von Auslosungen vorgenommen und er habe eben die richtige Nummer gezogen. Der Mann schaut ihn misstrauisch an: »Ihr Araber versucht immer, euch abzuseilen. Hör doch auf!«

Nasreddin ist bereits wieder auf der Straße, noch völlig verblüfft von der Haltung des Zuhälters, als dieser ihm nachkommt. Der Spanier klopft ihm auf die Schulter, mit einem Mal liebenswürdiger: »Dieses Mädchen, das du untergebracht hast ... Falls du sie jemals satt hast ... so was kommt ja vor ... also wenn du sie loswerden willst, ich biete dir einen guten Preis!«

Nasreddin mustert ihn entsetzt. Der Zuhälter lacht: »He, reg dich nicht auf! Ach, wie hübsch es mit der sein muss, du Drecksack!« Dann zwinkert er ihm zu: »Verdammter Schwerenöter, deine Rolle als Blödian spielst du nicht schlecht! Vergiss also nicht mein Angebot. Wenn du an mich denkst, denke ich an dich!«

Der Mann aus den Bergen sieht dem Zuhälter nach. Er spürt einen undeutlichen Ekel auf seinen Lippen. Auf Schaui murmelt er: »Dreckiger Wurm ...«

Der breite Rücken wäre noch in Reichweite eines Kieselsteins. Den Körper steif vor Hass, denkt Nasreddin, dass er ihn ohne Reue töten könnte.

13

ETWA ZEHN TAGE SPÄTER kommt Nasreddin in bester Stimmung vom Gefängnis Barberousse zurück.

Trotz des Dauerregens hat der Tag wirklich gut angefangen. Morgens hat der Maurer ihm seinen Wochenlohn ausgezahlt und sogar noch ein paar Münzen draufgelegt, da Nasreddin seine Arbeit besonders gewissenhaft erledigt hatte. Der Unternehmer aus Port Mahon sorgte dafür, dass sich das Bedauern des jungen Mannes, nun wieder ohne Arbeit zu sein, in Grenzen hielt, indem er ihm versprach, er würde etwas von sich hören lassen, sobald eine neue Baustelle in Sicht wäre. Sofort nimmt Nasreddin die gewohnte Aufteilung vor: zwei Drittel für sich und Manuel, ein Drittel für seine Mutter.

Auf dem Nachhauseweg kommt er an einer Bäckerei vorbei. Der Geruch des warmen Brotes ist so verführerisch, dass er zwei Brioches kauft, eine für sich und die andere für seinen anstrengenden Gast. Als er die Hüttentür aufstößt, ist Anna zu seiner Überraschung bereits da. Normalerweise kommt sie wesentlich später nach Hause zurück. Belustigt denkt er, welchen Ausdruck er eben gebraucht hat: *nach Hause …* Auf den Fenstersims gestützt, betrachtet Anna das Meer. Seinen Gruß beantwortet sie nur mit einer kleinen Kopfbewegung. Nasreddin reicht ihr die Brioche, hofft auf ein Lächeln. Aber ihrem zerknautschten Gesicht ist abzulesen, dass sie geweint hat. Sie beißt in die Brioche und kaut mit dicken Backen lange auf einem zu großen Stück herum. Als sie dann noch hingebungsvoller in das Hefegebäck beißt, schießen ohne Vorwarnung die Tränen hervor: Stumm baden sie die Wangen und den überzuckerten Teil der Brioche.

Sie erzählt ihm nun alles in einem spontanen Durcheinander: ihre Auseinandersetzungen mit dem El-Harrasch-Gefängnis; die Tatsache, dass sie nicht ein einziges Mal ihre Freundin sehen durfte; ihre Angst, ohne Geld in einer Stadt bleiben zu müssen, die sie hasst; dass ihre Arbeit und der Zirkus ihr so sehr fehlen, und dann noch diese Franzosen, die alles verachten, was nicht zu ihnen gehört …

Nasreddin steht tollpatschig vor ihr. Er wagt nicht mehr, von seiner Brioche zu essen, während Anna sich immer mehr in ihrer von Tränenströmen unterbrochenen Erzählung verirrt und weiterhin mit ungewöhnlichem Appetit den Rest ihrer Brioche verzehrt. Der Kontrast zwischen der Verzweiflung des Mädchens und den Bewegungen ihres mit Zucker verschmierten Mundes, der die Brioche in sich hineinschlingt, löst einen schrecklichen Lachkrampf bei ihm aus. Verblüfft hört Anna mit einem Schlag auf zu weinen. Nasreddin wird krebsrot und kämpft mit aller Kraft gegen eine neue Lachsalve an.

Er ist schrecklich verlegen, denn er fühlt – und fürchtet, das könnte zu sehen sein – das Begehren nach diesem Frauenkörper in sich hochsteigen, der bei allem Schmerz so voller Leben ist. Die Nase des Mädchens läuft. Mit einer mechanischen Bewegung fährt sie mit der Hand unter ihre Nase und verreibt gleichzeitig einen Fleck von Mehl und Zucker. Nasreddin stürzt sich auf eine Kiste, in der sie Toilettenartikel aufbewahren. Er holt eine Spiegelscherbe heraus und bietet sie Anna an. »Was fällt dir ein, du Schwachkopf?«, schreit sie, reißt ihm den Spiegel aus der Hand: »Mein Gott …«

Spöttisch reicht Nasreddin ihr ein Handtuch. Mit finsterem Blick wischt sich Anna lange das Gesicht. »Wie konntest du dich über mich lustig machen, wo ich doch über meine Sorgen gesprochen habe?«

»Gott schütze dich, Cousine, aber das war das erste Mal, dass ich eine Frau so heftig weinen und gleichzeitig mit solchem Appetit essen gesehen habe!«

Nun lässt Anna dem Lachen freien Lauf wie zuvor dem Weinen; und Nasreddin begreift, dass ihr exzessives Gelächter ebenfalls schmerzlich ist: »Anna … bitte … *Ya Hamama* … mein Täubchen, warum hast du mir nicht gesagt, dass du deine Freundin nicht sehen durftest?«

»Ich wollte dich damit nicht auch noch belästigen. Du hast so viel für mich getan! Und außerdem hast du selbst Probleme genug …«

Nasreddin blickt sie zärtlich an: »Du hast dir gedacht, kleine Ausländerin, dass ein Araber sich besser nicht in deine Angelegenheiten einmischt.«

Anna möchte protestieren, aber Nasreddin unterbricht sie mit Entschlossenheit: »Ich habe Manuel ein Versprechen gegeben. Die Sorgen deiner Freundin sind im Augenblick ein Teil von meinen Sorgen. Morgen gehen wir zusammen ins Gefängnis. Vielleicht muss man einen Aufseher ein bisschen schmieren.«

Sie flüstert: »Ich habe kein Geld mehr.«

Nasreddin zischt einen Fluch zwischen den Zähnen hindurch. Dann betrachtet er sie besorgt: »Ich habe heute Morgen etwas Geld bekommen. Ich hoffe, dass diese Aufseher nicht zu gierig sind, denn …«

Da Anna schon wieder ganz aufgelöst scheint, besinnt sich Nasreddin: »Morgen ist auch ein Tag! Weshalb sollten wir uns schon jetzt verrückt machen? Was, wenn wir heute Abend ausgehen und eine Kleinigkeit essen?«

Anna weicht zurück. Nasreddin zuckt mit den Schultern, meint bitter: »Eine Rumia und … ein Kerl wie ich gehört sich nicht, da geht man nicht zusammen spazieren in diesem Land, nicht wahr?«

Das Mädchen antwortet nicht. »Wer glaubt ihr Europäer eigentlich, wer ihr seid? Sieht aus, als hättest du dich in dieser Gegend schnell angepasst. Die weite Reise hättest du dir sparen können!«

Am liebsten hätte er ihr gesagt, was seine Mutter häufig wiederholte, wenn sie sich über die Arroganz der Franzosen lustig machte: »Nur weil ihr Arsch etwas weißer ist, stinkt ihr Kot doch nicht weniger!«

Sogar im frischen und hübschen Kopf dieses Mädchens treibt der Schmutz seine Blüten, wenn sie an die Araber denkt! Der Mann aus den Bergen schaut mit einer Fratze der Enttäuschung um sich: Diese primitive Hütte, die er lieben lernte, scheint ihm auf einmal von unerträglicher Armseligkeit. Er schimpft sich insgeheim einen Trottel. Dann wirft er einen hasserfüllten Blick auf die Schweizerin. Diese betrachtet den jungen, nicht unbedingt hübschen Mann, der vor Wut kocht. Diese Wut gefällt ihr.

»Entschuldige, das war es nicht, was ich sagen wollte …« Anna schüttelt den Kopf. »Also, es war doch so ungefähr, was ich sagen wollte! Aber …«

»Aber?«

Sie tritt näher. Nasreddin weicht unwillkürlich zurück. Sie schaut ihm herausfordernd in die Augen: »Aber? Aber von Zeit zu Zeit habe ich das Recht, dumm zu sein, oder?«

Sie nimmt ihn beim Arm und zieht ihn zur Tür: »Also, wohin gehen wir? Wenn man flennt wie eine Vogelscheuche, kriegt man mächtig Hunger!«

Nasreddin sträubt sich verwirrt. Sie ist schön, zum ersten Mal wird ihm das wirklich bewusst. Annas Augen verschwimmen in Tränen, sie warten auf die Reaktion des Schaui. Er hat ein bodenloses Gefühl: als ob unzählige Türen, die zwischen ihnen lagen, sich nun öffnen würden. Sein Herz schlägt heftig, denn dieser seltsam verschwimmende Blick erinnert ihn zu seiner Verzweiflung an jene Regenbogen aus seiner Kindheit, die es nach manchen Regengüssen gab. Dann umarmte ihn seine Mutter und flüsterte ihm ins Ohr: »Siehst du, mein kleiner Frosch, manchmal erholt sich die Welt von ihrer Bosheit!«

Da ihm spontan nichts Besseres einfällt, wehrt er sich: »Zieh doch nicht so an meinem Ärmel, Anna, du wirst ihn mir noch zerreißen!«

Sofort denkt er, dass er doch ein perfekter Bauer ist und ein wahrer Bergesel, wie ihn seine Mutter nannte, wenn es Geschrei gab. Anna lässt ihn los. Verstohlen mustern sie einander für einige Sekunden. Mit heiserer Stimme erklärt Nasreddin: »Wir können jetzt miteinander spazieren gehen, unser Geld reicht gerade für eine Kleinigkeit in einer Kneipe der Altstadt. Vorher aber …«

Nasreddin wühlt in einem Karton. Er zieht ein schweres braunes Gewand hervor. »Nimm das, meine Mutter hat es gewebt.«

Gerührt hält Anna die Kaschabia vor sich.

»Da ist eine große Kapuze dran. Du nimmst deine Haare schön zusammen, ziehst dir eine Hose an und Männerschuhe – schau mal unter die Kiste, da ist ein Paar, das Manuel gehört –, und die Verkleidung ist perfekt! Da es regnet, wird sich niemand wundern, dass du die Kapuze aufbehältst …«

»Und in der Kneipe?«

»Pah, wenn man mich fragt, werde ich sagen, du hättest dich erkältet!«

Die junge Frau ruft halb schockiert, halb entzückt aus: »Dann werde ich also kein Wort sagen?«

»Du weißt doch genau, seit du die Brioche verschlungen hast, brütest du eine starke Angina aus, dein Hals ist vollkommen zugeschwollen!«

»Und du, setzt du deinen Turban auf?«

Nasreddin antwortet nicht. Das Mädchen streift die Kaschabia über. Den Oberkörper vornübergebeugt, trällert sie, ihr Leid ist nahezu verflogen. Weshalb denkt er nur, dass sie einer zerbrechlichen Libelle ähnelt?

DIE JUNGEN LEUTE gehen zu Fuß die weite Strecke, die sie von der Kasbah trennt. Glücklicherweise hat der Regen aufgehört, eine kleine fröhliche Sonne hat beschlossen, diesen Spätnachmittag zu beleuchten. Schweigend marschieren sie auf endlosen Bürgersteigen am Meer entlang. Wo die Promenade von Bab El Oued ein wenig ansteigt, sehen sie einige Angler. An die Steinmäuerchen gelehnt, den Blick in die Ferne gerichtet, scheinen sie ganz in ihre Kontemplation versunken, unerreichbar für jede andere Aufregung, außer jener, der die Wellen unterworfen sind. Nasreddin beneidet sie um ihre ruhige Heiterkeit: Sie sind wie glückliche Muscheln an ihrem Felsen …

In ernüchtertem Ton meint Anna plötzlich: »Wirklich, du hast schon ein seltsames Land, mein Lieber!«

»Kennst du vielleicht eines, das nicht *seltsam* ist? Kennst du Leute, die nicht *seltsam* sind? Und gibt es Bosheit, die nicht *seltsam* ist?«

Er ist jetzt in Fahrt: »Außerdem ist dieses Land überhaupt nicht seltsam, sondern monströs!«

Der Schaui senkt den Kopf. Anna versteht nur noch das Ende des Satzes: »… Ihr seid alle gleich.«

»Warum sagst du das? Ich habe dir doch nichts getan!«

Nasreddin sagt beinahe feindselig: »Ich werde dir eine Geschichte erzählen. Einige Kilometer von unserer kleinen Hütte entfernt, in Zeralda, gibt es einen wunderbaren Strand. Letzten Sommer hat der Bürgermeister ein Schild am Eingang aufgestellt: ›Verboten für Hunde, Juden und Araber.‹ Zum Totlachen, was?«

Wenn Nasreddin nicht aufpasst, rollt er das R und sein Akzent wird so guttural, dass er beinahe nicht zu verstehen ist. Anna scherzt verlegen: »Reg dich nicht auf! Das ist natürlich dumm, dieses Schild, aber du kannst doch auch ohne diesen Strand leben …«

»Du weißt nicht, wie die Geschichte ausgeht. So um die fünfzig arabische Kerle sind trotzdem an diesen Strand gegangen. Natürlich wollte niemand eine solche Verfügung ernst nehmen! Der Bürgermeister ließ sie verhaften und in eine städtische Zelle werfen, die so klein war, dass siebenundzwanzig von ihnen erstickt sind! Niemand ist jemals auf den Gedanken gekommen, dem Bürgermeister Schwierigkeiten zu machen …«

Er seufzt: »Seit es den Krieg gibt, hat jeder noch so mickrige Gauri Oberwasser gegenüber den Arabern. Ihr trauriger Pétain ist hier sehr beliebt, jawohl, und zwar deshalb! Um ein Haar könnte man glauben, dass ihnen die Niederlage eigentlich zupass kommt, denn jetzt dürfen sie glauben, sie hätten zur Entschädigung das Recht erlangt, sich für alle Ewigkeit als allmächtige Herren dieses beschissenen Landes aufspielen zu dürfen! Dabei gibt es dafür nicht den geringsten Grund: Sie haben doch innerhalb von wenigen Tagen einen Krieg verloren, diese Franzosen, die bei uns so arrogant sind. Und unter welchen Umständen! Es ist, als wollten sie jetzt versuchen, sich auf unserem Rücken für ihre Feigheit gegenüber den Deutschen schadlos zu halten …«

Anna protestiert: »Ich bin ich, und nichts weiter. Ich habe mit deinen idiotischen Franzosen nichts zu tun! Und ich mache mir auch keine Illusionen über die Deutschen!«

»Als ob ich das bezweifeln könnte, Anna! Ich bin sicher, dass auch sie nicht einen Augenblick zögern würden, uns zu zermalmen! Wenn sie mit den Europäern kein Erbarmen hatten, weshalb dann uns gegenüber, die wir nicht einmal eine Kanone bauen können? Hast du das Gesicht von ihrem Affen, Hitler, gesehen?«

Sie hat nun ihre Schuhe gebunden. Nasreddin sieht ihre formlose Gestalt in der Kaschabia. Sie ist die erste Europäerin, der er so nahegekommen ist. Anfangs hat es ihm geschmeichelt, sie neben sich schlafen zu sehen, beinahe in Reichweite. Jetzt möchte er sie schütteln, sie an den Haaren ziehen, sie schlagen und ihr die schlimmsten Schimpfworte ins Gesicht schleudern: »Verdammte Scheiße, du und deinesgleichen, ihr seid doch wie wir, nicht mehr und nicht weniger! Ihr seid uns doch nicht einfach deshalb überlegen, weil ihr weiß wie Leichen seid oder eher rosig wie Schweine!«

Anna richtet sich auf. »Diese verdammten Schuhe, wenn du wüsstest, wie die mich drücken!«

Eine Welle der Zärtlichkeit ergreift völlig unerwartet den Schaui. Seine ganze Wut ist in sich zusammengefallen, er hat auf einmal Lust, sich niederzuknien, ihr die Schuhe auszuziehen und langsam die verletzten Füße zu massieren. Sie flüstert erschöpft: »Ich gebe zu, im Moment kann man nicht behaupten, dass die Welt an zu viel Klugheit erstickt. Aber was sollen wir beide, du und ich, denn dagegen tun?« Lächelnd: »Jedenfalls scheint es mit deiner Verkleidung ganz gut zu klappen!« Und dann gibt sie dem jungen Mann einen Klaps auf den Rücken: »Also los, Bauer, zeig jetzt mal deiner buckligen Cousine die Schönheiten der Kasbah!«

ANFANGS SEHEN FESTUNG und Altstadt für Anna nur wie ein großes Gewimmel aus. Der Schaui und seine

Freundin sind durch die zahllosen gewundenen Gässchen gegangen, die sich ihren eigenen Weg nach labyrinthischem Prinzip in die Masse der Kasbah schneiden. Die nahezu blinden Fachwerkhäuser drängen sich so dicht, dass manchmal die oberen Stockwerke einander berühren, als wären sie aus dem Gleichgewicht geraten und müssten sich gegenseitig stützen, dabei überwölben sie die Straße auf einer beträchtlichen Länge.

Sehr bald – vielleicht als sie die Treppe nimmt, die oberhalb der Synagoge verläuft, oder in jenes Gässchen gelangt, das sich so sehr verengt, dass man sich fragt, ob man am Ende nicht stecken bleibt – hat sie allerdings die seltsame Gewissheit, etwas wie eine unsichtbare Grenze überschritten zu haben: Man sieht keinen Europäer mehr, nur braune Gesichter jeder Art, gegerbte, magere, fette, lächelnde, mürrische, unbeeindruckte, befreit von dieser lauernden, beinahe knechtischen Haltung, die sie annehmen, um sich in der anderen, der Franzosen-Stadt, zu schützen. Alles kommt ihr so unwirklich vor und töricht geht ihr durch den Kopf: »Hier, auf diesem Felsvorsprung, bin ich wirklich unter den Leuten der ›Alten Barbarei‹. Jetzt fehlen nur noch die Paschas und die Korsaren mit Turbanen auf dem Kopf ...« Unter dem Lärm der Messingschmiede und den gedämpften Ausrufen der Träger, die trotz ihrer unglaublichen Lasten so schnell sie können dahertrotten, bleiben Passanten vor einer der zahlreichen Buden stehen, diskutieren lange und treten kaum zur Seite, wenn ein Eseltreiber mit seinem erschöpften Tier an einem Ende des Gässchens auftaucht und alle Welt mit seinem energischen »*Balek! Balek!*« bedroht. Winzige Geschäfte mit Glasschmuck oder die Auslagen eines Gemüsehändlers befinden sich in diesem Gewimmel der Gässchen direkt neben Treppen und Sackgassen, Metzgereien stellen mitten auf dem Weg ihre blutigen Fleischviertel aus und riesige Ochsenköpfe, deren Nüstern mit Petersilie garniert sind. Unzählige Bettler gibt es, manche abstoßend dreckig, manche beinahe nackt, lediglich bedeckt mit Lumpen und Jutesäcken – aber Anna bemerkt, dass die Mehrzahl der Passanten selbst sehr arm aussieht –, sie fuchteln mit ihren Almosenschalen und leiern mit müder Hartnäckigkeit ihren Appell an das Mitleid.

Je mehr sich die beiden der oberen Kasbah nähern, desto leerer werden die Straßen, nur noch da und dort belebt von schreienden Lausbuben, die sich fröhlich und barfuß in den eisigen Wasserlachen, die der Regen zurückgelassen hat, gegenseitig nass spritzen. Von Zeit zu Zeit wird Anna von einer offenen Tür überrascht, sieht einen dunklen Gang, an dessen Ende ein Patio zu ahnen ist. Verblichene blau-weiße Kacheln, gedrehte Marmorsäulen von unerwarteter Eleganz und zwei Nischen (für Wächter?) beiderseits des Eingangs vervollständigen den recht heruntergekommenen Schmuck des Hauses, das wahrscheinlich einmal eine andere Bedeutung hatte, als Palast oder Residenz eines *bey* …

Eine verschleierte Frau, die auf dem Kopf einen randvollen Korb trägt, kommt ihnen entgegen, als Nasreddin vor dem Eingang einer *kubba* stehen geblieben ist und Anna erklärt, von diesem kleinen Mausoleum gehe die Sage, dass hier der Geist eines liebestollen Muezzins umgeht, der von einem eifersüchtigen Ehemann ermordet wurde. Die Frau wendet sich ihnen zu, ein wenig überrascht, Anna sieht ihre Verblüffung, als die Blicke sich begegnen. Die Unbekannte mit dem Korb geht schnell weiter, sie hat Angst. Anna lächelt, fühlt sich unwohl, ist selbst ein wenig erschreckt und rückt nun etwas näher an ihren Begleiter heran.

Dieser streicht über die emaillierten Kacheln des Türsturzes, als treffe er eine alte Bekannte wieder. »Weißt du, ich kenne die Kasbah sehr gut. Ich bin ein Junge aus den Bergen. Anfangs hat sie mich ziemlich eingeschüchtert mit all den schönen Geschichten, die man über sie erzählt: zuerst die Krieger der *sanhadschis*, dann die Andalusier, die türkischen Beys, der Glanz der früheren Paläste … Jetzt dagegen, wenn mir alles zum Hals heraushängt, verbringe ich hier eine Stunde oder zwei, und danach geht es mir besser. Ich streife immer der Nase nach durch die engen Straßen, biege in eine Sackgasse, gehe denselben Weg zurück, um auf einem kleinen Platz zu landen. Wenn ich müde bin, raste ich, esse einen Krapfen, trinke ein Glas Tee, je nachdem, was ich mir leisten kann. Ich bleibe nie sehr lange in der Kasbah, denn es fällt hier rasch auf, wenn einer in diesen Gässchen ziellos umherirrt. Aber mein Spaziergang macht mir Freude, als hätte ich eine liebe Großmutter besucht, die eine Megäre geworden ist, weil sie einmal schön war, aber das heute niemand mehr weiß oder keinen kümmert.«

Er wirft einen belustigten Blick auf den Kopf seiner Begleiterin in der Kapuze. Als sie aufsieht, verhehlt sie nicht ihr Erstaunen über die bewegte und lyrische Stimmung Nasreddins. »Du siehst nur den Dreck, die aussätzigen Mauern, die Häuser, die zu Ruinen verfallen. Dir muss das alles vorkommen wie der Gipfel der Unwissenheit, der arabische Pöbel! Du wirst sehen, einmal wirst du sie vielleicht sogar lieben oder zumindest respektieren lernen, die alte Kasbah.«

Mit dem Unterton bissiger Melancholie fügt er hinzu: »Allerdings bin ich sogar für die Einwohner der Kasbah nur ein armer schmutziger Hirte, der aus seinem Gebirge hier gestrandet ist und noch einiges zu lernen hat, bevor er es verdient, dieselbe Luft wie sie zu atmen!«

Anna lacht kurz auf. »Komm schon, so ein großer Trampel bist du auch wieder nicht, Hirte!«

»Ach, du meinst, ein kleiner aber schon, oder was?

Du hast Recht, ich rede und rede, während wir hier verhungern.«

Sie gehen die Treppen der Kasbah hinunter und treten in eine der sieben Buden ein, aus denen die Außenmauer der Moschee Ali Bitschnin besteht. Sie nehmen hinten im Raum Platz. Aus Vorsicht kehrt Anna den anderen Kunden den Rücken zu. Um den Lärm zu übertönen, schreit Nasreddin auf Arabisch: »Wirt, zweimal Kichererbsensuppe, aber scharf«

»Was hast du bestellt?«, flüstert das Mädchen ängstlich.

Nasreddin antwortet nicht. Anna macht ein beleidigtes Gesicht. Sie rückt ihren Stuhl in die andere Richtung und versinkt in Betrachtung des mit Gästen überfüllten Speisesaals: Araber, Kabylen, Mozabiten, deren Atem sich mit dem Dampf der Speisen zu einem Nebel verbindet, der die Abendstimmung unterstreicht. Zwei an der Decke hängende Petroleumlampen beleuchten mehrere Töpfe, die auf Kohlebecken stehen. Sichtlich überfordert schöpft der Wirt unablässig aus den Töpfen, um die Teller zu füllen, die ein Saaljunge je nach Bestellung verteilt. All dem entsteigt ein scharfer Geruch, eine Mischung aus Essen, Schweiß und nasser Wolle. Der unglaubliche Lärm macht jede Unterhaltung schwierig. Anna denkt, im Grunde müsste sie jetzt verängstigt sein, weil sie hier ist, und gleichzeitig fällt ihr auf, dass sie sich eher wohl fühlt, wie eingemummt von der Wärme dieser Leute. Der Junge stellt zwei große Schalen mit dampfender Suppe ab.

»Das riecht gut«, sagt Anna und beugt sich misstrauisch über ihre Schale.

»Das riecht nicht nur gut, es schmeckt auch!«

Anna bleibt misstrauisch, aber als sie den verklärten Gesichtsausdruck des Schaui sieht, der einen Löffel nach dem anderen verschlingt, entschließt sie sich.

»Mistsuppe! Das ist ja ein wahrer Großbrand!« Beinahe wäre sie erstickt. Sie mustert Nasreddin mit erbosten Blicken.

Mit Tränen in den Augen – vom Lachen und von der Wirkung des Pfeffers – legt der Schaui einen Finger auf die Lippen des Mädchens: »He, schrei nicht so laut!«, flüstert er, »oder mach es auf Arabisch …«

Anna entfernt unauffällig die allzu vertrauliche Hand und protestiert mit feuerroten Wangen:

»In dieser Schale ist mehr Pfeffer als Kichererbsen! Willst du mich umbringen, sag mal?«

»Riech doch mal, Cousine, dieser Duft von Kumin, Koriander und Sellerie. Nimm noch einen Löffel: Es ist das beste Mittel gegen die Kälte!«

»Gib lieber zu, dass dein Zaubertrank Mund und Bauch betäubt!«

Der Hunger ist dann doch stärker. Sie nimmt noch einen Löffel Kichererbsen. Nasreddin ermutigt sie: »Vergiss das Brennen. Denk daran, wie heiß diese Soße ist, und vor allem an ihren Geschmack. Ja, so ist es richtig … Hervorragend: In einem Monat wird dein Magen gepanzert sein wie der eines Arabers!«

Das Mädchen hat Schweißtropfen auf der Stirn, sie gibt zu: »Es ist delikat, dieses Zeug, aber mir bleibt das Gefühl, dass ich keine Zunge mehr habe. Ich könnte jeden Augenblick losschreien!«

»Auf keinen Fall!«, sagt Nasreddin aufgeregt.

Er zieht ein großes kariertes Taschentuch hervor (»Keine Sorge, es ist sauber«) und tupft die Stirn der Schweizerin ab, der keine Zeit bleibt zu reagieren. Mit aufgesperrtem Mund murmelt Anna ein verlegenes Dankeschön. Nasreddin ignoriert das Sträuben seiner Begleiterin. Er nimmt einen Löffel: »Es stimmt, der Koch hat eine tüchtige Prise hineingetan!«

»Mach dich nur lustig! Wenn ich in Ohnmacht falle, bevor die Schale aufgegessen ist, solltest du mich ins Krankenhaus bringen, wegen starker Verbrennungen ...«

Als sie aus der Kneipe kommen, haben die beiden jungen Leute ein hochrotes Gesicht. Sie waschen sich am Brunnen der Moschee die Hände. Nasreddin schlägt vor, den Spaziergang in einem arabischen Café in der Rue de la Lyre zu beenden.

Wenige Gäste sitzen in dem blaugekalkten großen Saal. Ein paar Stühle, Bänke und Tische aus weißem Holz bilden die bescheidene Möblierung des Cafés. Anna setzt sich auf einen durch den unebenen Fußboden leicht wacklig gewordenen Stuhl und nimmt dankbar das Glas Tee entgegen, aus dem Stengel von Minze herausschauen. Die heiße Flüssigkeit, die man in kleinen Schlucken trinkt, besänftigt nach und nach das Feuer in ihrem Mund. Unter ihrer Kapuze schnalzt sie mit der Zunge und flüstert: »Gott sei Dank, jetzt kann ich meine Zunge wieder benutzen. Und du?«

Nasreddin lehnt sich an die Wand und dreht sich sorgfältig eine Zigarette. Er zündet sie an, bläst wollüstig den Rauch aus. »Findest du nicht, meine Jongleuse, dass man es hier gut hat? Ich könnte jetzt einfach schlafen, du etwa nicht?«

Anna nickt, aber sie macht eine Gebärde der Ablehnung, die ihr Begleiter nicht sieht. Sie würde ihn gern korrigieren, sagen, dass sie keine Jongleuse ist, sondern eine talentierte Kunstreiterin, eine Akrobatin dazu und manchmal sogar eine Trapezkünstlerin, die man in ihrem Zirkus schätzt. Sie versucht, sich über die eigene Eitelkeit lustig zu machen, aber ein plötzlicher Anflug von Traurigkeit überkommt sie. Nasreddin schließt die Augen und inhaliert leise den Rauch seiner Zigarette. Eine Katze rollt sich zu Füßen des Mädchens zu einer Kugel. Resignierend zuckt Anna mit den Schultern und streichelt das Tier.

»Und du«, flüstert sie, »bist du nun eine arabische oder eine französische Katze?«

Die Katze schnurrt und antwortet etwas, was nur sie selber verstehen kann. Anna lächelt: »Ich mische mich da in deine Angelegenheiten ein, was? Du hast deine eigenen Katzensorgen, besser wir lassen dich mit unseren in Ruhe!« Sie spürt nun, wie nach und nach der Friede, der sie umgibt, auch sie einnimmt. Sie streckt ihre Beine aus und legt ihre Füße auf einen Schemel. Die Katze lässt sich auf ihren Knien nieder. Nasreddin zählt sein Geld und bestellt eine weitere Teekanne. Sie schlürfen langsam den Tee. Ab und zu sagen sie etwas, vor allem banale Dinge, achten darauf, einander nicht durch eine Achtlosigkeit zu verletzen. Die Nacht ist beinahe hereingebrochen, als Nasreddin sich streckt: »Wir müssen allmählich nach Hause, Cousine.«

Auf der Straße hat sich das geschäftige Treiben merklich verlangsamt. Anna entfernt mit Bedauern die Katze, die sie gewärmt hat. Sie stehen auf und jeder schenkt dem anderen einen dankbaren Blick für die heitere Ruhe dieses miteinander verbrachten Augenblicks. Nasreddin legt einige Münzen auf den Tresen. Der alte Wirt trägt einen scharlachroten *tarbusch* auf dem Kopf, und als sie hinausgehen, ruft er auf Französisch: »Ich hoffe, dass dem Fräulein der Tee geschmeckt hat …«

Anna errötet, während der Wirt sie völlig unbeeindruckt anschaut, aber dann antwortet sie: »Er war ganz vorzüglich. Wir werden natürlich wiederkommen, mein Freund und ich.«

Sie hat ihr Gesicht zur Hälfte entblößt. Dann führt sie die Hand an ihr Herz und grüßt den Kaffeehausbesitzer, indem sie sich leicht verneigt. Der Mann mit dem Tarbusch ist geschmeichelt, er erwidert ihren Gruß mit einer ähnlichen Bewegung. Nasreddin ist dem alten Herrn dankbar für seine wohlwollende Haltung, die, so denkt er eilfertig, als stillschweigendes Einverständnis für ihr Zusammensein zu werten ist. Und es versetzt seinem Herzen einen leichten Stich, als er glaubt, in den Augen der jungen Frau dieselbe Interpretation zu finden.

ANNA NIMMT den Eimer Wasser, den sie zum Erhitzen auf den Kanun gestellt hat, entkleidet sich fröstelnd und hockt sich in eine breite Wanne aus Weißblech. Sie schüttet ein wenig heißes Wasser über den Körper, seift sich energisch ein. Draußen regnet es nun wieder, und das einzige Zimmer der Hütte ist so niederschmetternd, dass sie plötzlich einen Kloß im Hals hat. Sie trocknet sich langsam ab, unterzieht ihren Körper einer verächtlichen Inspektion: Ihre Haut ist übersät mit Sommersprossen, ihre Brüste sind zu klein, die Brustwarzen beinahe unsichtbar, ihre Hüften nicht weiblich genug … Das Wasser fließt über ihren Schamhügel. Der Venushügel, bisher mit Seife bedeckt, wird nun sichtbar, verletzlich und schamlos. »Selbst hier«, macht sie sich über sich lustig, »wären noch Fortschritte zu machen!«

Sie fährt mit dem Schwamm über die Haare, um den Schaum zu entfernen. Die Seife gleitet über ihre Schamlippen. Sie richtet den Wasserstrahl auf die klaffende Öffnung. Das ein wenig mehr als lauwarme Wasser schmeichelt sich dort ein wie eine lebendige Hand. Der Atem stockt ihr auf lustvolle Weise. Mit dem Finger drückt Anna etwas stärker auf den Ansatz der Vulva …

Verzweifelt zieht sie sich wieder an: Als sie sich liebkost hat, dachte sie die ganze Zeit an Nasreddin. Dann lacht sie, erfasst von plötzlicher Freude.

14

NASREDDIN SCHAUT aus dem Fenster der kleinen
Hütte. Das Meer liegt vor ihm, prächtig und einschüchternd. Eine leichte Brandung umschmeichelt
die Pfähle. Der junge Mann kann nicht schwimmen.
Manchmal hat er die Vorstellung, diese Pfähle könnten
brechen, die Hütte mit ihren Bewohnern könnte davon-
treiben und in die Tiefe der kleinen Bucht gezogen werden. Vielleicht, grübelt er, würde das mit einem Schlag
all ihre Probleme lösen ... Er wirft eine Angelschnur,
um nicht mehr an das denken zu müssen, was er heute
kurz vor Mittag in der Nähe des Hafens gesehen hat.
Wenn das Angeln nichts einbringt, wird er gleich einen
Eimer nehmen und einige Miesmuscheln vom Felsen
ablösen, der die kleine seichte Bucht abschließt. Die
Brandung ist an dieser Stelle recht stark, ängstlich hofft
er, dass ihn der Mut nicht verlassen wird. Vielleicht
mag Anna Miesmuscheln. Es bleibt ihm gerade Zeit
für ein kurzes Lächeln, bevor ihn wieder dieses seltsame Misstrauen packt: Weshalb ist Anna nicht hier?
Zumindest könnte sie dann ein wenig seine Bitterkeit teilen, die ihm die Tiefe seiner Seele verfinstert.
Er schimpft sich einen Dummkopf: Weshalb sollte das
Mädchen so etwas tun? Für sie dürfte seine Gastfreundschaft nicht mehr bedeuten als etwas, das man
im Unglück hinnehmen muss.

Dennoch war es heute Morgen ein strahlender Beginn. Anna und er sind zur selben Zeit erwacht, beide
gleichermaßen fröhlich. In den letzten Tagen hat er ge-
fühlt, dass sie weniger auf der Hut ist. Wenn sie zusam-

men essen, hat sie jetzt Zeit im Überfluss, plaudert über dies und jenes ohne diese Furcht, die sie linkisch und verletzend werden ließ. Beim Rasieren ist es ihm sogar gelungen, sie mit dem Gejammer eines kleinen Schiebers auf dem Schwarzmarkt zum Lachen zu bringen. Als er sich verabschiedete, war da ein brüsker Impuls: Er versuchte etwas zu sagen und stotterte, er fühle sich in ihrer Gegenwart wohl. Er errötete, sie errötete. Dann hat sie »viel Glück!«, gestammelt, ihn hinausgeschoben und überstürzt die Tür geschlossen.

Im siebten Himmel, sich selbst einen alten Schwachkopf schimpfend, und das noch mit einer unglaublichen Freude, hat er den Bus nach Algier genommen. Dort sollte er jemanden treffen, der ihm einige Säcke Zement versprochen hatte, die er weiterverkaufen konnte. Nasreddin wartete geduldig eine gute Stunde an der vereinbarten Stelle, um dann niedergeschmettert einzusehen, dass der Mann nicht mehr kommen würde. Das Geld aus diesem Geschäft wäre ihm hochwillkommen gewesen, seine Finanzen befanden sich auf dem Tiefststand. So nahm seine gute Laune ein wenig ab. Um seine Enttäuschung zu überlisten – und vor allem dieses wunderbare Gefühl der Leichtigkeit nicht zu verlieren, das das Gespräch mit dem Mädchen in ihm hinterlassen hatte –, beschloss er, am Hafen spazieren zu gehen. Dort wurde er dann in der Nähe der Treppen Zeuge dieser Szene: Eine Gruppe von arabischen Kindern wühlte in den Mülltonnen eines französischen Restaurants auf der Suche nach ein paar Gemüseresten, in seiner blinden Wut überschüttete der Wirt die ausgehungerten Kinder mit einer Schimpfkanonade, aber die schenkten ihm keine Aufmerksamkeit. Dann kam derselbe Wirt ein zweites Mal aus seinem Restaurant gerannt und übergoss seine Mülltonne mit Bleichlauge. Die zerlumpten Kinder resignierten und zogen wortlos ab, während der Restaurantbesitzer lautstark seine hervorragende Idee pries ...

ANNA IST IMMER noch nicht da. Sie hat vermutlich einige Dinge zu erledigen. Nasreddin geht mit seinem Eimer hinaus. Das Wasser ist kalt. Er ist barfuß und trägt eine alte Hose mit abgeschnittenen Hosenbeinen. Er geht bis zum Felsen, füllt seinen Eimer mit Miesmuscheln, kehrt dann patschnass in die Hütte zurück. Er stößt vorsichtig die Tür auf. Anna singt vor sich hin. Er lauscht, das Lied ist so traurig, dass es ihm eng ums Herz wird. Es handelt von Maulbeeren, die sich blutrot färbten, weil zwei Liebende unter den Zweigen starben. Nasreddin fährt durch sein nasses Haar und denkt mit zärtlicher Ironie: »Sieh da, sogar in der Schweiz gibt es Maulbeerbäume?«

Voller Neugier geht er hinein, macht sich bereit zu hüsteln, um seine Anwesenheit zu melden ...

Anna kehrt ihm zu drei Vierteln den Rücken zu. Sie hält ein Kleid vor sich, prüft es aufmerksam. Trotz des Halbdunkels sieht er das Profil ihres Gesichtes und ihr frei fallendes langes Haar. Er beschließt, dieses Profil aus Leibeskräften zu fixieren, denn es ist die einzige Partie am Körper der jungen Frau, die er anschauen kann, ohne dass ihm die Luft wegbleibt. Alles andere ist nackt, herrlich entblößt: Rücken, Hüften, Hinterbacken und sogar – o Engel Gabriel ... – jenes Büschel Haare, *das niemals sichtbar sein darf*, lugt zwischen den Beinen hervor!

Anna hat ihre Haltung nicht geändert, schaut noch immer prüfend auf ihr Kleid und summt mit wachsender Begeisterung ihr trauriges Liedchen. In ihrer glanzvollen Nacktheit erscheint sie so zerbrechlich, dass Nasreddin flüstert: »Anna, wie schön du bist ...«

Die junge Frau dreht sich um und stößt einen Schrei

des Entsetzens aus, als sie diesen Mann sieht, knallrot, nass vom Scheitel bis zur Sohle, einen Eimer in der Hand. Sie schreit: »Hinaus mit dir, du Tölpel, geh sofort hier raus, ich bitte dich!«, und versucht gleichzeitig, möglichst rasch in ihr Kleid zu schlüpfen. Ungeduldig, wie sie ist, verheddert sie sich in den Ärmeln. Da ihre Hände gefangen sind, gelingt es ihr nicht mehr, das Kleid auf ihre Taille herabzuziehen. Nasreddin hat sich nicht gerührt. Rot vor Verzweiflung, betrachtet er Annas weitgehend entblößten Körper, während sein Geschlecht sich in den nassen Shorts aufrichtet wie ein junger Baum.

Er wiederholt mit zitternder Stimme: »Anna …«

Diese hört auf, in ihr Kleid verwickelt, um sich zu schlagen. Sie blickt Nasreddin finster an. Er hat immer noch seinen Eimer mit Miesmuscheln in der Hand, die Haare sind durch das Wasser noch lockiger geworden. Und dann das andere … Nie hat sie ihn so lächerlich gefunden.

Trockenen Mundes, panisch entzückt, lächelt sie. Ein kurzer feiner Regen fällt in Nasreddins Herz, seine Seele erweckend für das unerträgliche Glück eines möglichen Wunders.

Er geht auf sie zu, eisig vor Begehren. Aller Groll ist vergessen, er vergeht in Dankbarkeit gegenüber dem Leben. Er berührt Anna an der Schulter, wortlos, ohne auf Widerstand zu treffen, entkleidet er sie noch einmal.

ANNA UND NASREDDIN verbringen den ganzen Tag und den Abend, ohne zu essen, nur damit beschäftigt, ihre unersättlichen Körper zu entdecken. Anna ist nun nicht mehr Jungfrau. Im Augenblick der Defloration tut es ihr weh. Aber der Schmerz ist so seltsam, so von Lust durchsetzt, dass Anna ein Ausruf der Überraschung entfährt. Sie öffnet die Augen. Nasreddin betrachtet sie aufmerksam, er weiß, dass er ungeschickt ist. Er möchte etwas sagen. Sie legt ihre Hand auf den Mund des Mannes, der in sie eindringt. Ein wenig stöhnt sie unter diesem Übergriff, der *mit* und *ohne* ihre Zustimmung erfolgt. Sie fühlt den Schweiß des Gefährten, ihren eigenen Schweiß. Sie berührt das Brusthaar des Arabers, sein Schamhaar. Sie fährt mit der Hand über seine Hoden, dann über seine Hinterbacken. Sie ist verblüfft, wie ihr eigener Körper dahinschmilzt. Ein Speicheltropfen perlt in ihrem Mundwinkel, und der Mann, der doch so schüchtern ist, beugt sich vor und leckt ihn mit seiner Zungenspitze auf. Anna hat das Gefühl, als wäre sie ein Stück aufgesprungener Erde, die unter einem wunderbaren – und so sehr gefürchteten – Sturzbach plötzlich einer anderen Existenz teilhaftig wird. Das Herz der jungen Frau weitet sich und zerbirst dann Stück für Stück in winzige Steinchen, erfüllt von Begehren und dem sich bereits einstellenden Abschiedsschmerz, dass es irgendwann zu Ende sein wird. Wieder schließt sie ihre Augen, voll stummer Angst, und verspricht sich hoch und heilig, niemals das kleinste Partikel dieser Minute zu vergessen, als ihr Fleisch zum ersten Mal in ihrem Leben an eine seltsame Insel anlegte: den Körper eines Mannes.

Nasreddin erklärt ihr – aus Scham vor den allzu schnell verständlichen Wörtern zuerst auf Arabisch –, dass er sie liebt. Anna ist ganz außer sich, weiß nicht, was sie diesem zärtlichen Mann antworten soll, dessen Haut braun wie Zimt ist, aber noch am selben Abend »reißt sie nieder«, was Nasreddin ihren »Kaninchenstall« nannte, und legt ihre Matratze neben den Mann, der nun ihr Liebhaber ist.

Sein ganzes Leben lang wird Nasreddin sich mit einer Rührung, die ihn erbeben lässt, an jenen »ersten Morgen« erinnern. Anna wacht auf und findet einen riesigen Strauß neben sich. Nasreddin heuchelt Gleichgültigkeit, gießt Kaffee in zwei angestoßene Tassen, den er mit einem Zweig Beifuß gewürzt hat. Brot und Butter stehen auf einer umgekehrten Kiste. Wie ist es ihm gelungen, diesen Strauß zu beschaffen und vor allem Butter und Kaffee, beides seit Anfang des Krieges unerschwinglich? Er weigert sich, die Frage zu beantworten. Ganz schüchtern flüstert er ihr zu, sie hätte mehr verdient als nur das, sie, sein erstaunliches Vögelchen. Anna ist nicht sicher, ob sie ihn richtig verstanden hat. Sie schaut ihn an und nun gleicht sie in ihrer Freude dem Aufblühen der Rosen an diesem Strauß.

An jenem Tag nimmt er sie auf dem Weg der Sieben Wunder mit einem Rundgang über die Hügel von Algier. Den ganzen Tag gehen sie oder springen von einem Bus in den anderen. Nasreddin ist von einer rasenden Begeisterung, als wollte er ihr anhand der schönsten Orte sein Land zeigen.

Auf der Aussichtsterrasse von St. Raphael zeigt er ihr die Bucht von Algier: »Sie ist so blau, so unglaublich blau«, flüstert er. »Und dann diese Häuser, so dicht aneinander gedrängt, man könnte das alles für einen Pinienzapfen halten. Es kommt einem vor, als hätte man das nicht verdient, als müsste es gleich verschwinden, so viel Schönheit in einer so ungerechten Stadt …«

Anna ahnt, dass er gleichzeitig fröhlich und voll Bitterkeit ist. Ohne seinen Gedankensprung zu erklären, fügt er hinzu: »Du wirst sehen, ich sage dir alles, was ich weiß. Und auch du wirst mir alles sagen, was du weißt. Dann wirst du mich vielleicht verstehen und ich dich vielleicht ebenfalls. Wir sind so allein in diesem Land …«

Womöglich wird mir gerade so viel Zeit bleiben, dass ich nur beginnen kann, dich zu verstehen? Du bist eine eigene glitzernde Welt für dich, kleiner Nasreddin, denkt sie beinahe verzweifelt über diesen Mann, der es nicht wagt, in der Öffentlichkeit allzu sehr ihre Nähe zu suchen. Sie rückt zu ihm, trotz der missbilligenden Blicke einiger Spaziergänger im Park. Er hat sein einziges Jackett angezogen und einen Mittelscheitel durch sein Haar gezogen, in einer Art, die Anna komisch findet. Ironisch und gleichzeitig angstvoll denkt sie: Das scheint sich ja zu einer regelrechten Hochzeitsreise auszuwachsen, diese Wanderung im Staub!

Nasreddin lacht ohne Grund. Unter einer großen Zypresse suchen sie Schutz vor der Sonne. Er berührt diskret die Hand der Frau: »Schau, diese Wellen. Sie kommen aus irgendeiner Ecke der Welt, Gott weiß woher. Wenn sie diese Felsen berührt haben, tut es ihnen Leid, sie wieder verlassen zu müssen, da bin ich mir sicher!«

Annas Augen leuchten auf bei dieser linkischen Anspielung. Voll Zärtlichkeit fragt sie den Mann, der nun errötet: »Was möchtest du damit sagen, Nasreddin?«

Der stämmige Kerl weicht ihrer Frage aus: »Was ist, Reisende, bist du nicht hungrig?«

Ohne auf eine Antwort zu warten, ruft er auf Arabisch einen fliegenden Händler mit Kaktusfeigen herbei. Anna hat noch nie diese stachligen grünen Früchte gegessen. Sie zieht eine Grimasse: »Du willst mich doch wohl nicht mit Kakteen füttern?«

Die Augenbrauen misstrauisch in die Höhe gezogen, sieht sie zu, wie der Händler die ovale Frucht vorsichtig zwischen zwei Finger nimmt, geschickt mit einem Messer die stachlige Haut herunterschält und ihr mit Würde das fleischige Innere auf die Handfläche legt. Sie kostet mit spitzen Lippen, zuerst ablehnend.

»Alles in allem nicht schlecht, deine Kakteen-Orange, Nasreddin. Ich würde noch eine nehmen!«, ruft sie aus, ihre Mundwinkel hat der Saft noch röter gefärbt.

Als sie die vierte Feige mit demselben Appetit verschlungen hat, flüstert ihr Nasreddin verlegen ins Ohr,
dass diese köstliche Frucht nur einen einzigen Nachteil
hat: »Ähm, wenn man vier oder fünf gegessen hat, tut
die Kaktusfeige ... nun ja, sie verstopft, und das tut
dann wirklich weh!«

Anna fühlt, wie ihr das Blut vor Ärger in die Wangen
steigt: »Ach, wirklich? Und warum hast du mir das
nicht vorher gesagt?«

»Ja, also ...«

Sie wird von einem Lachanfall geschüttelt. Dann hebt
sie die Hand, spreizt ihre Finger: »Wie sagst du immer?
Fünf in die Augen aller Neidhammel! Also komm,
schlagen wir uns den Bauch voll: Honigkuchen, Bohnen
mit Kumin und alles, was wir auf unserem Weg finden
können. Was die ... Folgen angeht, werden wir später
sehen! Du hast doch Hunger, oder?«

Fröhlich packt die junge Frau Nasreddin am Ärmel.
Dieser schaut verblüfft auf die Ausländerin, die ihn fort-
zieht. Sein Herz macht einen Satz, als er nun ebenfalls
Gefangener dieses Lachens wird. Er flüstert, aber so
leise, dass der Lärm des Feigenverkäufers, der seine
Ware anpreist, seine Worte überdeckt: »Anna, ich glaube
nicht, dass ich noch leben kann ohne dich.«

AM 9. NOVEMBER 1942 erwachen Anna und Nasreddin
sehr früh durch den ohrenbetäubenden Lärm von Pan-
zerketten und der Motoren von Lastwagen aller Art.
Sie stürzen auf die Küstenstraße: Die Amerikaner sind
zu Zehntausenden in Nordafrika gelandet! Die schwer
bewaffnete Kolonne, die an ihren Augen vorbeizieht,
ist in Sidi Ferrusch an Land gegangen. (»Wie wir Anno
1830! Ben, wir haben offenbar vergessen, die Tür zu
schließen«, platzt ein Gaffer laut heraus. Ein anderer

entgegnet lachend: »Meine Fresse, schaut euch diese Schränke an. Wir hatten immerhin noch etwas mehr Klasse! So viele Neger hatten wir damals nicht mit dabei ...«) Die Kolonne wälzt sich schwerfällig auf die Hauptstadt zu, sichtlich misstrauisch, die Maschinenpistole im Anschlag, gefleckte Tarnanzüge, die Gesichter mit Ruß beschmiert und Laub an den Helmen.

Anna ist rasend vor Freude. Nasreddin, eher skeptisch, fragt sie nach ihrem Grund. »Aber du siehst es doch: Rina wird freikommen. Wenn die Amerikaner da sind, werden die Rassengesetze abgeschafft!«

Der junge Mann weiß nicht, was er davon halten soll. Außerdem braucht er Zeit, um zu begreifen, dass sie von den Gesetzen gegen die algerischen Juden spricht. Er sagt »ach« und zuckt mit den Schultern. Für die Araber wird sich nichts ändern. Aber er ist glücklich, dass seine Anna sich so freuen kann. In der jetzt dichter gewordenen Menge, die sich zu beiden Seiten der Straße ansammelt, applaudieren manche den Amerikanern. Viele verhalten sich zurückhaltend. Später wird man erfahren, dass in Oran und Casablanca französische Truppen die Landung verhindern wollten, die Verluste liegen bei etwa fünfzehnhundert Gefallenen. Die Kinder nähern sich ohne Zögern den Soldaten, die sich aus ihren Lastwagen herauslehnen und Fratzen schneidend Schokolade, Kaugummi und ganze Päckchen Lucky Strike an sie verteilen.

Im Augenblick hat Nasreddin andere Dinge im Kopf als die Landung der Amerikaner in Algerien. Anna hatte sich mit der Frau eines Fischers am Strand angefreundet, die sich als recht nützlich erwies, da man bei ihr Fisch zu niedrigem Preis bekommen konnte. Die Frau des Fischers hatte recht schnell herausgefunden, dass Anna nur sehr wenig Geld besaß. Daraufhin richtete sie es so ein, dass sie etwas Fisch zur Seite legte, den sie ihr nahezu umsonst überließ, mit den Worten, ihr Mann müsse ihn sonst wegwerfen. Anna ist nicht auf den Kopf gefallen, ihr Stolz litt zwar ein wenig unter der etwas geschwätzigen Großzügigkeit dieser dicken Dame, die ihr Französisch mit italienischen Brocken ausschmückte, aber sie hatte sie doch liebgewonnen. Darüber hinaus erhielt sie noch einfallsreiche Rezepte von ihr, wie man den fadesten Fisch schmackhaft zubereiten kann. Als Anna gestern aus dem Dorf zurückkam, sah sie verstimmt aus. Sie hat nicht sofort erzählt, was ihr die Laune so verdorben hat. Nasreddin musste lange nachforschen. Tatsächlich hatte die Frau des Fischers erklärt, ihr Mann habe ihr verboten, künftig mit Anna zu reden. Polizisten hatten ihnen einen Besuch abgestattet, um sie über Anna und ihren Gefährten zu befragen, nachdem es anonyme Briefe aus der Nachbarschaft gegeben hatte. Gegenüber Nasreddin bestand die unglaubliche Beschuldigung, der Zuhälter des Mädchens zu sein. In diesen Briefen wurde sogar behauptet, nachts herrsche ein reges Kommen und Gehen von Männern in der Hütte. Die Frau meinte noch, sie selbst glaube das natürlich nicht, »aber dennoch, meine kleine *signorita*, wenn man so unvorsichtig ist, sich mit einem Araber zusammenzutun, dann darf man sich nicht beklagen, wenn alles so kommt wie jetzt bei Ihnen …«

Nasreddin hat ihr verblüfft zugehört, dann packte ihn eine riesige Wut, erstickend wie ein Stein, der in der Kehle steckt. Er war selbst entsetzt, denn diese Wut fand nichts, woran sie sich austoben konnte. Immer noch kreidebleich, machte Anna sich daran, das Essen zuzubereiten. Ihr Gesicht sollte unerschrocken erscheinen, aber die Schultern zitterten. Nasreddin versuchte nicht, sie zu trösten. Er ging hinaus, marschierte bis zur Erschöpfung, um sich zu beruhigen. Den ganzen Weg spuckte er, fluchte und lästerte Gott. Auf dem Rückweg fasste er dann einen Entschluss: Sie mussten eine andere Wohnmöglichkeit finden, koste es, was es wolle, vielleicht in der Altstadt. Wenn es darauf ankam, würde er schon ein Zimmer auftreiben, das zu mieten sei. Er musste ein wenig mehr arbeiten, selbst wenn er dabei draufgehen sollte! Dann ging er direkt zu Anna (die wahrscheinlich eben geweint hatte), nahm sie in seine Arme und versicherte ihr, keiner dürfe sie ungestraft besudeln, er wüsste sie durchaus zu verteidigen, diesen Halunken von der Polizei mit ihren Spitzeln würde er den verdienten Empfang bereiten, und noch viele andere Dinge, die sie offenbar zu glauben schien.

Dann haben sie sich geliebt, wie nunmehr täglich, morgens und abends. Es beginnt immer auf dieselbe Weise. Nachdem er das Hemd von Anna aufgeknöpft hat, berührt er ihre Brüste, zuerst flüchtig, dann ausgiebiger. Er küsst sie, sie schließt die Augen, er flüstert, dass er davon niemals genug bekommen kann. Seine Hände wandern zu ihrem Bauch hinab, langsam, aufmerksam bei jeder Erhebung, mit der Konzentration eines Bildhauers. Er biegt sanft die Haare beiseite, berührt mit dem Zeigefinger den Ansatz des Geschlechts, hin und her fahrend. Er nennt das mit einem nervösen Lachen – ihm ist dabei jedoch nicht zum Scherzen zumute – mit den Händen nach Hufaidh kreuzen, zu jener legendären Insel, die kein menschliches Wesen sehen kann, ohne den Verstand zu verlieren …

Überrascht fühlt Anna, dass sie feucht wird und die Lust auf leisen Sohlen ihren Körper betritt wie der Fuchs den Hühnerstall. Sie fürchtet das Aufsteigen dieser Lust und erhofft sie nach Leibeskräften. Anna kann ihre Schamlosigkeit selbst nicht fassen: Sie befreit sich ungeschickt von ihren letzten Kleidungsstücken, nimmt das Geschlecht von Nasreddin in die Hand, drückt es zuerst in ihren Fingern, bis ihr Gefährte eine schmerzliche Grimasse zieht, führt es dann zwischen ihre Schenkel. In jener halben Ohnmacht, die in ihr die Lust auslöst, lauert sie auf den Augenblick, wenn der pfeffrige Geruch des Spermas, das sich in ihre Vagina ergießt, bis zu ihrer Nase vorgedrungen ist. Dann schmiegt sie sich, auf köstliche Weise verängstigt, an Nasreddin.

Nach und nach kommen ihr wieder die Zeit und die Dinge zu Bewusstsein. Sie fröstelt, denn das Zimmer wird nur von dem lächerlichen Kohlebecken geheizt. Ist das also die Liebe?, fragt sie sich mit einer Art von Verblüffung, denn in diesem Augenblick kann sie sich keinen größeren Schmerz vorstellen, als von diesem Unbekannten getrennt zu werden. Und wenn es so wäre, mein Gott, was sollte sie dann tun? Sie kann doch nicht in diesem Land bleiben, ohne Arbeit, und außerdem drohen ihre Akrobatenmuskeln in dieser armseligen Hütte einzurosten. Für wen das alles? Für ihn? Aber was weiß sie denn überhaupt von diesem Menschen, über sein grausames Land, seine seltsame Sprache, da sie noch nicht einmal soweit ist, sich entscheiden zu können, ob er schön ist oder nicht, ob seine Nase zu groß ist oder doch nicht groß genug? Und Rina, diese arme, verrückte Rina, was wird sie davon halten?

Sie legt ihr Ohr an Nasreddins Brust, hört, wie sich auf der anderen Seite das Herz abkämpft, ein kleines verrückt gewordenes Tier, um dann mit Bedauern wieder ruhig zu werden, sich geschlagen zu geben. Der Schaui sagt ihr, er habe manchmal den Eindruck, dass sein Herz in diesem Moment seinen Körper verlassen möchte, als wollte es unter Einsatz des eigenen Lebens etwas Besseres finden als das, was Nasreddin ihm bieten kann. »Mein Herz ist schlauer als ich, es muss sich eingeengt fühlen in den Rippen eines Deppen aus dem Gebirge!«

Abgesehen von solchen ironischen Geständnissen, ist ihr Mann kaum gesprächig. Er sagt, er habe ihr so viele Dinge zu erzählen, dass er nicht weiß, wo er anfangen soll. Jedenfalls, verbessert er sich, sähe er sich außerstande, ihr all das auf Französisch zu sagen: »Auf Französisch hätte ich den Eindruck, dich zu belügen, Jongleuse. Ich werde dir Arabisch und Schaui beibringen, vielleicht kannst du mit dem Herzen all die unverständlichen Worte verstehen, die in meinem Kopf herumschwirren?«

Er lächelt schüchtern, trällert ihr ein melancholisches Lied in seiner rauen Sprache vor, umfasst sie zärtlich mit den Armen, als wollte er sie wärmen, damit sie sich nicht erkältet …

An jenem Abend saßen sie da, lauschten der Meeresbrandung, und jeder versuchte, seine Ängste zum Schweigen zu bringen. Anna schlüpfte in ihren dünnen Turnanzug und begann ihre tägliche Gymnastik. Seit einer Woche hat sie wieder ernsthaft mit dem Training begonnen. Sie hat Nasreddin gestanden, dass sie der Oper von Algier einen Besuch abgestattet hat, dort versicherte ihr jemand, am Ende des Monats habe er vielleicht eine Rolle für sie in einer Music-Hall-Nummer. Nur eine ganz kleine Vertretung für eine Akrobatin, die irgendwo in Tlemcen für zwei Wochen festsitzt, überdies nicht besonders gut bezahlt. Aber, seufzte sie sehnsüchtig, auf diese Weise bekäme sie in Algier vielleicht einen Fuß auf den Boden, wenn es gut geht.

Nasreddin ist fasziniert, als er sieht, wie hart ein Training sein kann. Das zerbrechliche Mädchen ist in der Lage, stundenlang dieselben Bewegungen auszuführen, ihren Körper erbarmungslos auszuwringen wie einen Putzlappen, in die Luft zu springen und sich auf den Boden zurückfallen zu lassen, von so weit oben, dass Nasreddin es nicht mehr mit ansehen kann. Dann steht er auf und geht hinaus, um eine Zigarette zu rauchen. Sie verspottet ihn als empfindliches Bürschchen.

Als die Nacht hereingebrochen ist, malt Nasreddin, der doch nicht besonders abergläubisch ist, auf die Hüttentür ein winziges, beinahe unsichtbares Auge, »das schützende Auge«, ähnlich jenem, das seine umsichtige Mutter an die Fassade ihres Hauses im Duar gemalt hat. Anna schläft schon. Er streichelt das Holz um sein Gemälde und lacht vor sich hin: »Wache über uns, Auge des Glücks!«

Ein wenig beschämt, weil er sich kindisch findet, aber leichteren Herzens, schließt er wieder die Tür.

ANFANGS SIEHT NASREDDIN die Anwesenheit amerikanischer Soldaten in Algier eher mit Gleichmut. Vom politischen Tauziehen zwischen Roosevelt und Churchill um ihre jeweiligen Schützlinge, Giraud oder de Gaulle – Darlan ist inzwischen ermordet worden –, über die selbst in den maurischen Cafés diskutiert wird, fühlt er sich nicht sonderlich betroffen. Seine Mutter sagte immer, eine Ameise könne alles verlieren, wenn sie sich allzu sehr in die Angelegenheiten der Elefanten einmische. Was spielte es außerdem für das Elend und die Erniedrigung der Araber in den Kolonien für eine Rolle, ob Paris nun besetzt war oder nicht? Selbst wenn die Franzosen die Deutschen in ihrer Metropole abschütteln würden, wäre das noch lange kein Grund für sie, ihre Vorherrschaft in Algerien aufzugeben. Die Phrasen von der Dankbarkeit des Vaterlandes, all jenen gewiss, die für seine Befreiung kämpften, sind wie gewöhnlich nichts als Worte von Schönrednern auf dem Marktplatz. Jene Araber, die im vorherigen Krieg zu Zehntausenden gefallen waren, sind freilich nicht mehr da, um daran zu erinnern, welche wunderbare Gleichheit Frankreich ihnen versprochen hatte. Ein Toter hat keine Erinnerung, er lehnt sich auch nicht auf, sondern er begnügt sich damit zu stinken! Aber die Witwen gibt es noch in jedem Dorf, gebeugt von Alter und Leid ... Der junge Mann aus den Bergen weiß instinktiv: Die Mächtigen lügen immer, das ist eines ihrer Privilegien. Jeder kleine schnauzbärtige Hausmeister und jeder mickrige Schreihals von einem Hafenarbeiter mit mehr oder weniger europäischer Herkunft findet es selbstverständlich, dass ihm ein arabischer Schmutzfink unterstellt ist! Hat man je einen Wolf gesehen, der von sich aus sein Gebiss zugeklebt hätte, um den Schafen eine Freude zu bereiten?, sagte man mit Resignation im Duar. Manche Dummköpfe mögen das Gegenteil glauben, das ist ihr gutes Recht, aber er, Nasreddin, hat nun einmal beschlossen, sich von all dieser Aufregung fernzuhalten. Er hat noch nicht verwunden, was er eines Tages zu Gesicht bekam: Bei einer Versammlung der Fremdenlegion unter freiem Himmel rannten die Araber im Turban aus der Masse der Zuschauer heraus, stürmten vor lauter Begeisterung die Bühne, um dort Pétain ewige Treue zu schwören!

Das war einige Zeit, nachdem er aus dem Gefängnis gekommen war. Diese Esel erklärten unter dem Beifall der beinahe ausschließlich europäischen Menge, sie seien bereit, für den Triumph der »Nationalen Revolution« des Marschalls zu sterben. Als Beweis brachten sie ihren Wunsch zum Ausdruck, sofort als Freiwillige in die Fremdenlegion aufgenommen zu werden, deren öffentlich zur Schau gestellte Verachtung für die Araber nur noch übertroffen wurde vom Hass gegen die Juden!

An diesem Tag versuchte Nasreddin den Gaffern, die an der Versammlung teilnahmen, Limonade zu verkaufen. Seit mehreren Tagen hatten Manuel und er nicht einen Centime mehr in der Tasche. Es blieb ihnen nichts anderes übrig, als Zitronen in einem Garten zu klauen, und dann zog jeder mit Flaschen los, in die sie den hastig ausgepressten Saft abgefüllt hatten, um sein Glück zu versuchen. Da kam ein Kerl aus dem Ordnungsdienst, ein großer Blonder, eingeschnürt in seine Uniform, in der Hand einen Knüppel, um ihm mit heftigem Sarkasmus und unter den zustimmenden Blicken der Zuschauer nahezulegen, dass er verschwinden solle. Die »Melone« mit ihrem Kistchen und dieser stinkigen Limonade störe nur die Leute. Wütend gab Nasreddin nach, flüchtete hinter einen Lastwagen und wagte sich erst wieder hervor, als der Bursche mit seinem Knüppel verschwunden war. Dessen Beleidigungen und die Häme der Gaffer setzten ihm dermaßen zu, dass er vor Wut die Flaschen mit seinem Urin auffüllte. Dann bot er seine ganze Überzeugungskraft auf, um die zweifelhafte Mischung aus Zitrone und Pisse zu Niedrigpreisen an europäische Teilnehmer der Versammlung zu verkaufen, die vielleicht Rassisten, aber einem guten Geschäft niemals abgeneigt waren. Auch ging er auf einen der Araber zu, die auf die Tribüne gestiegen waren, und bot ihm ein Glas Limonade an. Der Mann nahm das Glas, ein wenig erstaunt über so viel Großzügigkeit. Er leerte es in einem Zug, wischte sich den Schnurrbart, sagte dann zufrieden und anerkennend: »Hm, sie ist etwas sauer, aber verdammt gut, deine Limonade! Danke, mein Bruder, Gott wird es dir vergelten!« Nasreddin musste so sehr lachen, als er Manuel diese Geschichte erzählte, dass er beinahe in die Hose gepinkelt hätte.

Das Einzige, was Nasreddin wirklich beunruhigt, ist die eventuelle Freilassung Rinas. Er hat noch nie jemandem etwas Böses gewünscht, aber mehr und mehr wird ihm bewusst, dass es für Anna nur noch wenige Gründe gibt, in Algier zu bleiben, wenn Rina sich in Freiheit befindet. Er hat ihr jedenfalls wenig zu bieten!

Einmal sagt er ihr scherzhaft, aber sie ahnt, dass es

ernst gemeint ist: »Im Grunde möchte ich, dass der Krieg ewig weitergeht, denn wenn er aufhört, wirst du von hier fortgehen, nicht wahr?«

Sie haben sich in ihre Decken gekuschelt, umarmen sich fest, um einander zu wärmen und zu trösten. In der Ferne hört man deutlich, wie die Bomben explodieren, die von den deutschen Messerschmitts über der Bucht von Algier abgeworfen werden. Beinahe unmittelbar folgen die Schüsse der Flak und der Kanonen aus den Bunkern, die im Hafen errichtet wurden. Diese Bombardierungen wiederholen sich beinahe jeden Abend, ohne große Schäden für die Stadt, denn die feindlichen Flugzeuge wagen sich selten weiter vor als bis zur Bucht. Zuerst von den Scheinwerferkegeln erfasst, dann von den erschreckenden Schwärmen der Abfangkugeln getroffen, explodieren sie im Allgemeinen mitten am Himmel, noch bevor sie die Küste erreichen können. Seltsam ulkig mit ihren brennenden Flügeln, stürzen sie ins Meer wie riesiges Spielzeug, das vom Feuer zerstört wurde.

Er stellt seine Frage noch einmal mit demselben geheuchelten Gleichmut: »Du würdest doch fortgehen, was?«

Er beißt leicht in Annas Nacken, seine Hände spielen mit ihren Brustwarzen, aber sein ganzer Körper wartet ängstlich auf die Antwort des Mädchens. Sie schweigt, begnügt sich damit, Erstaunen zu zeigen. Nach einem etwas bedrohlicheren Bombenangriff, drückt sie sich an ihn. »Du bist mein Schwälbchen«, flüstert sie inbrünstig. »Und wenn du da bist, denke ich, dass alles so leicht ist wie du, dass alles dir gleicht …«

Sie hindert ihn daran zu antworten, indem sie ihre Lippen auf seine presst. Ihre Brustwarzen sind hart geworden. Sie küsst ihn mehrmals, froh: »Ich bin eine Bäuerin, ich pflüge dich um, dann gehe ich und ernte deine Küsse.« Sie setzt sich rittlings auf ihn, erdrückt ihn mit ihrem Gewicht. Nasreddin frohlockt; er rührt sich nicht, fürchtet, ihr zu zeigen, dass sie ihm weh tut, weil sie dann eine andere Stellung einnehmen würde. Ihre Kleider liegen unordentlich auf dem Boden neben der zu schmalen Matratze. Trotz der Dunkelheit und des Kriegslärms draußen nimmt das Zimmer nach und nach die Färbung eines bestimmten Nachmittags an, der weit entfernt in seiner Kindheit liegt. Er ist in einem duftenden Wald und hat den Geschmack von Pfirsichen im Mund. Als würde die junge Frau nur durch ihre Anwesenheit die armselige Hütte mit Tropfen des Glücks verwandeln.

»Iss mich«, stammelt Anna.

Da tritt er die lange und kurze Reise an, die von seinem Körper zu dem der Geliebten führt, aber eine Antwort auf seine Frage hat er nicht erhalten. Als er aus seiner Lust auftaucht, möchte er sie erneut fragen. Er wagt es nicht, und so bleibt eine Ungewissheit in ihm, die ihn für einen Teil der Nacht wach hält. Sicher, das Mädchen scheint ihn lieb gewonnen zu haben, aber er macht sich keine großen Illusionen. Da sie ihn erst seit kurzer Zeit kennt, kann ihr neues Zusammensein wohl schwerlich die Leidenschaft aufwiegen, die sie für ihren Beruf empfindet. Außerdem würde Rina – zumindest vermutet er das – nur einen Gedanken im Kopf haben: aus diesem Land zu verschwinden, in dem sie ins Gefängnis gesteckt und gedemütigt wurde. Und wahrscheinlich wäre sie nicht bereit, ohne jene Frau fortzugehen, die spontan alles für sie geopfert hat. Schändlicherweise beginnt er zu hoffen, dass Rina so spät wie möglich entlassen wird. (»O mein Gott, zwei oder drei Monate mehr, das ist alles, was ich verlange. Ich werde ihr auch so viele Körbe bringen, wie sie möchte!«) Vielleicht kann es ihm innerhalb dieser Zeit gelingen, dass Anna ihn ein wenig mehr liebt? Dann müsste es nicht unvermeidlich so kommen, dass sie ihn verlässt.

BALD ÄNDERT NASREDDIN allerdings seine Meinung über die Anwesenheit der amerikanischen Truppen in Algier. Die Soldaten, die zu Zehntausenden den Atlantik überquert haben, führen außer ihren auffälligen Waffen auch eine außergewöhnliche Menge von Lebensmitteln und Konsumgütern mit sich. Die Europäer (die anderen haben kein Geld) entdecken nun Corned beef, Coca-Cola, Schokolade, Jeans und Strumpfhosen, oder sie entdecken es wieder. Eine wahre Kaufwut hält in der französischen Stadt Einzug, und selbstverständlich entsteht ein raffinierter Schwarzmarkt, der für den geheimen Austausch sorgt zwischen den *Boys*, die auf Vergnügen aus sind, bevor sie zu den schrecklichen Schlachtfeldern Europas ausrücken, und der unzufriedenen Bevölkerung von Algier, die gerne zum Überfluss aus Vorkriegszeiten zurückkehren würde.

Wie viele junge Leute seines Alters stürzt sich Nasreddin kopfüber in dieses neue *Bizness*. Da er schamlos einige englische Wörter radebrecht, die er da oder dort aufgeschnappt hat, hat er das Glück, mit dem Verwalter eines amerikanischen Lagers in der Oberstadt von Algier, in Ben Aknun, »geschäftliche Beziehungen« knüpfen zu dürfen. Der Mann, ein großmäuliger Friseur aus der Vorstadt von Cleveland, behauptet halb im Scherz, er würde ihm vertrauen, weil er ihm dümmer vorkomme als der Durchschnitt seiner Glaubensgenossen; er lässt sich aus reiner Resignation mit einem Araber ein, weil die französischen Mittelsleute sich als zu gierig erwiesen haben. »Du kennen Al Capone? *Try to fuck me, boy, and I'll crush out the juice of your head with that …*« Der Unteroffizier zeigt seinen Revolver und zielt auf Nasreddins Kopf.

Obwohl Nasreddin so etwas ärgert, hat er keinen Grund, den Amerikaner vor den Kopf zu stoßen, denn der Handel ist in Ordnung: Sein Gewinn aus dem Ver-

kauf von Zigaretten, Strumpfhosen, Schokolade und sogar Whisky ist so hoch, dass er keinerlei Lust verspürt,
eine Beziehung zu beenden, die so profitabel ist. Umso
mehr als sich ansonsten seine Lage nicht verbessert hat:
Der Eigentümer der Hütte – den er schließlich ganz vergessen hatte! – ist zwei Tage zuvor aufgetaucht und hat
die Rückgabe seines Eigentums so bald wie möglich gefordert. Mit kaum gezügelter Verachtung hat er die Frau
gemustert, die ganz blass bei dem Araber stand. »Das
war so nicht vorgesehen!«, bellte er, mit dem Kinn auf
Anna im Schlafrock verweisend, die er beim Aufstehen
überrascht hatte: »*Fissa*, raus, du räumst mir das Zimmer, du Drecksack! Sag deinem Kumpel, dass ich es
nicht länger mit ansehe, wie man aus meiner Hütte ein
Bordell macht!«

Nasreddin ging auf ihn zu, ein Brett in der Hand, auf
Schaui fluchend (ab einem gewissen Wutpegel kann er
sich nicht mehr auf Französisch oder Arabisch aus-
drücken), wenn dieser Sohn eines Bastards nicht sofort
verschwinde, werde er ihm das Brett auf dem Kopf zu
Kleinholz schlagen. Der Mann trat überstürzt den Rückzug an, denn Nasreddin war kreidebleich. Er zog ab, Beleidigungen ausstoßend, man werde schon sehen, was
passiert, er werde nicht zulassen, dass ein Kameltreiber
ungestraft einen Franzosen bedrohe. Um Annas aufge-
löste Miene nicht sehen zu müssen, ging Nasreddin nun
ebenfalls hinaus, unter dem Vorwand, er habe noch eine
wichtige Sache mit dem Friseur zu erledigen. Er hatte
das Gefühl, sich vor Machtlosigkeit übergeben zu müssen, aber im Wind, der ihm eisige Tropfen ins Gesicht
peitschte, wurde ihm besser. Er ging zum Lager von Ben
Aknun zurück, fest entschlossen, seinen Amerikaner zu
überreden, ihm noch mehr Waren zu liefern, er war zu
jedem Risiko bereit. Tatsächlich hat Nasreddin ein Zimmer in einem Gemeinschaftshaus in der oberen Kasbah

aufgetrieben, aber die Besitzerin, eine ärmliche und misstrauische Witwe, fordert vier Monatsmieten im Voraus.

In kurzer Zeit verkauft er so viele Schuhe, Hosen aus
Baumwolle (ach, dieser Stoff aus so festem Tuch, auf den
die verwöhnte Jugend der Oberstadt Algiers so verrückt
ist!), Konserven, Alkohol und verschiedene Süßigkei-
ten, dass es ihm gelingt, das Geld für die vier Monate zu-
sammenzukratzen. Der Verwalter ist nervös geworden
durch das unvorsichtige Verhalten Nasreddins, der nicht
mehr zögert, mehrmals täglich bei ihm aufzutauchen,
und wird langsam unangenehm. Da aber das Geld regelmäßig zurückfließt, siegt schließlich die Gier des Friseurs. Der Sergent gibt nach, fest entschlossen, dass die
jetzige Transaktion die letzte sein wird. Bei Nasreddin,
der ihm überhaupt nicht zuhört, beklagt er sich, dass
die Offiziere der Verwaltung nun begonnen hätten, die
Buchhaltung der Firma etwas zu genau zu überprüfen.

STOLZ ZEIGT DER SCHAUI das viele Geld, das er verdient
hat: Übermorgen werden sie umziehen! Aber Anna ist
nicht so glücklich, wie er hoffte. Sie hat an diesem Morgen versucht, ihre Freundin zu besuchen, ohne Erfolg.
Als sie sich nicht abweisen ließ, hat ein Wächter ihr
schließlich mitgeteilt, dass Rina ins Hospital eingeliefert
wurde, nein, es ist nichts Ernstes, aber er kann ihr nicht
sagen, wann sie aus der Krankenstation zurückkommt.
Mehr wollte er ihr nicht anvertrauen. Anna ist sehr beunruhigt, weil der Wärter ihr nicht in die Augen sehen
wollte, wie sie händeringend berichtet.

Nasreddin schämt sich über die böse Freude, die er
empfindet. Wenn Rina ernstlich krank ist, dann wird
eine überstürzte Abreise der beiden Frauen aus Algier
unwahrscheinlich, selbst wenn die Polin vorzeitig aus
der Haft kommen sollte! Seine arme Anna liest jeden

Morgen gierig die Zeitung, weil sie hofft, dass die mächtigen Amerikaner endlich die Behörden von Algier zwingen werden, die antijüdischen Gesetze abzuschaffen. Offenbar vergeblich, denn diese Gesetze – weder Anna noch Nasreddin können ahnen, dass eine solche Verzögerung nötig sein wird! – werden erst ein Jahr nach der amerikanischen Landung in Sidi Ferrusch abgeschafft ...

So geht der Umzug in großer Trauer vonstatten. Das Haus liegt in der Rue des Sarrasins. Nur Anna erfasst die Ironie des Namens. Das recht baufällige Haus muss einmal prächtig gewesen sein. Jetzt ist es eingezwängt zwischen einem Hammam und einem Laden mit traditionellem Gebäck. Das ihnen zugeteilte Zimmer ist dunkel, hat nur ein winziges Fenster und liegt im ersten Stock. Der Eingang befindet sich in einem gekachelten Innenhof. Der einzige Wasserhahn ist in einer Ecke dieses Hofs zu finden. Eine flammende Bougainvillea und Kübel mit Gerbera und Jasmin überfluten die Treppe ins erste Stockwerk mit Grün, sie sollen dem alten Haus ein wenig von seinem einstigen Adel zurückgeben. In den beiden anderen Zimmern wohnt die Familie der Witwe, zwei etwa zehnjährige Kinder und eine sehr alte Dame, die Mutter des verstorbenen Ehemanns. Neugierig sind die Kinder gekommen, um zu schauen, wie die Gauria sich einrichtet. An ihrer Schnute ahnt Anna, dass sie enttäuscht sind. Das Gepäck der Neuankömmlinge ist so bescheiden, dass sie nur arm sein können. Also nicht anders als sie ...

Ganz aufgeregt von den neuen Wohnverhältnissen, umarmt Nasreddin Anna vor den Augen der Kinder, die mit dem Kreischen verscheuchter Vögel auseinander stieben. Er zählt das angesparte Geld, gibt den größeren Teil Anna (»Ich weiß in Gelddingen nicht so gut Bescheid. Außerdem, da es um Bankgeschäfte geht, wer von uns beiden ist denn hier aus der Schweiz?«) und teilt ihr mit, dass er noch eine Verabredung mit seinem Amerikaner in Ben Aknun hat. Anna hält ihn zurück, bewegter über diese Geste ihres Gefährten, als sie vielleicht zeigen möchte: »Du könntest dich doch heute ausruhen. Seit Tagen rennst du nun schon von morgens bis abends herum …«

Sie fühlt sich nicht stark genug, den ersten Tag in einer so neuen Umgebung ohne den Beistand Nasreddins durchzuhalten. Sie lehnt sich an den Arm ihres Gefährten. Der Schaui missversteht die Gebärde Annas und lächelt. Er streichelt verliebt die Nase seiner Freundin, ist bereit nachzugeben. Sie ist schön, so schön, dass er sich vornimmt, sie zum Fotografen mitzunehmen. Er wird ein Foto von sich und ihr machen lassen, das wird dann gerahmt und an der Wand aufgehängt werden. Zuvor aber wird er die Wand neu streichen, wahrscheinlich gelb, das ist freundlicher. Vielleicht sollte er sich auch vor der Fotografie einen schönen Anzug kaufen, so einen, bei dem die Jacke tailliert ist, mit breitem Revers und einer Hose, die auf den Schuhen aufstößt? Das ist ja alles lächerlich, aber vielleicht fängt hier das Paradies an, mit solchen dummen Gedanken! Die Hand des Mädchens klammert sich an seinen Arm.

»Ich kann jetzt nicht, Gazelle meines Herzens. Der Ami wird glauben, dass ich mich absetzen und alles stoppen will. Aber heute Abend gehen wir aus und feiern groß in einem Restaurant des Fischereihafens. Du wirst dich nicht verkleiden müssen, und als Nachtisch leisten wir uns eine Cremetorte. Da wir nun einmal ein bisschen Geld haben, werden wir es uns schön machen. Na, wie gefällt dir das?«

»Nein …« Anna zieht ihn sanft ins Innere des Zimmers. »Bleib heute, ich bitte dich …«

Sie verhindert seine Einwände, indem sie ihn küsst.

Der Duft von Annas Haar auf seinem Gesicht lässt in Nasreddin jenes ziehende Begehren entstehen, das einem wunderbaren Schmerz gleicht. Er atmet tief ein, möchte sich ablenken von diesem Übermaß an Glück. Die Frau presst sich etwas stärker gegen ihn. Er umfasst ihre Schultern. Seine Finger streifen ihre Ohren und ihren Nacken. Die andere Hand wandert ihren Rücken hinab. Er hat nicht aufgehört, Anna zu küssen. Sein Speichel vermengt sich mit dem Speichel der Frau, die er jetzt gegen einen Schrank drückt. Von dort aus kann er das Fensterchen und ein Stück vom Himmel sehen. Aber er sieht nichts. Er ist ein wenig berauscht, wie eine Biene, die zu viel Honig getrunken hat.

Annas Rock ist nun beinahe völlig hochgerutscht. Sie streckt ihren Unterleib nach vorn. Sie nimmt die Hand Nasreddins und drückt sie zwischen ihre Schenkel. Sie seufzt leise. Nasreddin ahnt hinter dem Stoff des Höschens das sich darbietende Geschlecht, Lebensquelle in einem Land des Durstes. Er beginnt sich aufzuknöpfen. Doch dann nimmt er all seine Kraft zusammen und besinnt sich: »Nein, Anna, es geht nicht, ich muss da jetzt hingehen!«

Er macht sich beinahe gewaltsam los. Beide atmen schwer. Anna bleibt weiterhin am Schrank stehen. Mit gesenkten Augen beginnt sie, allzu sorgfältig die Falten ihres Rocks zu ordnen. Ihre ruckartigen Bewegungen sind nutzlos. »Geh ruhig, du hast Recht, es ist unvernünftig!«

In ihrer Stimme ist ein bitterer Vorwurf, der sie rau werden lässt.

»Anna …«

»Nein, es geht schon wieder … Ja, es geht.«

Jetzt schaut sie auf. Sie ordnet ihr Haar. Sie versucht zu lächeln. Aber dieses Lächeln ist missmutig, sie verbietet es sich zu weinen. »Nasreddin, hör mir gut zu: Du musst schnell wiederkommen. Ich … ich hänge so an dir.«

Der Schaui ist bereits an der Tür. Er ist nicht gerade stolz auf sein Verhalten. Er flüstert bewegt: »Anna, du bist die schönste Chance meines Lebens. Du …«

»Sei still, du redest dummes Zeug.« Anna scheint sich wieder gefasst zu haben. Sie stehen auf der Schwelle ihres Zimmers. Nasreddin will sie küssen – er hat sich schon über sie gebeugt, atmet den feuchten Geruch ein, der vom Schoß seiner Gefährtin aufsteigt –, als er die Schwiegermutter der Besitzerin sieht, sie hat einen Eimer vor den Hahn im Hof gestellt und beobachtet sie begierig. Er fährt hoch, als habe man ihm einen Stich versetzt. Schlecht gelaunt, immer noch voller Begehren, rennt er, so schnell er kann, die Treppe hinunter und schließt unsanft die massive Holztür. Er stürzt die abschüssigen Straßen der Kasbah hinab, dann die Avenue mit den glänzenden Pomeranzenbäumen hinauf. Er geht schnell und singt vor sich hin, berauscht von Freude und Schuldbewusstsein.

Vor der Kaserne von Ben Aknun ruft Nasreddin den Wachsoldaten herbei. Er kennt jetzt beinahe alle Wachhabenden, macht einen Witz in seinem schlechten Englisch. Der Soldat hat ihn wiedererkannt und antwortet ihm mit einer überraschenden Jovialität. Er schiebt ihn eilig in ein kleines Zimmer, dort werde der Verwalter ihn in etwa zehn Minuten aufsuchen, meint der Soldat. Nasreddin hat gerade noch die Zeit, sich über die Verspätung seines Friseurs aus Cleveland und über die allzu große Liebenswürdigkeit des amerikanischen Wachmanns zu wundern, als drei Soldaten der Military Police mit brachialer Gewalt in das kleine Zimmer stürzen und ihn am Schlafittchen packen. Nachdem man ihn ausgiebig verprügelt hat, wird er drei Tage später der französischen Gendarmerie überstellt. Diese entledigt sich seiner, indem sie ihn in die schmutzige Zelle eines zentralen Gefangenenlagers wirft, das unter der Rampe von Tafurah provisorisch eingerichtet wurde. In ihr verbringt er eine entsetzliche Woche im Kampf gegen die Ratten, Flöhe und Todesangst vor Typhus. Eines Morgens wird er herausgeholt und für das 7. Infanterieregiment mit algerischen Schützen eingezogen, das kurz vor dem Aufbruch ins große europäische Gemetzel steht.

Noch lange Zeit später wird ihn die Erinnerung an den Duft seiner Gefährtin und an die verpasste Umarmung mehr peinigen als das eigene Unglück.

15

W IEDER UND WIEDER dreht er seinen Militäraus-
weis zwischen den Fingern. Mit großer Verblüffung betrachtet er den Entlassungsstempel quer über
dem Foto. »Mein Gott, ist das denn möglich! Doch nicht
direkt am Tag des Sieges! So sehr können sie uns nicht
hassen …«

Etwa zehn Tage benötigt Nasreddin, um in sein Duar
zu kommen. Verbitterung und Wut verzehren ihn wie
eine Säure auf offener Wunde: »»Tausendmal haben wir
unseren Kopf riskiert, um ihr Land von den Nazis zu
befreien. Und kaum ist der Sieg da, schrecken diese
falschen Schlangen von Franzosen nicht davor zurück,
unsere Leute in ganzen Dörfern zu massakrieren!«

Mehrmals wird er beinahe von der Armee oder von
den durch die Kolonisten bewaffneten Milizen gefasst.
Er nimmt zuerst den Überlandbus, aber arabische Reisende, die aus dem Gebiet um Constantine kommen,
warnen ihn: Die Europäer haben Straßensperren errichtet, sie treiben die Araber aus den Bussen, und beim geringsten Verdacht einer Verbindung zu den Demonstra-
tionen für die Unabhängigkeit werden sie an Ort und
Stelle erschossen. Jemand hat ihm erzählt, dass Männer
aus der Miliz in Begleitung von Legionären einen Lastwagen angehalten haben, der Bauern transportierte, die
wie jeden Morgen auf dem Weg zur Arbeit auf dem An-
wesen eines französischen Siedlers waren. Die Franzosen haben die Bedauernswerten mit Eisendraht gefesselt und mit Benzin übergossen, um sie dann mitten auf

der Straße bei lebendigem Leibe zu verbrennen. Nasreddin beschließt, nur noch bei Nacht zu marschieren, zu Fuß und querfeldein, wobei er sich mehrmals verirrt. Er hat das Gefühl, mitten in einen Albtraum geraten zu sein, als hätte ihn die Macht eines komödiantischen Geistes (»Gott amüsiert sich!«) um einige Monate zurückversetzt, zurück nach Italien oder Korsika, wo die Grausamkeit der deutschen Truppen herrschte. Seit zwei Wochen ist der Krieg auf dem Alten Kontinent zu Ende. Für ihn beschränkt sich Europa auf zwei endlose Jahre, in denen es keinen einzigen Augenblick gab ohne die abscheuliche Angst, getötet zu werden. Und jetzt, wo er entlassen wurde, geht es wieder los, diesmal in Algerien!

Im Morgengrauen vor drei Tagen erreichte er eine Meschta, wie gewöhnlich eilte ihm das Gebell der Hunde der Schaui-Bauern voraus. Er hat eine Panzerkolonne auf der anderen Seite des Wadis ausgemacht, möchte kein überflüssiges Risiko eingehen. Es ist nicht das erste Mal, dass er in einer Meschta um Gastfreundschaft bittet. Also achtet er sorgfältig darauf, offen zu marschieren, damit die Späher ihn rechtzeitig entdecken und ihm keine falschen Absichten unterstellen. Er ruft, aber niemand antwortet ihm. Gleich in der ersten Gasse begreift er. Ein abscheulicher Geruch fällt ihn an, noch bevor er die Leichen sieht. Die Hitze hat die Kadaver gebläht. Die Mehrzahl der Opfer sind im Schlafanzug, manche Frauen nackt, als habe man sie ausgezogen, bevor man sie tötete. Von Zeit zu Zeit ist ein Pfeifen wie ein Furz zu hören, wenn die Faulgase entweichen. Hunde streunen umher, beißen an einer Leiche, dann an einer anderen herum, offensichtlich bereits satt. Entsetzt wirft Nasreddin mit Steinen nach einem Hund, der sich in den Unterleib eines kleinen Mädchens verbissen hat. Der Hund knurrt, seine Schnauze ist blutverschmiert.

Beruhigt taucht er wieder in die Eingeweide ein. Die beiden folgenden Tage verbringt Nasreddin im Gras oder in Kornfeldern versteckt, zähneklappernd beim geringsten Geräusch, sich von Wurzeln nährend, mehrmals erbrechend bei der Erinnerung an den Pestgestank.

Seine Mutter empfängt ihn ohne Vorwurf, seit drei Jahren hat er sie nicht mehr gesehen. Sie ist nur ein wenig schwerer geworden und ihr Blick etwas glanzloser.

»Und Ba?«, fragt er sofort. Sie hebt ihre Brauen, um auf das Bett im Innern des Zimmers aufmerksam zu machen. Mit einem Verband um die Stirn liegt der Vater im Koma, rote Blasen blühen aus Nase und Mund. »Ist es Blut?«

»Ja, mein Kleiner. Seine Lunge.«

Die Tränen zurückhaltend, setzt sich Nasreddin und ergreift die Hände seines Vaters. Der alte Bauer mustert ihn mit verstörten Augen, wehrt sich dann verängstigt: »Wer bist du, Mann? Geh fort … ich habe dir nichts getan …«

»Ba, geliebter Ba, ich bin's, dein Sohn, du hast mich auf deinen Schultern getragen!«, protestiert Nasreddin und bricht in Schluchzen aus.

»So ist er seit dem ersten Tag«, seufzt Zehra. »Keinen erkennt er mehr. Und all das für ein paar verdammte Kartoffeln!«

Sie erklärt ihrem Sohn, dass Dahman am Tag nach den Unruhen von Setif auf den Markt des Städtchens gegangen war, um Gemüse zu verkaufen. Bei Kriegsende hatten viele Araber geglaubt, jetzt sei die Zeit der Unabhängigkeit gekommen. Die Polizei hat als Antwort in die Menge der Demonstranten geschossen und Waffen an die Europäer verteilt, die sie gegen jeden Araber gebrauchten, der ihnen begegnete. Dahman wusste nichts von diesen Ereignissen, vor allem nicht, dass französische Farmer an diesem Morgen von Dörflern getötet worden waren, die aus dem Gebirge herabgekommen waren. Als der Markt umzingelt war, hatte er zu fliehen versucht, aber eine Kugel hatte ihn am Kopf getroffen. »Als er aufwachte, hat er zuerst nicht begriffen, dass er in einem Massengrab lag, Dutzende von Leichen waren über ihn gestapelt. Glücklicherweise haben die Mörder die Grube nicht festgetreten, dein Vater konnte sich befreien und wieder ins Duar kommen, obwohl er verwundet war. Aber es war schon zu spät. Durch das Gewicht der Leichen war die Lunge geplatzt ...«

Zwei Tage liegt der alte Mann im Sterben, unablässig nach seiner Mutter rufend. Bis zum Ende versucht Nasreddin seinen Vater zu beruhigen, der sich erschreckt fragt, was dieser Unbekannte von ihm will ...

»Dein unglücklicher Vater, fast wie ein Kind, solche Angst hat er gehabt!«, murmelt Zehra, als sie vom Friedhof kommen.

AM TAG NACH DER BEERDIGUNG fährt er nach Algier, trotz der Schreie und der Trauer seiner Mutter. In der Rue des Sarrasins tut die Hauseigentümerin zuerst so, als erkenne sie ihn nicht. Das obere Zimmer ist auf jeden Fall vermietet, entgegnet sie ihm misstrauisch. Als die Witwe begriffen hat, dass der junge Mann, der sie so ängstlich ausfragt, keine Rückzahlung verlangen will, ist sie endlich bereit, ihm mitzuteilen, dass die Gauria fortgegangen ist, drei Monate nach ihrem Einzug. »Sie hat immer nur geweint. Wir sind am Ende Freundinnen geworden. Sie brach mir das Herz, diese Kleine, so allein und so traurig. Sie hat mir anvertraut, dass ihre Mama ... also, was sie ihre Mama nannte, an Typhus gestorben war.«

Da der Fragende so niedergeschlagen aussieht, fügt die Witwe mit einer Mischung aus Mitleid und Vorwurf hinzu: »Sie hat noch zwei Monate nach dem Tod ihrer Mama auf dich gewartet. Sie schien sehr an dir zu hängen. Du hättest dich nicht so verspäten dürfen, mein Sohn. Siehst du, das Leben ist selten zweimal so großzügig!«

Er irrt ziellos in Algier umher, am Boden zerstört von dieser Unglückssträhne. Er würde gerne weinen, aber es gelingt nicht. Immer wieder zuckt er mit den Schultern, als habe er einen unsichtbaren Gesprächspartner, leeren Herzens, unfähig zu akzeptieren, was ihm als seine endgültige Niederlage im Krieg erscheint: Sein Vater ist tot, und nun ist diese Frau nicht da, die allein ihn von all dem Blut hätte reinigen können, ja müssen – er war sich so sicher gewesen in all den Monaten im Erbrochenen der Schützengräben –, von all dem Blut und der Nichtswürdigkeit, deren Opfer und Komplize er gewesen war!

Er macht auch Anstalten, seinen Freund Manuel zu finden – mit genauso wenig Erfolg. Schließlich läuft ihm Camacho über den Weg, der aufgrund der Amnestie nach Kriegsende aus dem Gefängnis entlassen wurde. Seltsamerweise empfängt ihn der alte Mann mit offenen Armen und besteht darauf, dass er mit ihm nach Hause kommt und die Nacht bei ihm verbringt. Über Manuel kann er ihm lediglich ein paar ungenaue und widersprüchliche Informationen geben, die er da und dort aufgelesen hat. Manche behaupten, er sei in Monte Cassino während des Italienfeldzugs gefallen, andere meinen, die Deutschen hätten ihn gleich zu Anfang bei der Landung in der Provence gefangen genommen …

Als Nasreddin klar wird, dass nichts mehr von dem existiert, was er an Algier geliebt hat, beginnt er zu trinken, zehrt nach und nach die letzten Sous seiner mageren Entlassungsprämie auf. Er sollte ins Dorf zurückkehren, um seine Mutter zu trösten, aber dazu fühlt er nicht den Mut in sich; er ist elender als je zuvor, bis ins tiefste Innere seiner selbst entkleidet. Als ob ein erbarmungsloser Plünderer ihm seine Hoffnung geraubt hätte.

Camacho, der einst so jähzornige Zigeuner, behandelt ihn an jenem Abend wie einen kranken Sohn. Er kümmert sich um alles, bereitet ein Linsengericht zu und enthält sich jeden Urteils über das Benehmen seines jungen Gefährten. »Trink, Söhnchen, trink jetzt so lange, bis es dich für alle Zeiten anekelt. Das Elend ist wirklich die einzige Sache, an der es Leuten wie uns niemals mangelt. Trink und weine, wenn du kannst.«

Der alte Häftling räuspert sich: »Ich habe meine Frau getötet, weil sie mich hintergangen hat. Und doch habe ich sie weiß Gott geliebt. Ich habe mir danach immer die größte Mühe gegeben, ihren Tod nicht zu beweinen, weil ich der Meinung war, dass sie das nicht verdiente, und ein Mann, ein echter Mann, nur so viel wert ist wie seine Ehre.«

Der alte Mörder gibt sich die allergrößte Mühe zu lächeln: »Nun ja, glaub mir, Kleiner, der wahre Schmerz«, er klopft mit der Faust auf seine Brust, »ist: wenn man unter seinem Schmerz nicht leiden kann, weil man glaubt, man stehe über ihm! Und wenn man im richtigen Moment nicht losflennt, dann wird man es nie tun können. Die Pein verwandelt sich in einen Klumpen aus Hass, der mit dem Alter hart wird und dich böse macht.«

Er überlegt einen Augenblick, als schäme er sich für das, was er nun sagen wird: »Siehst du, Maure, meine Frau hat sich als die schlimmste Hure entpuppt. Und dennoch glaube ich, wenn ich noch einmal die Möglichkeit hätte, dann würde ich mich ihr zu Füßen werfen, sie um Verzeihung bitten für das, was ich getan habe, und vor allem dafür, dass ich nie das verpfuschte Leben von uns beiden beweint habe …«

»Aber was redest du denn da, Camacho? Meine Frau, die ist anders, die ist irgendwo ... Anna ist ... sie ist ...«

Er unterbricht sich, der Seufzer wurde in den tiefsten Tiefen seiner Brust versenkt. »Meine Frau«, er hat »meine Frau« gesagt! Es kommt ihm die alberne Gewissheit, wenn er sich jetzt so weit gehen ließe, eine Träne zu vergießen, dann könnte niemand, nicht einmal ein Storch – dieser Vogel, dem seine Mutter so viele Kräfte zusprach – das Nachströmen der anderen eindämmen. Sein eigener Schmerz, das fühlt er, wird zu seinem schlimmsten Feind; er wird ihn nach und nach zernagen wie ein Menschenfresser ...

Langsam beginnt er Algier zu hassen. Nicht die großartige Stadt unter dieser wilden Sonne, sondern ihre Gleichgültigkeit, ihre Grausamkeit, ihre Unterwürfigkeit, vor allem aber die Franzosen. Denn sobald dieser Krieg und die entsetzliche Furcht, alles zu verlieren, vorbei war, haben sie zur grenzenlosen Arroganz des gierigen Besitzers zurückgefunden. Wenn ein Europäer ihn schief ansieht, hat Nasreddin das Gefühl, ihn laut denken zu hören: »Ach, und ihr habt gedacht, eure Stunde sei gekommen! Und ihr habt all diesen Lügen geglaubt: Freiheit, Unabhängigkeit, Gleichheit! Arme Trottel, denn nun fangen wir noch einmal von vorn an und werden hier weitere hundert Jahre herrschen!«

Er träumt, er könnte Algerien verlassen, irgendwo anders hingehen. In ein anderes Land, in dem man ihn endlich als das ansieht, was er ist: ein Mensch, nicht besser oder schlechter als ein anderer, nur so viel wert, wie er eben wert ist, möglicherweise nicht besonders viel, aber immerhin nicht von vornherein verurteilt durch solche Blicke, die ihn herabwürdigen zu etwas wie einem sprechenden Hund!

DANN WINKT IHM das Glück in Form eines Angebots, das ihm der Chef seiner Arbeitskolonne eines Sonntags sehr früh am Morgen macht. Nasreddin hat für wenige Tage Arbeit im Hafen gefunden, er soll ein Handelsschiff entladen. Er verbringt die Nacht mit einer Gruppe arabischer Docker in einem verlassenen Haus, mehr als zehn Kilometer von Algier entfernt. Als er das verfallene Gebäude verlässt, ist es noch Nacht. Der Chef der Kolonne hat ihnen einen Treffpunkt angegeben: am zweiten Kai zwischen zwei großen Kränen. Gähnend weist der Wächter ihnen den Weg.

Eine Vielzahl von Kisten, Wohnwagen und Käfigen verstellen den Kai. Von da und dort ist Brüllen, Wiehern, Kläffen zu hören. Ein beißender Geruch nach Kot, Urin und Fell nimmt einem den Atem.

Es ist ein Zirkus! Mit einem Knoten in der Brust hört Nasreddin sich selber einem Kameraden, der ihm etwas zuruft, einfältig antworten: »Na, so eine Überraschung ...«

Seine Stimme zittert ein wenig. Der Docker wirft ihm amüsiert entgegen: »Scheint dich zu beeindrucken, Löwen und so?«

»Das muss es sein«, scherzt Nasreddin mühsam. Noch schüchtern bescheint eine fahle Sonne das unglaubliche Schauspiel. Auf jedem Wohnwagen verkünden grüne und rote Buchstaben: »Großer internationaler Zirkus Amar«. Die Menagerie ist erstaunlich vielseitig: Dutzende von Pferden, Ponys, Löwen, Tigern, ein Nashorn, eine Gruppe von Elefanten, die neben einem Dutzend Dromedaren abgestellt sind. Ein sehr großer Affenkäfig grenzt an mehrere wesentlich kleinere Käfige mit Panthern und Hyänen. Bären schlafen und kümmern sich nicht um die angebundenen Lamas, die geduldig widerkäuen, mit misstrauischem Auge die Leute fixierend, die um sie herum ihrer Arbeit nachgehen.

»Eine richtige Arche Noah«, murmelt Nasreddin nervös. Der Chef der Kolonne gibt seine ersten Befehle, und Nasreddin schleppt schwere Werkzeugkisten. Überall sind Scherze zu hören, die Anwesenheit der Tiere und des Zirkuspersonals stimmt die Docker fröhlich wie Kinder.

Nasreddin kämpft gegen ein Glücksgefühl an, das ihn heimtückisch anfällt. Bald verwandelt sich diese Empfindung in Wut, alles kommt auf einmal hoch: Anna, ein Schmerz, der ihn irrsinnig werden lässt, weil er sie nicht angetroffen hat, als er aus dem Krieg zurückkehrte; die verzweifelte Anstrengung, die er in den letzten Monaten aufbringen musste, um die Erinnerung an das Mädchen einzusperren und dann an tiefster Stelle in der Grube des Heulens und Zähneklapperns zu versenken …

Am Ende des Vormittags muss er sich voller Bitterkeit eingestehen: »Mein Gott, es ist, als ob die Zeit nicht vergangen wäre! Ist es denn möglich, dass alles noch einmal von vorn beginnt?«

Er erkennt dieses Gefühl der Niederlage, es ist dasselbe, das über ihn kam, als die Witwe ihm sagte, dass das Mädchen, das er liebte, abgereist war. In seinem Umkreis sind alle, die ihm etwas bedeutet haben – sein Vater, Manuel – tot oder verschwunden! Es bleibt nur noch seine liebe, bedauernswerte Mutter, er ist ihr nicht gerade eine Stütze gewesen. Wie ein Landstreicher irrt er in Algier herum, klaubt mal hier, mal da einen Sou auf, je nach den zufällig sich bietenden armseligen Gelegenheiten: Soll das wirklich sein Leben sein?

In der Pause kann er nichts essen. Er versucht natürlich, einige Oliven mit etwas Fladenbrot zu kauen, aber seine zugeschnürte Kehle weigert sich, das kleinste Stückchen Nahrung passieren zu lassen. Eine verrückte Idee keimt in Nasreddins Kopf und nimmt ihn für den

Rest des Nachmittags in Anspruch. Die Arbeit für den Transport der Tiere beansprucht Nerven und Muskeln aller bis zum Einbruch der Nacht. Als der Chef der Kolonne ihnen den Tageslohn auszahlt, ist der Mond aufgegangen, und Nasreddin hat einen Entschluss gefasst. Mit verkrampftem Magen, fröstelnd, als herrschte eisiges Wetter, postiert er sich vor dem Eingang des Kais. Als er den Ältesten der Familie Amar sieht, zischt er noch zwischen den Zähnen »Hilf mir, Yemma!«, hervor, atmet tief durch und geht auf die massige Gestalt zu.

LACHT GOTT, als der Zirkusdirektor Nasreddin für den Zeitraum einer Tournee als Faktotum einstellen will? Dem Ältesten der Familie Amar scheint es jedenfalls keinerlei Schwierigkeiten zu bereiten, diesen Mann, der ihn mit ungeschickten Worten anfleht, von der Stelle weg zu engagieren. Er hat ein dringendes Personalproblem bei dieser langen und strapaziösen Reise, Kandidaten gibt es nicht allzu viele. So begnügt er sich damit, den Bittsteller in rüdem Ton zu fragen, ob er seinen Wehrdienst geleistet hat. »Gut, dann musst du ja deine Papiere haben. Also, du bist morgen um Punkt sechs mit deinem Papierkram hier. Und dass du mir nicht bummelst!«

Verblüfft fügt er hinzu: »Du hast also wirklich vor zu kommen, was? Hast jemanden getötet, dass du um jeden Preis hier wegwillst? Ich möchte mich nicht in deine Angelegenheiten mischen, aber ich warne dich: Es ist nicht gerade erhebend, den ganzen Tag den Kot von Tieren zusammenzukehren! Und außerdem wirst du am Ende der Tournee irgendwo in Europa auf die Straße gesetzt. Dann musst du sehen, wie du weiterkommst, die Rückfahrkarte werde ich dir nicht bezahlen …«

Der Älteste der Familie Amar hat nicht übertrieben.

Die endlose Reise wird sie zuerst nach Kairo führen, dann zu anderen Städten der Mittelmeerküste. Zumindest anfangs ist die Reise für Nasreddin ein wahrer Albtraum. Am Tag nach der Einschiffung leidet der Mann aus den Bergen unter der Seekrankheit. Diese wird noch verstärkt durch den Benzingeruch, den Gestank der Käfige und die Hitze in den Laderäumen – die ersten Tage auf See sind schlicht unerträglich. Mehrmals muss er sich beim Säubern der Käfige übergeben.

Seit einigen Stunden haben sie die Küste von Tripolis hinter sich gelassen. Nasreddin erfährt, dass das Zirkusschiff wegen eines Maschinenschadens in Bengasi anlegen wird. Er darf jedoch nicht an Land gehen, weil es Komplikationen mit dem Visum gäbe. An diesem Tag der erzwungenen Muße lernt er einen englischen Jongleur kennen, der im Jahr zuvor für den Zirkus Nee gearbeitet hat. Der Engländer hat vermutlich Schwierigkeiten mit der libyschen Polizei, denn er ist nicht bereit, sich die Beine an Land zu vertreten. An den Direktor Charles erinnert er sich gut, man erzählt von ihm, er habe seinen schönsten Elefanten abgeschlachtet, um die Löwen zu füttern. Der Engländer massiert mit Hingabe seine Unterarme und spricht von seinem früheren Arbeitgeber mit einer Mischung aus Bewunderung und Abscheu. »Oh, er ist ein verdammter Kerl, der zu den größten Sauereien fähig ist, wenn es um seinen Zirkus geht!«

Nasreddin bringt die Rede auf Anna: »Eine Kunstreiterin und Trapezkünstlerin … Ja, hübsch, sehr hübsch … Nein, seine Tochter, irgendwie adoptiert von diesem Charles … Anna Stressner …«

Der Engländer erklärt, dass die Leute im Zirkus eher nach ihrem Pseudonym bekannt sind, und sie wechseln dieses, ohne zu zögern, von einer Nummer zur nächsten. »Jedenfalls bin ich mit diesem Dummkopf Charles heftig aneinander geraten. Ich habe nicht einmal das Ende meines Vertrages abgewartet und bin abgereist ...«

Schließlich sagt er, doch verblüfft von der Hartnäckigkeit des jungen Mannes: »Wie kommt es, dass du, ein Araber, so sehr an einer Schweizerin interessiert bist, außerdem noch einem Zirkusmädchen?«

Nasreddin wirft ihm eine unverständliche Antwort hin. Das Wasser klatscht gegen die Schiffsseiten. Auf der unbequemen Brücke sind andere Artisten in der brütenden Hitze mit einem leichten Training beschäftigt. Den Blick in die Ferne gerichtet, strickt ein Drahtseilkünstler unpassenderweise etwas für den Winter. Müdes Brüllen antwortet von Zeit zu Zeit auf die unbeirrten Klagen der Dromedare. Ein Pferd wiehert nach Leibeskräften, als wollte es um Hilfe rufen.

»Die Tiere riechen die Wüste«, bemerkt der Jongleur und wirft seine Zigarettenkippe ins Hafenwasser. »Ich habe gehört, dass Charles, dieser Wahnsinnige, sich bereit erklärt hat, nach Madagaskar zu gehen. Die französische Armee wollte die Transportkosten für den Zirkus übernehmen oder etwas Derartiges, und alle Vorführungen werden im Voraus von der Armee bezahlt. Aber das kommt nicht von ungefähr. Ein Teil der Insel hat sich gegen die Europäer aufgelehnt ...«

Er meint hämisch: »Also haben die Franzosen zuerst geknüppelt und sich dann einen Zirkus einfallen lassen, um die Neger zu beruhigen! Hat man das schon gesehen: Akrobaten und Arschtritte für die Clowns, um die Wilden zu besänftigen!«

Angewidert zündet der Jongleur eine weitere Zigarette an: »Es trifft ja zu, dass heutzutage die Geschäfte für keinen gut gehen. Aber trotzdem, bis nach Madagaskar zu reisen, um seine Brötchen zu verdienen!«

Einige hundert Meter weiter zerfasern die Zollgebäude von Bengasi im heißen Dunst, der vom Meer aufsteigt, zu langen weichen Scheinen. Ein Windstoß bringt mitunter noch heißere Schwaden aus der nahen Wüste herbei. Nasreddin betrachtet das verdrießliche Profil des Engländers. Es ist seit langem das erste Mal, dass er mit jemandem spricht, der in Verbindung mit Anna stand. Aber diese Verbindung ist so dünn ... Er fährt mit der Hand über die Stirn, um die Mücken zu verscheuchen: Und wenn das nichts als leeres Geschwätz ist? Mein Gott, Du spielst mit mir, als wäre ich ein Ball!

Seine Lippen sind trocken. Er fühlt, wie sein Wille ihn verlässt. Dann steht er plötzlich auf und geht zur Vorderseite des Schiffs. Er hat noch viel zu tun. Bevor er sich in den übelriechenden Halbschatten stürzt, betet er: »Bitte schenke mir ein wenig von Deinem Glück!«

16

IN JENER NACHT und in den kommenden träumt er viel: ein Sammelsurium von Bildern, Albträumen, Wehklagen und plötzlichem Hochschrecken, das in ihm noch Stunden später das schmerzliche Empfinden hinterlässt, ein Teil seiner selbst würde ihn unter Anklage stellen, ihm vorwerfen, er habe in jeder wichtigen Etappe seines Lebens genau das Gegenteil von dem gemacht, was er hätte tun sollen.

Häufig erscheinen die Gesichter der beiden Frauen, die ihm auf der Welt am meisten bedeuten: Anna und seine Mutter. Und bei jedem Gesicht möchte er vor Liebe sterben … Anna und Zehra flehen ihn an zurückzukehren. Mitunter brechen sie in einen langen, verzweifelten, unerklärlichen Lachkrampf aus, der den in seinem Schlaf verfangenen Nasreddin bedrängt.

Einige Stunden bevor man in Alexandria anlegt, träumt er das einzige Mal, er würde Anna lieben. Die Erinnerung, wie er in die junge Frau eindringt, an diese unglaublichen Sekunden, in denen er sie in seinen Armen hält, überkommt ihn mit einer solchen Kraft, dass er erneut das Gewicht ihrer Brüste, ihres Bauches und ihrer Beine am eigenen Körper spürt. In dem Augenblick, da die junge Frau sich der Lust überlässt, als müsste sie ersticken, durchwühlen seine Hände gierig sein Lager und reißen ihn aus dem Schlaf. Das Gefühl, das der Traum in ihm hinterlässt, ist so köstlich und, weil es nur eine Illusion ist, gleichzeitig so schmerzhaft, dass Nasreddin Tränen in die Augen steigen.

Das Schiff bleibt eine Woche in Alexandria am Kai,

dann läuft es nach Port Said aus. Der Zirkus reist in Richtung Palästina weiter, über Jaffa, Beirut und Damaskus, bevor die Route in die Türkei und dann nach Europa führt. Nasreddin ist klar, wenn er Madagaskar wirklich erreichen möchte, dann muss er die Gebrüder Amar verlassen, sobald sie in Port Said angekommen sind. Ein ägyptischer Matrose hat ihm erklärt, es sei für ihn am günstigsten, wenn er sich zuerst auf ein Bananenschiff nach Kenia begibt und sich von dort aus nach Madagaskar einschifft.

Ist das Schicksal wirklich bereit, ihm das zurückzugeben, was es ihm so heimtückisch genommen hat? Soll er sich von diesen Phantastereien zu dem folgenreichen Entschluss verleiten lassen, eine Reise zu unternehmen, die ihn mehrere tausend Kilometer von zu Hause entfernt, obwohl er kaum genug Geld bei sich hat, um mehrere Tage zu überleben, nur weil ein launischer Engländer behauptet hat, dass der Zirkus von diesem Charles möglicherweise auf dem Weg dorthin gewesen sein könnte? »Ach, meine Andalusierin, was muss ich deinetwegen alles ertragen! Und Du, mein Gott, von Dir gibt es nichts umsonst! Du spielst mit uns wie die Katze mit den Mäusen!«

Amar der Ältere zuckt verächtlich mit den Schultern, als Nasreddin bei ihm nach Ende der Vorstellung vorspricht und erklärt, er möchte um seine Entlassung nachsuchen, da die Bedingungen seiner neuen Arbeit für ihn unerträglich seien. Der Zirkusdirektor knurrt, als er ihn ausbezahlt, dass er Weicheier nicht leiden kann. Nasreddin erschaudert bei dieser Schmähung, er möchte sein Handeln erklären, findet sich dann aber schweigend ab, in der Überzeugung, dass der Mann mit dem verschlossenen Gesicht ihn nicht verstehen oder, noch schlimmer, sich über ihn lustig machen würde.

Bevor er das Schiff für immer verlässt, geht Nasreddin noch einmal zu »seinen« Tieren, um einen letzten Blick auf sie zu werfen. Er hat sie lieb gewonnen, vor allem seit er entdeckt hat, dass manche von ihnen ebenfalls unter der Seekrankheit leiden. Die großen Raubtiere beispielsweise übergeben sich regelmäßig an Tagen mit hohem Seegang auf ihr Lager. Dann kreisen sie in ihren engen Käfigen, angeekelt vom Schmutz und dem Pestgestank ihres Strohs. Wenn er beginnt, das Stroh mit einer Mistgabel wegzunehmen, die er zwischen die Gitter steckt, stoßen die Löwen kurze aufgeregte Brülltöne aus. Der Algerier möchte schwören, dass sich die Gefangenen auf diese Weise bei ihm bedanken, weil er sie von dem befreit, was den ihnen verbliebenen Rest der Königswürde verletzt.

»Man hat euch gedemütigt bis ins Innerste, liebe Großkatzen. Alles in allem wurde euch noch übler mitgespielt als uns«, knurrt er, bevor er die Tür zur Menagerie schließt, bewegter, als er zugeben möchte.

EINEN GANZEN MONAT LANG zieht er durch Tananarive, unbeirrt Erkundigungen einholend über einen Zirkus, der unter dem Schutz der Armee auf Tournee gewesen sein soll. Er kann schließlich in Erfahrung bringen, der Zirkus Nee habe große finanzielle Probleme gehabt, die schließlich dazu führten, dass Geräte und Tiere beschlagnahmt wurden. Die Tournee war ein Reinfall, auf einem Teil der Insel gab es blutige Unruhen, und die Armee hat ihr Versprechen nicht gehalten, die Kosten des Aufenthalts zu übernehmen. Ein indischer Händler, bei dem der Zirkus besonders hoch verschuldet war, zeigt ihm wütend eine schmutzige Scheune, in der in einem wirren Durcheinander Affen- und Robbenkäfige übereinander gestapelt sind. »Das ist alles, was sie zurückgelassen haben, bevor sie sich wie Diebe davongemacht haben! Und was soll ich anfangen mit diesen verdammten Tieren? Keiner will sie kaufen! Die scheißen vor Schreck, sobald du dich ihnen näherst, die stinken, weigern sich zu fressen ... Am Ende werde ich sie noch selber umbringen müssen!«

Mit gesenktem Blick, die Hände hinterm Rücken, um ihr Zittern zu verbergen, stellt Nasreddin ihm seine Frage. Der Hindu gibt misstrauisch zurück, dass er keinerlei Möglichkeit hat, in Erfahrung zu bringen, ob eine Artistin geblieben ist oder nicht. »Alles, was ich sagen kann, ist, dass sie sich offenbar nicht gut verstanden haben, diese verdammten Gaukler. Sie haben sogar in aller Öffentlichkeit miteinander gestritten. Die meisten werden Madagaskar wohl schon seit langem verlassen haben, nach dem, was vorgefallen ist ...«

Allerdings versichert er ihm, er habe gehört, dass in Antsirabe eine Ausländerin getötet wurde. »Ich glaube, dass es eine Tänzerin oder Jongleuse war, oder etwas Ähnliches«, schließt er in einem Ton, der besagen soll, jemand »Unwichtiges«.

Mit Angst im Bauch stürzt Nasreddin los, kauft sich eine Busfahrkarte. Um sich die Wartezeit zu vertreiben, geht er in das Wirtshaus gegenüber der Bushaltestelle. Die Einrichtung ist schmutzig, Gerüche nach billigem Wein und verbranntem Fett liegen in der Luft. Während er sein Glas Bier trinkt, wird ein etwas abgerissener Kunde heftig ausgeschimpft von der Bedienung, weil er sie ein wenig zu fest an sich gezogen hat. Bevor der Kunde hinausgeht, ruft er noch ein Schimpfwort von seltener Obszönität, welches bei den Männern an den Tischen Lachen auslöst. In seine düsteren Gedanken vertieft, bezahlt Nasreddin, ohne dem Fortgang dieser Szene Aufmerksamkeit zu schenken: Die Bedienung kommt an ihm vorbei, mit verzerrtem Gesicht und stocksteifer Haltung, versucht den ausgreifenden Händen der Männer zu entgehen, die sich totlachen könnten über die eigenen zotigen Anspielungen und ihr überraschtes »Oh!«, dann rutscht ein Glas von ihrem Tablett und zerbricht am Fußboden.

Er steigt also in den Autobus, gibt seine Fahrkarte ab, setzt sich neben eine alte Dame mit traurigem Blick. Das gefesselte Huhn im Korb seiner Nachbarin schaut ihn mit demselben melancholischen Ausdruck an wie die Alte. Gerädert vor Müdigkeit, macht er sich bereit, ein wenig zu schlafen. Seine Nächte unter freiem Himmel bringen ihn auch nicht weiter, aber er ist entschlossen, mit seinem Geld so sparsam wie möglich umzugehen.

Weshalb denkt Nasreddin in diesem Augenblick an den Zwischenfall im Wirtshaus zurück? Er hat die Bedienung nicht genau angeschaut, sondern nur ihren Ausruf gehört. Jedenfalls springt er fünf Minuten später von seinem Sitz auf, schreit dem Fahrer zu, er solle anhalten, hier, sofort und auf der Stelle!

Der junge Mann trifft sie noch im Wirtshaus an, sie hat sich in die Küche geflüchtet, vergießt heiße Tränen, das Gesicht in den Händen verborgen. Er beißt sich auf die Lippen, sucht nach einer Zigarette, um seine Verwirrung nicht zu zeigen. Das Zimmer ist dunkel und vollgestellt mit Kochgeschirr. Durch das Fenster kann man in der Ferne den roten Lateritboden des Hügels sehen, außerdem die Deiche, mit denen sich die Stadt vor Hochwasser schützt.

Er ist angekommen. Vor ihm steht seine Liebe, einschüchternd, schroff und doch zerbrechlich. Sie hat sich nicht verändert. Immer noch genauso schön. Und doch: Ihre Frisur ist anders. Er denkt: Gänseblümchen, dann: Klatschmohn. Etwas sehr Fröhliches in seinem Innern lächelt über das Vordergründige an diesen Vergleichen. Nasreddin streckt die Hand aus, um das Haar der Frau zu berühren, für die er die halbe Welt durchquert hat. Er erstarrt in seiner Bewegung, erstaunt, dass er sie so sehr liebt. Dann ist das Leben also nicht immer so bösartig? Kann es einem sogar etwas schenken? Ein seltsamer Schmerz, der mit Glücksnadeln gespickt ist, presst ihn langsam zusammen.

»Anna, Anna, weine doch nicht, schau, ich bin es doch, Nasreddin! Du erinnerst dich doch an mich, oder?«, ist das Einzige, was ihm einfällt, bevor auch er zu weinen beginnt.

Die Frau schluchzt: »Warum hat es so lange gedauert, bis du gekommen bist, Nasreddin? Ich habe auf dich gewartet … Wenn du wüsstest, wie sehr ich auf dich gewartet habe!«

»Ich kann nichts dafür, Anna, wir können beide nichts dafür.«

Der junge Mann nimmt die so fein geäderte Hand der Jongleuse. Er legt seine Lippen in die offene Fläche und liebkost sie durch eine leichte Berührung seines Mundes. Und es ist, als würde er ihre Erinnerungen an die Nachmittage in der Baracke bei Algier liebkosen, Erinnerungen an eine gemeinsame, innige Zeit, duftend wie der warme Sand am endlosen Meer.

ANNA WIRD IHM nie gestehen, dass sie in dem Augenblick, als sie ihn erkannte, beinahe Hass gegen ihn empfand: Er hat sie im Moment größter Erniedrigung überrascht. Lange Zeit wird sie unablässig von diesem Bedauern verfolgt (»Das ist der Fuchs der Füchse, das Bedauern! Wenn er dich beißt, lässt er nicht mehr los!«), dass das wunderbare Wiedersehen durch ihre Erniedrigung vergällt wurde.

Noch am selben Tag verlässt sie das Wirtshaus. Sie mieten anfangs eine Hütte im ärmsten Viertel von Tananarive, dann gelingt es ihnen, Arbeit bei einem

madagassischen Farmer in der Umgebung von Tama-
tave zu finden, der als Bedingung genannt hat, dass
Anna seinen zahlreichen Kindern Französischunterricht
erteilt.

Die fünf Jahre, die sie auf Madagaskar verbringen,
sind wahrscheinlich die heiterste Periode ihres Lebens.
Bald kommen Zwillinge, ein Junge und ein Mädchen,
im Haus zur Welt, einer komfortablen großen Hütte, die
der Farmer ihnen vermietet hat. In stummem Einverständnis sprechen sie niemals über die Geschehnisse
während der Trennung. Sie »nehmen« ihre Liebe wieder
auf, wie sie war, als sie an der Schwelle des Zimmers im
ersten Stock des alten Gebäudes in der Kasbah von ihnen zurückgelassen wurde. Nasreddin bemerkt lediglich: »Jahrelang haben wir immer nur verloren. Ich habe
meinen Vater verloren, du hast Rina verloren. Ich wei-
gere mich, über eine Vergangenheit zu sprechen, in der
es nur Unglück gab. Wörter sind wie Eier: Können wir
beschwören, dass keine Geier aus ihnen schlüpfen,
wenn sie ausgebrütet sind?«

Also schweigt auch Anna über alles, was sie gern seit
ihrer Abreise aus Algier losgeworden wäre: ihre Verzweiflung, den Geliebten verloren zu haben (sie hatte
sich eingeredet, dass Nasreddin sie verlassen hatte), ihr
Schmerz über Rinas Tod, ihre Flucht nach Marokko,
ihr von Mal zu Mal schwieriger werdendes Verhältnis
zu Charles. Dann all die schmutzigen Vorkommnisse,
die es gegeben hatte: einige Liebeleien ohne Zukunft,
ihre Schiffsreise nach Frankreich infolge eines Betrugs
von Charles, der ihnen das für die Überfahrt notwendige Geld verschafft hatte, die langsame Pleite des in
Madagaskar festsitzenden Zirkus …

Von alldem wollte Nasreddin nichts erfahren, so wie
Anna sich damit abfand, Nasreddin niemals nach diesen Jahren des Krieges zu fragen (»Hundejahre« war

sein einziger Kommentar gewesen) und nach der Art und Weise, wie sein Vater getötet worden war.

IHRE ZUNEIGUNG hat an Leichtigkeit verloren, als ob etwas in ihnen immerzu auf der Lauer wäre. Nicht, dass Nasreddin und sie weniger heiter wären. Im Gegenteil, wenn sie sich lieben, lachen sie viel. Nasreddin liebkost das lange Haar seiner Gefährtin und gerät außer sich, macht ein Gesicht, als wollte er ihr in den Hals beißen: »Oi, oi, Anna, wie schön du bist! Ich habe zwei Meere und einen Ozean überquert, ich wäre beinahe von den Haifischen aufgefressen worden, und ich bereue es nicht. Oi, oi, man könnte sagen, ein heißes Hörnchen, direkt aus dem Ofen!«

Er legt die Hand auf eine Brust seiner Frau, greift durch den Stoff, die Brustwarze zwischen Daumen und Zeigefinger haltend, beginnt sie auszuziehen, als würde er – wie er sagt – eine Mandarine schälen. »Ja, Madame«, wiederholt er gern, leicht außer Atem, »eine Mandarine mitten auf dem Packeis.«

»Packeis in Madagaskar, übertreibst du nicht ein bisschen!«, korrigiert sie ihn, knallrot vor Begehren.

Er bemächtigt sich Annas Hand, legt sie auf sein Glied, flüstert in ihr Ohr: »Psst, niemand wird etwas erfahren. Der einzige Zeuge ist …«, er weist mit dem Kinn auf den erigierten Penis, »und ich glaube, wir können uns das Schweigen von diesem Banditen leicht erkaufen …«

Er dringt in Anna ein, immer noch mit weitgeöffneten Augen. »So muss ich weniger Angst haben, dich zu verlieren. Wenn ich die Augen schließe, dann würdest du vielleicht die Chance nutzen, um dich aus dem Staub zu machen.«

Lächelnd führt er dann seine zärtlichen Erkundungen

fort. Anna erstickt vor Lachen und Wollust unter diesen anstößigen Scherzen. Bald trägt die Lust sie fort. Wie ein herrlicher, ungestümer Vogel, der zwischen ihren Schenkeln geboren wird und dann davonfliegt. Anna klammert sich an Nasreddin. Sie liebt es, noch sein letztes Pulsieren zu spüren, Widerhall des eigenen und des Begehrens ihres Mannes.

Und doch erlebt sie ihn niemals wirklich heiter, auch nicht als die Kinder zur Welt gekommen sind. Er gesteht ihr eines Tages: »Manchmal habe ich die Gewissheit, dass ich allzu glücklich bin, als ob ich mit Gott würfeln würde … und hätte schließlich gewonnen. Aber ist es möglich, dass Er da oben sich so leicht geschlagen gibt?«

Anna weiß, dass Nasreddin regelmäßig Geld an seine Mutter schickt. Er hat das von Anfang an mit Anna besprochen, weil sie sehr wenig Geld verdienten und er wollte, dass sie einverstanden war. Dann hatte sich ihre Lage weitgehend verbessert. Der Farmer übertrug seinem algerischen Angestellten die Aufgabe, sich um einen Teil des Reishandels zu kümmern, und erhöhte gleichzeitig auf diskrete Weise sein Gehalt. Nasreddin spricht selten über seine Mutter, aber Anna fühlt, dass sie ihm sehr fehlt. So ist sie nicht überrascht, als ihr Gefährte an einem drückendheißen Tag seinen Löffel hinlegt und voller Schuldbewusstsein flüstert: »Anna, wir müssen nach Algerien zurückkehren. Ich halte es nicht mehr aus, so weit entfernt von meinem Land.«

Nervöse Heiserkeit lässt seine Stimme brechen: »Und ich möchte, dass wir dort dann heiraten. Für die Kinder ist es wichtig …« Er versucht zu lächeln: »… und für uns ebenfalls! Wir werden uns gut eingewöhnen, du wirst schon sehen. Wir werden ein Haus haben, ich werde dir Arabisch beibringen …«

Beklommen und bereits im Voraus die Waffen streckend, isst Anna weiter. Die Hitze ist drückend, lästige Insekten fliegen herum, die sie mit einer sich unendlich wiederholenden Gebärde verjagen. Der Mann, den sie liebt, sitzt mit gebräuntem Gesicht vor ihr, Schweißtropfen auf seiner Oberlippe, er hält verstockt die Augen auf den Teller gesenkt, und die Zwillinge quietschen vor Freude auf ihren Stühlen ... Dieser eine Tag, an dem es dem heimtückischen Unglück gelang, seinen Angelhaken in das Leben der beiden Kinder zu senken, ist auch der Tag des halbblinden Erzählers. Dieser ist gekommen, um sich an ihrer Tür einige Münzen zu erbetteln. Er hat wohl zu viel getrunken oder zu viel Haschisch geraucht, so jämmerlich und großmäulig ist seine pathetische Rede. Er hat sich in den kleinen Hof gesetzt und lockt die Angestellten der Farm durch sein übertriebenes Gehabe an. Zuerst findet Anna ihn lustig. Sie bittet einen der Gaffer, ihr das übertriebene Gerede des Erzählers zu übersetzen. Der Zuschauer antwortet verlegen, dass der alte Irre von Kain und Abel erzählt, vom Vater der beiden und, vor allem, von ihrer Mutter, die so viel zu leiden hatte, dass sie sogar mit dem Schöpfer haderte und ihn beleidigte. Zwei verärgerte Männer gehen auf den betrunkenen Erzähler zu und befehlen ihm zu schweigen. Als er sich weigert, verprügeln sie ihn mit Zustimmung des Publikums, das empört ist über dieses Vergehen an der heiligen Erzählung.

An diesem Abend legt sich Anna ganz nah zu Nasreddin, das Herz voll Furcht vor der Zukunft. Sie hat Angst um sie beide und um ihre Kinder, Angst auch vor der Verachtung der Kolonisten in Algerien, mit der sie bestimmt rechnen müssen ... Hier in Madagaskar haben sie zu einer Art Gleichgewicht gefunden, einer nahezu heiteren Ruhe. Sie verstehen sich gut mit ihren Nachbarn; der Farmer, ihr Arbeitgeber, spricht sogar davon, Nasreddin zu seinem Teilhaber zu machen. Natürlich gibt es auch Rassismus, aber sie sind nicht die Ersten, die er trifft. Sie lieben sich, ihre Kinder wachsen heran. Und was hat Algerien mit alldem zu tun? Gewiss, Algerien ist das Land, wo sie den Mann ihres Lebens getroffen hat. Aber es ist auch das Land, in dem Dummheit und der Wille zur Erniedrigung ihre sanfte Rina zur Strecke gebracht haben, die fast ihre Mama war.

Im Zimmer duftet es nach Glyzinien, was erstaunlich ist, denn es gibt sie nicht auf der Farm. Nasreddin macht einen Scherz, sagt, es sei der intime Geruch des Meers, in Nächten, wo es Lust hat, sich Ausschweifungen zu widmen. Anna schließt die Augen, und eine stumme Klage steigt in ihr hoch: Ach, Nasreddin, du verlangst zu viel von der Welt. Du möchtest das gestrige Glück und das morgige noch dazu. Weshalb begnügst du dich nicht mit dem, was wir so mühevoll mit eigenen Händen aufgebaut haben?

Und die Frau, die an der Seite des Mannes liegt, der ihr mehr bedeutet als alles in der Welt, fühlt in diesem Augenblick eine Bitterkeit in sich hochsteigen, die so stark ist, dass sie dem Hass ähnelt.

Ihr Mann scheint es zu ahnen. Er nimmt ihre Hand in der Dunkelheit: »Ich liebe dich, Anna.«

Dann, mit einem schüchternen, kurzen Lachen: »In unseren Bergen heißt es, dass jemand verliebt ist, erkennt man daran, wenn er zu seiner Geliebten durch den Schnee rennen kann, ohne Spuren zu hinterlassen.« Ihr Haar liebkosend: »Siehst du, ich hänge so an dir und den Kindern, dass ich sicher bin, ich kann dasselbe tun, ohne dass auch nur eine Schneeflocke zu zweifeln beginnt.«

Seine Stimme ist rau geworden: »Verzeih mir, Anna. Ich setze dich unter Druck, aber die Zeit vergeht so schnell, und ich habe Angst, niemals mehr in mein Land zurückzukommen.«

DRITTER TEIL

17

1997

Es HERRSCHT ein beißender Geruch, eine Mischung aus Urin, Atem, dem Schweiß ungewaschener Körper und modernder Erde. Die alte Dame schüttelt sich. Im Lauf der Zeit hat der Albtraum immer schlimmere »Überraschungen« für sie bereitgehalten. Ganz am Anfang kommen die beiden Kinder, Meriem und Mehdi, liebe Geschenke in der Nacht. Sie glaubt sie noch in Madagaskar, also in Sicherheit ... Dann rufen sie um Hilfe: Sie sind bereits in Algerien. Anna versucht, sich zu wehren und aufzuwachen. Vergeblich. Das Drehbuch bleibt das Gleiche: Auf die eine oder die andere Weise müssen die Kinder nach Algerien aufbrechen und dort den Tod finden! Sie sind unartig, schnattern oder lachen, dann begreifen sie plötzlich, was sie erwartet ... In all den langen Jahren hat sie gelernt, aus dem erstaunten Blick dieser beiden Kinder herauszulesen: Konnte die Mutter – unsere Mama – uns denn nicht beschützen? Wir lieben dich doch so, was hat es uns genützt, dass wir dich so geliebt haben, Mama? Unsere Liebe war vielleicht so klein wie wir, aber hatten wir denn eine Wahl? O liebste kleine Mutter, rette uns doch bitte!

Da der Schlaf noch an ihr klebt, befürchtet die alte Dame etwas Schrecklicheres als diesen Albtraum, dessen Tücken sie bereits kennt. Ein Schatten beugt sich über sie. Ein Fuß streift sie. Sie unterdrückt einen Schrei, denn plötzlich fällt ihr alles wieder ein: der ermordete Fahrer, die beiden Männer im Peugeot, wie brutal sie waren und dass sie ihren kleinen Führer beinahe getötet hätten … Trotz ihrer Angst hat sie sofort begriffen, dass sie eine Ausländerin nicht auf der Stelle töten werden. Sie hat alle heiligen Eide geschworen, dass Dschallal ihr Enkel ist, er sei der Sohn ihrer Tochter, die mit einem Algerier verheiratet sei. Dschallal hat geschrien, dass sie die Wahrheit sage, und die Männer im Namen Gottes um Schonung angefleht. Der Körper des Fahrers wurde vom hinteren Sitz gestoßen und plumpste auf die Straße. Sein Kopf, der beinahe völlig vom Torso gelöst war, fiel auf Dschallals Schuh. Das Kind machte keinerlei Anstalten, ihm auszuweichen, es war zu verschreckt, um sich zu bewegen. Die beiden Terroristen schienen nicht sonderlich überzeugt. Der zweite Mann, der mit einem Gewehr herumfuchtelte, wollte sich das Kind packen, aber der Anführer mit der Kapuze hielt ihn auf. »Lass ihn! Vielleicht stimmt es doch, was sie erzählt. Solche Sachen mit Ausländern sind für uns zu kompliziert, das soll der Emir entscheiden. Jedenfalls wird ihnen nichts erspart bleiben, wenn sie noch ein wenig warten müssen!«

Was dann kam, spielte sich in größter Verwirrung ab. Mit verbundenen Augen wurden Dschallal und sie brutal in den Kofferraum des Autos gestoßen. Dieses fuhr eine gute halbe Stunde. Dschallal übergab sich vor Angst. Dann setzte sie jemand auf ein Maultier, drohte, falls sie auf die Idee kämen zu schreien, würde er ihnen die Kehle durchschneiden. Anna ist außerstande einzuschätzen, wie lang der Aufstieg über jäh abfallende Pfade gedauert hat. Dschallal zitterte wie Espenlaub am ganzen Körper, er klammerte sich nach Leibeskräften an die alte Frau. Einmal wurde die Passage so eng, dass die beiden Gefangenen von Dornen zerkratzt wurden. Anna konnte einen Aufschrei nicht unterdrücken. Die Strafe ließ nicht auf sich warten: ein Schlag mit dem Kolben, der sie ohnmächtig werden ließ …

Sie öffnet die Augen. Der Schmerz im Kopf wird wieder heftiger. Sie berührt ihren Schädel, eine Beule hat sich gebildet, auf ihr eine Blutkruste. »Dschallal …«

Ein Teil des Gestanks kommt von ihr selbst. Ihr Rock riecht nach Urin. Als der Kapuzenmann sie lachend im Namen der Kämpfer Allahs begrüßte, hatte sie so starke Angst, dass sie auch in die Hose hätte scheißen können. »Mein Gott!«

Einen Augenblick schämt sie sich unendlich, dann siegt die Angst. Eine Hand greift nach ihr, sie schreckt hoch, als habe man sie gebissen. »Ich bin's Großmutter, ich bin's, Dschallal! Hab keine Angst …«

Mit klopfendem Herzen streckt sie die Hand aus, um ihren Gefährten im Unglück zu berühren. Außer einem undeutlichen Licht ganz am Ende von etwas, das aussieht wie ein langer Gang, ist es hier dunkel. Eine Petroleumlampe gibt sich die größte Mühe, die Höhle zu beleuchten. Formlose Gestalten regen sich von Zeit zu Zeit. Dschallal schmiegt sich an die alte Dame.

»Haben sie dich auch geschlagen?«

»Nein, aber es kommt auf dasselbe hinaus: Ich bin in einen Straßengraben gefallen. Mein ganzer Körper ist aufgeschürft. Alles tut mir weh. Sag mal, Großmutter, was glaubst du, werden sie uns töten?«

Ängstlich betrachtet Anna die Gestalten. Dschallal flüstert: »Es sind Frauen. Sie bereiten das Essen zu!«

Sie fühlt, dass ihm ein Schauder über den Rücken läuft, umschließt ihn mit ihren Armen, ebenfalls zitternd. Wenn sie sich nicht unter Kontrolle hat, klappern ihre Zähne. Eine der Gestalten kommt näher. Es ist ein ganz junges Mädchen, das ein Hauskleid trägt. Sie hält ihnen ein Stück Fladen hin und sagt unfreundlich: »Esst.«

Sie ist hübsch, aber als sie den Mund öffnet, bemerkt Anna, dass ihr mehrere Vorderzähne fehlen. »Esst schnell, denn die anderen kommen gleich«, fügt sie rasch auf Arabisch hinzu, leicht nuschelnd.

»Danke«, antwortet Anna auf Französisch.

Das Mädchen redet genauso leise wie Anna: »Aha, ich habe es den Frauen gleich gesagt, dass du eine Ausländerin bist. Deshalb ... waren die anderen so aufgeregt!«

Anna hält sie am Ärmel ihres Kleids fest: »Wo sind wir hier?«

Das Mädchen zuckt mit den Schultern. »Ich weiß es nicht. Niemand von uns weiß das. Wir sind schon so oft umgezogen! Außerdem, lass mich los, wir dürfen uns nicht unterhalten. Ich rate dir, dich nicht vom Fleck zu rühren, sie würden das sehr übelnehmen!«

Das Warten dauert einen Großteil des Tages. Die unerträgliche Angst der beiden neuen Gefangenen verwandelt sich nach und nach in finstere Panik: Wird man sie wirklich töten? Und auf welche Weise? Was, wenn man sie vorher foltert?

Offenbar gibt es hier viele Frauen, vielleicht sind sie zu zehnt, die in der Höhle damit beschäftigt sind, für eine große Anzahl von Personen Essen zuzubereiten. Dschallal ist erschöpft und schläft schließlich ein. Er hat den Kopf in Annas Schoß gelegt und schnurrt wie ein Kater. Nach einer Stunde steht Anna auf, um sich die Füße zu vertreten und zu schauen, wo sie ein natürliches Bedürfnis verrichten kann. Sie gibt acht, dass sie Dschallal nicht aufweckt, und geht auf den Lichtfleck zu, der den Ausgang anzeigt.

»Au, mein Gott!«

Dem heftigen Schlag in den Bauch folgt ein Schwall Beschimpfungen (»*Ya Kalba*, Hündin, Sau, wer hat dir erlaubt, hinauszugehen?«). Ein Mann, jung, langbärtig und abgerissen, bedroht sie mit seinem automatischen Gewehr. Er ist afghanisch gekleidet, mit einer kurzen Jacke und einer Pluderhose. Seine wütenden Augen sind mit

Chol bemalt. »Das nächste Mal werde ich deine Haut zerstückeln, alter Scheißhaufen«, macht er auf Französisch weiter. »Du rührst dich nicht vom Fleck, sonst …« (Er fährt mit dem Finger über seine Kehle.)

Vor Schmerz wimmernd, geht Anna zurück. Der Aufseher vergewissert sich, ob die Gefangene ihm gehorcht, dann hält er seine Wache oberhalb des Ölbaums weiter, der über der Öffnung der Höhle wächst. Von dem Geschrei ist die Versammlung der Frauen erstarrt. Dschallal kommt mit verzerrtem Gesicht herbeigerannt. Anna bricht vor ihm zusammen. Er möchte ihr wieder aufhelfen, aber sie ist zu schwer. »Lass, Junge, lass. Wir kümmern uns um sie.«

Eine Frau um die Fünfzig ruft das Mädchen mit der Zahnlücke zur Hilfe. Sie tragen Anna zu einer Schaumstoffmatratze. Die Frau säubert das Gesicht der Ausländerin mit einem nassen Tuch. Sie legt ihre Hand auf Annas Bauch, die vor Schmerz aufschreit. Die Frau sagt mit trockenem Auge: »Gott möge dir beistehen in den kommenden Tagen, meine Schwester! Für dich und den Kleinen ist es besser, wenn du tust, was sie wollen, und unterlässt, was sie nicht wollen!«

Dann wendet sie sich dem Mädchen zu und befiehlt: »Übersetze ihr, was ich eben gesagt habe, Chedidscha!«

»Ja, Chalti.«

Das Mädchen tut, was ihm befohlen wurde. Anna hält sich den Bauch, ihre ganze Aufmerksamkeit gilt dem Schmerz. Jene Frau, die das Mädchen Chalti (Tante) genannt hat, kommt mit einem Eimer zurück. Sie ruft Dschallal ein energisches »Verschwinde!«, zu, und dieser trollt sich unwillig. Anna schenkt Chedidscha ein schwaches Lächeln, als sie sich an ihr Ohr beugt: »Sie hat dir den Eimer gebracht, damit du dich erleichtern kannst …«

»Danke, ich habe verstanden«, nickt die Schweizerin errötend.

DIE ENTFÜHRER KOMMEN in großen Gruppen am Ende des Tages zurück. Man hört zuerst die rüden Rufe der Wächter, dann werden Grüße ausgetauscht, in denen wiederholt »Allahu-Akbar«-Formeln und wechselseitige Glückwünsche auftauchen. Zwei Bärtige mit verhülltem Gesicht kommen in die Höhle, drei an den Händen gefesselte Gestalten vor sich her stoßend. Der Jüngste ist beinahe noch ein Kind. Nach den Wunden in ihren Gesichtern zu schließen, wurden diese Gefangenen verprügelt. Einer trägt Teile einer unbestimmten Uniform und hat eine Wunde am Arm, die ein Fleck am Ärmel seiner Jacke verrät. Einer der Entführer befiehlt: »Legt euch mit dem Gesicht zur Erde, ihr Heuchler, und rührt euch nicht!«

Zu den Frauen gewandt, bellt er: »Das Essen, schnell!«

Er wirkt gut gelaunt, und als er in der Nähe von Chedidscha vorbeikommt, neigt er sich zu ihr und flüstert etwas. Das Mädchen senkt den Kopf und füllt hastig eine *gassaa* mit Kuskus. Aber als sie sich umdreht, sieht Anna, dass sie weint. Erstaunt wirft sie Chalti einen fragenden Blick zu. Diese seufzt und antwortet nicht.

Bald ist das Gebetsmurmeln der Männer zu hören. Auch die Gruppe der Frauen steht auf und beginnt zu beten. Und die Waschungen?, fragt sich Anna plötzlich. Ein ergreifender Kontrast zwischen der Ruhe, die mit der koranischen Litanei auf den Gesichtern der gefangenen Frauen einkehrt, und ihrer dramatischen Lage ist zu spüren. Aber diese Ruhe ist nicht von Dauer, wilde Angst fährt in die Frauen, wenn die Kämpfer sie schelten.

Eine Stunde später kommt der Mann zurück, der mit Chedidscha gesprochen hat. Diese folgt ihm wortlos, mit gesenktem Kopf. Ein anderer Bärtiger kommt und dann ein dritter, jeder zeigt auf eine Frau. Diese fügen sich mit demselben verschreckten Gehorsam.

Eine Frau um die Vierzig spricht Anna auf Französisch

an: »Du hast noch nichts genommen. Iss ein wenig Kuskus. Du wirst Kraft benötigen …«

Anna schüttelt den Kopf. Die Frau fügt versöhnlicher hinzu: »Komm schon, denk an den Kleinen. Er ist ganz verschreckt.«

Den ganzen Tag hat Dschallal fast nichts gesagt. Er schmiegt sich an Anna und wechselt zwischen Dösen und einem krampfhaften Zittern, sobald er aufwacht. Anna nimmt den Teller aus den Händen ihrer Nachbarin und zwingt ihn, etwas Grieß zu essen. Dschallal flüstert: »Glaubst du, sie werden … sie werden uns etwas antun? *Ya Rabi*, noch nie hatte ich eine solche Angst …«

»Aber nein, du Dummkopf, was denkst du denn? Iss erst mal, komm, sonst werde ich böse!«

»Sag, stimmt es wirklich, dass sie uns nicht die Kehle durchschneiden werden?«

Anna ist aufgebracht – und starr von der kalten Präzision der Frage –, sie stammelt, heiser vor Schreck: »Aber natürlich nicht! Sie haben meinen Pass gesehen, und ich habe gesagt, dass du ebenfalls ein Schweizer bist. Sie haben nichts gegen die Schweizer … Das weiß doch jeder, also wirklich!«

Ein Lächeln der Hoffnung erscheint auf den Lippen des Kindes: »Sie haben dir geglaubt? Bist du sicher?«

»Lass mich in Ruhe und iss jetzt!«

Bald hört man nur noch das unruhige Atmen den Kindes, das den Rest Kuskus mit Appetit verschlingt. Der Junge hat beinahe seine gute Laune wieder zurückgewonnen. Anna beneidet ihn um dieses Quäntchen Vertrauen, das sie ihm einflößen konnte. Sie hasst sich selbst, weil sie ihn in diese schreckliche Geschichte mit hineingezogen hat. Ist es möglich, dass ich wie meine Kinder ende? Vierzig Jahre später? Wieder quält sie ihr Bauch. Sie beugt sich nach vorn, beißt die Zähne zusammen: »Mein Gott, hilf, dass meine Eingeweide mich nicht im

Stich lassen! Ich möchte nicht beschmutzt sterben.« Mit Ekel denkt sie daran, dass sie nur ein paar Kieselsteine gefunden hat, um sich den Hintern zu putzen.

Die Frau, die ihr zu essen angeboten hat, bringt zwei weitere Teller. Einen reicht sie Anna. Im Halbdunkel kann diese zwei müde Augen erkennen, die jedoch entschlossen sind: »Ich heiße Saliha. Ich habe gehört, was du zu dem Kleinen gesagt hast. Pass auf, hier ist sich jeder selbst der Nächste. In diesem Loch haben wir alle so große Angst, da könnte es Frauen geben, die den Spitzel für sie spielen in der Hoffnung, ihre Haut zu retten. Weißt du, hier …«

Sie führt ihren Satz nicht zu Ende, eine andere Sklavin, die den Fäkalieneimer trägt, ist zu ihnen gekommen. Den neuen Gefangenen geht es schlecht. Der Mann mit dem blutigen Arm fiebert. Anna und die Frau rollen den Kuskus zu Kugeln und stecken sie den liegenden Männern in den Mund. Der Jugendliche blickt sie mit wahnsinnigen Augen an und wimmert zwischen zwei Mundvoll: »*A Yemma, A Baba*, ich möchte wieder nach Hause … ich will nach Hause zu meiner Mutter und meinem Vater … *A Yemma, A Baba* …«

»Sei doch still, du weibischer Kerl!«, sagt Saliha und gibt ihm einen Klaps auf den Mund.

In dem, was die Frau flüstert, schwingt beinahe Hass mit: »Wenn du sie wütend machst, nimmt es für dich ein schlechtes Ende, und für uns anderen ebenfalls!«

Der Jugendliche fährt mit der Zunge über die Stelle, an der die Fütternde ihm weh getan hat. Er verstummt einen Augenblick, dann fängt er wieder mit dem Wimmern an, freilich viel leiser. Saliha zieht die Schultern hoch und stopft trotz ihres Ärgers dem Gefangenen eine neue Kugel zwischen die Lippen. Nur der Mann in der Mitte scheint sich in sein Schicksal zu fügen. Er isst hingebungsvoll, was die Frauen ihm anbieten, bittet um ein wenig Wasser und bedankt sich ohne allzu große Ergriffenheit. Dann legt er seinen Kopf hin, die Wange zur Erde gewandt, und schließt die Augen.

Die Frauen, die mit den Terroristen gegangen sind, kommen nach einer Stunde zurück, immer noch gesenkten Kopfes. Saliha reagiert auf die stumme Frage ihrer Gefährtin: »Das haben wir alle hinter uns, von der Jüngsten bis zur Ältesten. Selbst Chalti, die die Fünfzig überschritten hat – möge Gott der Armen die Zahl ihrer Jahre verlängern! –, wurde nicht verschont. Wenn sie vom Kampf kommen oder von einer ihrer Metzeleien, dann wissen wir, dass es ein schlechter Tag für uns wird. Hast du ihre Schuhe gesehen? Ganz rot sind sie! Die haben wieder im Blut gewatet, heute Nacht. Das muss sie in der Hose ganz verrückt machen, der Geruch des Todes …«

Sie spuckt vor Ekel aus. »Es hilft nichts, wenn man sich widersetzt. Die Zähne von Chedidscha, unserer kleinen Gymnasiastin, hast du sie gesehen? Sie haben sie vor kaum vierzehn Tagen am Eingang ihrer Schule entführt. Am ersten Tag hat sie versucht, sich zu weigern. Sie haben sie zuerst geschlagen und dann vergewaltigt, einer nach dem anderen. Sie hat drei ganze Nächte in dem Teil der Höhle verbracht, der für die Männer reserviert ist. Eine Woche lang konnte sie sich nicht hinsetzen, so hat ihr der Unterleib weh getan!«

Nervös wühlt sie mit der Hand in ihrem Haar, ohne das Kopftuch wieder zurechtzurücken: »Und wehe dir, wenn du schwanger wirst! Ein Baby, das möchte essen und macht Lärm. Und außerdem weiß keiner, wer der Vater ist … Also, entweder sie vertreiben dich und setzen dich auf der Straße aus, und dann kannst du natürlich nicht mehr nach Hause zurück, niemand, weder Vater noch Mutter, will etwas von dir wissen, denn du hast ja die Familie entehrt, oder …«

Sie senkt noch einmal die Stimme, entsetzt über ihre eigenen Worte: »… Oder sie … bringen dich um und werfen deinen Kopf irgendwohin, in die Nähe eines Polizeipostens oder einer Gendarmerie, um zu zeigen, dass sie die Stärkeren sind!«

Verblüfft kratzt sie sich an der Wange. »Was von beidem das Schlimmere ist, weiß ich nicht.«

Dann spottet sie plötzlich: »Im Grunde hast du Glück, dass du so alt bist!«

Die Schweizerin lacht mit, aber ihr Herz pocht so laut, dass sie das Gefühl hat zu ersticken. Sie denkt: Wenn ich nicht aufhöre, mich so zu fürchten, wird mein Herz schlappmachen … Sie zwingt sich zu atmen, aber das Entsetzen verlässt sie nicht, gleicht einem rasenden, unaufhörlichen Zahnschmerz.

Gegen Mitternacht tritt ein Mann in die Höhle, um die Fesseln der drei Gefangenen zu prüfen. Er gibt dem Mann in der Mitte, der der ruhigste ist, einen Fußtritt, und verkündet: »Morgen ist euer Schicksal besiegelt, ihr Bande von Ungläubigen! Der Emir kommt, um über euch zu richten.«

Er wendet sich Anna und Dschallal zu. Mit seinem bartlosen Gesicht, dem karierten Hemd und den Jeans könnte man ihn für einen netten jungen Studenten halten. Er schreit: »Das gilt auch für dich, Gauria! Mach dich darauf gefasst, dass du erklären musst, weshalb du dich in dieser Gegend herumtreibst, noch dazu als Muslimin verkleidet. Und vor allem keine Illusionen: Lügen ist nutzlos! Was deinen kleinen Bastard angeht, so wird es ihm ebenso schlecht ergehen wie dir, wenn sich herausstellt, dass du uns Märchen erzählt hast!«

In dieser Nacht liegt Anna lange wach, Algerien verfluchend, diese wahnsinnigen Mörder, den Islam, die Araber, Nasreddin, ihre eigene schwachsinnige Idee, in dieses Land zurückzukehren. Mit dem Rest ihrer Kraft, der von den wiederholten Koliken nicht verzehrt wird, erbittet sie sich flehentlich, ihr Leben möge nicht durch eine Messerklinge enden wie bei einem Stück Vieh und dass sie ihren sanften Hans wiedersehen wird, das einzige Kind, welches ihr das verdammte Schicksal am Leben zu lassen vergönnt hatte.

So groß ist ihr Entsetzen, dass sie kaum noch an Dschallal denkt, den kleinen Stadtstreicher aus Algier, der sich an sie schmiegt, ein für alle Mal entschlossen – weil ein Kind nicht lange an seinen Tod glauben kann –, darauf zu vertrauen, dass die alte Irre ihn schon beschützen wird.

JETZT IST ES nicht mehr weit, stellt Nasreddin fest. Er ist völlig entkräftet von den Ereignissen der letzten Tage. Mit allem Nachdruck hat er darauf bestanden, dass Dschaurden ihn begleitet; dieser hätte sich allein in Algier nicht gerührt, bis er verhungert wäre. Die Frau des Targi war am Tag nach dem Besuch des Chefarztes gestorben. Ihre Bestattung hatte man in aller Eile vorgenommen. Der Tod war vormittags eingetreten, zwei Stunden später hatte man Dschaurdens Frau bereits ins Grab gelegt, direkt nach dem Mittagsgebet. Die Krankenhausverwaltung gab als Begründung an, ihre Leichenhalle sei zu klein, durch Attentate und Massaker würden zu viele Tote angeliefert. Ein Arzt meinte ironisch: »In diesem Krankenhaus fehlt es an allem, nur nicht an Leichen!«

Obwohl Nasreddin durch Annas Telegramm ganz aufgeregt war, hat er sich um alle Formalitäten gekümmert. Ein paar Gläubige aus der zum Friedhof gehörenden Moschee schlossen sich dem spärlichen Trauerzug an. Einer von ihnen fragte ängstlich nach, ob die Hingeschiedene eines natürlichen Todes gestorben sei. Nasreddin nickte mit dem Kopf, und der Mann schien erleichtert.

Ein Imam sprach ein kurzes Gebet, der Totengräber schaufelte rasch das Grab zu, dann gab es einige der üblichen Beileidsbekundungen. Das Ganze dauerte weniger als zwanzig Minuten, und Dschaurden weiß nicht, wie ihm geschieht.

Seit der Beerdigung scheint es dem Targi die Sprache verschlagen zu haben. Widerspruchslos gehorcht er seinem Freund aufs Wort, wie ein gehorsames Kind. Aber Nasreddin ist klar, dass Dschaurden sich auf der Stelle wie ein leerer Sack fallen lassen würde, wenn keine Befehle mehr von ihm kämen.

Sie umfahren die kleine Stadt, nehmen die Landstraße, die in das Duar seiner Geburt führt. Die Straße ist in schlechtem Zustand; Nasreddin schätzt, dass sie noch zwei Stunden Fahrt vor sich haben. Sehr schnell stoßen sie auf eine mächtige Sperre aus gepanzerten Fahrzeugen. Nasreddin versucht die Soldaten zu überreden, dass man ihn vorbeilässt, diese sind jedoch in großer Aufregung, fuchteln mit ihren Kalaschnikows und beschimpfen ihn. »Aber ich fahre doch nach Hause«, bettelt Nasreddin, »meine Frau wartet auf mich. Ich bitte Sie …«

»Halt das Maul, *scheich,* sonst wird deine Alte auf niemanden mehr warten! Die ganze Gegend ist militärisches Sperrgebiet. Verschwinde hier!«

Angesichts der Unentschlossenheit des Fahrers entsichert der Mann sein Gewehr und tritt wütend mit seinen Schnürstiefeln gegen die Karosserie des Autos: »Dann fickt doch eure Mutter, verdammt! Kommt ihr, um zu spionieren, oder was? Man weiß nie, woran man ist in diesem verschissenen Gebirge! Am Tag lächelt ihr uns ins Gesicht, und am Abend helft ihr dann diesen Hurensöhnen von Terroristen! Jetzt verschwindet, bevor ich es mir anders überlege!«

ALS SIE IN DAS STÄDTCHEN KOMMEN, herrscht eine seltsame Atmosphäre. Überall äußerst nervöse Soldaten,
manche tragen eine Kapuze, alle sind wachsam. Mehrmals werden ihre Papiere kontrolliert. Jedes Mal muss
Nasreddin erklären, dass er in sein Duar fährt, weil ihn
dort oben seine Frau erwartet. Zuerst wird er misstrauisch von den Gendarmen, dann von Polizisten überprüft,
bevor man ihn passieren lässt. Der Platz in der Ortsmitte
ist voll von Leuten mit verstörten Gesichtern, die in
unbeschreiblicher Unordnung mitten auf der Straße zelten. Schaumstoffmatratzen, Kleiderbündel und Körbe
stapeln sich neben kleinen Menschengruppen. Ein Karren und zwei abgerissene Lastwagen sind mit ärmlichen
Möbeln gefüllt. Eine sehr alte Frau sitzt auf einem Tisch,
der hinten auf einem der Lastwagen steht. Niemand ist
auf die Idee gekommen, ihr hinunterzuhelfen. Sie betrachtet das Truppenaufgebot mit dem stupiden Gesichtsausdruck einer Alten, die nicht mehr alle Sinne bei
sich hat. Ein paar zerzauste Frauen weinen, wischen sich
die Tränen ab und beginnen wieder zu schluchzen. Was
Nasreddin auf der Stelle verblüfft: dass beinahe überhaupt kein Lärm von dieser Menge ausgeht. Viele haben
nur Hauskleider an, als seien sie beim Aufstehen überrascht worden. Manchmal hört man das Wimmern eines
Säuglings. Einige Männer nähern sich Nasreddin, ihre
Kleider sind blutverschmiert …

Der alte Mann hat rasch herausgefunden, dass diese
Leute Bauern aus dem Duar Sidi Sghir sind, das nur etwa
dreißig Kilometer von Hasnia entfernt liegt. In der vergangenen Nacht sind die »Afghanen« mit Beilen, kurz-
läufigen Flinten, Säbeln und Sägen in den Weiler einge-
drungen, der sich seit einiger Zeit geweigert hatte, junge
Männer als Kampfgefährten zu schicken. Sie sind in jedes Haus des Dorfes hineingegangen und haben jeweils
drei oder vier Personen nach Gutdünken getötet. Bei ei-

ner Familie wurden drei kleine Kinder vor den Augen ihrer Eltern geköpft, dann hat man dem Vater, Hadsch Kadur, die Kehle durchgeschnitten. Die Mutter wurde dagegen nicht getötet: Ihr wurden die Hände abgeschnitten, damit sie, wie der Anführer der Mörder erklärte, die Unbeugsamkeit der »Kämpfer des *dschihad*« bezeugen könne, bei allen Verrätern, die der gottlosen Macht des Pharao dienten. Tatsächlich machten die Maquisards dieser Familie zum Vorwurf, dass sie ihre Tochter mit einem Polizisten des Städtchens verheiratet hatte.

Der Mann, der das erzählt, zittert: »Der Lärm war schrecklich. Das Flehen um Erbarmen mischte sich in die *schahada* der Sterbenden. Wer zu entkommen versuchte, wurde eingefangen, mit Benzin übergossen und bei lebendigem Leibe verbrannt. Aber das Schlimmste kam erst zuletzt. Sie haben uns in einer Scheune zusammengetrieben und dann gezwungen, mit ihnen gemeinsam das Totengebet zu sprechen. Es war der Emir der Gruppe persönlich, der das Gebet anführte. Einem Dörfler um die Vierzig, dessen Ältester mit einer Säge hingerichtet worden war, wurde übel, was die Bärtigen als Weigerung zu beten aufgefasst haben. Da packte sie die Wut. Sie ließen den Mann vor einem Eimer niederknien, schnitten ihm die Kehle durch und fingen das Blut auf. Dann hat einer der Mörder die Dörfler gezwungen, ihre Hände in den Eimer zu tauchen, vom jüngsten Kind bis zum ältesten Greis …«

Er vergießt heiße Tränen: »Ich war nur zu Besuch bei einem Verwandten. Ich hatte mich auf die Reise gemacht, weil ich voll Vertrauen war. Am Abend bevor ich ankam, hatte ich die Fahrzeuge der Militärs gesehen. Sie waren nicht einmal zwei Kilometer vom Dorf entfernt! Da habe ich mir gesagt, dass wohl keine Gefahr besteht, wenn die Armee so nah an Sidi Sghir ist. Aber da habe ich mich getäuscht, die Armee kümmert sich einen Dreck um uns!

Es ist unmöglich, dass die Soldaten nicht das Leuchten der Feuer gesehen haben! Sie haben mit voller Absicht die Schlächter ihre Arbeit verrichten lassen, beinahe unter ihren Augen ... Mein Gott, ist das denn möglich? Ich habe mich in einem Schrank versteckt, als die Mörder meinen Gastgeber aufschlitzten und seinen Vater, einen alten Mann, taub und blind, der sicher nicht begriffen hat, was mit ihm geschah. Dann haben sie den Schrank aufgebrochen. Sie haben mich gefunden, wie ich hinter den Kleidern hockte. Ich habe geschrien, so laut ich konnte ... Irgendetwas habe ich dann zusammengefaselt, ich würde sie lieben, sie seien die Engel Gottes, die Barmherzigkeit selbst, ich wäre auch bereit, ihnen die Stiefel zu lecken, wenn sie Wert darauf legten. Ich hüpfte auf der Stelle wie eine Ratte auf einer glühenden Herdplatte. Meine Panik brachte einen von denen, die meinen Freund getötet hatten, zum Lachen. Er hat sein Messer an den Haaren seines Opfers abgewischt, dann versetzte er mir einen Fußtritt und befahl, ich sollte in die Moschee gehen. Auch ich habe die Hände in den Eimer getaucht. Ich hatte solche Angst, mein Bruder, dass ich zu jeder Niedertracht fähig gewesen wäre. Ich wusste nicht, dass man sich so sehr fürchten kann!« In klagendem Ton sagt er: »Gott möge mir verzeihen! Gott möge mir verzeihen!«

»UND DIE WOLLEN jetzt nichts mehr von uns wissen! Die Leichname unserer Toten vermodern dort oben, ohne Grab, den Hunden zum Fraß vorgeworfen. Selbst die Gendarmerie hat Angst, allein dort hinzugeben. Jetzt heißt es, man wolle auf Verstärkung warten! Dabei misstrauen sie uns, sagen, das Dorf sei dafür bekannt, dass es eigene Leute im Maquis hat! Dann sagen sie noch, es geschehe den Dörflern recht, wenn die Gendarmen nicht ihr Leben riskieren wollen für Leute, die von Anfang an

die Tollwütigen von der FIS unterstützt haben. Aber ...
die Kinder, mein Bruder, was haben sie denn getan?
O mein Gott, das hier ist das Land der Schakale!«

Der Mann packt Nasreddin am Arm und erklärt ihm,
später habe die Armee sie dann aufgesucht, einige Stunden nachdem sie hier angekommen waren. Ein Hauptmann hat ihnen vorgeschlagen, sie sollten in ihr Dorf
zurückkehren, aber mit Waffen. Die Männer haben sich
strikt geweigert: »Was können wir denn allein ausrichten, selbst wenn wir ein Maschinengewehr haben, gegen
kriegsgeübte und erbarmungslose Kämpfer? Alle, die sie
beim ersten Mal nicht umgebracht haben, wird es diesmal das Leben kosten!« Der Hauptmann hat verächtlich
ausgespuckt und sie Feiglinge genannt, die nicht in der
Lage seien, ihre Ehre und die Würde ihrer Kinder zu verteidigen. Er hat ihnen befohlen, das Städtchen sobald
wie möglich zu verlassen, sie würden nur die Moral der
Einwohner untergraben. Andernfalls würden die Soldaten es übernehmen, sie mit Arschtritten in ihre Gurbis
zurückzuschicken! »Aber ohne Waffen! Ihr habt ihnen
geholfen, habt diese Tollwütigen genährt und gekleidet.
Somit habt ihr nur das bekommen, was euch zusteht! Ihr
müsst nun selbst mit denen zurechtkommen, die ihr so
heiß geliebt habt, als sie nur unsere Köpfe abschnitten
und die unserer Familien!«, drohte er hämisch.

Während der Flüchtling erzählt, hält sich Dschaurden
im Hintergrund. Als Nasreddin beschließt, zum Gendar-
merieposten zu gehen, sucht er mit den Augen nach seinem Freund. Er glaubt ihn in der Gruppe der Geretteten
zu sehen, dann geht seine Gestalt in der Menge unter.
Nasreddin zuckt mit den Schultern: Seit dem Tod seiner
Frau ist der Targi so schweigsam wie noch nie. Mit Mühe
kann er die Hände des Erzählers abschütteln, der ihn
seltsamerweise *mein Bruder, mein Vater* nennt. Die Gendarmerie ist nur etwa hundert Meter entfernt. Nasreddin

zögert. Er fühlt plötzlich eine Müdigkeit, die ihm die Beine zu lähmen scheint. Diesen Überdruss kennt er: Es ist, als hätte jemand seine Seele stundenlang ausgepeitscht und als wollte der Körper, der sie bisher aufnahm, sich nun vorsichtig von ihr trennen.

Der Mann bedrängt ihn weiterhin mit seinem entsetzlichen Bericht: »Mein Bruder, du hast ja nicht die Schreie der Kinder gehört! Ach, du kannst dir das nicht vorstellen, wie spitz sie sind, diese Schreie! Sie flehten: ›Mein Onkel, töte mich nicht, mein Onkel, ich schwöre, dass ich nichts sagen werde …‹ Und die Männer rannten hinterher und fingen sie ein wie Hasen … Du kannst dir das nicht vorstellen …«

Der alte Mann hält sich die Schläfen, als habe ihn ein Schwindel ergriffen. Zu viel, es ist zu viel! Wird diese Barbarei denn niemals aufhören? Mit rauer Stimme protestiert er: »Lass mich in Ruhe! Für wen hältst du dich, dass du mit mir in diesem Ton sprichst? Geh zu den anderen zurück!«

Der Gerettete fixiert ihn verblüfft. Nasreddin läuft davon, flieht beinahe, überlässt den Mann seiner entsetzlichen Verzweiflung. Selbstverständlich kann er sich alles vorstellen! Ekel kommt in ihm hoch. Seit Jahrzehnten kann er nicht umhin, sich dieses letzte Zusammentreffen zwischen seinen Angehörigen und ihren Henkern vorzustellen, das Schreien seiner beiden Kinder, als die Mörder ihrer Großmutter den Rest gaben und dann auf sie zukamen …

Nasreddin schluckt die Seufzer hinunter, die er in sich aufsteigen fühlt. So nah am Ziel darf er nicht schlappmachen! Ein Dutzend Landrover und zwei gepanzerte Wagen blockieren die Gasse, die zum Eingang des Gendarmeriepostens führt. Betonpolder verhindern das Parken an den Mauern. Ein Gendarm auf Wache, der ihn seit kurzem beobachtet, fragt ihn rüde, was er will. Nasreddin stottert, dass er einen Gefreiten besuchen möchte, einen gewissen Chaled. Der Gendarm mustert ihn und knurrt harsch: »Woher kennst du ihn denn?«

»Lass ihn eintreten!«

Nasreddin erkennt einen Kollegen jenes Gendarmen, den er besuchen wollte. Dieser führt ihn in das kleine Gebäude, das man in einen Bunker verwandelt hat. Hier herrscht fieberhafte Geschäftigkeit. Ninjas, die heruntergezogenen Kapuzen um den Hals tragend, zirkulieren zwischen den Stockwerken. Andere Gendarmen im Kampfanzug warten in der zentralen Halle. Manchmal blitzen Befehle und Gesprächsfetzen auf und heizen die allgemeine Nervosität an. Der Gendarm öffnet die Tür zu einem Raum, es ist eine Küche. Er bietet dem alten Mann einen Stuhl an. Während er Kaffee in eine Tasse gießt, sagt er: »Ist es schon lange her, dass du zum letzten Mal hier in der Gegend warst, Scheich?«

Nasreddin nickt. Der Gendarm reicht ihm die Tasse: »Du wohnst doch noch in Algier, nicht wahr?«

»Ja«, antwortet Nasreddin ängstlich.

Der Gendarm kostet von seinem Kaffee und verzieht das Gesicht. Er muss etwas über vierzig sein. Ein kurzer Schnurrbart läuft quer über sein ernüchtertes Gesicht. »Da hast du wirklich Glück. Bei mir sind es jetzt fünf Jahre, dass ich in diesem Drecksnest verschimmle.«

Nasreddin unterbricht ihn, ohne seine Erregung zu verbergen: »Und unser Freund, der Gefreite Chaled?«

Sein Gegenüber lächelt bitter: »Er ist tot, mausetot, glaub mir. Sie haben ihn vor fünf oder sechs Monaten umgebracht. Er war vollkommen überzeugt, dass keine Gefahr bestand. Er sagte, er sei nun zwei Fingerbreit von der Rente entfernt und verstehe sich gut mit allen. Der Sohn seines Nachbarn hat dann persönlich den Terroristen Bescheid gesagt. Sie haben ihn nicht sofort liquidiert, Scheich …«

Nasreddin hat den Kopf gesenkt. Sein Gesprächspartner räuspert sich, wettert dann zwischen den Zähnen gegen das miese Aroma des Kaffees. »Er mochte wirklich jeden, der alte Chaled. Mitunter hat er ein wenig gemauschelt, aber nicht mehr als alle anderen auch … Man musste nur in sein Büro kommen und zu weinen beginnen, dann hat er alles zurückgenommen, Strafzettel und -mandate. Er ließ Wilderer wieder laufen, drückte ein Auge zu, wo er nur konnte … Ein echter Spinner, aber im Großen und Ganzen geschätzt bei allen Kollegen des Postens … Diese Schweine von Terroristen haben ihm in einem Hinterhalt aufgelauert …«

Der Gendarm zerrt an seinem Schnurrbart. Nasreddin fühlt, dass er sehr bewegt ist: »Es ist ganz einfach gewesen: Er war dick wie ein Fass und kam bei der geringsten Anstrengung außer Atem. Von wegen Eliterekruten im Kampf gegen die Terroristen! Er ließ sich fangen wie ein grüner Junge. Sie waren Dutzende. Sie haben ihn hinten an den Jeep gebunden und dann am hellichten Tag ein Dutzend Kilometer durch die wichtigen Straßen geschleift. Dann haben sie ihn kastriert und an einer Laterne aufgehängt, den alten Chaled!«

»Mein Gott«, seufzt Nasreddin.

Der arme Chaled ist nur ein oberflächlicher Bekannter, aber die Hand des alten Mannes zittert, als er die Tasse abstellt. Der Gendarm schlürft seinen Kaffee und dreht ihm den Rücken zu: »Und wir waren vier Kollegen, die sich im Posten verkrochen. Die Armee hat erst am nächsten Tag eingegriffen, um die Leiche zu bergen. Und niemand wollte aussagen. Alle hatten die Terroristen gesehen, aber sie bepissten sich vor Angst, wie wir.«

Eine lastende Stille. Das verlegene Husten Nasreddins bewirkt, dass der Gendarm sich umdreht: »Und du, Scheich, was wolltest du von ihm?«

»Eigentlich … nichts«, stammelt der alte Mann, »ich

wollte ihn fragen, ob die Straße nach Hasnia sicher ist, nach dem, was letzte Nacht passiert ist ...«

Der Gendarm lacht hämisch und weist auf die Berge jenseits des Fensters: »Man muss bescheuert sein, um allein dort hinaufzugehen! Dort gibt es mehr Terroristen als Heuschrecken! Hast du gesehen, was sie in Sidi Sghir veranstaltet haben? Das ist höchstens dreißig Kilometer von dir zu Hause entfernt. Sie werden dich in kleine Stücke schneiden!«

Ein Mann in Zivil betritt in diesem Augenblick die Küche. Er fragt schlecht gelaunt: »Gibt es noch Kaffee?«

»Ja, wenn man diese schmutzige Brühe Kaffee nennen kann ...«

Der Mann wäscht sich die Hände, trinkt Wasser direkt aus dem Hahn, gießt sich dann Kaffee ein. Er hat Nasreddin nicht bemerkt, da ihn die offene Tür teilweise verdeckt. Mit einem mageren Lächeln der Zufriedenheit fährt er fort: »Er hat sich schließlich doch an den Tisch gesetzt, der Schweinehund. Vielleicht ein Bärtiger, aber hartnäckig! Hat zwei Tage ausgehalten. Wir mussten zum Nägelziehen übergehen.«

Der Mann schnalzt mit der Zunge: »Ekelhaft, das Gebräu! Mensch, hab ich es eilig, nach Hause zu kommen, meine Kinder wiederzusehen, nach all den Sauereien hier ...«

Er zögert, trinkt dann aus.

»Er hat ausgepackt. Er hat tatsächlich den Fahrer getötet. Und er hat bestätigt, dass wirklich eine Ausländerin dabei ist, vielleicht ist es dieselbe, die in Algier verschwunden ist. Der Chef hat gesagt, wir sollen ganze Arbeit machen ...«

Nasreddin kann ein Wimmern nicht unterdrücken. Der Neuankömmling dreht sich brüsk um, als hätte ihn eine Schlange gebissen. Sein Gesicht ist verquollen, wie bei jemandem, der eine lange Nacht hinter sich hat. »Wer ist denn der Kerl? Hör zu, Ammar, du weißt genau, dass es verboten ist, Zivilisten hier hereinzubringen!«

Er geht drohend auf den sitzenden Besucher zu. Sein Kollege packt ihn: »Beruhige dich, der war ein guter Freund von Chaled! Es bringt doch nichts, sich gleich so aufzuregen.«

»Ach, du hast wohl heutzutage sogar noch Freunde?«

Der Mann macht sich brutal los. Bevor er das Zimmer verlässt, knurrt er noch: »Bring ihm bei, dass es in seinem Interesse ist, wenn er sich möglichst bald von hier verpisst, und dass er vor allem das Maul hält! Sonst könnte es ihm noch Leid tun …«

Der Gendarm schließt die Tür, sagt dann etwas verlegen: »Trink deinen Kaffee aus, Scheich, und kehre nach Algier zurück. Vergiss deinen Plan, nach Hasnia zu gehen. Die Spezialeinheiten sind dort. Sie können jeden Augenblick eingreifen. Dann wird das ganze Bergland auf den Kopf gestellt. Sogar Flugzeuge werden eingesetzt. Für diese Hurensöhne von Terroristen wird es mächtig knallen. Sie werden lebendig in ihren Löchern braten, wie Ratten!«

Nasreddin kämpft gegen das Gefühl der Hoffnungslosigkeit an. Wenn das zutrifft, wird alle, die sich bei den Terroristen aufhalten, dasselbe Schicksal ereilen. Er bringt gerade noch heraus: »Was ist das für eine Geschichte mit der Ausländerin? Ist es vielleicht eine Schweizerin?«

»Eine Gruppe aus der Gegend hat vor einigen Tagen eine alte Touristin entführt. Die hat sich einen Spaß daraus gemacht …«

Der Gendarm bricht plötzlich ab. Er mustert mit wachsender Wut den Mann, der auf seinem Stuhl zusammensinkt. »Vielleicht hat der Kollege ja zu Recht seine Stinklaune. Was ist denn in dich gefahren, dass du plötzlich so neugierig bist?«

Als Nasreddin die Gendarmerie verlässt, beklagt er sich mit beinahe lauter Stimme: »Wann werde ich endlich sterben und diese Hure von Leben los sein? Offenbar sind die beiden Kinder noch nicht genug? Kommt jetzt noch Anna an die Reihe?«

Er möchte weinen, aber er spürt, dass sein Körper ihm diesen Trost nicht gönnt. Ein lächerlicher Gedanke keimt im Kopf des Alten: Wenn nun seine Mutter da wäre, hätte er sich sicher auf ihren Schoß geflüchtet und stundenlang geschluchzt! Er macht sich auf die Suche nach Dschaurden. Der Targi sitzt auf der nackten Erde, umgeben von einigen Kindern. Er redet und lächelt, völlig unerwartet! Als er Nasreddin sieht, bricht er sofort ab. Die Kinder protestieren: »Onkel, erzähl weiter! Was ist mit ihm geschehen, deinem Mufflon? Onkel, bitte …«

Dschaurden ist aufgestanden. Ein wenig verwirrt murmelt er: »Später, ich werde es euch später erzählen …«

Sein Lächeln ist verschwunden. Die Kinder gehen langsam auseinander. Der Targi streichelt zerstreut einem Knaben von drei oder vier Jahren über den Kopf, der sich an sein Bein geklammert hat. Er zeigt mit dem Finger auf die Dörfler von Sidi Sghir, gleichzeitig versucht er die Umklammerung des Kindes zu lösen: »Geh, mein Kleiner, geh zurück zu deinen Eltern. Geh schon …«

Das Kind schluchzt. Es wischt mit wütendem Ellbogen den Rotz ab, der ihm aus der Nase läuft. »Aber Onkel, mein Vater, meine Mutter und meine beiden Schwestern, das weißt du doch, sind alle von ihnen umgebracht worden! Das«, er deutet auf die Menge, »sind doch nur Nachbarn, Onkel!«

Er untersucht mit abwesender Miene seinen schmutzigen Ärmel. Dann schluchzt er: »Nur Nachbarn, Onkel … Das sieht man doch, oder?«

»SIE SIND HEUTE MORGEN sehr nervös. Ihr Emir hat sich verspätet.«

Anna schaut zu Saliha auf. Ihre Hände sind feucht vor Angst. Man hat ihr gesagt, dass dieser Emir über ihr Schicksal und das des Kleinen bestimmen wird. Außerdem meinte Saliha, nach den Gesprächsfetzen zu schließen, die sie bei ihren Kerkermeistern aufschnappen konnte, handelte es sich wahrscheinlich nur um einen kleinen Emir aus der Region. »Aber die sind die Schlimmsten«, hat sie hinzugefügt. »Wenn sie etwas werden wollen, müssen sie unter Beweis stellen, dass sie kein Erbarmen kennen.«

Anna versucht, sich nicht von der Angst überschwemmen zu lassen. Nur gut, dass Saliha Freundschaft mit ihr geschlossen hat. Heute beginnt der vierte Tag ihrer Gefangenschaft, und Anna schätzt sehr die Ruhe dieser Frau. Im Gegensatz zu den anderen gefangenen Frauen, die sie meiden, weil sie wahrscheinlich eine grausame Bestrafung durch die Wächter fürchten, wenn sie sich allzu vertraut mit einer Christin zeigen, hat Saliha ihre Gesellschaft gesucht. Gestern Abend hat sie ihr anvertraut, dass sie Französischlehrerin an einer Oberschule war, aber ihren Beruf allen verheimlichen müsse: Wenn die Entführer das erführen, würden sie sie bestimmt auf der Stelle massakrieren.

»Sie haben mich mitten auf der Straße entführt, gegen Mittag, fünfhundert Meter von meiner Wohnung entfernt. Als sie mich beim Verhör nach meinem Beruf fragten, habe ich Hausfrau gesagt. Glücklicherweise hatte ich an dem Tag meine Aktentasche nicht bei mir! Ich weiß nicht, weshalb, aber ich habe sie in der Schule gelassen, um sie nicht tragen zu müssen. Sie haben mich trotzdem geohrfeigt, weil ich geschminkt war. Sie fanden, für eine Hausfrau wäre es zu stark. Nur gut, dass sie mich nicht zu Hause entführt haben. Mein Vater und mein Mann hätten sich ihnen in den Weg gestellt und wären ermordet worden, mein Gott, was für abscheuliche Dinge geschehen mit uns!«

Anna drückte die Hand ihrer Gefährtin, die ihr einen dankbaren Blick zuwarf. Seither flüstern sie die ganze Zeit miteinander, und Anna hat den Eindruck, dass ihre Angst nun erträglich wird. Eben hat ihr Saliha geraten, bei der alten Chalti besonders vorsichtig zu sein. Anna ist erstaunt, die alte Dame war doch nett zu ihr. Saliha wirft zuerst einen Blick auf die Gruppe der anderen Frauen: Sie ist zu weit entfernt, um etwas zu verstehen.

»Ja, sie ist nett. Sie kann sich Brot vom Mund absparen, um es dir zu geben, aber sie ist trotzdem verrückt!«

Ihre Stirn berührt Annas Stirn: »Verrückt geworden ... Sie hatte vier Söhne. Die zwei älteren sind in den Maquis gegangen, aber in konkurrierende Gruppen: GIA gegen AIS, oder etwas Ähnliches. Jeder von den beiden Missgeburten hat vielleicht davon geträumt, die Dörfer hier in der Gegend unter seine Kontrolle zu bekommen. Der Dschihad ist doch eine tolle Sache, wenn du dich aufführen darfst wie Moses und Al Capone zusammen: Schutzgelder, junge Frauen, die man ungestraft vergewaltigen darf, und am Ende deiner Tage winkt dir das Paradies ... Die beiden Gruppen haben sich gegenseitig die Bäuche aufgeschlitzt, und dabei mussten die beiden angehenden Terroristen ihr Leben lassen. Die anderen Jungen der Chalti wurden von der Polizei wegen Unterstützung der Terroristen verhaftet: Sie hatten ihre Brüder nicht denunziert! Ihre Leichen hat die Mutter vierundzwanzig Stunden später schrecklich verstümmelt auf einer Müllkippe gefunden.«

Nach einer langen Pause des Schweigens fährt Saliha fort: »Die Alte bekam einen Blutsturz! Aus freien Stücken ist sie hier heraufgekommen, gleich nach der Beerdigung ihrer Jüngsten. Ich weiß nicht, wie es ihr gelungen ist, die

Höhle aufzuspüren, aber sie muss wohl mehrere Tage in den Bergen herumgelaufen sein. Die … nun ja, sie haben beschlossen, dass sie hierbleiben darf, weil sie gut kocht und sie glauben, sie sei auf ihrer Seite. Aber einer von den Banditen hat sie dann eines Abends, als sie geraucht hatten, trotzdem vergewaltigt: Es war eine Wette, und der Verlierer musste … Am nächsten Tag hat sie ihren Kopf gegen die Wände der Höhle geknallt, bis Blut kam, aber sie hat nicht versucht zu fliehen. Ich bin überzeugt, dass sie verrückt ist … reif für die Zwangsjacke, glaub mir! Ich schlafe in ihrer Nähe, und ich höre, was sie zwischen ihren Zähnen murmelt … Manchmal spricht sie von ihren Söhnen, als wären sie noch am Leben. Da kann es einem kalt den Rücken herunterlaufen …«

»Pst«, flüstert plötzlich eine Stimme. »Lasst uns horchen!«

Die Frauen haben sich nahe der Höhlenöffnung versammelt. Man kann sie nicht von draußen sehen, aber wenn sie den Hals recken, können sie das Zelt erkennen, das für das »Gericht« aufgebaut wurde. Die drei Gefangenen sind immer noch gefesselt, sie knien untertänig vor dem Eingang.

»Sie kommen«, meldet eine Stimme, sofort verfallen die Wächter in hektische Tätigkeit.

»Das Heil sei über euch! Das Heil sei über euch! … Das Heil sei über euch!«

Der Mann, der dreimal *Essalam Aleikum* wiederholt hat, ist erstaunlich jung, nicht älter als fünfundzwanzig Jahre. Er trägt einen breiten Turban, eine Gandura und Schnürstiefel. Sein dichter Bart ist mit Henna gefärbt. Er wird von drei Männern in Drillich begleitet, die bis an die Zähne bewaffnet sind. Ohne den respektvollen Grüßen der Kämpfer Beachtung zu schenken, geht er auf den Mann zu, der der Anführer der Höhlengruppe sein muss. Anna gelingt es nicht, ihre Unterhaltung zu verstehen. Aber die Gesten des jungen Emirs sprechen Bände: sein wütendes Gesicht, er zeigt abwechselnd auf den Himmel, dann auf das Zelt. Sehr rasch gehorchen die Männer und schlagen das Zelt ab.

Saliha flüstert: »Sie haben Angst vor den Hubschraubern der Armee.«

Dschallal steckt den Kopf zwischen den beiden Frauen durch. Er hat seine Angst der ersten Tage vergessen. Da er immer noch am Leben ist, hat er beschlossen, dass die Gefahr wahrscheinlich vorüber ist. Seine Stimme ist voller Hoffnung: »Stimmt es, dass die Armee sie angreifen wird?«

Ein heftiger Klaps auf den Kopf lässt ihn auf die Erde purzeln. Saliha flüstert: »Kleiner Dummkopf, wenn sie dich so reden hören, nehmen sie dich auseinander wie ein Hähnchen!«

Das Kind steht grimassierend wieder auf und schmiegt sich beleidigt in die Arme von Anna. Saliha fügt mit meckernder Stimme hinzu: »Bloß nicht die Armee, mein Gott: Sie würden das Lager bombardieren, und alle müssten sterben, aber zuallererst wären wir an der Reihe!«

Die alte Chalti kneift die Augen zusammen: »Du redest zu viel, Saliha, wirklich zu viel …«

Kreidebleich senkt Saliha die Stirn: »Verzeih mir, Chalti, es ist der Teufel, der aus meinem Mund spricht.«

Der Emir hat angeordnet, dass die gefesselten Männer unter einen Baum gebracht werden. Er selbst setzt sich ihnen gegenüber und lädt die herbeieilenden Kämpfer ein, dasselbe zu tun. Letztere scheinen unruhig und zeigen ebenfalls zum Himmel, dann auf den Fuß des Gebirges. Ein kurzes Getuschel, dann tritt der junge Emir mit angeekelter Miene zu den drei Gefangenen. Er hebt die Stimme, aber von dort, wo sie sich sich befinden, können die Frauen nicht hören, was er sagt. Er spuckt auf den Boden, gibt seinen Männern ein Zeichen, worauf alle kehrtmachen und dorthin zurückkehren, woher sie gekommen sind. Nur einer bleibt im Hintergrund zurück.

Anna atmet tief den Geruch ein, der von den Ölbäumen und den Mastixsträuchern ausgeht. Wie ist es möglich, dass die Natur an einem solchen Tag so schön sein kann! Der Mann hat den am Arm verwundeten Gefangenen gepackt und ihn zu einem flachen Felsen geschoben. Mit einem Schlag auf den Hintern zwingt er ihn, sich auf den Bauch zu legen. Ihn mit dem Knie festhaltend, packt er sein Haar und reißt es heftig nach hinten. Mit der freien Hand zückt er einen Dolch.

»Mein Gott, das ist der Schlächter!«

Die Schülerin schließt die Augen, als das Blut herausspritzt. »*Ya Yemma*, ich möchte zurück zu meiner Mutter, *ya Yemma!*«

Saliha hat ihre Hand auf den plärrenden Mund gelegt. Sie hält das Mädchen energisch fest, obwohl es sich aufbäumt. »Mein kleiner Schatz, beruhige dich. Bete zu Gott, bete und suche Zuflucht bei Ihm. Sie werden dich töten, wenn du weiter so schreist …«

Dschallal dagegen hat die Hinrichtung mit offenem Mund verfolgt. Der Felsen färbt sich rot. Der zweite Gefangene hat die Zeit, seinen Henker zu bespucken, bevor ihm ebenfalls die Kehle durchgeschnitten wird. Der Mörder ist außer sich. Vor Wut keuchend, bedenkt er den noch zuckenden Leichnam mit Fußtritten. Der Heranwachsende, der bis dahin ruhig geblieben ist, beginnt zu schreien und um Mitleid zu flehen. Obwohl seine Füße gefesselt sind, versucht er eine lächerliche Flucht und schlägt der Länge nach hin. Der aufgebrachte Schlächter reißt ein Büschel Gras heraus und stopft es seinem angehenden Opfer in den Mund. Mit einer Hand zieht er den zappelnden Körper zum Stein und schneidet ihm ebenso rasch wie den anderen die Kehle durch. Dann säubert er seinen Dolch und seine Hände sorgfältig vom Blut, indem er sie an der Rinde eines Baumes abreibt. Er prüft das Ergebnis, scheint nicht zufrieden und beginnt die Reinigung von neuem mit Blättern, die er von einem Ast abgerissen hat. Da der Wind sich gedreht hat, hören die Frauen, wie der Mann mit dem Dolch seinen Gefährten in mürrisch-scherzhaftem Ton zuruft: »Normalerweise habe ich mehr Schwierigkeiten mit Erwachsenen als mit Kindern …«

Dschallal hat sich in die Tiefe der Höhle geflüchtet. Starr vor Schreck, sieht Anna den Henker auf sich zukommen; mit einer Häme, der ein gewisses Bedauern anzumerken ist, sagt er auf Französisch zu ihr: »Bei dir, Alte, hat der Emir gesagt, dass wir deinen Fall später besprechen werden. Sieht aus, als wäre eine Ausländerin etwas Ernstes, das man nicht einfach so hinschludert, aber mach dir keine Illusionen! Und sieh dich vor, sonst … zack!«

Anna ist verdutzt über das normale Aussehen des Mannes, der solche schrecklichen Dinge tut. Sie schluckt langsam ihren Speichel herunter. Ihr Herz pocht so sehr, dass es zu zerspringen droht. Noch nie hatte sie solche Schmerzen in der Brust.

»Schau mich nicht so an, du alte Hure! Wir sind keine Mörder, sondern Henker. Den dreien da brauchst du keine Träne nachzuweinen. Alle drei, sogar der Jüngste, gehörten zur Miliz der Mächtigen! Nun, deshalb haben sie auch die Vorzugsbehandlung mit dem Messer bekommen. Das Messer ist sauber, schnell und voller Erbarmen. Mein Vater dagegen wurde von der Armee mit dem Schweißbrenner gefoltert. Ich war ein Kaufmann, dem es nicht schlecht ging, ich hatte alles, aber ich konnte die *hogra* nicht mehr ertragen, diese Verachtung, die Schiebungen, die Schamlosigkeit der Frauen und wie die Religion geschmäht wird durch die, die uns regieren.

Also habe ich mich meinen Brüdern auf dem Weg des Dschihad angeschlossen. Die Spezialeinheiten haben meinen Vater geholt. Er hatte nichts getan, aber sie wollten, dass er ihnen sagt, wo ich bin. Er hat Stunden gebraucht, um zu sterben. Aber Gott sei Dank hat er nicht geredet. Er war ein echter Gläubiger, Gott möge seine Seele bei sich behalten! Nicht wir, Gauria, sind die Barbaren, sondern die, die vor nichts mehr Respekt haben, weder vor Gott noch vor den Menschen, diese Hunde, die dem *Taghut* dienen, dem Tyrannen!«

Die anderen nicken heftig. Der Henker ist rot vor Wut. Anna senkt die Augen, macht sich auf Schläge gefasst.

»Wir, die Mudschahidin, wir sind nur Vollstrecker des göttlichen Willens. Das ist alles. Wenn du Gott verrätst, bezahlst du dafür. Wenn du Ihm dienst, kommst du ins Paradies. So einfach ist das! Wenn Gott es wünscht, dann werden alle Ungläubigen, die Blutsauger dieses Volkes und ihre Komplizen, alle, die sich weigern, am Kampf gegen die Gottlosen teilzunehmen, mit der Erde dieses Landes bedeckt werden.«

Begeistert wiederholt er, Tränen in den Augen: »*Insch Allah*, so wird es kommen!«

»*Insch Allah*«, wiederholen die anderen im Chor. Der Schächter wischt mit dem Jackenärmel über seine Augen, dann umarmt er jedes Mitglied der Gruppe. Er weist noch einmal in den Himmel und zum Fuß des Gebirges, macht erneut ein Zeichen der Wachsamkeit und verschwindet dann.

18

DER ANGRIFF findet im Morgengrauen statt. Er beginnt mit Flugzeugen, die in geringer Höhe über das Gelände fliegen und Bomben abwerfen, dann sofort hochgezogen werden und mit Vollgas in den Himmel aufsteigen. Die Flugzeuge haben anscheinend aufs Geratewohl ihre Geschosse ausgesät. Unmittelbar darauf schlagen Flammen hoch. Von der Höhle aus sieht man auf halbem Weg zwischen dem Gipfel und dem Fuß des Berges immer zahlreicher werdende rotgelbe Flecken. Die Rauchwolke nimmt rasch an Breite zu, überdeckt schon einen Teil des Tales. Ein seltsamer Geruch von verbranntem Benzin breitet sich aus, bei dem man sich räuspern muss.

»Ich sage dir, es ist Napalm«, wiederholt einer der Männer nervös. »Der ganze Wald wird lichterloh brennen!«

»Haltet das Maul, ihr Arschlöcher, das sind nur Brandbomben! Statt zu jammern, solltet ihr lieber den Durchgang im Auge behalten. Sie werden bald Hubschrauber schicken. Vielleicht haben sie uns noch nicht entdeckt ... Versteckt euch also und schießt erst dann, wenn ich euch den Befehl gebe.«

Dann wendet sich der Anführer an die Gruppe der Frauen, die aus der Höhle aufgetaucht ist. Er fuchtelt mit seinem Uzi-Gewehr: »Zurück mit euch, geht tief in die Höhle!«, schreit er und schlägt mit dem Kolben auf jene ein, die sich zu weit vorgewagt haben.

Trotz der Schläge weichen die Frauen nur ein paar Schritte zurück. Eine von ihnen hält ihre Verzweiflung nicht mehr zurück: »Wir werden verbrennen, wenn wir hierbleiben. Mach doch die Augen auf, beim Antlitz Gottes: Der Rauch kommt von unserer Seite. Lass uns gehen und …«

Es bleibt ihr nicht die Zeit, den Satz zu Ende zu sprechen. Eine der Wachen zieht sie am Kleid heran und pflanzt ihr das Messer mitten in die Brust. Sie fällt hin, mit dem Gesicht auf die Erde. Sie wehrt sich noch, als der Hubschrauber knapp über den Wipfeln der Ölbäume erscheint. Anna kann den Kopf des Piloten erkennen, bevor die Maschine verschwindet, als hätte der Wald sie verschluckt. Bei den Terroristen fängt einer an zu schreien: »Sie haben uns entdeckt! Hier können wir nicht bleiben!«

»Sei still, du Hurensohn! Der Emir hat uns befohlen, sie so lange wie möglich aufzuhalten. Sonst werden die anderen Brüder alle umkommen!«

Dschallal drückt Annas Hand so fest, dass sie ihm zuflüstert, er solle ihr nicht weh tun. Der Knabe zittert, er versteht sie nicht. Die Frauen sind bis zum Eingang der Höhle zurückgeströmt. Chedidscha weint und schnieft laut.

»Wir werden alle sterben«, kommentiert Saliha finster. »Wenn uns die hier nicht töten, dann übernehmen es die Bomben …«

Wie um ihr Recht zu geben, ertönt eine erste Detonation, fern und dumpf. Eine zweite, die bereits näher ist, lässt die Höhle erzittern.

»Mein Gott, jetzt richten sie ihre Kanonen ein! Die kümmern sich doch einen Dreck um die Gefangenen … Sie werden uns zermalmen!«

Eine Stimme klagt: »Hat vielleicht irgendjemand Mitleid mit uns? Was haben wir denn getan, dass wir das verdient haben?«

Draußen ist der Lärm von Streitigkeiten zu hören. Einer der Männer schreit, sie müssten sich absetzen, bevor das Feuer sie völlig eingekreist hat. Ein anderer (Anna erkennt die Stimme des Anführers) nennt ihn einen Feigling und gibt ihm den Befehl, auf seinem Posten zu bleiben, sonst werde er ihn auf der Stelle liquidieren. Der Rest der Verwünschungen geht im schrecklichen Lärm einer Explosion unter. Felssplitter lösen sich vom Gewölbe der Höhle. Das ist das Signal für den Aufbruch. In Panik stößt eine Hand Anna, die hinfällt. Sie fühlt, wie man über sie steigt, verliert für einige Sekunden das Bewusstsein. Als sie versucht, Atem zu holen, schluckt sie Staub und wird dann von einem heftigen Hustenanfall erfasst. Jemand greint ihr ins Ohr: »Steh auf, Großmutter, wir werden verschüttet! Steh auf, verdammte Alte, komm schon!«

Verrückt vor Angst, zieht Dschallal nach Leibeskräften an Annas Arm, vergebens.

»Steh auf, Gauria, er hat Recht, sonst musst du sterben!« Der Lärm der Explosionen und ein langwieriger Schusswechsel aus Maschinengewehren ist so intensiv, dass die Schweizerin das Gefühl hat, ihr Kopf würde explodieren. Sie erkennt nicht sofort die Frau wieder, die sie auf Arabisch ausschimpft. Jede Bewegung verursacht ihr schreckliche Schmerzen. Mit Dschallals Hilfe gelingt es der alten Chalti, sie wieder auf die Beine zu stellen. Diese knurrt immer noch auf Arabisch: »Sag ihr, sie soll Acht geben, dass sie immer hinter mir herrennt! Wir werden versuchen, zum Wadi zu kommen. Ich weiß den Weg.«

Als sie aus der Höhle kommen, stolpert Anna über eine Leiche. Sie hält einen Schrei zurück: Es ist Saliha, mit zerfetztem Körper. Ihr Gesicht ist zu einer schrecklichen Grimasse erstarrt, der Unterkiefer fehlt. Mehrere Leichen, Frauen und Terroristen, liegen auf dem Boden. Die anderen Kämpfer schießen weiterhin in Richtung Ebene.

Das Gemisch aus dem Rauch der Brandstellen und den chemischen Dämpfen ist nicht mehr zu atmen.

Chalti geht voran, hinter ihr Anna und Dschallal, gemeinsam schlängeln sie sich hinter der Wand aus Berberfeigen durch, die eine Seite der Höhle flankiert. Annas Herz klopft zum Zerspringen, sie fragt sich, ob es richtig ist, sich jener Frau anzuvertrauen, von der die arme Saliha gesagt hat, sie sei reif für die Zwangsjacke. Sie rennen einige hundert Meter auf einem Schotterweg, von dem sie mehrmals beinahe abzustürzen drohen. Aber Chalti scheint genau zu wissen, wohin sie geht: Bald sind die ersten Rhododendronsträucher zu sehen. Das Echo eines Schreis ist über ihnen, dann Verfolgungslärm. Chalti stößt sie in einen Strauch. Eine Gestalt hetzt an ihnen vorbei, hinter ihr dann eine weitere, die vor Wut heult: »Du glaubst, dass du uns entkommen kannst, Tochter von Niemand. Nun, auch du wirst sterben! Ich werde dir den Kopf abschneiden, du Vagina einer Sau!«

Man hört ein entsetztes Protestieren, ein dumpfes Aushauchen, dann nichts mehr. Die Gestalt des Angreifers kommt nah an ihnen vorbei, so nah, dass Dschallal voller Angst zu einer Bewegung ansetzt, als wollte er sich noch tiefer ins Gesträuch drücken. Der Mann bleibt stehen, fixiert den Strauch. Plötzlich lacht er laut auf, streckt seinen Arm aus und packt Dschallal am Bein. Er schwingt ihn durch die Luft und sucht nach seinem Dolch. »Na, mein kleines Hähnchen«, murmelt er, »wo treibst du dich denn herum?«

Das Feuergefecht ist heftiger geworden. Der Wind drückt den Rauch auf der Seite der Höhle zu Boden, was die Situation für die Belagerten noch gefährlicher macht. Dem jungen Terroristen scheint das nicht das Geringste auszumachen. Jetzt raubt ihm ein echter Lachanfall die Luft: »Wenn du willst, mein kleiner Bastard, dann werden wir zuerst ein bisschen Ball spielen …«

Er zielt auf den Kopf des Knaben, versetzt ihm einen ersten Fußtritt, dem ein zweiter folgt. Dschallal erstickt beinahe, er schlägt mit den Händen ins Leere, kann sich gegen die Tritte nicht zur Wehr setzen.

»Warum?« Anna zeigt sich nur wenige Meter von dem Terroristen entfernt. Beide Hände nach vorn zu einer entsetzten Gebärde ausgestreckt, fleht sie: »Warum er? Er ist noch so klein … Verschone ihn … Denk an seine Mutter … Er ist noch so klein …«

Jetzt lacht der Mann nicht mehr. Er geht auf Anna zu, schwenkt noch immer in einer Hand seine Beute. Sein Gesicht ist zu unglaublichem Hass verzerrt: »Du alte Sau von einer Ausländerin! Du hast wohl geglaubt, du könntest davonkommen, weil du eine Gauria bist, während wir einer nach dem anderen daran glauben müssen? Es ist ganz allein eure Schuld, ihr Arschficker von Christen, wenn die Mächtigen so stark sind! Aber jetzt ist es an dir, den Kuss des Messers zu fühlen … selbstverständlich nach deinem kleinen Wurm hier!«

Und ohne Dschallal anzusehen, beinahe zerstreut, lässt er die Klinge über den Hals des Kindes gleiten. Anna kann gerade noch eine dünne rote Linie an der Kehle von Dschallal erkennen, bevor der Terrorist sie zu Boden stößt.

»Nein, töte mich nicht!«, beginnt sie zu schreien, während der Mörder sie an den Haaren packt. Sie ist nach hinten gefallen und tritt wütend mit den Füßen um sich. Der Terrorist gerät anfangs aus dem Gleichgewicht durch den unerwarteten Widerstand der alten Frau, versucht sie mit einer Hand ruhig zu halten, während er mit der anderen nach ihrer Kehle sucht.

Als der Mann nach vorn taumelt, glaubt Anna, dass er sie mit dem Messer berührt hat. Sie ist erstaunt, noch zu atmen, und mehr noch, dass sie die Schreie von Chalti so deutlich hören kann. Diese sitzt rittlings auf dem Rücken des Mörders und schlägt mit einem Stein auf seinen Kopf ein. Der Mann regt sich schwach, während die Frau sich heiser schreit: »*Mouss … Mouss … Darbih*, alte Eselin, *darbih!*«

Es dauert einige Sekunden, bis Anna versteht: »Messer … schlag ihn …« Der Mörder ist nur halbwegs betäubt, denn der Stein ist zu klein. Sie sieht das Messer etwa dreißig Zentimeter von der Hand des Terroristen entfernt. Sie nimmt es an sich, ohne zu zögern, getrieben von einem unglaublichen Hass, und stößt es in seinen Rücken, zieht es heraus und stößt es wieder in dieselbe Stelle …

Anna steht auf. Das wäre geschafft: Zum ersten Mal in ihrem Leben hat sie einen Menschen getötet. Sie fühlt nichts, außer vielleicht eine übergroße Müdigkeit. So einfach ist das also, einem menschlichen Wesen das Leben zu nehmen!

Chalti hämmert noch immer mit derselben Frenesie auf den Schädel des Toten. Manchmal springen einige Knochenstückchen ab, bedeckt mit einer Art graurosa Gelatine. Sie richtet sich unwillig auf, als Anna ihre Schulter berührt. Die alte Frau weint. Sie sagt auf Arabisch: »Er ist es, der mich vergewaltigt hat. Ach, wenn ich ihn noch ein zweites Mal töten könnte!«

Sie spuckt auf den Leichnam, trampelt mit ihrem nackten Fuß auf das Gesicht, das sich bereits ins Nichts geflüchtet hat. Die Reglosigkeit der Leiche scheint ihre Wut nur noch zu steigern. Sie hebt ihren Rock, hockt sich über den Kopf des Terroristen und lässt, immer noch weinend, einen langen Strahl Urin über ihn rinnen.

Anna wendet sich ab. Dschallal liegt auf der Seite, reglos. Sie dreht ihn um, bereit, vor Schmerz aufzuschreien, in diesem Augenblick völlig unempfindlich für die Gefahr der nahen Schlacht. Sie nimmt den Kopf des Knaben in ihre Arme. Seine Augen sind geschlossen, seine Lippen zu einer Fratze des Schmerzes zusammengepresst.

Ein dünner Blutfaden tritt aus seiner Halswunde. »Mein Gott, verzeih mir. Es ist meine Schuld, ich habe ihn hierher geschleppt ...«

»*Ya baghla*, beweg ihn nicht so, er ist noch am Leben! Das Messer hat nur seine Haut geritzt!«

Sie versteht nur die Beleidigung (»du Maultier«). Chalti stößt Anna ohne große Umstände beiseite, nimmt ihr das Halstuch weg und bindet es um Dschallals Hals.

»*Hai, gultlek* ... (Er lebt noch, ich sage es dir.)«

Die Frau scheint ihre vollen geistigen Kräfte wiedergewonnen zu haben. Anna legt ihr Ohr an die Lippen des kleinen Führers. Ihr Herz macht einen Sprung: Er atmet unregelmäßig! Ja, der Junge ist nicht tot! Er kann vielleicht davonkommen, wenn er nicht zu viel Blut verliert ... Ein Krankenhaus, er braucht ein Krankenhaus! Nach ihren allzu brüsken Gesten zu urteilen, schimpft ihre Gefährtin sie aus. Sie zeigt Anna, wie der kleine Körper zu tragen ist, ohne dass der Kopf allzu heftig hin und her geworfen wird. Sie selbst nimmt vorsichtig die Beine des Erdnussverkäufers.

Im Wadi ist das Gehen mühsam, der Schotter verletzt ihre nackten Füße. Dschallal atmet schwer. Rosa Blasen bilden sich in seinen Mundwinkeln. Chalti deutet auf einen Felsüberhang und macht der Schweizerin ein Zeichen, dass sie sich dort unterstellen und warten soll. Eine Stunde später, als Anna bereits alle Hoffnung aufgegeben hat, entdeckt sie Chaltis magere Gestalt, die ein Eselchen vor sich hertreibt. So gut es geht, setzen sie das Kind auf das Tier und machen sich wieder auf den Weg. In der Ferne hört man den Lärm der Hubschrauber, häufiger sind jedoch die Maschinengewehrgarben. Offenbar ist das Gefecht beendet. Eine riesige Rauchsäule steigt im Osten des Gebirges auf. Die Flammen erobern den Wald aus Korkeichen und Ölbäumen im Sturm, setzen eine Feuerkrone auf den Gipfel. Anna denkt mit Entsetzen an die anderen Frauen, denen es gelungen ist, den Kugeln der Terroristen und den Bomben der Armee zu entkommen, nun sind sie vielleicht vom Feuer eingeschlossen …

Sie erreichen das Städtchen am späten Nachmittag. Chalti führt sie unmittelbar zu einer winzigen Ambulanz, die in einiger Entfernung von den ersten Häusern gebaut wurde. Der diensthabende Krankenpfleger schneidet eine mürrische Grimasse, dann sagt er jedoch: »Wir werden sehen, was wir da basteln können.« Mit leiser Stimme, vielleicht für sich selbst, fügt er hinzu: »Besser, der Kleine wäre gestorben …« Er schaut wieder auf: »Kommt er von da oben?« Ohne auf die Antwort zu warten, ruft er unruhig: »He, Wärter, was soll der Radau? Was ist draußen los?«

Die beiden Frauen werden nun von überaus nervösen Gendarmen herumgestoßen, die mit der Waffe in der Faust verlangen, dass alle das Wartezimmer verlassen. Die Krankenfahrzeuge der Armee bringen die ersten Verwundeten dieses Gefechts. Keine Frau ist darunter …

Geistesgegenwärtig bedeckt Anna ihren Kopf. Aber niemand beachtet die beiden zerlumpten Frauen mit ihren schmutzigen Gesichtern, die schwarz vom Rauch sind. Chalti besteigt ihren kleinen Esel. Der ausgemergelte Körper der Reiterin erscheint wie die menschliche Fortsetzung vom Körper ihres mageren Reittiers. Mit zugeschnürter Kehle flüstert Anna auf Arabisch: »Danke, meine Schwester.«

»Jetzt sprichst du plötzlich Arabisch?«

Chalti mustert die Ausländerin mit einem Ausdruck der Verlegenheit, dann streckt sie ihr brüsk die Hände entgegen, als wäre sie ein Kind. Anna streichelt die harten Hände, die vom Alter und der Arbeit krumm geworden sind.

»Mein Land ist so unendlich grausam zu seinen Kindern«, seufzt die Frau aus dem Aures. »Sie sind so schwer zerstört von ihrer Wut, dass sie verrückt geworden sind wie wilde Tiere. Und mit ihnen bin ich ebenfalls verrückt geworden. Nein, entgegne mir nichts, ich kann es in deinen Augen sehen!«

Anna senkt den Kopf. Als sie die schwarzen Augen ihrer Gefährtin fixiert, fürchtet sie, ihre Tränen nicht zurückhalten zu können.

»Blutige Jahre haben mein Land erwürgt. Und niemand wird Mitleid haben mit uns.« Dann reißt Chalti sich abrupt los. Sie macht eine Geste des Abschieds, ruft: »Hüh!« und treibt den erschöpften Esel mit einem Stöckchen an. Anna macht Anstalten, neben ihr herzutrotten: »Aber weshalb gehst du denn jetzt wieder in die Berge hinauf?«

»Wohin soll ich denn gehen? Ich werde meine Knochen irgendwo in einem Hundeloch verscharren!«

Sie fährt mit der Hand über die Wirbelsäule des Eselchens und flüstert der alten Europäerin zu, die schwer atmend mit ihr mitzuhalten versucht:»Ich verfluche sie alle, die von droben und die von drunten. Ich hatte vier Jungen, meine Schwester. Sie waren schön, sie waren mein Leben! Die ersten beiden haben die Bärtigen geholt, und dann haben die Soldaten die getötet, die mir noch geblieben sind.«

Ihre Augen sind von einer innigen Verblüffung erfüllt. Sie sagt noch – aber die Ausländerin ist nun außer Atem und schon zu weit entfernt –: »Meine Schwester, ich habe sie so sehr geliebt, meine Kinder … Und jetzt würde selbst Gottes Herz nicht ausreichen, meinen ganzen Hass zu fassen!«

SIE, DAS IST EINE FRAU, die durch dieses mittelgroße Städtchen des algerischen Ostens irrt. Sie ist dreckig, barfuß, ihr Kleid ist an manchen Stellen zerrissen. Sie trägt ein schwarzes Tuch über ihrem Haar. Sie hat einen Brunnen gefunden, sich die Füße gewaschen, die Hände, aber nicht das Gesicht. Das ist ihr bester Schutz: Wer würde eine europäische Touristin hinter dieser Aufmachung einer Bettlerin erkennen? Denn sie spürt sehr wohl, dass man sie als Bettlerin ansieht – oder als Verrückte! Die Blicke sind gleichgültig, gehen über sie hinweg, ohne zu verweilen, aus Angst vor dem Unbehagen, welches das Hässliche und das Elend auslösen. Sie schaut mitunter zu den Bergen hinauf, ohne sich weit von der Ambulanz zu entfernen, dann denkt sie, dass sie dort ihren Verstand verloren hat, das Übermaß an Unglück und Blut, das sie dort gesehen hat, habe ihre Intelligenz zunichte gemacht. Sie besieht sich genau die felsigen Bergspitzen, nah und doch so unnahbar, dort ruhen ihre Zwillinge, für immer gefangen in ihren schrecklichen letzten Augenblicken. Sie denkt an Hans, ihren einzigen Sohn, der noch am Leben ist, und ein wenig Freude kehrt in ihrem Herzen ein. Dann geht sie zur Ambulanz zurück, traut sich nicht hinein. Und sie ist zutiefst aufgewühlt (»Mein Gott, gib, dass er bis zum Ende durchhält!«) beim Gedanken an den kleinen Stadtstreicher aus Algier, den sie hierher gelockt hat, damit man ihm die Kehle durchschneidet.

»Wir werden versuchen, das wieder zu flicken«, hat der Krankenpfleger gesagt, »aber Sie werden ihn bald wieder abholen müssen. Wir können ihn nicht lange dabehalten. Es sei denn, Sie haben so gute Beziehungen, dass man ihn ins Krankenhaus von Constantine transportiert …«

»Warum denn?«, begehrte sie auf.

Er zuckte mit den Schultern, tat so, als habe er nicht bemerkt, dass sie eine Ausländerin ist.

ER HAT NUN ZWEI TAGE in der Stadt verbracht. Zusammen mit Dschaurden hat er im Auto geschlafen. Der Hotelier hatte sich geweigert, ihnen ein Zimmer zu geben. Wie alle anderen haben sie die Schlacht am Vorabend verfolgt, das Ballett der Hubschrauber, die Bombardierungen, das Feuer im Wald. Am späten Nachmittag veranstaltete die Armee eine Parade. Mehrere tote Terroristen wurden durch die Straßen gefahren, aufrecht festgemacht an der Ladefläche eines Lastwagens. Manche Leichen hatte man in obszöne Stellungen gebracht. Eine von ihnen war nackt, ihre Hand gekrümmt und so festgebunden, dass ein Finger in ihrem Anus steckte. Die Leute betrachteten stumm jene Menschen, die unbarmherzig über die ganze Gegend geherrscht hatten. Dennoch zeigte sich niemand außergewöhnlich erregt, trotz zahlreicher Aufmunterungen und des Gelächters der Soldaten, die diese makabren Lastwagen steuerten. Hier traut keiner dem anderen über den Weg. Jedenfalls wissen die Gaffer, dass diese Armee, die jetzt so stolz ihre Stärke präsentiert, spätestens in zwei oder drei Tagen das Städtchen verlassen wird. Und mit ihr werden die gepanzerten Wagen, die Geschütze und die Spezialkräfte abziehen. Dann werden sie wie üblich völlig allein einem Maquis gegenüberstehen, der sich immer wieder erneuert. An Händen und Füßen gefesselt, wird man sie ihrem Tod im Schlachthof überlassen, der Schutzgelderpressung und der Entführung von Frauen im Namen des Heiligen Krieges … Nur ein paar von den Geretteten aus Sidi Sghir, die noch immer in der Mitte des Platzes versammelt sind, hatten den Mut, die erstarrten Züge ihrer Henker genau zu betrachten. Manche spuckten aus. Kinder warfen mit Steinen. Eine Frau, die vor Schmerz tollwütig geworden war, hat im Vorübergehen einem Terroristen ein Büschel Haare ausgerissen. Ein kleines Mädchen begann vor Entsetzen in die Hose zu pinkeln.

Ohne einander zu sehen, waren sie und er bei der Beerdigung der Opfer von Sidi Sghir zugegen, welche die Verwandten schließlich vom Dorf herabgeholt hatten, nicht die geringste Militäreskorte war zu ihrem Schutz abgestellt worden.

Genau genommen war sie nur zu Beginn der Prozession mit dabei. Sie hatte sich von der Menge entfernt, weil wieder dieses Zittern über sie kam, das sie in der Höhle so sehr gedemütigt hatte. Er sah die fünf Lastwagen, die im Schritt fuhren. Auf den Ladeflächen lagen eng nebeneinander Leichentücher verschiedener Größen, braungefärbt von getrocknetem Blut. Ein Aasgeruch ging bereits von ihnen aus. Eine Stimme rief laut: »Barmherziger Gott, das sind ja die Lastwagen der Müllabfuhr!«

Eine andere Stimme entgegnete bitter: »Unsere Toten haben in diesem Land lediglich Anrecht auf einen Lastwagen der Müllabfuhr. Die Armee hat sich geweigert, uns ihre Lastwagen zu leihen. Die Leichen stinken zu sehr, haben sie gesagt. Und sie haben nicht genug Wasser, um ihre Lastwagen zu waschen!«

Nasreddin hielt ein Taschentuch vor den Mund, um sich nicht übergeben zu müssen. Er dachte: Ich bin schon zu lange am Leben. Was bringt einem das Leben, wenn es nur dazu da ist, dass man so etwas mit ansehen muss?

Dieselbe Stimme sagte dann noch: »Wir sind eben nur Bauern. Wir sind weniger wert als Hundedreck in diesem Land. Schaut: Der Bürgermeister hat es nicht einmal für nötig befunden zu erscheinen!«

Die Stimme wurde bald von den Klagen der Frauen übertönt. Ein Kind schrie und wollte nicht aufhören, selbst als der Imam mit dem Totengebet begonnen hatte. Jemand schlug das Kind, und der Imam fing wieder an zu beten, bald brach seine Stimme in Schluchzern.

EINIGE STUNDEN SPÄTER ließ die Armee beinahe heimlich andere Leichen begraben, die allerdings in den eigenen Lastwagen geholt wurden. Nasreddin erfuhr erst sehr viel später davon, denn es gab keine religiöse Zeremonie. Ein Schwarzhändler verriet ihm, dass es sich um Frauen handelte, die beim Angriff auf das Versteck der Terroristen getötet worden waren. Die Armee hatte manche von ihnen im Verdacht, Gefährtinnen der Terroristen zu sein, die freiwillig in den Maquis hinaufgegangen waren. So wollte man nicht das Risiko eingehen, dass es ein letztes religiöses Geleit für sie geben könnte. Nasreddin eilte auf den Friedhof, aber die Totengräber hatten bereits ihre Arbeit beendet. Es waren mehr als zehn, dienstverpflichtet von der Gendarmerie. Frische Gräber waren über den Friedhof verstreut, als ob die ganze Oberfläche gepflügt worden wäre.

»Noch nie haben wir so viel gegraben«, sagte ein Totengräber lächelnd. »Dieses Jahr gibt es mehr Tote als Weizenähren.«

Nasreddin zögerte etwas, bevor er die erdige Hand drückte.

»Nein«, antwortete der Totengräber auf die Frage des Besuchers. »Wir hatten natürlich nicht das Recht, in die Totensäcke hineinzuschauen. Aber sie waren schlecht verschlossen. Da habe ich die Knoten noch einmal nachgezogen und dabei hin und wieder einen Blick riskiert. Nein, mein Bruder, es war keine Europäerin mit von der Partie. Es waren wirklich Frauen von uns hier. Aber die Mehrzahl war schrecklich entstellt!«

Er lachte hämisch: »Und überhaupt nicht alt! Schade, manche sind vermutlich toll gewesen. Selbst durch den Stoff konntest du ihre Formen spüren …«

Aber Nasreddin ließ nicht locker.

»Vielleicht kann auch eine Gauria dabei gewesen sein«, gab der Totengräber zu, »und ich habe es nicht bemerkt. Das kommt schon einmal vor ... Ich beschwöre nichts.«

»Hat es Verwundete gegeben, Überlebende?«

Das Gesicht des Mannes verdüsterte sich. Die Hart-näckigkeit des Alten wurde ihm unangenehm. Wahr-scheinlich hielt er ihn für einen Spitzel. Ohne seine schlechte Stimmung zu verbergen, knurrte er: »Davon weiß ich nichts und möchte auch nichts wissen. Geh und schau in der Ambulanz nach. Vielleicht können die dir was sagen.«

Dann nahm er seine Schaufel auf und schnauzte, um die Diskussion zu beenden: »Entschuldige mich jetzt, wir haben heute wirklich viel zu tun. In der Ambulanz gibt es keine Leichenhalle. Deshalb werden die Toten direkt angeliefert. Bei dieser Sonne kannst du es dir nicht erlau-ben zu trödeln!«

SIE HAT IHR BROT GEGESSEN. Hinter einer Mauer ver-steckt, hat sie bereits eine unruhige Nacht verbracht. Heute muss sie zu einem Entschluss kommen. Entweder sie stellt sich der Gendarmerie, dadurch erhält sie deren Schutz, aber man wird sie mit Sicherheit sofort aus Alge-rien abschieben. Und sie kann Dschallal nicht im Stich lassen. Sie wäre natürlich gerettet. Sie lacht hämisch. Lang hat sie nicht mehr zu leben. Eine Gewissheit, die sie seit ihrer Entführung im Innersten fühlt. Ihr Herz ist wie ein altes Auto. Sie ahnt, dass das Wrack sehr bald schlappmachen wird. Diese Angst, die sie im Gebirge er-griffen hat – unerträglich für ein menschliches Wesen –, muss seinen Niedergang beschleunigt haben. Letzte Nacht wachte Anna am Rande des Erstickens auf, mit einem rasenden Schmerz in der Brust.

Also, was wäre schon zu retten, wenn sie von hier Reißaus nehmen würde? Einige Tage überleben, zwei

Monate vielleicht? Und dafür die Schande. Dschallal? Sie verspürt das leichte Bedürfnis, sich zu übergeben. Einmal hat sie Vertrauen in das Schicksal gesetzt. Dieses nutzte die Chance, um ihre beiden Kinder zu ermorden. Der kleine Erdnussverkäufer nannte sie Großmutter; er hat mit dem Kopf in ihrem Schoß geschlafen, während sie ihm Anekdoten aus der Zeit ihrer Jugend erzählte. Und deshalb hat sie durchgehalten. Sie waren zusammen in der Höhle. Dschallal hatte große Angst, nachdem der Schächter dagewesen war. Aber noch am selben Abend lachte er. Er wollte einfach die außergewöhnliche Geschichte von einem Pony nicht glauben, das sich in eine Robbe verliebt hatte. Alle ihre Erläuterungen halfen da nicht viel, es habe daran gelegen, dass die Nummer mit den Ponys immer auf die mit den Robben folgte und die Ponys nun die Gewohnheit angenommen hatten, sich regelmäßig mit den Robben hinter dem Vorhang der Manege zu treffen, weshalb dann ein Pony am Ende der Tournee eine Robbe nicht mehr verlassen wollte. Es wieherte stundenlang, sobald man sie getrennt hatte. Dschallal protestierte: »Das ist unmöglich, Großmutter, du übertreibst!«

Er brach in ein leises Lachen aus, aber es war zu sehen, dass er nur zu gern daran geglaubt hätte.

ANNA BETRITT DIE AMBULANZ. Sie hat noch nicht die Lösung gefunden. Im staubigen Wartezimmer ist niemand mehr außer einem alten Herrn, der völlig in seine Gedanken versunken ist. Sie wird also auf den Krankenpfleger mit dem desillusionierten Blick warten, den, der gesagt hat, dass man für den Kleinen etwas »basteln« würde. Sie setzt sich. Sie ist müde, so müde. Und ihr ist heiß. Sie nimmt ihr Kopftuch ab. Der alte Herr schaut sie an. Plötzlich schämt sie sich, dass sie so schmutzig ist und ihr Kleid Löcher hat, und sie setzt ihr Kopftuch wieder auf.

Er erhebt sich. Natürlich hat er ihr Haar gesehen und das Gesicht. Dann sagte er sich, nein. Die Späße des Zufalls kennt er zur Genüge. Er setzt sich wieder, entschlossen, nicht mehr lange auf den Angestellten zu warten, der ihm Bescheid sagen sollte.

Dann schreckt er hoch. Sein Atem ist kurz. In dieser schmutzigen Ambulanz gibt es keine Mimosen. Und doch hat der alte Mann plötzlich den betäubenden Geruch von Mimosen in der Nase. Er schaut sich um. Hier ist nur diese arme Frau mit müden Zügen, die Hände im Schoß gekreuzt.

Er begreift, dass dieser Anflug eines Dufts aus seiner Erinnerung kommt. Seine Seele ist wie eine getrocknete Blume, die eben jemand zwischen den Fingern zerrieben hat. Der Mann nähert sich der Frau. Seine Stimme zittert ein wenig. Er versucht zu lächeln, schafft es nicht: »Anna …«

Die Frau hebt den Kopf, erkennt diesen Mann zunächst nicht, dem es einfällt, sie bei ihrem Vornamen zu rufen. Sie kneift die Augen zusammen, kämpft gegen die Angst an, die sie wieder erfasst.

Jetzt lächelt der Mann. Das Herz der Frau geht auf. Sie fürchtet den Schmerz, der gleich danach kommen könnte. Aber die Frau möchte ebenfalls lächeln. Sie sagt in einem Seufzer: »Bist du es endlich?«

Dann lässt sie noch einen ungläubigen Seufzer hören. Und der Mann begreift, dass jene seltsame Mimose, die seinen Schädel mit Duft erfüllt, das Lächeln jener Gestalt ist, die einmal seine Frau war.

19

BEIDE SCHAUTEN EINANDER wortlos an. Jenseits der Falten und Runzeln suchten der Mann und die Frau nach den Gesichtszügen des oder der anderen, die sie einmal gewesen waren. Die Blicke waren diskret gemeint, wurden jedoch verstohlen, ein wenig voyeuristisch. Dann lächelten sie gleichzeitig, plötzlich zufrieden. Wie Heimatlose, die das gemeinsame Land gefunden haben, das anders geworden ist, vielleicht sogar hässlicher, aber doch vertraut. Anna errötete, denn ihr wurde bewusst, wie schmutzig sie war. Nasreddin stellte leise fest: »Du bist nicht mehr die Jüngste, Anna.«

»Das gilt auch für dich, Nasreddin.«

Nasreddin lacht schelmisch, wie schon lange nicht mehr! Das möchte er dieser Frau sagen. Aber er findet die Worte nicht. Also verstummt er. Da es zu viel zu sagen gäbe, sagt er nichts. Er nimmt Annas Hand. Sie ist so klein, hat schwarze Fingernägel und ist von Dornen zerschrammt. Das Herz des alten Algeriers macht einen Sprung, denn die Hand erscheint ihm so zerbrechlich.

»Warst du da oben, Anna?«

Sie nickt mit dem Kopf. Er sieht, wie ihre Augen sich mit Tränen füllen.

»War es schlimm?« Und sofort weiß er, dass er diese dumme Frage besser nicht gestellt hätte.

»Ja. Niemals hätte ich mir vorstellen können …«

Ihre Stimme wird dünn, bricht. Anna wird gleich zu weinen beginnen, so ungerecht erscheint ihr das alles, der Tod, die Zeit, die Grausamkeit, die bösen Launen des Zufalls. Nasreddin senkt eingeschüchtert den Kopf.

Er flüstert – und seine Stimme ist kratzig, weil ein Knoten seine Kehle einschnürt: »Anna, mach dir nichts draus, für mich ist alles wie gestern.«

Anna aber lacht. Dieser verhutzelte Alte sieht aus wie ein Kind. Anna lacht, und zwei kleine Bäche rinnen über ihr Gesicht, die sie mit einer ungeduldigen Geste abwischt. »Nein, Nasreddin, nichts ist wie gestern, aber … aber du bist hier!«

Der Mann hat gesehen, dass sie mit den Fingern ihre Tränen wegwischt. Und er hat auch gesehen, wie ihr zerknautschtes Gesicht sich aufhellte. Plötzlich ist die Freude in ihm wie ein Sperling, der ans Licht will. In diesem Moment taucht der Krankenpfleger auf. Für die Ahnung eines Augenblicks bleibt er vor dem Paar stehen: Er groß und vertrocknet in seinem altersschwachen Anzug; sie verdreckt und bemüht, als Algerierin zu gelten. Der Krankenpfleger ist am Ende seiner Kräfte. Eben hat er zufällig erfahren – ein Gespräch zwischen zwei Stabsärzten –, dass die Armee die Stadt am späten Nachmittag verlassen wird. Außerdem hat er einen Anruf bekommen. Am anderen Ende der Leitung hat jemand geflüstert: »Bereite das Notwendige vor. Und dass du mir nicht knauserst, Cousin. Es ist ganz in deinem Interesse, die Brüder zufrieden zu stellen …« und aufgelegt. Er bekam große Angst, denn es war die Stimme, die ihn immer anrief, wenn Medikamente eingetroffen waren. Aber jetzt schickt die Hauptstadt kaum noch Medikamente. Nun ja … zumindest nicht mehr solche, die für die »Brüder« interessant sind: Mittel für die Narkose, zur Wundbehandlung, zur Vorbeugung gegen die Krätze … Der Krankenpfleger seufzt: Heute Morgen hat er mehrere Röhrchen aus den Reserven der Stabsärzte genommen. Wenn die Armee einen Feldzug unternimmt, bringt sie ihre eigene medizinische Versorgung mit. Zahlreiche Kisten mit medizinischem Material wurden in der Ambu-

lanz abgestellt, als die Armee mit ihren Operationen zur
»Säuberung« des Maquis in dieser Gegend begonnen
hat. Aber die Militärs trauen keinem. Sie haben vielleicht
sogar die Spritzen und Verbände abgezählt. Wenn sie
bemerken, dass etwas fehlt, werden sie zuerst den für
die Ambulanz verantwortlichen Arzt festnehmen, dann
die Krankenpfleger. Insgesamt sind das nur vier Personen. Wenn man ihn ins Gefängnis steckt, wird er rasch
alles zugeben. Er weiß, dass er die Schläge nicht über-
steht. Was dann kommt, kann niemand wissen: Werden
sie ihn töten, werden sie ihn lediglich vor Gericht stellen,
oder werden sie ihn sogar foltern, weil sie vermuten,
dass er noch stärker in den Maquis verwickelt ist?

Verweigert er andererseits den Gehorsam, wird er die
Rache der anderen zu spüren bekommen. Und die werden sich vielleicht nicht einmal die Mühe machen,
ihm zuvor ein Päckchen zu schicken, mit einem Stück
weißem Stoff und einer Seife. So wie die Post hier im Kaff
funktioniert, bin ich dann ohnehin bereits seit langem tot
und begraben, höhnt er insgeheim.

Er mustert die beiden Alten, findet sie lächerlich. Er
ruft die Frau zu sich, sie stürzt herbei, der Mann hinterher. Ärgerlich deutet der Krankenpfleger mit dem
Kinn auf den Mann, den er nicht aufgerufen hat. Die alte
Dame zögert zuerst, stottert dann auf Französisch: »Er
ist … er ist …«

Der alte Mann ergänzt unwillkürlich, aber auf Arabisch und mit lauter Stimme:

»Sie ist meine Frau!«

Der Krankenpfleger sieht, wie die Gesichter gleichzeitig erröten. Misstrauisch kneift er die Augen zusammen:
»Und das Kind ist Ihr Sohn?«

Er schaut zu Anna. Die senkt den Blick und hebt ihn
dann wieder, als gelte es, einen Sprung ins Wasser zu wagen: »Nein … aber es ist mein Enkel!«

»Und für Sie?«

Er mustert ironisch den Alten, der dämlich vor Verblüffung antwortet: »Was? ... Ähm ... ähm!«

Ein dünnes, nachsichtiges Lächeln zeichnet sich auf seinen Lippen ab: Die beiden Alten sehen aus wie zwei Kinder, die man eben bei einer Lüge ertappt hat. Dann nimmt ihn wieder die Müdigkeit in Besitz – und die kommende Angst. Barsch verkündet er: »Ich weiß nicht, weshalb, aber ihr wollt mir einen Bären aufbinden. Im Grunde geht es mich auch nichts an. Aber den Kleinen, Ihren Enkel, müssen Sie noch heute abholen.«

Anna schaut ihn verständnislos an: »Weshalb, ist er bereits geheilt?«

Der Krankenpfleger zögert. »Beinahe: Er benötigt nur noch weitere Pflege. Aber ich sage Ihnen, dass Sie ihn hier nicht lassen können! Ich wiederhole: nicht bei uns!«

Sein Gesicht ist verkrampft. Nasreddin betrachtet ihn und stellt erstaunt fest, dass sich Panik hinter dieser Wut verbirgt. Er schaut um sich: Das Wartezimmer ist leer. Plötzlich ist der Mann wie von einem Fieber erfasst, er senkt die Stimme: »Die Armee verlässt die Stadt heute Nachmittag. Die anderen werden heute Abend bereits da sein ... Vielleicht morgen. Wenn sie den Kleinen finden, werden sie diesmal ganze Arbeit leisten. Verstehen Sie?«

Kreidebleich stottert Anna: »Aber dann muss man die Armee bitten, dass sie ihn in ein anderes Krankenhaus transportiert ...«

Der Krankenpfleger zieht eine Grimasse der Ernüchterung: »Die Soldaten schert das einen Dreck. Sie werden den Jungen nicht evakuieren. Er ist nicht wichtig. Heutzutage ist das nicht viel wert, so ein Junge ...«

Und beinahe aggressiv: »Man merkt, dass Sie eine Ausländerin sind – das sind Sie doch, nicht wahr? Wissen Sie, Bauern mit durchgeschnittener Kehle gibt es täglich zu Dutzenden hier in der Gegend, und das hat noch nie die Leute gekümmert, die über dieses verdammte Land befehlen! Stellen Sie sich nur einmal vor, in den besten Krankenhäusern müssten all die Landärsche behandelt werden, die den dummen Einfall hatten, sich aufschlitzen zu lassen von den …«

Er verstummt plötzlich. Jemand ist in das Wartezimmer gekommen. Der Krankenpfleger wischt sich über die Stirn. Er schwitzt stark. Seine Stimme ist unpersönlicher geworden: »Haben Sie ein Auto?«

Wie betäubt wendet sich Anna zu Nasreddin. Der alte Mann hüstelt und bejaht. »Gut, dann werden wir ihn soweit herrichten, Ihren … Enkel.«

NICHT EINMAL zwanzig Minuten später wird der bewusstlose Knabe von dem ebenso erschöpften wie verängstigten Krankenpfleger auf die Rückbank des klapprigen Fahrzeugs gelegt. Vom Beifahrersitz aus betrachtet Dschaurden mit Verwunderung die Szene: Eine Frau fortgeschrittenen Alters und in stinkenden Klamotten hat die Tür geöffnet und sich auf die Rückbank gedrängt. Sie hat den Kopf des Kindes in ihren Schoß gelegt. Seine Haare streichelnd, hat sie geflüstert: »Armer Kleiner, sie haben ihn mit Beruhigungsmitteln vollgestopft …«

Der Targi hat einen trockenen Mund, er lässt den riesigen Verband nicht aus den Augen, den das Kind um den Hals trägt. Dessen Gesicht zuckt, als leide es trotz seiner Bewusstlosigkeit unter Schmerzen. Nasreddins Züge sind angespannt, als er Anna bittet, die Decke über das Kind zu breiten. »Vor allem über den Hals!«, fleht er. Dann versucht er den Wagen anzulassen. Fluchend: ein-, zweimal. Sein Fuß steht zitternd auf dem Gaspedal. Er würgt den Motor ab. Endlich läuft die Maschine.

Nasreddin macht Anstalten, den Rückwärtsgang einzulegen, da verstellt ihm der Krankenpfleger den Weg und pocht auf die Scheibe: »Kommen Sie doch einmal«, befiehlt er in schneidendem Ton.

Anna stöhnt angstvoll auf. Nasreddin schaut sie an, schluckt einmal, entschließt sich dann, aus dem Auto zu steigen. Der Krankenpfleger nimmt ihn mit in sein kleines Büro. Er schwitzt immer noch so stark. Dem alten Mann gibt er eine Plastiktüte und erklärt, dass sie mehrere Medikamente enthält, außerdem Verbandszeug für das Kind. Er holt eine blaue Schachtel heraus. »Vor allem das hier dürfen Sie nicht vergessen, sonst bekommt er eine Infektion am Hals. Sie müssen täglich den Verband wechseln, werfen Sie die Gaze nicht weg, sondern kochen Sie sie aus, Sie haben nicht genug davon. Sonst habe ich die Dosierung auf die Packungen geschrieben. Ich bin zwar kein Arzt, aber so langsam kriege ich Übung auf dem verdammten Gebiet der … Unfälle. Verstecken Sie das unter ihrer Jacke und verschwinden Sie, ohne sich umzudrehen!«

Er schiebt Nasreddin zur Tür und fügt noch schlechtgelaunt hinzu: »Vor allem dürfen Sie niemandem sagen, dass ich Ihnen das gegeben habe.«

Die Hand auf der Türklinke, zögert Nasreddin: »Sie haben große Angst, das sieht man. Trotzdem helfen Sie uns. Weshalb?«

Der Krankenpfleger kratzt sich am Kinn. Er korrigiert mit müder Stimme: »Nicht Ihnen helfe ich, sondern dem Jungen. Ich halte es nicht mehr aus, Leichen von Jungen zu sehen. Haben Sie schon einmal eine Kinderleiche gesehen? Und hatten Sie schon eine Mama hier aus unserer Gegend bei sich im Büro, eine Analphabetin, ungebildet und dumm wie ein Stück Vieh, die sich auf den Boden schmeißt, die Haare ausreißt und unablässig schreit, weil sie nicht begreifen will, dass man ihrem Kind den Kopf abgeschnitten hat?« Nasreddin ist blass geworden, antwortet nicht. »Jedenfalls wünsche ich es Ihnen nicht. Dieses Land wird von Kannibalen bewohnt ...«

Nasreddin hört den laufenden Motor des Autos. »Und was ist mit Ihnen, Ihrer eigenen Sicherheit?«

»Ich? Mir geht es wie allen, die hier leben. Zwischen Hammer und Amboss. Wenn der eine uns verfehlt, kommt der andere und übernimmt.« Er lächelt gezwungen: »Ich habe nicht genug Geld, um anderswo hinzugehen. Damit Sie Bescheid wissen, ich pisse mir hier buchstäblich vor Angst in die Hose!«

IM AUTO HERRSCHT lastende Stille. Die Insassen blicken stur geradeaus, um den Augenblick der Erklärungen so weit wie möglich hinauszuzögern. Nasreddin denkt: Was können wir denn jetzt tun? Was soll ich mit Anna anfangen, und vor allem mit dem Jungen? Dschaurden denkt: Das ist sie also, die Exfrau von Nasreddin. Aber warum ist sie so schmutzig? Und dieser kleine verletzte Unglücksrabe, was ist mit ihm geschehen? Was der braucht, ist ein Krankenhaus und nicht eine weite Autofahrt! Nur Anna denkt an nichts. Sie ist so müde, dass sie am liebsten einschlafen würde. Ihr Herz pumpt unbeirrt weiter, pumpt, dass es schmerzt. Sie würde es gern für einige Minuten anhalten, wenn das möglich wäre! Trotz allem fühlt sie sich beinahe in Sicherheit, jetzt, da Nasreddin bei ihr ist und sie ihren »Enkel« abgeholt hat.

Bevor sie die Stadt verlassen, hält Nasreddin in einer Geschäftsstraße an. Er kommt kurz darauf wieder, beladen mit zwei großen Tüten. Eine gibt er Anna, die andere verstaut er im Kofferraum des Autos. Er ruft Dschaurden ein paar Worte zu, dieser folgt ihm. Sie kommen mit zwei Kanistern Wasser und einer Plastikschüssel zurück. Nasreddin lächelt ein wenig, als er den Zündschlüssel dreht: »Jetzt sind wir gerüstet für die große Reise!«

Im Rückspiegel trifft sich sein Blick mit dem Annas. Diese errötet, denn in der Tüte, die er ihr gegeben hat, sind zwei Kleider aus der Gegend, ein Halstuch, ein Schleier, einige Toilettenartikel, Schuhe, aber vor allem schicke Unterwäsche von eher frechem Zuschnitt.

Nasreddin gluckst ein wenig verlegen: »Die Kleider und die Schuhe sind scheußlich, aber das andere ist dagegen, nun ja ... vielleicht ein wenig zu modisch, oder? Aber ich hatte keine Wahl. Es war der einzige Laden, in dem man mit Schecks bezahlen konnte ....«

Sie passieren die letzten Militärsperren, ohne beachtet zu werden. Nasreddin steuert auf eine Wand aus Berberfeigen zu. Er holt einen der Kanister und die Schüssel aus dem Auto, flüstert Anna etwas ins Ohr. Diese gehorcht mit glühenden Wangen. Während Anna sich hinter den Kakteen wäscht, besprechen Nasreddin und Dschaurden den Weg. Im Auto ist der Junge aufgewacht. Er starrt mit erschreckten Augen auf die beiden Männer. Dschaurden bemerkt: »Scheiße, er ist aus dem Krankenhaus ins Auto gekommen und war noch bewusstlos.«

Er öffnet die Tür, das Kind weicht zurück und hält sich beide Hände vors Gesicht. Dschaurden möchte sich ihm nähern, aber Dschallal krümmt sich noch mehr zusammen und beginnt vor Schreck zu quieken. »Sag doch deiner ... deiner Frau, sie soll ihm zeigen, dass sie da ist. Er hat Angst vor uns, der Junge!«

Der Targi ist außer sich. In seinen Augenwinkeln ist ein nervöses Zucken. Er spuckt auf den Boden: »Was für eine Dreckswelt!«

Er kann sich erst wieder beruhigen, als das Kind sich entspannt und seine Abwehrhaltung aufgibt. Denn Anna ruft jetzt, so laut sie kann: »Hab keine Angst, mein Kleiner, das sind Freunde. Hab keine Angst, ich komme gleich!«

Anna erscheint mit triefenden Haaren. Nasreddin

pfeift: »Aha, eine echte Frau aus dem Aures, die sich wie eine Dame aus der Stadt zurechtgemacht hat!«

Dschallal streckt seinen Kopf aus dem Auto und bricht in ein seltsames, weil stummes Lachen aus, denn die Pfennigabsätze passen nicht besonders gut zum Kleid einer *schauia*. Er fährt mit der Hand an seinen Hals: »Es tut weh, wenn ich lache!«

Anna stürzt herbei, aber das Kind beruhigt sie: »Es ist nicht schlimm, Großmutter!«

Die alte Frau ist ratlos. Sie sieht ihn jetzt zum ersten Mal in wachem Zustand seit dem Überfall des Terroristen, und er hat beinahe keine Stimme mehr. In der Ambulanz hat man ihr bereits gesagt, dass die Stimmbänder des Verwundeten beschädigt sind und es schwierig sei, vorauszusehen, ob ihm eines Tages wieder seine volle Stimme zur Verfügung stehen würde. Anna ist so erschöpft, dass Dschallal sie mit seiner seltsam dumpfen Stimme trösten muss: »He, wir sind noch am Leben, Großmutter. Das ist doch die Hauptsache, oder?«

Sie schaut ihn an: Er hat Ringe um die Augen, sein Gesicht ist abgemagert und trägt noch Blutergüsse von den Stiefeln der Bestie. Sie geht zurück, um ihre Wäsche und die Schüssel zu holen. Als sie auf seiner Höhe ist, flüstert Nasreddin: »Und die übrigen Sachen … haben sie dir gefallen?«

»Idiot«, stottert sie und schlägt nach ihm mit dem nassen Handtuch. Sie begreift, dass er sie zum Lachen bringen will, aber eigentlich ist ihr nach Weinen zumute.

SIE FAHREN NUN seit einer Stunde. Die Straße ist in schlechtem Zustand, und so kommen sie nicht recht voran. Anna hat rasch erklärt, für sie komme es nicht infrage, dass man Dschallal sich selbst überlässt. Wenn sie nach Algier gehen, wird die Polizei bald entdecken, dass ihr Visum abgelaufen ist, und sie innerhalb einer Stunde abschieben. Nasreddin entgegnet, anderswo könne ihr das ebenso passieren, die Polizei sei in Algerien das, was am gerechtesten verteilt ist. Es würde genügen, wenn sie einfach einen Haik anzieht, wie die Algerierinnen ihn tragen. Anna will davon nichts wissen: Alles andere, aber nicht Algier! Zumindest nicht im Augenblick, denn andernfalls könnten sie sich ja später nicht mehr treffen.

»Du hast dich nicht verändert, Anna«, sagt er schließlich mit einem gerührten Lächeln.

Sie lächelt zurück: »Nein, mit dem Alter wird die Ware nicht besser. Wie hast du einmal gesagt: dickköpfig wie eine …?«

Nasreddin lacht: »Dickköpfig wie eine Ziege, die sich für einen Bock hält!«

Das Kind hat seine Arznei geschluckt und ist eingeschlafen, den Kopf immer noch auf dem Schoß der Schweizerin, die nun ebenfalls einnickt. Nasreddin hat bald ein Blitzen in den Augen, denn Anna schnarcht ein bisschen. Er weiß nicht, wie das alles enden wird, aber jetzt ist der alte Mann aus den Bergen glücklich. Bisher hatte er noch kein ausgiebiges Gespräch mit Anna, aber er möchte gern glauben, dass das Schicksal ein einziges Mal auf ihrer Seite ist. Beruhige dich, du alter Dummkopf, sie ist nicht zurückgekommen, um mit dir zu leben. Andererseits, warum sollte dir dieses Glück nicht beschieden sein?, bemerkt die Stimme. Immerhin ist sie doch deine Frau gewesen, die Mutter deiner beiden Kleinen …

Er hält sich zurück, allzu viel über diese beiden wunderbaren Kinder nachzudenken, von denen ihm als Andenken nur ein paar Spielsachen geblieben sind, darunter ein Miniaturzirkus, der vor allem Anna Freude gemacht hatte, und diese niemals gewaschenen Unterhosen, die bis heute blutverschmiert sind. Dieses Blut, das nunmehr so alt ist, dass es auf dem Stoff aussieht wie ein gewöhnlicher brauner Fleck, ist der einzige Beweis – durch den Tod –, dass ihre beiden Kinder gelebt haben. All das bewahrt er in einer Schatulle auf, die er nur zu äußerst seltenen Anlässen geöffnet hat. Danach benötigte er jedes Mal Wochen und Monate, bis er sich von diesem Eintauchen in den Schmerz erholte. Dem Schmerz dieser höllischen Erinnerung, dem Schmerz zu wissen, dass er ihr nie entkommen würde. Im Haus hat er dagegen jede Spur des Massakers getilgt, Jahre später hat er sich dazu durchgerungen. In jedem neuen Frühling baute er nun mit Verbissenheit wieder auf, was der Winter, die vorbeiziehenden Hirten oder die Landstreicher zerstört hatten. Er reparierte das Dach, kalkte die Wände, jätete Unkraut dort, wo einst der Gemüsegarten seiner Mutter war. Weshalb hat er das getan, obwohl er das Haus nie wieder bezog? Vielleicht – aber hatte er es sich jemals eingestanden? –, um einen zweiten Beweis zu erhalten, der, anders als der erste, davon zeugte, dass sein Leben nicht nur Unglück war, sondern dass er vor langer Zeit einmal das Glück gehabt hatte, ein fröhlicher Knabe zu sein, geliebt von seinen außergewöhnlichen Eltern …

Nasreddin trommelt aufs Lenkrad und seufzt: »Mein Gott, wie schnell die Jahre vergehen!«

Dann ärgert er sich, etwas derart Banales gesagt zu haben, aber er ist auch nicht in der Lage, das auszudrücken, was er über die verstreichende Zeit denkt, dieses feige Tier, das scheibchenweise mordet. Erstaunt wirft Dschaurden ihm einen scheelen Blick zu. Auch er denkt an dasselbe, daran nämlich, dass das Leben schneller vorüber ist als ein Herzschlag. Gestern noch – vor vierzig Jahren? – hatte er Dudscha vor sich, die junge Braut in der Hochzeitsnacht, gehemmt von ihrer Schüchternheit, darauf wartend, dass er sie entkleidet. Und er, noch viel ungeschickter, hatte sich in den eigenen Kleidern verfangen ... Jetzt liegt sie begraben auf einem finsteren Friedhof in einem Vorort von Algier, obwohl sie sich sehnlichst gewünscht hatte, dass man sie in der Wüste bestattet, wie es sich für eine echte Targia wie sie gehört. Die Fluggesellschaft hatte ihn mit der Begründung abgewiesen, alle Flugzeuge seien belegt und der Transport eines Sarges habe keinen Vorrang.

Vorrang, meine Frau hatte keinen Vorrang ... Seine Augen füllen sich mit Tränen. Er zwingt sich, an die Abfolge der Totenzeremonie zu denken, an seine Rückkehr nach Tamanrasset. Sie selbst hat noch die Einzelheiten der Zeremonie in Voraussicht ihres Todes bestimmt ...

Nasreddin räuspert sich. Seine Stimme hat einen rauen Klang angenommen. Leise sagt er: »Dschaurden, sieh mal.«

Männer in Zivil versperren die Straße. Sie sind bewaffnet. Sie machen ihnen heftige Zeichen anzuhalten. Einer der Wachhabenden legt sein Gewehr an. Nasreddin wirft einen Blick in den Rückspiegel. Andere Kämpfer sind aufgetaucht und machen jedes Umkehren unmöglich.

Er bremst sanft.

»Mein Gott, hilf, dass Anna und der Kleine nicht aufwachen«, murmelt er. Glücklicherweise hat die alte Frau ihren Kopf in ein Tuch gewickelt, bevor sie eingeschlafen ist. Das Kind ist ebenfalls bis an den Hals zugedeckt. Der Mann ist mit einer abgesägten Flinte bewaffnet, er fragt nach den Papieren. Er ist jung, und die untere Hälfte seines Gesichts verschwindet in einem riesigen Bart. Während er die Dokumente prüft, befragt er Nasreddin: »Wo wollen Sie denn hin mit diesem Schrotthaufen?«

»Nach ... Setif, zu Verwandten.«

»Wer ist die Frau, die da schläft?«

»Meine Frau. Und der kleine Junge da ... mein Enkel ...«

Nasreddin versucht, das Pochen seines Herzens unter Kontrolle zu behalten. Er hat schon einiges gehört von schrecklichen Blutbädern an solchen Straßensperren! Trotz der Hitze hat er entsetzlich kalte Füße.

»Und der da, der Bimbo?«

»Ein entfernter Cousin.«

»Arbeiten Sie für den Staat?«

»Nein, ich bin in Rente … Und er … ist arbeitslos.«

»Hast du nicht Angst zu reisen, Opa? Weißt du nicht, dass du unsere Erlaubnis brauchst, um in dieser Gegend herumzufahren?«

»Nein … äähhm … also, wir haben uns nichts vorzuwerfen …«

Dem Kerl scheint die Antwort nicht gefallen zu haben. Er murrt: »Spielst du mir den Trottel vor, Scheich?«

Der Mann fingert in den Papieren, legt seine Hand auf den Griff der Autotür. Aber er ist unentschlossen; er scheint vor allem gelangweilt. Der Lauf des Gewehrs, den er waagrecht hält, berührt manchmal Nasreddins Wange. Der Bärtige wendet sich zu seinen Kameraden. Einer von ihnen ruft ihn zu sich. Bevor er geht, droht der Mann:

»Fahr nicht los, bis ich es dir erlaube. Das«, er zeigt seine Waffe, »das trifft auch in der Ferne! Wir werden sehen, was wir mit euch anfangen …«

Nasreddin und Dschaurden warten auf das Urteil. Schweißtropfen trüben ihren Blick. Beide haben nicht den Mut, ein Wort zu sagen. Als der Kerl zurückkommt, trägt er ein ironisches Lächeln zur Schau. Er reicht dem Fahrer die Papiere: »Keine Angst, Opa, heute wirst du noch nicht sterben. Los jetzt, fort mit euch!«

Sie fahren gut zehn Minuten, bevor Nasreddin einen Blick auf die Papiere wirft. Der Ausweis und der Führerschein wurden aus der Plastikhülle genommen. Ein Stempel auf Arabisch und Französisch verläuft quer und sperrig über beide Dokumente: »Islamische Armee des Heils, Brigade der Eidgetreuen«. Ein plötzliches Zittern ergreift Nasreddin, er lässt die Papiere fallen. Dschaurden bückt sich. Der Targi versucht durch noch größere Gleichgültigkeit jenes unbegreifliche Gefühl zu verbergen, das ihm die Schultern zu Boden drückt. Er hat nicht gewusst, dass er fähig ist, einen so mächtigen Schrecken zu empfinden, vermengt mit solchem Ekel. Er hebt die Papiere auf. Er sagt »ab!«, als er die Stempel sieht. Alles in seinem Blick drückt Verzweiflung aus: »Nur fort, so schnell wie möglich weg von hier!«

Als er eine Kurve ein wenig zu schnell nimmt, wacht Anna auf. »Was fällt euch ein? Was macht ihr überhaupt für Gesichter?«

Nasreddin antwortet. Er hat einen Kloß im Hals, aber seine Stimme ist beruhigend: »Nichts, Anna. Schlaf. Die Strecke ist noch lang.«

DSCHAURDEN HAT einen anderen Weg vorgeschlagen. Zuerst nach Biskra, dort hat er einen Verwandten, bei dem sie unterkommen könnten, bis man eine Fahrtmöglichkeit in den Hoggar gefunden hat, und von dort aus dann nach Tamanrasset.

»Das ist eine riesige Strecke, von Biskra bis Tam«, meint Nasreddin skeptisch. »Das Auto wird das nicht aushalten.«

»Aber wer sagt denn, dass du mit deiner Kiste dort hinfahren sollst? Wir lassen sie in Biskra stehen. Auf der Rückreise nimmst du sie dann mit … falls du dann noch Lust hast, wieder in den Norden zu fahren! Wir nehmen einfach den Bus.«

»Es ist eine Reise von mehreren Tagen. Der Kleine und Anna sind müde.«

»Wir werden in mehreren Etappen reisen. Wenn wir müde sind, nun, dann rasten wir eben. Wir haben doch alle Zeit der Welt, nicht wahr? Außerdem würden wir so … dem Geschehen im Norden ausweichen.«

Nasreddin macht eine unwilliges Gesicht, aber zu seiner großen Überraschung stimmt Anna begeistert zu. Selbst Dschallal meint mit seiner seltsam erloschenen Stimme, dass er große Lust habe, Kamele zu sehen. Dschaurden nickt mit einem gedankenverlorenen Lächeln: »Würde es dir gefallen, einmal auf eines aufzusteigen?«

Das Kind wirft einen überraschten Blick auf den Mann im Auto, mit dem er bisher kein Wort gewechselt hat. »Natürlich«, antwortet er mit einer leichten Zurückhaltung.

Dschaurden betrachtet den Knaben, dessen Blick ihm ausweicht. Der Targi denkt bitter: »All deine Schmerzen mögen auf mich kommen, kleiner Junge aus dem Norden. Bei mir wäre es nach der Ordnung der Dinge. Ich habe so viel erlebt, zu viel wahrscheinlich, und du erst so wenig …«

Sie beschließen, noch zwei gute Stunden zu fahren, um dafür zu sorgen, dass ein möglichst großer Abstand zwischen ihnen und dem verdammten Ort ihrer Niederlage liegt. Nasreddin hat dafür plädiert, durch das Wadi El Abiod zu fahren, das ist zwar weitaus unbequemer, aber die Möglichkeit weiterer »falscher Sperren« scheint dort geringer zu sein. Von den Fahrgästen wagt niemand, ihn zu fragen, worauf diese Überzeugung beruht.

Die Landschaft ist beeindruckend: hohe Gipfel, bewaldet mit roten Zedern, anschließend Schwindel erregende Flusstäler, wie ins Fleisch des Gebirges geschnitten, gleichsam titanische Wunden. Armselige Weiler kleben an den unwirtlichen Flanken, die mitunter dem Wadi nahe kommen, um sich dann misstrauisch zu entfernen, als könnten sie sich auf diese Weise vor möglichen Invasoren schützen.

Als sie die Flusstäler verlassen, entspannt sich die Atmosphäre im Auto. Dschallal ruft aus: »Oh, Palmen!«

Dann ruft er »Autsch!«, weil er seinen Verband vergessen hat. Er greift sich an den Hals, und man sieht ihm an, dass er heftige Schmerzen hat. Dschaurden ist der erste, der es bemerkt. Außer sich, berührt er Nasreddins Hand: »Halt an, der Kleine fühlt sich schlecht.«

»Nein, es ist nichts«, erklärt der Junge betreten. »Es ist nur, weil ich vergessen hatte, dass ich was … was am Hals habe.«

»Stimmt das, Dschallal?«, sorgt sich Anna und untersucht die Ränder des Verbands.

»Aber ja. Lasst uns lieber weiterfahren. Je weiter wir kommen, desto besser, Großmutter.«

Das Auto fährt also weiter. Dschallal hat dem Targi einen dankbaren Blick zugeworfen. Dschaurden, bewegter als er erscheinen möchte, nickt zerknirscht. Anna, die den Blickwechsel bemerkt hat, fühlt trotz allem, wie die Eifersucht ihr einen Stich versetzt.

Die Hitze ist unbarmherzig. Die Landschaft ist nun großartig geworden, eine Mischung aus Canyons und Oasen. Dschaurden schlägt vor, in einem Palmenhain Rast zu machen. Nasreddin fährt noch einige Kilometer und bleibt dann am Bett des Wadi stehen. Der Targi genießt das Entzücken seiner Begleiter: Feigen-, Granatapfel- und Aprikosenbäume drängen sich beiderseits des Wadis, vor der Sonne geschützt durch die weitaus höheren Palmen. Am Fuß der Bäume fließt kostbares Wasser, gleichsam eine freundschaftliche Hand, die kommt, um ihre Wurzeln zu liebkosen.

»Als wäre es ein anderes Land!«, flüstert das Kind genüsslich.

Für einige Sekunden drückt Dschallals Gesicht Groll aus. Anna tätschelt seine Schulter (»Rede nicht zu viel, Dschallal, das ermüdet deine Kehle«). Sie ist ebenso empört über die ungerechte Welt angesichts von so viel Ruhe und Heiterkeit. Nasreddin hat den Proviant ausgepackt. Sie setzen sich an den Rand einer Parzelle, die mit Tomaten und Paprika bepflanzt ist. Dschaurden hat dagegen seine Reisetasche herausgeholt und ist hinter eine Baumgruppe gegangen. Nasreddin schneidet das Brot, während Anna den Käse auslegt. Dschallal rennt um sie herum, wirft Kieselsteine und versucht sogar, auf einen Baum zu klettern. Nasreddin flüstert mit einem Lächeln: »Dein Kleiner scheint sich ja schnell zu erholen …«

Anna nickt. Die Stille ist nahezu vollkommen, abgesehen vom Geräusch der ins Wasser fallenden Steine und dem Zwitschern einiger Vögel, die sich in den Palmen verirrt haben. Von Zeit zu Zeit lassen sich allerdings ein Bellen oder der Schrei eines Kindes in der Ferne vernehmen und verstummen rasch wieder. Der Kontrast zwischen dem zarten Grün des kultivierten Landes und der Trockenheit der Kalkgebirge, die den Horizont versperren, lässt erahnen, mit welcher Hartnäckigkeit sich die Menschen hier unablässig abmühen, um zu überleben. Anna seufzt, sie will etwas sagen, überlegt es sich anders und lächelt Nasreddin zu. Sie denkt: Mein Mann, mein Freund. Nasreddin erwidert ihr Lächeln. Sie weiß, dass es bei ihnen beiden mehr als nur Lächeln ist. Es soll bedeuten: Was geschehen ist, ist geschehen. Man kann nichts dagegen tun. Jetzt sind wir erneut zusammen. Und allein das ist schon ein Wunder. Die schroffen Felswände, die den Palmenhain überragen, tragen das ihrige zu diesem Gefühl bei, ein außergewöhnliches Geschenk erhalten zu haben. Nasreddin legt sein Brot zur Seite. Auch er will etwas sagen. Anna schneidet ihm das Wort ab: »Es ist nicht nötig …«

Der Alte greift wieder zu Brot und Messer. Alles fällt ihm schwer, er fühlt eine drückende Last nach vierzig Jahren Trennung. Und doch ist er noch nie so glücklich gewesen.

»Dschallal, weshalb schaust du denn so?«, ruft die Schweizerin plötzlich aus.

Verblüfft deutet der Junge auf das Gesträuch, in dem Dschaurden verschwunden ist. Ein Mann taucht aus ihm auf, das Gesicht hinter einem blauen Schleier verborgen, den Kopf mit einem Schesch bedeckt. Er trägt eine herrliche indigoblaue Gandura und Ledersandalen. Er kommt auf die Gruppe zu. Es fehlt ihm nur noch das traditionelle Schwert, dann wäre die kriegerische Gestalt perfekt. Dschallal fixiert den Unbekannten mit weit aufgesperrtem Mund.

»He, du Bengel, mach den Mund wieder zu, sonst kann sich sogar die große Eidechse der Wüste hineinschlängeln und bei dir ihr Nest bauen!«

»Aber das ist …«

»Aber ja, ich bin es, junger Mann! Wer soll es denn sonst sein? Ab jetzt kehre ich so langsam nach Hause zurück. Die Wüste blickt mich an. Jetzt halte ich es nicht mehr aus in den scheußlichen Kleidern von Nordlern wie euch, mit Verlaub …«

So spottet er. Auch Anna muss zugeben, dass diese Verwandlung erstaunlich ist: Dieser kleinwüchsige alte und tölpelhafte Mann ist zu einem stolzen, sogar geheimnisvollen Targi geworden, mit seinem Gesichtsschleier, so blau, dass er bereits schwarz scheint. Im Moment blicken die beiden dunklen Augen belustigt über das Staunen der Ausländerin und des Kindes.

Nasreddin zwinkert seinem Freund zu: »Das war ein gelungener Auftritt! Es wird uns allen Glück bringen, dass wir uns in Begleitung eines echten Kriegers aus dem Hoggar befinden!«

Bewundernd nähert sich das Kind dem Targi. Es zeigt auf die am Nacken hängenden Lederetuis. Dschaurden erklärt sichtlich erfreut: »Das ist für den Tabak, den Lidstrich, das Geld … wenn man welches hat! Und das sind Talismane. Über sie darf man nicht zu viel sprechen, sonst lassen möglicherweise ihre Kräfte nach. Wenn du willst, schenke ich dir einen, am stärksten sind folgende Talismane …«

»Au!«, sagt das Kind, halb neugierig und halb ängstlich. Der Targi ist plötzlich ernst, er nimmt eines der Amulette ab, kürzt das Lederband und hängt es Dschallal um den Hals. Der Knabe errötet vor Ergriffenheit und betrachtet sein Amulett. »Darf ich es anfassen?«

»Ja, aber nicht zu oft.«

Dschallal streichelt das kleine lederne Viereck. Er fragt – und auf seinem Gesicht ist eine große Hoffnung zu lesen: »Gegen was schützt mich das?«

»Gegen das Unglück, mein Sohn.«

»Alles Unglück?«

»Beinahe … Außer dem, das unumgänglich ist …« Dschaurden fährt dem Kind durch das Haar. Der Junge hört ihm zu, die Augen voll Dankbarkeit. »… andernfalls hilft es, das Unglück erträglich zu machen. Also in beinahe allen Fällen …«

Anna sieht nicht, dass die Lippen des Targi vor Bitterkeit schmal geworden sind. Sie hört nur, dass seine Stimme etwas dumpfer klingt. Aber dann kann Dschaurden sich wieder fangen, mit übertrieben guter Laune sagt er: »Also, mein Junge, jetzt hilfst du mir dabei, das Feuer für den Tee zu machen! Wie denn, ich empfange euch an den Pforten der Wüste und habe euch noch nicht unseren Tee zum Kosten gegeben? Geh und hol mir Holzstücke … aber das Holz schön trocken, bitte!«

»GROSSMUTTER, glaubst du an sein Amulett?«

Dschallal klammert sich an Annas Hand, flüstert ihr ins Ohr. Anna erneuert seinen Verband. Die Wunde sieht zwar abscheulich aus, scheint aber auf dem besten Weg zu vernarben. Das Kind hat nicht ein einziges Mal geklagt. Anna ist nicht auf den Kopf gefallen, sie hat an seinen Augen gesehen, dass er Schmerzen hatte, als sie den Verband entfernte. Sie hat begriffen, dass der Junge vor Dschaurden und Nasreddin nicht weinen wollte. Der Targi gibt zuerst Zucker, dann Tee in eine verbeulte Kanne. Er entfacht das Feuer, indem er auf die Glut bläst. Sein Gesicht ist so konzentriert, dass seine Begleiter unwillkürlich schweigen, auch Dschallal, obwohl er noch keine Antwort auf seine Frage erhalten hat.

Eine leichte Brise ist aufgekommen, die kaum die hohen Wipfel der Palmen zu bewegen vermag. Das dünne Rinnsal des Bewässerungssystems fließt melancholisch den kleinen Graben entlang. Anna nimmt ihr Teeglas, dankt dem maskierten Mann mit einem Lächeln.

»Bei uns heißt es, das erste Glas ist bitter wie das Leben, das zweite stark wie die Liebe und das dritte lieblich wie der Tod!« Er lacht trocken: »Die letzte Behauptung wird meiner Meinung nach dem Tee nicht gerecht, und gegenüber dem Tod ist sie zu nachsichtig!«

Dschallal bekommt natürlich ebenfalls ein Glas Tee. Er verzieht das Gesicht, das Gebräu ist nicht süß genug.

»Schmeckt er dir nicht, der Tee der Sahara?«

»Nein, das ist es nicht … Ich frage mich nur … Hast du eigentlich Kinder, Onkel?«

Der Targi schüttelt überrascht den Kopf. Die beiden anderen tun so, als hätten sie die Frage nicht gehört. Er räuspert sich, schenkt Anna erneut Tee ein.

»Ich werde dir eine Geschichte erzählen. Möchtest du?«

»Ja, ja!«, ruft der kleine Erdnussverkäufer aus.

»Vielleicht sollte ich es besser sein lassen«, brummt Dschaurden. »Es heißt nämlich, dass Kindern, denen man am hellichten Tag eine Geschichte erzählt, später die Haare ausfallen. Du hast doch hoffentlich keine Angst?«

»Nein, ich bin doch nicht doof«, protestiert der Knabe.

»Nasreddin, wenn ich nicht mehr weiterkomme, musst du übersetzen.«

»WIR HATTEN nicht weit von der sudanesischen Grenze unsere Zelte aufgeschlagen. Die Trockenheit hatte uns aus dem Hoggar vertrieben, und wir konnten recht und schlecht auf mageren Weiden überleben. Die Dromedarherden hatten stark gelitten, aber wir bereiteten uns dennoch auf die Rückkehr vor, denn unser Wahrsager, der Neffe des *Amenochal*, hatte prophezeit, dass das kommende Jahr ein gutes werden würde. Ich war sechsunddreißig, siebenunddreißig Jahre alt, für einen Targi bereits betagt. Bis dahin hatte ich mich niemals darum gekümmert, mir eine Frau zu suchen, und das war mir sehr gut bekommen. Die Alten der Zeltstadt sahen das nicht gerade mit Freuden, aber weil ich arbeitsam und zurückhaltend war, hielt sich ihre Missbilligung in Grenzen. Eines Tages kam ein Kerl meines Stammes, Ichenuk, zu mir, als ich gerade aufmerksam einen wunderbaren Kamelsattel betrachtete, eine *rahla* von außergewöhnlicher Qualität, die mir ein sudanesischer Händler verkaufen wollte. Er hatte begriffen, dieser Sohn des Iblis, dass der Sattel mir gefiel, aber er verlangte einen Preis, der für meine kargen Ersparnisse zu hoch war. Da mischte sich Ichenuk ein: ›Mein Freund, nimm die Rahla. Hier hast du ...‹, und er gab ihm die geforderte Summe. Rot vor Wut fuhr ich auf. ›Was fällt dir ein? Das werde ich dir nie zurückzahlen können.‹ Ichenuk lachte spöttisch und meinte, ich müsse ihm auch nichts zurückzahlen, wenn ich ihm einen kleinen Dienst erweisen wolle. Ich war auf der Hut, denn Ichenuk galt als sehr schlau. Was er mir vorschlug, war auch wirklich verblüffend: Ich sollte für ihn um die Hand einer Targia anhalten, deren Zeltstadt etwa drei Tagesreisen mit dem Kamel entfernt lag! Offenbar hielt er mich beinahe für einen alten Mann, sodass die Eltern des Mädchens mich als Vermittler akzeptieren würden. In seiner Familie wollte niemand diese Rolle spielen, denn unsere Gruppe bestand lediglich aus *Kel*

Rela. Wir halten uns für besonders vornehm, und die Schöne von Ichenuk gehörte zu einem Vasallenstamm, der von den restlichen Tuareg verachtet wurde, weil sie beinahe ganz sesshaft geworden waren. Ich zögerte einige Tage. Das Geschäft einer Heiratsvermittlerin war eines Kriegers unwürdig. Überdies kannte ich den Weg nur schlecht. Aber dann siegte meine Gier. Ich machte mich auf den Weg, nahm die besagte Rahla mit. Alles verlief bestens, bis mich ein Sandsturm zu einer Rast von fünf ganzen Tagen zwang. Gegen mein bedauernswertes und mächtiges Dromedar geschmiegt, erlitt ich manches während dieses Sturms; es schien mir, als hätten sich alle Dämonen der Wüste verbündet, um mich für meine Besitzgier zu bestrafen …«

Dschaurden hustet, gießt sich ein drittes Glas Tee ein. Er genießt das Interesse, das er mit seiner Geschichte erweckt. Sein Freund zieht die Brauen hoch, erstaunt, dass er plötzlich so gesprächig geworden ist. Nasreddin sitzt neben Anna. Von Zeit zu Zeit übersetzt er recht und schlecht, was der Targi sagt, wenn dieser in Tamaschak verfällt. Der Schaui-Dialekt, den unser Autofahrer und Rentner aus seiner Kindheit im Gebirge kennt, kommt dieser Sprache ganz nah. Selbst jetzt verblüfft ihn das wieder.

Dschallal lauscht atemlos: »Und wie geht es weiter, Onkel?«

»Also gut … Ich fühlte, dass mir Schreckliches bevorstand, vielleicht sogar der Tod. Ich hatte nur Proviant für einen dreitägigen Ritt mitgenommen. Wegen dieses Sturms hatte ich aber erst ein Drittel der Strecke zurückgelegt, die mich von der Zeltstadt jener Frau trennte. Ich überlegte, ob ich nicht umkehren sollte, aber die Aussicht, dann die Rahla zurückgeben zu müssen, brachte mich davon ab. Mir wurde außerdem bewusst, dass ich nicht in der Lage war, den Weg zurück zu finden. Zwar

war der Sandsturm wesentlich schwächer geworden, das erleichterte mir jedoch nicht meine Aufgabe. Ich traf die einzig mögliche Entscheidung, nämlich, auf gut Glück loszugehen und mich meinem guten Stern anzuvertrauen. Am Rande der Erschöpfung erreichte ich eine Gruppe von Felsen, wo ich, o Wunder, die Spuren eines Feuers von Reisenden entdeckte. Aber man hatte dieses Feuer wohl überstürzt verlassen, denn unter der verbliebenen Asche war noch ein Brotfladen übrig, eine *tagella*, die völlig verkohlt war. Ich stieß auch auf einen Korb, in dem sich getrocknetes Fleisch, Datteln und sogar ein Schlauch mit Wasser befanden. So war ich gerettet, allerdings, wie ich mich recht schnell überzeugen konnte, um den Preis eines Dramas. Am nächsten Morgen hatte sich der Wind gelegt. Ich ging auf die Suche nach den Leichen der Reisenden. Ich fand zwei, die einige Kilometer voneinander entfernt lagen. Es war leicht, ihre letzten Minuten zu rekonstruieren: Einer von ihnen hatte wohl den Fehler begangen, sich aus dem Schutz der Felsen zu begeben, aus welchem Grund auch immer, vielleicht wollte er die Reittiere fesseln. Wegen des Sturms konnte er dann nicht mehr zurückfinden und war bis zu seinem Tod wie ein Wahnsinniger umhergeirrt. Dann war sein Gefährte losgegangen, um ihn zu suchen, und hatte damit ebenfalls sein Todesurteil unterschrieben. Ich begrub sie, so tief ich konnte. Ich stellte einen Stein als Zeugen auf, sagte die einzigen Gebetsfetzen, die ich kannte. Am Ende improvisierte ich sogar ein wenig den Text des Korans, was mir Gott verzeihen möge. Ich traf alle Anstalten, um so früh wie möglich diesen Unglücksort verlassen zu können, als ich eine Art Blöken hörte. Einen Augenblick lang hatte ich große Angst. Mein Geist war so überreizt, dass ich sogar bereit war, an einen Ruf der *dschinns* zu glauben, der ›Leute der Einsamkeit‹, die in der Sahara umherirren, dazu verurteilt, für alle Zeiten ein von ihnen begangenes

Verbrechen zu sühnen. Im Grunde bin ich nie besonders mutig gewesen. Du auch nicht, könnte man meinen …«

Dschaurden bricht in Lachen aus, aber sein Lachen vermag den Jungen nicht zu beruhigen. Der zeigt nur ein armseliges, verkrampftes Lächeln.

»Willst du, dass ich aufhöre, du Bengel?«, fragt Dschaurden mit einem schelmischen Gesichtsausdruck, der Nasreddin bei diesem normalerweise so rauen Mann erstaunt.

»Nein, mach weiter, bitte, aber … nun ja … nicht so schnell!«, fleht Dschallal, ohne Atem zu holen.

»Hm … also, ich näherte mich dem Felsen, wo der Lärm herkam. Was war das deiner Meinung nach, Bürschchen?«

»Das war … Wie soll ich das denn wissen?«

Dschallal ist wirklich sehr beeindruckt, obwohl er seine Besorgtheit hinter einem hämischen Lachen verbergen will. Sein geschwollenes Gesicht ist bleich. Er bereitet sich darauf vor, Reißaus zu nehmen, irgendwo Schutz zu suchen, im Schoß der Ausländerin oder im Kofferraum des Autos. Trotzdem flüstert er entzückt: »Was war es denn?«

»Es war … es war ein wunderbarer, großer Mufflon! Er lag auf der Seite, und von Zeit zu Zeit blökte er. Ich dachte zuerst, er wäre verletzt, vielleicht aus großer Höhe herabgefallen. Aber er hatte keine Verletzung. Seine Augen waren glasig, ein Zucken lief über seinen Körper. Grüner Rotz lief aus seinen Nüstern. Mein Dromedar war es dann, das den Jutesack fand. Glücklicherweise schien ihm der Geschmack dessen, was es da kaute, so sehr zu gefallen, dass es zu brüllen begann. Ich rannte zu ihm hin und entriss den Sack seinen Zähnen. Und was war wohl in diesem Sack, wenn auch durch die Zähne des Mufflons und meines Dromedars bereits in beklagenswertem Zustand?«

Dschallal sperrt die Augen auf. Auch Anna und Nasreddin sind gefesselt, sie reagieren nicht anders als das Kind. Nasreddin kennt Dschaurden bereits seit langer Zeit, aber noch nie hat er ihn so gesprächig gesehen. Er ist glücklich, dass sein Freund nun nicht mehr so verzweifelt ist.

»*Kif!* Also, es waren nur noch ein paar Gramm übrig, die im Stoff des Sacks hängengeblieben waren. So klärte sich dann alles auf. Die beiden Toten waren Haschischhändler, die wahrscheinlich vom Sudan aus hinauf nach Tamanrasset reisten. Der ausgehungerte Mufflon hatte womöglich eine große Menge von dieser seltsamen Paste gefressen und war einfach nur berauscht! Das arme Tier ›schwebte‹, es war dem erstbesten Schakal auf Gedeih und Verderb ausgeliefert. Ich beschloss, den Mufflon mitzunehmen, weil ich mir dachte, dass ich ihn essen oder verkaufen könnte. Ich fesselte seine Beine, legte ihn quer über mein Reittier und machte mich wieder auf den Weg. Das Glück war mir hold, denn ich stieß auf eine Karawane, die mich zu dem Ort führte, den ich aufsuchen wollte. Nun ja …«

Dschallal protestiert heftig: »Ist das alles? Was ist danach geschehen?«

Von Dschaurden kommt ein freudiges Glucksen, das Erste, das Nasreddin von ihm hört, seit sie sich in Algier getroffen haben. »Was danach kam, geht dich schon nichts mehr an!«

»Onkel, ich bitte dich …«

Dschaurden zögert, aber er ist sichtlich zufrieden, dass er seine Geschichte weitererzählen kann: »In der Zeltstadt waren die Blicke aller auf mich gerichtet, vor allem als ich erzählte, dass ich im Sturm beinahe umgekommen wäre. Man pflegte und hätschelte mich. Ich sagte nicht gleich den Grund meiner Reise. Zuerst wollte ich die Frau sehen, um deren Hand ich für Ichenuk anhalten sollte. Ich begegnete ihr bald. Sie war schön, wirklich schön … Und sie konnte so gut auf der kleinen einsaitigen Nomadengeige spielen … Sie hieß Dudscha. Ich begriff nun, weshalb Ichenuk sich so heftig in sie verliebt hatte! Als ich wieder auf den Beinen war, suchte ich die Familie des Mädchens auf. Man bot mir Tee an, man redete über dies und jenes, ohne dass das zur Sprache kam, was mich offensichtlich zu ihnen geführt hatte. Als es die Wendung in einem Satz erlaubte, verkündete ich, ich sei wegen einer ›ernsten‹ Angelegenheit gekommen. Ich bot meine berühmte Rahla und den Mufflon als Geschenk an und bat um die Hand Dudschas … für mich selbst!«

»Das hast du getan, Onkel? Du hast dein Wort gebrochen?«

Dschallal hätte Lust zu lachen, aber er ist so schockiert, dass ihm sein Lachen im Halse stecken bleibt. Dschaurden dagegen zeigt seine Fröhlichkeit: »Es war ja nicht meine Schuld, Kleiner. Sie war zu schön! Man fragte sie nach ihrer Meinung, und sie war einverstanden. Keiner von uns beiden hat das jemals bereut. Sie hat mir später gestanden, dass sie mich bei meiner Ankunft sah und ich ihr nicht allzu sehr missfallen hatte. Sagen wir, dass ich damals … hin … dass ich damals nicht allzu hässlich war. Zwei Wochen später bin ich mit ihr zusammen in meine Zeltstadt zurückgekehrt …«

Dschallal unterbricht ihn: »Aber dein Ichenuk, was hat er dazu gesagt?«

»Oh, fast nichts. Abgesehen davon, hat er mehrere Monate lang versucht mich zu töten. Ich musste mit Dudscha die Flucht ergreifen. Wir haben uns so lange versteckt, bis er sich beruhigt hatte. Ich konnte ihm natürlich die Rahla nicht mehr zurückgeben, aber ich habe ihm dafür ein Dromedar geschickt. Trotzdem war ich jahrelang auf der Hut!«

Nasreddin ist gerührt, der alte Targi wirkt um Jahre verjüngt.

»Und … und der Mufflon?«, fragt Dschallal.

»Dudscha hing an diesem Mufflon. Sie pflegte ihn wie ein Kind. Aber das arme Tier blökte den ganzen Tag und wollte nichts fressen. Man musste sich damit abfinden: Es wäre lieber Hungers gestorben, als in Gefangenschaft zu bleiben! Dudscha und ich haben den Mufflon bis zum Fuß der Hochebene gebracht, welche an die Zeltstadt grenzte. Dort hat Dudscha ihn dann freigelassen. Der Mufflon zögerte, dann riss er aus, rannte, so schnell er konnte, zum Gipfel hoch. Dudscha war wirklich traurig, aber es gefiel ihr zu glauben, dass der Mufflon mehrere Male stehen geblieben war, um uns mit seinen prächtigen Hörnern zu grüßen. Ich wollte ihr nicht widersprechen, aber ich dachte, der Schrecken, mit uns Zweibeinern zusammengelebt zu haben, muss bei ihm so groß gewesen sein, dass das Tier jedes Mal, wenn es sich umdrehte, feststellte: Der Abstand zwischen uns und ihm war noch nicht ausreichend … Lange Jahre hat meine Frau mit mir über diesen Mufflon gesprochen, bei ihrem Ton konnte es durchaus vorkommen, dass ich eifersüchtig wurde!«

»Schade …«, seufzt das Kind.

»Warum? Was hättest du denn mit einem Mufflon angefangen?«

»Ich hätte ihn gezähmt, ich hätte ihm alles gegeben, was er will. Wir wären sicher Freunde geworden. Er wäre mir überallhin gefolgt, wie ein Bruder …«

Der Targi verzieht das Gesicht zu einer skeptischen Grimasse. Er deutet mit einer Gebärde an, dass er widersprechen möchte, aber Dschallal redet lebhaft weiter: »Dann hast du also Kinder?«

»Nein.«

»Du hast gesagt, dass du verheiratet bist?«

»Das stimmt, kleiner Mann, aber wir haben nie ein Kind bekommen. Das war unser einziger Jammer. Und nun … und nun ist Dudscha tot.«

Das Kind bringt ein bedauerndes »Ach!« heraus. Es weiß nicht, wie es sich jetzt verhalten soll, aber der Targi lacht leise: »Wenn du willst, besorge ich dir einen kleinen Mufflon, und du kannst dann versuchen ihn zu überreden, dass er dir folgen soll wie ein junger Hund.«

»Das würdest du tun?«

Dschaurden nickt. Nasreddin wirft seinem Freund einen flüchtigen Blick zu: Der Mann aus der Sahara hat seine gewohnte Zurückhaltung abgelegt. Jetzt sieht er einfach aus wie ein alter Herr, der gerührt die Launen seines Enkels beobachtet …

»Hast du gehört, Großmutter?«, ruft Dschallal aus. »Ein Mufflon, ein echter Mufflon. Er hat es mir versprochen, du bist Zeuge!«

Anna hüstelt, um die Rührung zu verbergen, welche die Geschichte des Targi in ihr ausgelöst hat: Offenbar lieben sich die Menschen überall, aber immer nimmt es ein schlimmes Ende … Sie nickt schweigend. Der Knabe dagegen zeigt laut seine Freude.

»He, pass auf die Teekanne auf!«, ruft Anna. »Und renn hier nicht so herum. Du wirst dir noch am Hals weh tun, wie vorhin!«

»Einverstanden, Großmutter, aber nur unter der Bedingung, dass du uns vom Zirkus erzählst. Nein, nein, warte! Zeig uns doch lieber etwas aus dem Zirkus!«

»Du bist verrückt. Ich bin doch längst aus dem Alter heraus! Meine Muskeln sind keine Muskeln mehr, sondern nur noch eine fasrige Masse.«

»Großmutter, bitte: nur ein einziges Mal, dann ist Schluss! Nur ein kleines Akrobatenkunststück!«

Verschreckt sucht Anna um Hilfe bei Nasreddin. Aber dieser misst sie mit spöttischen Blicken.

»Also bitte, Nasreddin, so hilf mir doch ein bisschen, der Kleine ist vollkommen verrückt!«

Nasreddin krümmt sich jetzt vor Lachen. Anna

schwankt zwischen Wut und dem Wunsch zu lachen, sie steht auf, verknotet ihren Rock zwischen den Beinen und schimpft: »Ihr habt es nicht anders gewollt. Dann sollt ihr eure Lachnummer kriegen!«

Sie bückt sich, stützt sich mit beiden Händen auf der Erde ab, und mit einem Schlag sind ihre Beine in der Luft. Der Rock ist zurückgefallen, entblößt einen Teil der mageren Schenkel. Rot im Gesicht vor Anstrengung, schafft Anna einige Schritte nach vorn, bevor sie sich seitlich fallen lässt. Dschallal applaudiert, so laut er kann, mit ihm Nasreddin und Dschaurden.

»Autsch … Ihr wolltet mich wohl umbringen! Ihr steckt alle unter einer Decke«, wimmert sie und reibt sich den Rücken. »Und ich bin dumm genug, auf euch zu hören … autsch, meine Rippen!«

Nasreddin ist herbeigestürzt, um ihr beim Aufstehen zu helfen, aber er lacht so sehr, dass sie ihm einen Schuh an den Kopf wirft …

Dann legt sich langsam die Heiterkeit. Die Sonne steht tief am Horizont, entzündet die mächtige Barrikade aus Felswänden mit einem malvenfarbenen Licht. Dschaurden hat ein Loch für den Abfall des Tees gegraben. Dann hat er sorgfältig seine Teekanne und seine Gläser gereinigt und alles weggepackt. Nasreddin verkündet, es sei nun Zeit, sich wieder auf den Weg zu machen. Dschallal sitzt am Rand des Wadis, er schweigt für einen Augenblick. Dann lässt er plötzlich einen tiefen Seufzer hören: »Wisst ihr, ich hätte euch alle gern zu meinen Eltern!«

Er nimmt einen großen Stein, wirft ihn ins Wasser. Ein Vogel sucht mit heftigem Flügelschlag das Weite. Das Kind mit dem entstellenden Halsverband murrt: »Ja, wenn es nur auf mich ankäme, also ich wär dabei …«

20

NASREDDIN BETRACHTET seine schlafende Frau. Ihr Atem geht stoßweise.

Die Reise war anstrengend. Sie sind nur vier Tage in Biskra geblieben. Dschaurdens Freund hat sie zuerst sehr gut empfangen, brachte sie in einem Häuschen unter, das auf einen Palmenhain hinausging, in einiger Entfernung von der neuen Stadt. Aber als ein Kommissariat angegriffen wurde, bekam er es mit der Angst. Zwei Polizisten kamen dabei ums Leben, und es ging das Gerücht, einige der Täter seien aus dem Palmenhain gekommen. Dschaurdens Freund errötete vor Verlegenheit, als er verkündete, er könne nun die Ausländerin nicht mehr beherbergen. Wenn die bewaffneten Gruppen ihre Anwesenheit bemerkten, würden sie Anna töten und den Eigentümer und seine Familie zur Rechenschaft ziehen.

Die Strecke bis Tamanrasset über Ghardaia und Am Salah war lang und ermüdend. Wider Erwarten hat das Kind gut durchgehalten. Sein Hals ist verheilt. Wenn es noch einen Verband um den Hals trägt, dann nur, um die schreckliche Narbe zu verbergen, die das Messer des Terroristen dort hinterlassen hat. Seine Stimme ist allerdings nicht besser geworden; sie scheint immer noch kurz vor dem Erlöschen zu stehen. Dann räuspert sich das Kind in der Hoffnung, dass das Sprechen dadurch leichter fällt. Da es ihm nicht gelingt, versinkt es in ein langes mürrisches Schweigen.

Anna sagt ebenfalls nichts, aber sie leidet sehr unter der Hitze. Nasreddin sieht, wie sie an ihr Herz greift, blass wird und den Mund öffnet, als ob ihr plötzlich die Luft wegbliebe.

In Am Salah hatten Anna und er beinahe einen Streit. Nasreddin bestand darauf, sie müsse nach Algier und dann in die Schweiz zurückkehren. Er fürchtet um ihr Leben, denn es ist offensichtlich, dass sie es auf diese Weise nicht mehr lange durchsteht: das endlose Warten in der Sonne auf einen Autobus, der vielleicht nicht einmal kommt; das schreckliche Gedränge an den Schaltern, bis man einen Sitzplatz hat; die Nächte unter freiem Himmel, weil sie nicht in ein Hotel gehen können, da Anna keine Papiere mehr hat. All das wird sie mit derselben Folgerichtigkeit zur Strecke bringen, als hätte ein Mörder der GIA den Auftrag übernommen.

Sie schimpfte: »Wenn ich gehe, kann ich nie wieder nach Algerien zurückkommen!«

»Gut, dann komme ich dich besuchen!«

»Nie im Leben bekommst du ein Visum von denen. Sag doch lieber, dass du mich alte Irre satt hast!«

Plötzlich brach es aus ihr heraus: »Ich habe es satt, immer zu fliehen. Auch ich bin hier zu Hause! Zwei meiner Kinder sind in diesem Land begraben. Das gibt mir doch auch gewisse Rechte, glaubst du nicht? Und wer wird sich um Dschallal kümmern? Also bitte, ich warte auf deine Antwort!«

Annas Stimme zitterte vor Schmerz und Ärger. Nasreddin war sich nun selbst böse, dass er so heftig gewesen war. Er umarmte seine ehemalige Gattin: »Beruhige dich, Anna. Ich mache mir nur Sorgen um dich, das ist alles.«

Und dann sagte er tief bewegt: »Ich liebe dich, Anna. Bei mir wackeln die Zähne, ich bin faltig wie ein alter Affe, aber ich liebe dich wie … wie früher. Früher ist in manchen Momenten für mich, als wäre es gestern gewesen. Ich erinnere mich an alles, verstehst du! Algier, Madagaskar, die Baracke von Saint-Eugène, die todkranken Hühner, die wir am Markt von Bab El Oued verkaufen wollten … Du machst mir wirklich das schönste Geschenk, wenn du bei mir bleibst. Aber ich habe Angst, zu egoistisch zu sein, wenn ich es trotz der vielfältigen Gefahren annehme.«

Mit feuchten Augen hat Anna ihren großen Schleier heruntergelassen, damit niemand ihre Tränen sieht. Sie hat die Hand Nasreddins gesucht und wortlos gedrückt.

NASREDDIN KOCHT KAFFEE. Er passt auf, dass er nicht zu viel Lärm macht. Anna spricht im Schlaf, sie flüstert unverständliche Dinge, und Nasreddin ertappt sich dabei, dass er sie belauscht, ohne es zu wollen. Draußen beginnt die Sonne, ihre Wärme zu verbreiten. Das Haus – tatsächlich Zimmer und Küche, aus Hohlsteinen gebaut – gehört Dschaurden. Aber der nutzt es nur selten.

Die kleine Straße ist ziemlich laut. Dschaurden hat ihnen gesagt, dass hier das Viertel der Illegalen aus Schwarzafrika ist, Leute aus Mali und Ghana, die vor der Trockenheit und dem Hunger flüchten. Es ist auch das Prostituiertenviertel, hat er rasch hinzugefügt. Er hat ihnen geraten, nicht zu oft aus dem Haus zu gehen, da es hier nicht selten Razzien der Polizei gebe.

Anna und Nasreddin haben viel miteinander gesprochen. Sie hat ihm erklärt, weshalb sie zwei Eheringe trägt: den einen, den er ihr in Algier geschenkt hat, nachdem sie aus Madagaskar zurückgekehrt waren, und als zweiten den von Johann, ihrem Schweizer Ehemann. Sie hat ihm gesagt, dass sie von Johann einen Sohn hat, Hans, der auf die Dreißig zugeht und nicht weiß, dass sie in Algerien ist. »Er glaubt, ich wäre in Ägypten«, hat sie mit zerknirschter Miene gelächelt. »Er würde nicht verstehen, weshalb ich ihn angelogen habe. Ich habe ihm noch nie von Algerien erzählt, von dir und unseren Kindern ...« Sie hat ein Schluchzen unterdrückt: »... im Grunde sind sie sein Bruder und seine Schwester.«

Nasreddin hat ihr dann seinerseits die vierzig letzten Jahre erzählt. Er war ein Tölpel. Und anfangs glaubte er, verrückt zu werden, er hatte nicht dieses Glück ... »Für meine Leute war ich ein Verräter. Und man hat kein Mitleid mit dem Unglück eines Verräters, weil der kein menschliches Wesen ist.«

Dann gab es diesen berühmten Unabhängigkeitstag. »Noch nie habe ich die Leute so glücklich gesehen. Ich wohnte damals in der Kasbah. Am Abend zuvor hatten die Einwohner ihre Trottoirs mit eimerweise Wasser gereinigt, die Mauern abgeschrubbt, die Türen mit Palmen und Zweigen geschmückt. An diesem Morgen ging jeder aus dem Haus. Auch ich bin den Umzügen gefolgt, bei denen tausende von Fahnen geschwenkt wurden. Ich wollte lachen und wie die anderen aus vollem Hals schreien: ›Gott möge barmherzig sein mit unseren Märtyrern!‹ Es war mein Land, das sich befreite. Es war ... es war unglaublich. Von diesem Tag an durfte niemand sich ungestraft erlauben, auf uns zu spucken. Wir waren endlich menschliche Wesen, die ihren wichtigsten Schatz zurückerhalten hatten: ihre Würde! Mein ganzes Leben hatte ich auf diesen Augenblick gewartet. Aber ich konnte mich nicht in meiner Freude vergessen wie die anderen. Und doch wünschte ich es mit aller Kraft. Aber die aus den Bergen – unsere Leute! – hatten meine Kinder und meine Mutter getötet ... Was blieb mir also noch von der Freiheit und von dieser Freude? Meine Kinder und meine Mutter, waren sie vielleicht ebenfalls Märtyrer? Ich bin den ganzen Tag umhergeirrt, ging von einem Festzug zum nächsten. Manchmal streckte man mir die Hände entgegen, um mich auf einen Lastwagen oder in ein Auto zu ziehen. Die Leute sangen, tanzten ... Aber ich habe nicht gesungen und nicht getanzt. Dann sah ich eine alte Frau auf der Bank. Ihr Gesicht war über und über tätowiert, und sie trug einen Haik. Sie weinte. Ich habe mich zu ihr gesetzt und sie gefragt, was denn los sei. Sie hatte zwei Jungen, die in den Maquis hinaufgegangen waren und dort im Kampf gegen die französische Armee den Tod gefunden hatten. Ihre Tochter und ihr Mann waren bei einem Bombardement nur wenige Tage vor dem Waffenstillstand umgekommen. Sie sah mich an, mit Tränen in den Augen: ›Seit heute Morgen marschiere ich, breche in *juju*-Rufe aus, und die Nationalhymne kenne ich bereits auswendig. Ich weiß, dass meine Kinder und mein Mann im Paradies sind und sich gern mit mir freuen würden. Aber sobald ich an sie denke, vergieße ich alle Tränen meines Herzens. Es ist zu grausam.‹ Sie nahm meine Hand: ›Du kannst meinen Schmerz nicht verstehen, mein Sohn. Gott möge solches Unglück von dir fernhalten!‹«

Nasreddin erzählt, dass er diese alte Dame dann für ein paar Tage bei sich untergebracht hat. »Sie war ungewöhnlich arm und hat zu Fuß den ganzen Weg aus ihrem Flüchtlingslager herab gemacht, nur um die Unabhängigkeit zu feiern. Als sie sich verabschiedete, hat sie mich gefragt (und ihre Stimme zitterte vor Angst): ›Mein Sohn, du bist kein Analphabet. Du verstehst den Lauf der Welt. Und du wirst mir die Wahrheit sagen. Werden all diese Toten zu etwas gut sein?‹ Ich habe ihr mit fester Stimme geantwortet und die ganze Überzeugungskraft, zu der ich in der Lage war, hineingelegt: ›Natürlich, Yemma, natürlich wird ihr Opfer zu etwas gut sein! Das Land wird sie niemals vergessen! Denn durch ihr Opfer wird alles besser werden.‹ Erleichtert hat sie mir gedankt, rief Gottes Segen auf mich herab. Dann ging sie fort, und ich habe den ganzen Tag geweint.«

Nasreddin schüttelt den Kopf. »Seither habe ich niemals aufgehört zu warten. Nicht auf dich, das war nicht meine Hoffnung. Nein, ich habe einfach nur gewartet. Auch ich habe einige Jahre später wieder geheiratet, aber meine Frau ist eines Morgens fortgegangen, und ich habe es beinahe nicht bemerkt.« Er überlegt: »Seit dieser Entdeckung im Duar habe ich nur zweimal über das gesprochen, was uns widerfahren ist. Das erste Mal zu Dschaurden, das war vor fünfzehn Jahren. Das zweite Mal heute mit dir. Nur zweimal in vierzig Jahren … Während all dieser Zeit habe ich auf etwas gewartet, ich weiß nicht was, vielleicht dass das Schicksal sich korrigiert. So bin ich nach und nach erstickt …« Er brummt, plötzlich sehr müde: »Und mein Land ebenfalls.«

ANNA SCHLÄGT DIE AUGEN AUF. Ihr Mann (sie nennt ihn nun »mein Mann«, wenn sie an ihn denkt) stellt die Kaffeekanne auf den Tisch. Er ist beschäftigt. Sie weiß, dass er um sie besorgt ist: um ihre Gesundheit, ihre Sicherheit und auch wegen der Möglichkeit, dass sie aus Algerien abgeschoben wird. Sie ruft ihn leise: »Nasreddin …«

Der Algerier blinzelt. Das Zimmer ist dunkel, und er sieht nicht mehr besonders gut. Er kommt näher, setzt sich auf den Rand des Bettes. Sie kennt ihn gut, ihren Mann. Er hat sich nicht verändert: aufmerksam und argwöhnisch, schroff und sanft.

Die alte Frau nimmt seine Hand: ganz fleckig, grau, mit zahlreichen Äderchen überzogen, mit einem schwarzen Fleck, dessen Herkunft er nicht kennt. Sie küsst diese Hand, will ankämpfen gegen die unheilbare Sehnsucht nach der vergangenen Zeit. Anna würde ihm gern sagen, wie glücklich sie im Augenblick ist.

Nasreddin flüstert: »Erinnerst du dich an *Assafi Ala Diar El Andalus* …?«

»Selbstverständlich: ›Groß ist meine Sehnsucht nach

den vergangenen Zeiten in Andalusien …‹ Du hast es mir beigebracht und dich über meinen Akzent lustig gemacht!«

»Ein komisches Andalusien, in dem wir beide schließlich gelandet sind, du und ich.«

Sie versucht zu lächeln: »Nasreddin, weshalb haben wir so schlecht gespielt?«

»Ich weiß es nicht. Wir sind immer nur gescheitert. Und wir waren nicht die Einzigen …«

Beide denken an die, die sie geliebt haben, an die beiden Kinder, an Aldschia, an Zehra, an Dahman, an Manuel, an Rina. Und keiner gesteht es dem anderen, denn dann würde das Leid über sie hereinbrechen, unvermittelt wie eine Überschwemmung.

»Mein Leben lang, Anna, bin ich gegen Gewalt gewesen. Ich wollte nur leben. Du ebenfalls, meine Andalusierin. Und das war wahrscheinlich zu viel verlangt … Wir haben schlecht geträumt, und auch unsere Reisen endeten schlecht. Aber vielleicht war es nicht ganz und gar unsere Schuld?«

Anna flüstert: »Wenn man diesen Weg noch einmal gehen könnte, Nasreddin, würden wir ihn gehen?«

Nasreddin beugt sich über sie. Sie ahnt, dass er sich diese Frage bereits gestellt hat. Und weil es diese beiden Kinder gegeben hat – gleichermaßen tot und präsent im Schmerz ihrer Eltern –, ist keine Antwort möglich. Der Mann rollt eine weiße Haarlocke jener Frau, die er einst so sehr liebte und heute noch liebt, um einen Finger. »Man kann nicht rückwärts gehen, meine Andalusierin.« Wie ein Gebet wiederholt er: »Meine Andalusierin …«

Er hat die Knöpfe ihres Kleides aufgemacht. Er sieht die welke Haut, dann ihre Brustwarzen. Anna hat die Augen geschlossen. Eine leichte Röte liegt auf ihren Wangen. Die Hand ihres Gatten gleitet sanft über ihren Bauch.

Von draußen dringt Arbeitslärm zu ihnen. Zwei Frauen unterhalten sich in der Nähe des Fensters. Eine erzählt einen Witz, die andere lacht laut auf.

FÜR DSCHAURDEN ist der große Tag gekommen. Die beiden Dromedare sind bepackt. Der Kleine kommt jetzt schon gut zurecht. Im geheimsten Winkel seines Herzens denkt der alte Targi: »Mein Sohn.« Dschallal nennt ihn »Onkel«. Der Kleine lacht immerzu. Er ist sehr stolz auf seinen Schesch, auf den *seruel* und die Ledersandalen, die sein »Onkel« ihm gekauft hat. Vor seinem Reittier hat er noch ein bisschen Angst, aber das wird er rasch lernen ...

Der Targi und das Kind haben lange Gespräche miteinander geführt, dazwischen gab es immer wieder peinliches Schweigen, wenn Dschallal sich plötzlich an gewisse Vorfälle zurückerinnerte. Es hat lang gedauert, bis er von Said, seinem Freund, dem Terroristen, erzählte. Er hat gesagt, er würde ihm nichts nachtragen, weil er nicht glauben könne, dass er vorsätzlich getötet hat. »Er war nicht wie die Schächter in der Höhle, er hat mich wie einen Bruder aufgenommen. Er war immer schlecht gelaunt, das stimmt, aber für mich war er dennoch ein Bruder.«

Das erste Gespräch hat bereits im Palmenhain von Biskra stattgefunden. Dschaurden hatte das Gespräch auf Dschallals Eltern gebracht. Vielleicht sollte er versuchen, sie wiederzusehen, hat er vorgeschlagen.

»Niemals!«, rief der Kleine. »Ich werde sie niemals wiedersehen!«

Mit seinem verkrampften Gesicht sah Dschallal wie ein Fuchs aus, der in die Falle gegangen ist. Er schnappte plötzlich nach Luft. Dschaurden wollte nicht weiter in ihn dringen. Erst in Tamanrasset hat der Kleine sich ihm anvertraut. Sie hatten den Tag auf dem Rücken der Ka-

mele verbracht, denn der Targi wollte den kleinen Nord-
ler vor der langen Reise zum Stamm seiner Frau etwas
abhärten. Sie hatten kaum miteinander gesprochen, bis
sie beim abendlichen Biwak am Feuer saßen. Da begann
Dschallal zu reden: Zuerst war das Erdbeben, als das
Haus seiner Familie über ihnen zusammenbrach. Über
ihm und seiner Schwester. Sie konnten überleben, weil
ein Stück Mauer sich wie eine Art Dach über ihre Köpfe
gelegt hatte. An diesem Unglückstag waren die Eltern in
die Stadt gegangen. Er war damals gerade sieben Jahre
alt, seine Schwester beinahe zwanzig. Die Armee nahm
die Sache in die Hand. Arbeiter der Hilfsorganisationen
haben mit Unterstützung von Soldaten angefangen, die
Trümmer beiseite zu räumen. Aber es gab so viele zer-
störte Häuser, dass die Soldaten sich über das Gebiet
verteilten, jeweils in kleinen Gruppen von zwei oder drei
Mann. Die meisten handelten aufs Geratewohl, ohne
echtes Kommando.

»Als wir die Stimmen der Soldaten hörten, begriffen
meine Schwester und ich, dass wir gerettet waren. Unser
Haus lag etwas abseits, und wir hatten Angst, dass man
uns vergisst. Dann schrien wir. Sie haben begonnen, den
Schutt beiseite zu räumen. Schnell haben wir sie gesehen,
drei junge Soldaten, nicht älter als meine Schwester. Und
meine Schwester war sehr hübsch …«

Der Kleine hörte auf, in den Sand zu zeichnen.
Dschaurden respektierte sein Schweigen. »Sie wurde
vor meinen Augen von den drei Soldaten vergewaltigt.
Sie haben mich mit einem Koppel geschlagen, als ich um
Hilfe rief. Als meine Eltern zurückkamen, hat sie ihnen
alles erzählt. Sie weinte, war wie ein echter Wasserhahn.
Sie war fast wahnsinnig. Dann haben mein Vater und
meine Mutter sie aus dem Haus gejagt. Sie brüllten, sie
habe ihre Ehre nicht verteidigt. Bei Morgengrauen ist sie
fortgegangen, und ich habe sie nicht wiedergesehen.«

Dschallal zerrte an dem Halstuch, das seine Narbe verdeckte. »Ich habe meine Schwester sehr geliebt, Onkel. Es war doch nicht ihre Schuld. Noch nie bin ich so wütend gewesen. Ich habe auf meine Eltern gespuckt und bin von zu Hause ausgerissen. Ich habe versucht meine Schwester wiederzufinden, es ist mir nicht gelungen. Aber zu meinen Eltern zurückgehen …«

Dschaurden hat nichts mehr gesagt, und Dschallal war ihm dankbar für sein Schweigen. Dschaurden dachte nüchtern: Ich werde ihm zuerst einmal die Wüste zeigen. Das Übrige kommt dann später.

DSCHAURDEN hat das Gepäck geprüft, dann die Wasserschläuche. Alles ist bereit. Aufgeregt schwingt sich Dschallal auf sein Dromedar. Das Tier steht brüsk auf. Dschallal ist heute besonders fröhlich, auch wenn das Dromedar ihm noch ein bisschen Angst einflößt. Dschaurden zögert, überlegt, ob er nicht etwas vergessen hat. Zusammen mit Nasreddin und Anna haben sie sich über alles verständigt: die Schule, das Geld für den Unterhalt des Kleinen … Anna hat ihm gesagt: »Wir werden ihn zu dritt großziehen, aber wir haben nicht mehr viel Zeit zu leben. Also, Dschaurden, denk an die Zukunft!«

Dschallal ist ungeduldig: »Onkel, worauf warten wir noch?«

Der Targi schwingt sich auf sein Dromedar, seine Kehle ist wie zugeschnürt.

»Du fehlst mir sehr, Dudscha!«, flüstert er auf Tamaschak.

Wieder ergreift ihn dieselbe bittere Wut und krümmt ihn über seinem Sattel. Die Totenzeremonie muss ohne den Leichnam seiner Frau stattfinden. Alle seine Verwandten werden da sein, Alt und Jung, auch die Freunde, herbeigeeilt aus allen vier Winkeln der Sahara, und ihre Gebete werden in die Leere gehen, an die Steine und den Sand gerichtet sein. Keine Träne, kein Schrei der Klageweiber werden den Leichnam seiner Frau in seiner unabänderlichen Einsamkeit trösten.

Er treibt sein Dromedar mit dem Fuß an, um den Kleinen einzuholen, der sich bereits für einen sattelfesten Reiter hält. Dschauden ist es schwer ums Herz, aber dann erholt er sich nach und nach. Es gelingt ihm sogar ein Lächeln hinter seinem Indigoschleier: »Auf, du Bengel, Galopp! Es wird Zeit, dass du deine neuen Cousins und Cousinen kennen lernst!«

Paris, Algier, Rennes   September 1997

3

Glossar

Abderrahman III.   Kalif der Omaijaden-Dynastie in Córdoba (912–961).

baraka   Arab.: Segen, Glück.

baschagha   Unter türkischer Herrschaft Adelstitel, in der Kolonialzeit Hilfsbeamter der französischen Administration.

»Barbarei«   Name für die heutigen Maghreb-Staaten im mittelalterlichen Europa, abgeleitet von dem Volksstamm der Berber.

Berber   Bereits in der griechischen Antike bekannte Volksgruppe in Nordafrika und Teilen der Kanarischen Inseln.

bey   Im 16. Jh. in Algerien unter türkischem Regime eingeführter Titel für einen hohen militärischen und administrativen Funktionär.

calentita   Pudding aus Kichererbsenmehl.

duar   Ursprünglich aus Zelten bestehendes Dorf.

dschellaba   Männerkleidungsstück: Obergewand mit kurzen Ärmeln und Kapuze.

dschihad   Arab.: Bemühung, Kampf. Religiöser Krieg im Auftrag des Propheten gegen Ungläubige, »Heiliger Krieg«.

dschinn   Guter oder böser Geist des Volksglaubens aus Feuer und Luft.

dschundi   Arab.: Soldat.

El Chidr   Arab.: »der Grüne«. Sagengestalt, gilt als geheimes Oberhaupt der islamischen Mystiker, Sufis.

El Hadsch   Ehrentitel nach vollendeter Pilgerfahrt nach Mekka.

fatmas   Spottname für arabische Frauen, abgeleitet von Mohammeds Tochter Fatima.

fellagha   Arab.: Kopfspalter, Bandit. Eigenbezeichnung der Unabhängigkeitskämpfer, übernommen von einem Propagandabegriff der französischen Kolonialmacht.

gandura Hemdartiges, weitgeschnittenes Überkleid.
gassaa Tiefe Holzschüssel.
gauri/a Arab.: Fremder/Fremde.
gurbi Lehmhütte, allg.: primitive Behausung, Slum.

haik Weißer Schleier der nordafrikanischen Tradition.
hallal Arab.: rein.
harissa Scharfe Gewürzpaste.
hammam Orientalisches Badehaus.
hogra Arab.: Verachtung.

Iblis Der gefallene Engel des Korans, Satan.

juju-Rufe Traditionelles Jubelgeheul der Araberinnen,
   bei dem die Zunge wiederholt gegen den vorderen Gaumen
   schnellt.

kanun Eisernes Becken mit Holzkohle, das im ganzen Maghreb
   als Kochstelle benutzt wird.
kasbah Zitadelle, befestigte Altstadt.
kaschabia Kapuzenmantel aus Kamelhaarwolle, bei den
   algerischen Berbern weit verbreitet.
kassaman Arab.: Ich schwöre. Anfang der algerischen
   Nationalhymne.
katiba Einheit der Befreiungsarmee.
kif Haschisch.
kubba Überkuppeltes Grab eines Heiligen.
kuskus Gericht aus kleinen Nudeln, die Hirsekörnern
   nachgebildet sind.

Lalla Liebevoll-respektvolle Anrede für ältere Damen.

mahbula Arab.: Verrückte.
Maquis Frz.: Buschwald (Macchia). Steht seit dem 2. Weltkrieg
   für den bewaffneten Widerstand, zuerst gegen die deutschen
   Besatzer in Frankreich, dann gegen die französischen Truppen
   im Unabhängigkeitskrieg Algeriens.
Maquisard Kämpfer aus dem Maquis.
meddah/a Arab.: Barde/Bardin, Lobredner/in, Gaukler/in.
merguez Scharf gewürzte Bratwurst aus Hammelfleisch.
meschta Weiler.

Mozabiten   Bewohner des Mzab, einer algerischen
   Wüstenregion, Anhänger einer Sekte berberischen Ursprungs
   aus dem 11. Jh., bei der die Arbeit hoch im Kurs steht.
mudschahid   Arab.: Kämpfer.

ninjas   Maskierte Truppen der algerischen Polizei.

rahla   Reich verzierter Kamelsattel.
rumila   Arab.: Byzantiner/in. Später allg. für Christ/in.

sanhadschis   Berberstamm, der im 10.–12. Jh. die Dynastie der
   Ziriden hervorbrachte.
schahada   Arab.: Bekenntnis. Das Glaubensbekenntnis des
   Korans: »Es gibt keinen Gott außer Allah«, eine der fünf
   Säulen des Islam.
schaui/a   Kabylische Sprache der algerischen Landbevölkerung,
   gleichzeitig auch Bezeichnung desjenigen/derjenigen, der/die
   diese Sprache spricht.
scheich   Arab.: alter Mann, Greis. Traditioneller Ehrentitel.
schesch   Langer Stoffschal, der als Turban dient.
scheschia   Turban, aus dem schesch gewickelt.
seruel   Weit geschnittene Hose.
sidi   Arab.: Herr.
SNTV   Société Nationale des Transports des Voyageurs,
   staatliche Busgesellschaft.

tagella   Brotfladen.
Taghut   Im Koran (Sure 4, 54) erwähnter Abgott.
tamaschak   Sprache der Tuareg.
tarbusch   Traditionelle Kopfbedeckung der Männer, Fes.
targi   Männliche(r) Angehörige(r) der Tuareg.
tschador   Schwarzer Schleier der persischen Tradition, im
   Maghreb erst durch den islamischen Fundamentalismus
   eingeführt.
tuareg   Arab.: die von Gott Verstoßenen. Nomaden der
   Zentralsahara.

yemma   Genau wie *ma* arab.: Mutter.

wilaya   Administrativer Bezirk im modernen Algerien,
   das in 48 wilayat unterteilt ist.

DIANA

Das anspruchsvolle Programm

Charles Frazier

»Am Ende hat der Leser ein Stück Menschheits-geschichte durchlebt und Hoffnung geschöpft.«

Der Spiegel

»Ein anspruchsvoller Roman, der gleichzeitig fesselt.«

Süddeutsche Zeitung

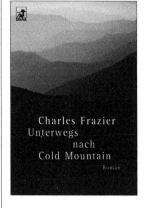

Unterwegs nach Cold Mountain
62/31

DIANA-TASCHENBÜCHER